ro
ro
ro

ro
ro
ro

Vicky Zimmerman hat im Marketing und als Food-Testerin einer Supermarktkette gearbeitet, bevor sie sich ganz dem Schreiben widmete. Sie hat für den Guardian und den Observer sowie mehrere Frauenmagazine gearbeitet und Artikel über Essen, Körperbewusstsein und Partnerschaft geschrieben. Sie ist «Foodie» durch und durch, sucht in ihrer Freizeit unermüdlich nach dem perfekten Brownie und dem besten Nudelgericht Europas. Zu dem Roman «The Woman Who Wanted More» wurde sie von dem realen Kochbuch ihrer Großmutter inspiriert, das diese in den 1950er Jahren verfasst hat. Die Autorin lebt in London.

«Ein wunderschönes Buch voller Weisheit – und köstlichem Essen. Eines der Bücher, die ich mit mir herumgetragen habe, weil ich immer nur weiterlesen wollte.» *(Katie Fforde)*

«Klug, herzlich, witzig und appetitanregend – dieses Buch ist alles … Sind Sie hungrig auf eine Liebesgeschichte mit Biss? Dieses Buch enthält köstliche, aus dem Leben gegriffene Charaktere, spritzigen Humor, eine Priese Pathos und eine große Portion Weisheit.» *(Woman & Home)*

«Sollten Sie in einer Phase Ihres Lebens sein, in der Sie Ihre Beziehung oder Ihre Karriere hinterfragen, dann ist dieses Buch genau das richtige für Sie. Eine fabelhafte Geschichte darüber, wie man seinen eigenen Weg findet, über Freundschaft und die Kunst des Loslassens. Ich habe es verschlungen.» *(Prima Magazine)*

«Clever, romantisch und beflügelnd … man kann absolut nicht widerstehen.» *(Sunday People)*

Vicky Zimmerman

KANN SPUREN VON GLÜCK ENTHALTEN

Roman

Aus dem Englischen
von Barbara Ostrop

Rowohlt Taschenbuch Verlag

Die Originalausgabe erschien 2019 unter dem Titel
«The Woman Who Wanted More» bei Zaffre, London.

Deutsche Erstausgabe
Veröffentlicht im Rowohlt Taschenbuch Verlag,
Hamburg, März 2021

Redaktion Nadia Al Kureischi
Covergestaltung any.way, Barbara Hanke/Cordula Schmidt,
nach dem Original von Bonnier Publishing Group, UK
Satz aus der DTL Haarlemmer
bei hanseatenSatz-bremen, Bremen
Druck und Bindung CPI books GmbH, Leck, Germany
ISBN 978-3-499-00300-4

Die Rowohlt Verlage haben sich zu einer nachhaltigen Buchproduktion verpflichtet. Gemeinsam mit unseren Partnern und Lieferanten setzen wir uns für eine klimaneutrale Buchproduktion ein, die den Erwerb von Klimazertifikaten zur Kompensation des CO_2-Ausstoßes einschließt.
www.klimaneutralerverlag.de

FSC
www.fsc.org
MIX
Papier aus verantwortungsvollen Quellen
FSC® C083411

In liebevoller Erinnerung an Matt Janes,
einen außergewöhnlichen Freund

Prolog

Cecily Finn ist siebenundneunzigeinhalb Jahre alt. Ihr Haar ist eine weiße Masse wie steif geschlagener Eischnee, und ihre dunklen Augen haben den Blick einer durch nichts zu beeindruckenden Eule. Sie behauptet, sich nur noch den Tod zu wünschen, weil Langeweile und Fischauflauf aus der Heimküche schlimmer seien als das Sterben – aber Cecily hat schon größere Schrecken ertragen als zu Matsch gegarten Schellfisch.

In den vielen Wochen, seit Kate Parker sie im Lauderdale House for Exceptional Ladies besucht, hat Cecily sie mit einem Potpourri aus Geschichten unterhalten, Geschichten von Liebe und Rebellion, von ihren Triumphen oder von ihren Reisen. Kate hat sich anfangs gefragt, ob Cecily nicht viele der Storys aufgehübscht oder sogar frei erfunden hat oder ob ihre Erinnerungen von der Zeit in Mitleidenschaft gezogen wurden – aber diese Gedanken hat sie inzwischen verworfen. Cecilys Verstand und ihre Zunge sind so scharf und beißend wie Zitronensaft bei einem Magengeschwür.

Cecily versucht oft, Shakespeare-Zitate als eigene Worte auszugeben. Sie spricht in Metaphern, die man in endloser Kleinarbeit entschlüsseln muss. Nichts ist jemals gut genug für sie: Kein Keks ist knusprig genug, kein *Posset* zum Nachtisch hat die richtige Konsistenz. Sie hält sich niemals zurück, und wenn sie die Wahl zwischen bitter und süß hat, nimmt sie auf jeden Fall bitter. Doch Cecily hat Kate auch mehrere wertvolle Lektionen erteilt – und sie nicht zuletzt das perfekte Menü für das gelehrt, was Kate sich mehr als alles wünscht.

Kate wird heute vierzig. Gestern Abend hat sie für Freunde gekocht – das Essen war köstlich, und alle haben sich prächtig amüsiert. Und heute Abend wird sie mit Nick feiern. Er führt sie in ein Gourmetrestaurant aus, und wenn es etwas gibt, worauf Cecily und Kate sich tatsächlich einigen können, dann darauf, dass es auf gutes Essen ankommt. In einigen Wochen werden Kate und Nick zusammenziehen, und alle Zweifel, die Cecily in Kates Kopf gesät hat, werden davonfliegen wie schwarzer Pfeffer auf einem strahlend weißen Tischtuch – ganz bestimmt. Dass man alt ist, heißt noch lange nicht, dass man mit *allem* recht hat. Es gibt viele Arten, in dieser Welt Glück zu finden, die Einsamkeit zu besiegen und gut zu leben.

Warum aber hat Kate jetzt vor Cecilys Tür das Gefühl, dass die alte Dame trotz aller Haken und Widerhaken ihr helfen kann, sich von dem nagenden Schmerz in den Tiefen ihrer Magengrube zu befreien? Und dass sie selbst sich vollständig verlieren könnte, wenn sie nicht *jetzt sofort* mit Cecily redet.

Kate holt tief Luft, klopft an die Tür und wartet darauf, dass die vertraute hochmütige Stimme sie auffordert hereinzukommen.

Herein.

ERSTER TEIL

Hunger ist niemals zartfühlend.

SAMUEL JOHNSON

I

Fünf Monate zuvor …

Kate Parker hat Hunger. Sie sitzt in Nick Sullivans kleinem Gärtchen in North London und schaut zufrieden auf seinen Rücken, während er vor dem Grill steht. Der Duft des brutzelnden Fleischs lässt ihren Magen hörbar knurren, aber es ist sinnlos, Nick zur Eile anzutreiben, denn er nimmt sich für alles die Zeit, die er braucht.

Das heutige Essen ist dafür ein erstklassiges Beispiel – vierzig Minuten hat Nick für die Zubereitung benötigt, aber bei genauer Betrachtung umfasst die Vorbereitung das ganze vergangene Jahr. Letztes Jahr im Juli hat Nick das Projekt Burger in Angriff genommen. Als Datenbankentwickler hat er sein präzises Denken und seine unerschöpfliche Begeisterung darauf verwandt, sich jedes Element der Herstellung des amerikanischen Klassikers in vollendeter Form anzueignen. Noch nie hat Kate ein Gesicht so aufleuchten sehen wie das von Nick, als er eines Abends die Kunst der sieben Schichten gemeistert hatte.

Vor dem Beginn ihrer Beziehung nahm er nur für sich selbst Gerichte aus dem Imbiss mit oder machte sich gelegentlich zu Hause ein Wurstsandwich. Kate bedauerte ihn, weil das einsam war und es ihr auch um die versäumten kulinarischen Möglichkeiten leidtat. Sie bot an, ihm einige ihrer Lieblingsrezepte beizubringen, was er erfreut annahm, und im Verlauf der letzten anderthalb Jahre kroch er aus seinem kulinarischen Panzer hervor – zunächst langsam, dann aber mit zunehmendem Selbstvertrauen. Kate ist keine phantastische Köchin, aber ihre Mutter Rita kocht so katastrophal, dass Kate früh gelernt hat, sich selbst um ihren Magen zu kümmern.

Mit Nick kocht Kate begeistert gern und hat mit sanftem Stolz verfolgt, wie sein Können aufgeblüht ist. Normalerweise wählt sie das Rezept aus und er die Musik, und was auch immer sie kochen, sie sind sich einig: je mehr Butter, desto besser. Sie ergänzen sich gut – Nick kann hart arbeiten und ist geduldig. Ohne Murren hackt er ein Dutzend Zwiebeln klein und beschwert sich weder über tränende Augen noch über den scharfen Geruch an den Händen. Kate ist chaotischer, kann aber mehrere Aufgaben gleichzeitig erledigen und ist ihm immer zwei Schritte voraus – noch nie ist unter ihren wachsamen Augen etwas angebrannt.

Es ist ein wunderschöner Sommerabend, und Kate genießt einen Moment puren Glücks – den warmen, nach Jasmin duftenden Wind und den Himmel, dessen Blau langsam verblasst. Sie schließt die Augen und denkt über den nächsten Tag nach. Es ist lange her, seit sie sich in einer Beziehung entspannt genug gefühlt hat, um an das Morgen zu denken. Nick wird früh aufstehen und die Zutaten für Frühstücks-Burritos kaufen. Sie werden zusammen kochen, einen Spaziergang machen und, falls das Wetter schön bleibt, sich wieder hinaus in den Garten setzen. Kate wird einen Roman verschlingen und Nick eines seiner unverständlichen Informatikbücher lesen. Ihr Leben ist nicht luxuriös, aber voller unbezahlbarer Freuden: Limonade, serviert in Gläsern, die Nick vorher im Gefrierschrank gekühlt hat; Musik-CDs und BLT-Sandwiches an regnerischen Mittwochabenden oder raffinierte Kartenspiele mit Schokotalern als Spielmarken.

Als sie die Augen aufschlägt, hat Nick sich zu ihr umgewandt und wirft ihr den «Bitte jetzt Senf!»-Blick zu – die eine Augenbraue hat er mit gespielter Strenge hochgezogen. Sie springt lächelnd auf und reicht ihm den französischen Klassiker wie die OP-Schwester dem Chirurgen das Skalpell. Sie beobachtet fasziniert, wie er ein Streifenmuster gelber Linien über das Fleisch zieht, der letzte Pfiff.

Dieser Burger hat Zeit und Aufwand erfordert, aber er war das Warten wert: knapp zweihundert Gramm gehacktes Steak, gekrönt mit Bacon und einem Quadrat geschmolzenem, wunderbar würzigem Cheddar-Cheese; fein geschnittene, konzentrisch sich verjüngende rote Zwiebelringe; Tomate, Salat und Magic Sauce – dazu ein Gemisch aus Tabasco, Mayonnaise und Ketchup, um dem Ganzen eine cremige Schärfe und Würze zu verleihen. Dann ist da das Brötchen: Kate und Nick haben mehr Zeit damit zugebracht, diese Sorte auszusuchen, als manche Paare für die Auswahl eines Autos aufwenden. Als Erstes hat Nick gefragt, ob die Brötchen von Fletchers, der Supermarktkette, für die Kate arbeitet, wohl gut seien? Sie hat gelacht und bedauernd abgewinkt. Fletchers' Brötchen waren zwar billig, aber leider von Geschmack und Konsistenz wie Pappe. Sie rühmten sich als Brioches, doch hinten auf der Verpackung standen die unheilvollen Worte: ‹Brioche-Stil›. Nach vielen vergeblichen Versuchen fanden sie in einer Bäckerei in der Nähe von Kates Wohnung in Kilburn das perfekte Produkt. Und dann entdeckten sie noch die abschließende Zutat – ein saures Dillgürkchen, das zwischen den Zähnen knackt.

Kate ist nicht fromm, aber als sie auf ihren Teller hinunterschaut, würde sie am liebsten ein Dankgebet sprechen: Ich danke dir, Universum, für diesen Mann, der eine schöne Wohnung mit einem annehmbar sauberen Badezimmer besitzt. Nach mehreren Jahren Datingfrust hat er kurz vor meinem Vierzigsten mein Vertrauen wiederhergestellt, dass es in London doch noch liebenswerte, intelligente und anständige Männer gibt. Danke für diesen Mann, der sich so viel Mühe damit gegeben hat, mir ein Essen zuzubereiten und mich glücklich zu machen.

Sie greift nach ihrem Burger – was für ein schwerer Brocken – und hält ihn fest, als gälte es ihr Leben. Wenn man einmal angefangen hat, ist eine Unterbrechung unmöglich – zögert man oder zeigt man Angst, fällt er zu allen Seiten auseinander. Nick betrachtet sie zärtlich. Es ist unmöglich, ihn nicht zu lieben. Nicht nur kocht er ihr Spaghetti bolognese, wenn sie einmal einen schlechten Tag hat, sie kann sie auch mit Hingabe essen, ohne dass er sie für unweiblich oder gierig hält. Er genießt ihren Appetit fast so sehr wie sie selbst.

Als sie nach den letzten Bissen gesättigt sind, streckt Kate die Hand aus, um einen Klecks Senf von den feinen Stoppeln auf Nicks Kinn zu wischen. Er hat ein so liebes Gesicht und ist auf eine unaufdringliche Weise gut aussehend, mit einer Knopfnase, die seine Jungenhaftigkeit betont. Sein lockiges braunes Haar ist schon etwas schütter, aber der kurze Schnitt steht ihm gut. Das alte blaue Atari-T-Shirt macht seine Augen sogar noch grüner, und als ihre Blicke sich begegnen, wirft er ihr sein typisches Lächeln zu. Es vergeht ihm nur selten, was auch immer ihm in die Quere kommt. Sie ist sehr beeindruckt davon, wie er mit den vergangenen drei Monaten seiner Arbeitslosigkeit klargekommen ist; sein Optimismus ist außergewöhnlich.

«Jetzt dauert es nicht mehr lang bis zum Urlaub in Frankreich», sagt Kate und macht sich daran, die Teller abzuräumen.

«Denk nur an all die Baguettes», sagt Nick, und seine Augen leuchten auf. «Will Kavita auch wirklich kein Geld dafür, dass wir ihr Ferienhaus benutzen?»

«Sie hat einen Anfall bekommen, als ich ihr eine Bezahlung auch nur vorgeschlagen habe.» Kate hat Nick nicht erzählt, dass sie ihrer Kollegin Kavita zum Dank eine Kiste guten Wein geschenkt hat. Er hätte ihr angeboten, die Hälfte zu zahlen, obwohl er derzeit knapp bei Kasse ist, und der Gedanke, ihn, der immer so großzügig ist, in Verlegenheit zu bringen, ist ihr unerträglich.

«Das hat toll geschmeckt», sagt Kate, als sie zufrieden an der Spüle stehen und abwaschen. «Die Burger-Toppings waren diesmal besonders lecker.»

«Burger-Toppings … ist das einer für unsere Liste?», fragt Nick. Das ist einer ihrer Running Gags – lächerliche Namen für ihre künftigen Kinder.

«Burger-Toppings Parker-Sullivan? Okay, aber dann musst du ihn vom Schulspielplatz abholen, wenn die anderen Kinder ihn verprügelt haben.»

«Sollten wir Zwillinge bekommen, können wir den anderen Pickleholiker nennen?»

«Ich weiß nicht, ob wir uns unseren Erstgeborenen als süchtigen Mixed-Pickles-Esser wünschen», gibt Kate lachend zurück. Sie betrachtet Nick, wie er in seinem T-Shirt und seinen Levis dasteht, den Bauch ein wenig vorgewölbt, was bei einem vierundvierzigjährigen Burger-Fan nicht anders zu erwarten ist, und in ihr wallt eine heftige Liebe auf.

Er fängt ihren Blick auf und erwidert ihn mit einem Lächeln, plötzlich befangen. Er verharrt kurz und greift nach dem Pfannenwender, den sie gerade abwäscht. «Du hast bei dir zu Hause einen breiteren, oder?»

«Ja», antwortet sie und fasst nach dem Gerät, während er es ihr langsam wegzieht.

«Wir brauchen deinen hier – für den Grill.»

«Nächste Woche hole ich dir einen bei John Lewis.»

«Kate», sagt er, legt den Pfannenwender aus der Hand und dreht sich zu ihr. «Ich finde, dass wir all deine Küchengeräte hier brauchen.»

«Alle?»

Er nickt entschlossen.

«Warum denn das?»

«Und deine Kleider. Und deine Schuhe», sagt er und streicht ihr zärtlich eine Haarsträhne hinters Ohr. «Und deine dreihundert Kochbücher und sieben Millionen Romane …»

«Allenfalls zweihundert», wirft sie ein, bemüht, ihre in der Brust aufsteigende Freude unter Kontrolle zu halten.

«Oh, und dann noch etwas sehr Wichtiges, das nicht bei John Lewis verkauft wird.»

«Was denn?»

«Na dich, Kate», sagt er mit einem strahlend breiten Lächeln.

Danke, Universum, danke. Endlich: ein Mann, den sie liebt und der ihre Liebe erwidert. Er war das Warten wert.

Als Kate sich in der Nacht darauf in ihrem Bett ausstreckt, ist ihr üblicher Sonntagabend-Blues einem Gefühl der Erregung gewichen. In zwei Wochen reisen Nick und sie nach Frankreich. Und am Wochenende nach ihrer Rückkehr wird sie bei Nick einziehen.

Der Gedanke, diese Nachricht ihrer WG-Partnerin beibringen zu müssen, machte sie zunächst nervös, aber dann ermutigte sie die Tatsache, dass ihr nie wieder die undankbare Aufgabe zufallen würde, die Spritzer aus Melanies Fischpfanne von der Rückwand des Herdes abzuschrubben. Nick hat seine Macken, aber passiv-aggressive Schlamperei und eine leichte Hand mit dem kostbaren Olivenöl anderer Leute, das speziellen Anlässen vorbehalten ist, gehören nicht dazu.

Melanie zeigte sich überraschend ermutigend und schlug sogar vor, Kate solle doch schon vor Frankreich anfangen, ihre Sachen zu Nick zu bringen. Das Gespräch lief viel besser, als Kate erwartet hatte.

Es ist doch immer so: Worüber man sich die größten Sorgen macht, läuft letztlich gut.

Und umgekehrt.

2

Kate legt ihren Sicherheitsgurt an und wendet sich Nick zu, der sich bereits in den *Listener* vertieft hat, ein kryptisches Kreuzworträtsel, das so vertrackt ist, dass Kate davon Kopfschmerzen bekommt. Woche für Woche lässt er sich stundenlang davon fesseln und löst Frage um Frage – er ist wie besessen. Sollte er jemals krause sexuelle Gelüste entwickeln, wird er sie vermutlich bitten, sich als komplizierte Rätselfrage zu verkleiden.

«Vier habe ich schon gelöst», sagt er und streckt ihr die Seite stolz hin. Sie schaut kopfschüttelnd darauf: Wie um alles in der Welt kann *dieses* Wort die Lösung für *jene* Frage sein?

Sie lehnt sich in ihrem Sitz zurück und schließt die Augen, müde, weil der Wecker sie um drei Uhr früh aus dem Schlaf gerissen hat, trotzdem ist sie aufgeregt. Dies wird ihr erster richtiger gemeinsamer Urlaub sein, und wenn sie ehrlich mit sich ist – das ist sie nicht immer –, wäre sie gern schon früher einmal mit Nick verreist. Es gibt naheliegende Gründe, warum sie anderthalb Jahre gebraucht hat, um Nick in dieses Flugzeug zu bekommen. Bevor er sich im April arbeitslos meldete, war er ein Workaholic gewesen, der an den Wochenenden oft *freiwillig* arbeitete (so gar nicht Kates Stil). Und danach hatte er kein Einkommen. Außerdem neigt Nick bei allem dazu, l-a-n-g-s-a-m vorzugehen. Kate hat viel darüber nachgedacht, und auch ihre Mutter Rita hat ihren Senf dazugegeben: «Kinder aus schwierigen Familien haben eine

Tendenz, alles unter Kontrolle haben zu wollen.» Nun, wer nicht?

Nick hatte sich so vorsichtig auf ihre Beziehung eingelassen, dass Kate nach Verlauf eines Monats Bindungsscheu bei ihm befürchtete. Und so fragte sie damals geradeheraus: «Was möchtest du?» Er antwortete, er habe außer in einer kurzen Beziehung in seinen Zwanzigern und in einem gescheiterten Zwischenspiel in seinen Dreißigern keine Erfahrungen gesammelt. Bei diesen Worten leuchtete in Kates Kopf ein Warnlämpchen auf, und sie bot Nick einen Schlussstrich an, bevor einer von ihnen (zum Beispiel sie selbst) verletzt würde. Er schaute sie lange an, sodass sie errötete. Dann schloss er sie fest in die Arme und sagte: «Ich will das. Ich will dich.»

Von diesem Moment an gingen sie die Beziehung ernsthaft an, wenn auch in maßvollem Tempo – häppchenweise, Mahlzeit für Mahlzeit und Tag um Tag. In den letzten Monaten spürte sie, dass er sich ihr noch stärker angenähert hatte. Dennoch empfand sie, gleich nachdem er ihr das Zusammenziehen angeboten hatte, das dringende Bedürfnis, als Vorsichtsmaßnahme etwas Bedeutsames in seine Wohnung zu bringen: Ein paar Kisten mit Kochbüchern und ihre gebundene Ausgabe von *Der Distelfink* reichten ihr dann zur Beruhigung.

Als Nick letzten Samstag wandern war, hat ihre beste Freundin Bailey ihr geholfen, die Sachen hinüberzuschaffen. Kate fragt sich manchmal, ob der Charakter einer Person durch das Haar geformt wird – wenn sie selbst mit Baileys wunderbaren blonden Locken zur Welt gekommen wäre, wäre sie dann ebenfalls jederzeit gelassen und anmutig? Bailey, mit der Kate seit ihrem vierten Lebensjahr befreundet ist, hat es gewiss nicht leicht gehabt – ihr Exmann Tom hat sie betrogen und mit ihren kleinen Töchtern sitzenlassen. Offensichtlich hielt er es für seine Pflicht, mit jeder Frau, die er ins Bett kriegen konnte, «seine Lust zu erforschen», wie er das nannte. Doch als Kate und Bailey an den vielen Abenden vor der Scheidung zusammensaßen, Wein tranken und über den Schlamassel redeten, war es Kate, der Bailey die Lust ausreden musste, Tom zu ermorden. Manchmal durchleben am Ende die Freunde die Gefühle, die für einen selbst zu ungenießbar sind.

Kate schlägt die Augen auf, und Nick wendet sich ihr mit einem strahlenden Lächeln zu.

«Schon vierzehn insgesamt, eines neben dem anderen!», sagt er und hält ihr die Seite hin wie einen Lotterieschein, dessen Nummer gezogen wurde.

Sie streckt lächelnd die Hand aus, um ihm das Haar zu zerzausen, doch das Flugzeug macht einen plötzlichen Satz, und sie ergreift stattdessen seine Hand. Er drückt ihre Finger sanft, und sie stellt sich vor, wie ihre verflochtenen Hände sich in die alter Menschen mit runzliger, altersfleckiger Haut verwandeln werden. Mit Nick an ihrer Seite wäre das Alter erträglicher.

Letzten Monat hatte er bei der Hochzeit eines Freundes etwas zu viel getrunken und gestand ihr während der Heimfahrt, er wünsche sich drei Kinder mit ihr. Er tätschelte zärtlich ihren Bauch und legte den Kopf in ihren Schoß.

«Das Einzige, was du darin jemals hören wirst, ist ein Hochzeitskuchen», sagte sie, um nicht bei dem Gedanken zu verweilen, dass ihre Eierstöcke sich rasch ihrem Verfallsdatum näherten.

«Ich weiß, dass ich betrunken bin, Kate Parker, aber ich liebe dich genau so, wie du bist, wirklich.»

Dieses Gefühl beruht unbedingt auf Gegenseitigkeit.

Als Kate und Nick San Marcel erreichen, ein kleines Dörfchen in der Nähe eines geringfügig größeren Dorfs, brennt die Sonne heiß am tiefblauen Himmel. Sie müssen sich noch mit Vorräten versorgen und legen einen Halt ein. Süßer Butterduft frisch gebackener Brioches lockt sie in einen Laden. An der Theke probieren sie reifen Käse, gefleckte Salami und tintenschwarz glänzende Oliven. Mit Tüten voller Gläser, Flaschen, frischer Kräuter und reifer Pfirsiche kommen sie wieder heraus.

Sie fahren weiter zu Kavitas Haus, einem einfachen Bauernhaus mit drei Zimmern, einer großen Terrasse und, am besten von allem, einem eiskalten Pool. Nick schlüpft in seine Badehose und springt ins Wasser, während Kate ihren Koffer ins Schlafzimmer trägt, um ihren Bikini von H&M herauszuangeln. Sie hat nie viel Geld in ihre Schwimmbekleidung investiert – wozu die Mühe. Keine Glanzleistung der Bademode und kein hoch geschnittenes Bein könnten die Tatsache verbergen, dass Kate einen normalen weiblichen Körper besitzt: Sie hat einen dicken Hintern, Cellulitis und ein altersgemäßes Verhältnis zur Schwerkraft. Zum Glück wird sie sich nie wieder für das erste Mal mit einem neuen Mann entkleiden müssen.

Sie schaut erneut in den Spiegel. Unsicherheit ist in ihrem Alter nicht sexy. Außerdem kann sie in den nächsten zwei Minuten nichts daran ändern, dass sie vier Kilo Übergewicht hat. Wie Rita immer sagt: «Konzentrier dich auf das Positive – wenn du etwas finden kannst.» Kates Haar sieht gut aus – karamellbraun, schulterlang und leicht gewellt. Sie legt die Sonnenbrille ab. Ihre Augen, die vom frühen Aufstehen etwas gerötet sind, empfindet sie noch immer als ihren größten

Pluspunkt – grünlich grau und mandelförmig, mit einem forschenden Blick, den sie von ihrem Vater geerbt hat. Sie wischt sich ein Sandkorn aus den Augen, greift nach ihrem Sarong und schlingt ihn um sich.

Nick sitzt im Schatten, das Kreuzworträtsel in der Hand. «Geh ins Wasser, Babe. Es ist phantastisch.» Und das stimmt. Die Eiseskälte haut Kate zwar zunächst fast um, aber gleich darauf empfindet sie Glück pur. Sie schwimmt ein paar Bahnen, steigt aus dem Wasser, lässt sich mit dem neuen Roman von Anne Tyler im Liegestuhl neben Nick nieder und entspannt sich, während die Hitze die Gliedmaßen wärmt.

Als der Tag endet, essen sie in den letzten Sonnenstrahlen draußen auf der Terrasse – einen einfachen Thunfischsalat mit grünen Bohnen und eine Handvoll reifer Tomaten, ein frisches, krosses Baguette mit großartiger französischer Butter, und dazu trinken sie eine Flasche eisgekühlten Rosé. Nick betrachtet Kate, er lächelt, und sie sieht reine Freude in seinen Augen. Sie streicht mit einem Finger seine freche rechte Augenbraue gerade. Er zieht sie für einen Kuss an sich, und dann für den nächsten.

Ist sie nicht ein Glückspilz? Noch vier Tage lang nichts weiter tun als lesen, in der Sonne baden und in den blauen Pool springen – vier Tage reiner, purer Wonne.

3

Es ist die zweite Nacht, und sie liegen im Bett, als Nick sagt, er empfinde das starke Bedürfnis nach Rückzug.

Kate ist verwirrt.

Sie hatten gerade Sex, und im ersten Augenblick glaubt sie, er mache einen ziemlich schlechten Scherz, aber als sie darüber nachdenkt, kann sie die Pointe nicht finden. Der Sex war gut, aber sie spürte, dass Nick nicht ganz bei der Sache war. Sie weigert sich, das persönlich zu nehmen; Nick ist schon länger arbeitslos, als er erwartet hatte – da ist es nur natürlich, dass seine Gedanken abschweifen.

«Wie meinst du das?», fragt sie und versucht, ruhig zu klingen.

«Ich weiß nicht», antwortet er traurig. «Es ist einfach ein Bauchgefühl … es sagt, Rückwärtsgang einlegen.»

«Rückwärtsgang …?»

Er zuckt entschuldigend mit den Schultern und runzelt die Stirn. «Ich habe ein komisches Gefühl wegen uns beiden … seit einer Woche oder so …»

Seit einer *Woche* oder so? Tatsächlich?

«Es sitzt hier.» Er legt die Hand auf seinen Magen. «Wenn ich an die Zukunft denke, habe ich hier ein … merkwürdiges Gefühl.»

Moment mal. Arbeitet er auf eine Trennung hin? «Du machst dir Sorgen wegen eines neuen Jobs. Vielleicht ist es das.» Sie versucht, das elende Gefühl zu ignorieren, das sich in ihrem eigenen Körper breitmachen will. «Das würde jeden beunruhigen.»

«Ich bin in dieser Hinsicht vollkommen entspannt.»

Warum hast du dann letzten Freitag die halbe Nacht wachgelegen? Und warum knirschst du in letzter Zeit so stark mit den Zähnen, dass ich davon wach werde?, denkt sie.

Sie hält inne. «Oder ist es, weil ich bei dir einziehe?»

«Wie kommst du denn darauf?»

«Na ja, du hast nie mit einer Frau zusammengelebt, abgesehen von dieser launischen WG-Partnerin, die dir im Studium den Kopf verdreht hat …»

«*Jo?* Du hältst Jo für launisch?» Jo ist düster, griesgrämig, aber darum geht es hier nicht.

«Es ist das, was du immer machst, Nick! Du willst weglaufen. Genau wie bei Tom Brady.»

«Tom Brady?»

«Okay, hör mir zu.» Sie hebt den Finger in dem Versuch, sich ihre Argumentation zurechtzulegen. Sie kann seine Motive ergründen. «Du liebst Football und hast mehrfach versucht, mir die blöden Regeln zu erklären …»

«Oho, zuerst Jo und jetzt Football?»

«Schau mal, als die Patriots Anfang des Jahres im Super-Bowl-Finale …»

«Das Finale ist der Super Bowl.»

«Das habe ich doch gesagt.»

«Nein, ich meine, nur das Finale wird Super Bowl genannt.»

«Hör mir zu: Als Tom Brady und deine Lieblingsmannschaft zur Halbzeit die Verlierer zu sein schienen …»

«Bitte …», sagt er mit gequält verzogener Miene.

«Haargenau! Du dachtest, sie würden verlieren, und obwohl du ihnen die ganze Saison treu gefolgt bist, hältst du nicht zu ihnen, wenn es zählt, sondern nimmst Reißaus und gehst ins Bett. Und das beim Super-Bowl-Finale!»

«Es ist der Super Bowl.»

«Ja, das *weiß* ich Nick, verstehst du denn nicht, worauf ich hinauswill?», fragt Kate verzweifelt. «Unbehagen ist etwas, womit du *eindeutig* nicht klarkommst.» Kate ist dagegen eine Meisterin des Umgangs mit Unbehagen; offen gestanden scheint sie sich dann am wohlsten zu fühlen. Unbehagen ist ihr zweiter Vorname. «Nick, selbst wenn du etwas liebst, ergreifst du die Flucht, du bringst die Dinge nicht zu Ende – siebte Staffel *Game of Thrones*? Die Patriots haben das größte Comeback aller Zeiten geschafft, du aber hast es versäumt, weil du Schiss hattest.» Sie sagt es ruhiger, als sie sich fühlt. «Das ist ein klassischer Fall. Du beginnst *herumzueiern*, weil wir zur nächsten Stufe unserer Beziehung übergehen.»

«Kate», sagt er, und im Dämmerlicht des vom Mond erhellten Schlafzimmers sieht sie, dass er Tränen in den Augen hat. «Ich glaube, nachdem ich dich gebeten habe, bei mir einzuziehen, ist mir bewusstgeworden, dass ich zwar unsere gemeinsame Zeit liebe, aber genauso gern allein fernsehe.»

Uuff. Die Worte sind wie Fausthiebe.

«Ich habe dich niemals aufgefordert, dich zwischen deinem Fernseher und mir zu entscheiden», sagt sie bestürzt. «Es ist doch kein Entweder-oder.»

«Wohl nicht …»

«Ist das deine Art, mir zu sagen, dass du doch nicht mit mir zusammenziehen willst?»

Er sieht sie verwirrt an. «Nein, definitiv nein – es ist nur *im*

Moment so», sagt er, und es klingt so ernsthaft betrübt und verwirrt, dass sie ihn fast umarmen und trösten will, doch der Zorn über seine Schwäche setzt sich durch, und so verharrt sie reglos.

Er ergreift ihre Hand und drückt sie.

Schockiert liegt sie da und begreift, dass nichts von dem, was Nick gesagt hat, für sie hinnehmbar ist. Sie will das Gespräch wiederaufnehmen, doch als sie sich zu ihm umdreht, schläft er tief und fest.

Zugegeben, Nick besitzt einen phantastischen Fernseher. Es ist ein hochwertiges HD-Gerät von Sony mit einem riesigen Bildschirm, ausgezeichneten Lautsprechern und Triluminos-Technologie. Letzteres klingt wie ein Wort, das Marketingexperten sich ausgedacht haben, um Frauen Kosmetika zu verkaufen. Wie oft hat Kate mit Nick auf dem Sofa gelegen, sich an ihn gekuschelt und in häuslicher Wonne auf diesen Bildschirm geschaut. Jetzt liegt sie neben ihm im Bett, ihre Haut glüht vom Sonnenbrand, und in ihrem Inneren brodelt es. Sie hofft, dass er gleich aufspringt, sich entschuldigt und sagt, dass er nichts von alldem wirklich gemeint hat. Aber Kate weiß, dass sie dazu neigt, auf Dinge zu hoffen, die statistisch gesehen zwar möglich sind, jedoch definitiv nicht eintreten werden.

Von Minute zu Minute wird sie wütender. Sie kann hier nicht neben Nick liegen bleiben, während er seelenruhig schläft! Sie geht ins Kinderzimmer, nimmt die Sammlung von Peppa-Wutz-Kuscheltieren von der Matratze und stellt sie sorgfältig auf den Nachttisch. Dann schlüpft sie in das schmale Bett. Im Dunkeln liegt sie da, das Adrenalin schießt ihr durch die Adern. Was ist los …? Nick hat sie vor zwei Wochen gebeten, bei ihm einzuziehen! Es hat ihr so viel bedeutet. Seitdem hat sie nichts falsch gemacht, oder? Warum nur hat sie darauf herumgeritten, dass er die Dinge nicht zu Ende bringt? Mit ihr hat er jedenfalls Schluss gemacht, das dürfte Ende genug sein.

Nein, das ist *nicht* das, was geschehen ist. Nick hat schlicht und ergreifend Angst davor, sich zu binden. Um halb drei Uhr morgens liegt sie erschöpft, verwirrt, benommen und fassungslos da. Sie wird bis zum Morgen warten. Dann sieht alles besser aus.

4

Bei Tageslicht sieht allerdings überhaupt nichts besser aus. Kate erwacht aus unruhigem Schlaf. Sie tastet nach Nick und stößt stattdessen auf ein flauschiges Spielzeugschwein in einem rosa Samtkleid.

Auf Zehenspitzen geht sie über den Flur zum Schlafzimmer. Da liegt er, Nick, leise schnarchend, seine Füße schauen unter der Bettdecke hervor. Seine Wangen sind vom Sonnenbrand ein wenig gerötet, davon abgesehen sieht er so zufrieden und friedlich wie ein kleiner Junge aus, der nach ausgiebigem Toben und mit viel Geburtstagkuchen im Bauch tief und fest schlummert.

Krumm vor Elend kehrt sie in das Kinderbett zurück.

Donnerstag, 6.50 Uhr. Kate kann nicht mehr schlafen. Der Rückflug ist für Sonntag gebucht. Das ist viel zu weit weg. Nervös googelt sie nach einer Alternative. Ein früherer Flug würde sie vierhundert Euro kosten. Mit dem Mietwagen kommt sie nicht zum Flughafen, sie ist nicht als Fahrerin für den Wagen eingetragen, und ein Taxi kostet hundert Euro. Fünfhundert Euro für eine Flucht aus diesem Kurztrip, der halb so teuer war. Das darf doch nicht wahr sein! Aber es kann andererseits auch nicht wahr sein, dass Nick sie abserviert. Nicht im Urlaub, nicht in der Woche, in der sie zusammenziehen wollten, nicht vor der glanzvollen Hochzeit von Kates gutem Freund Pete in einem Monat, nicht vor Kates vierzigstem Geburtstag im Dezember. Nein, nein, nein – unvorstellbar, dass Nick gerade jetzt mit diesem Mist kommt.

Sollte sie darauf bestehen, dass er abreist? Wäre das nicht zu melodramatisch? Er kann sich diesen Flug ebenso wenig leisten wie sie selbst – auch wenn das unter den gegenwärtigen Umständen nicht ihre Sorge sein sollte.

Sie schließt die Augen und atmet tief ein und aus. Nick hat nie Anzeichen von Unzuverlässigkeit erkennen lassen. Oder vielleicht doch? Kürzlich hat er etwas getan, was ihn wie einen Wackelkandidaten wirken ließ … Sie hatte ihn endlich überredet, einen Roman von Kate Atkinson zu lesen, doch er hatte die Lektüre auf Seite einhundertsechsundvierzig abgebrochen, weil ihm eine Nebenfigur missfiel. Lächerlich, sich so weit durch das Buch zu arbeiten und es dann praktisch wegzuschmeißen! Ein Buch nicht zu Ende zu lesen, selbst ein schlechtes, kommt ihr illoyal vor.

Nicks Verhalten hat sie damals stark irritiert. Es konnte einen Mangel an Durchhaltevermögen verraten und die Neigung erkennen lassen, übermäßig schnell auf Abstand zu gehen. Kate horcht bei so etwas sehr schnell auf, vielleicht zu schnell? Wenn sie jetzt diese Verhaltensmuster betrachtet, seine kurzen Beziehungen, die Weigerung, sich an andere Menschen zu binden, oder das Tom-Brady-Fiasko – dann ergeben sie zusammengenommen Sinn. Und daran haben nur seine merkwürdigen Eltern Schuld!

Nein, nein, nein, nein, nein. Die Lektüre eines Buches abzubrechen, ist kein Verbrechen, und es hat nicht das Geringste mit der derzeitigen Situation zu tun. Kate seufzt. Offensichtlich dreht sie gerade durch. Sie glaubt zutiefst an ihr gemeinsames Glück, hat es doch täglich gespürt. Das kann doch nicht einfach vorbei sein! Nick ist zuverlässig, er ist loyal – wenn auch seine stärkste Loyalität vielleicht seinem Fernseher gilt …

Jetzt rollen ihr die Tränen aus den Augen und fließen ihr ärgerlicherweise in die Ohren. Es ist nur eine Überreaktion, sie sollte nicht weinen, mit Nick und ihr wird alles wird gut. Sie lieben sich doch.

Kate hat gleich drei Probleme: Zunächst einmal wird jeder kritische Kommentar von ihr zu Nicks verrücktem Verhalten so klingen, als bettelte sie um Nähe und Liebe. Zweitens will ein unglückseliger Bestandteil ihrer Psyche, dass sie sich instinktiv dem Schmerz zuwendet, statt vor ihm zu fliehen: Nick hat sie verletzt, also muss Nick das auch wieder in Ordnung bringen. Und drittens weiß sie, dass sie ‹fröhlich› sein sollte, um es nicht noch schlimmer zu machen, aber wenn ihre Tränen kommen, dann lassen sie sich nicht aufhalten.

Natürlich hat das, was Nick gesagt hat, sie tief getroffen. Sie liebt Nick. Er bringt sie jeden Tag zum Lachen, bereitet Chorizo-Burritos als Mitternachtsfestmahl zu und kommt mit ihren sämtlichen Freunden und Freundinnen bestens aus. Doch in Kate ist etwas Grundlegenderes in Bewegung geraten. Sie kommt nicht gut klar mit dem Gedanken, dass sie plötzlich verlassen werden könnte. Vielleicht liegt das daran, dass sie ihren Vater so früh verloren hat.

Aber könnte es nicht genauso gut sein, dass die Heftigkeit ihres Schmerzes eher mit ihrer Zukunft zusammenhängt als mit ihrer Vergangenheit? Kate hat neununddreißig Jahre gebraucht, um jemanden kennenzulernen, den sie so sehr liebt – wenn Nick aus der Beziehung rauswill, wird es jemals wieder eine Liebe für sie geben wie diese?

Es ist für sie unerträglich, hier mitten im Nirgendwo mit ihm in der Falle zu sitzen. Sie hat seit Jahren nicht mehr geraucht und nicht die Absicht, wieder damit anzufangen, aber sie braucht unbedingt jetzt und hier eine Zigarette. Sonst übersteht sie die nächsten achtundvierzig Stunden nicht; nur eine einzige Zigarette.

Als sie sich auf den Weg zum Dorf macht, eilt Nick hinterher und besteht darauf, sie zu begleiten. Sowohl auf dem Hinweg als auch auf dem Spaziergang zurück hält er Kates Hand und bringt sogar die Pläne zu Petes Hochzeit zur Sprache. Er tut so, als hätte es den letzten Abend nie gegeben.

Das macht sie wahnsinnig.

«Was ist los, Nick? Willst du, dass ich ein wenig später bei dir einziehe? Oder war das gestern doch der ungeschickte Versuch einer Trennung»?, fragt sie freundlich. Sie spürt, wie er erneut innerlich dichtmacht.

«Ich weiß nur, dass ich mich vorläufig zurückziehen möchte.»

«Zu deinem Fernseher?», fragt sie verzweifelt.

Mit elender Miene sieht er sie an.

Wenn er glaubt, sie wäre bereit, mit Triluminos zu konkurrieren, hat er sich geirrt.

Ihre Wut geht in Trauer über, verwandelt sich in Schmerz und zu schockierter Ungläubigkeit, während die Stunden sich immer weiter dehnen.

Wie kann er nur hier im Liegestuhl neben ihr sitzen und sein Kreuzworträtsel lösen, als wäre nichts geschehen?

Inzwischen ist Freitag. Sie raucht sich durch das zweite Päckchen Gauloises für heute und spürt erneut, dass sie zornig wird. Immer noch zweiundzwanzigeinhalb Stunden, bevor sie zum Flughafen aufbrechen, und sie soll hier sitzen, als wäre nichts geschehen? Ihr Zorn vermischt sich mit dem Rauch; sie schluckt beides herunter und erstickt fast daran. Ihr Husten bringt Nick dazu, mit einem fragenden Lächeln aufzublicken.

«Nicholas», sagt sie und nimmt einen weiteren tiefen Zug. Sie darf keine Wut zeigen – nein, nein, Wut ist *niemals* gestattet. «Ich weiß, dass du keine Erfahrung mit Beziehungen hast, aber ich habe einen guten Rat für dich.» Sie stößt mit der Zigarette nach ihm. «Zieh so einen *Ich bin verwirrt*-Scheiß nicht im *Urlaub* ab …» Oh nein, jetzt schnürt ihr die Trauer die Kehle zu, und ihre Stimme zittert. Gleich werden wieder Tränen fließen.

Er legt das Kreuzworträtsel beiseite, streckt die Hand nach ihr aus und tätschelt ihre Schulter – so als würde man einen Hund streicheln, obwohl man eigentlich lieber Katzen mag. Sie hasst diese Berührung. «Kate, bitte schäme dich nicht. Es ist toll, solche Emotionen zu sehen. Etwas dergleichen habe ich noch nicht erlebt.»

Sie starrt ihn entsetzt an. Vielleicht war sie die ganze Zeit mit einem täuschend echt wirkenden Androiden zusammen.

Am Tag ihres Heimflugs wacht Kate um zwei Uhr morgens auf. Sie ist verwirrt und von Schmerz erfüllt. Als sie erneut auf Zehenspitzen in Nicks Zimmer schleicht, weil sie hofft, dass er ebenfalls nicht schlafen kann und vielleicht traurig am Fenster steht, verlässt sie der Mut, denn sie findet ihn tief und fest schlafend vor.

Doch als sie genauer hinschaut, sieht sie, dass er sein Kopfkissen in den Armen hält, es an die Brust drückt und sich daran festklammert, als gälte es sein Leben.

5

Wie konnte das überhaupt geschehen? Kate spannt die Kiefermuskeln an und starrt aus dem kleinen Flugzeugfenster.

Sie hat sich gestattet, sich sicher zu fühlen. Jetzt bekommt sie die Quittung dafür. Es ist noch nicht lange her, da sind ihr jede Menge unglücklich dreinschauende, alleinstehende Frauen ihres Alters aufgefallen, die in munter bedruckten Yoga-Klamotten herumlaufen, und sie hat … nun, nicht Überheblichkeit, aber doch ein Gefühl der Erleichterung empfunden, endlich den Untiefen entronnen und sicher an Land zu sein. Wie dumm sie war.

Der Gedanke, ohne Nicks Sinn für Humor, seine reizende Art und sein Hähnchen Cacciatore auskommen zu müssen, lässt ihr das Blut in den Adern gefrieren. Alle ihre Freundinnen sind glücklich verheiratet oder unglücklich verheiratet, ohne sich das einzugestehen, oder geschieden und mit Halbmarathons und Onlinedating beschäftigt. Kate hasst Joggen genauso sehr wie Tinder. Auch die Arbeit wird keine Erholung bieten. Auf ewig mit Melanie zusammenwohnen, Teebeutel und klebrige Haferbreikleckse in der Spüle, unschöne Dates mit Männern, die Phrasen dreschen …

Sie hat keine Lust, damit von vorn anzufangen. Der Gedanke, sich in ihrem Alter *erneut* auf den Markt der Möglichkeiten zu begeben, lässt sie vor Selbstmitleid fast laut aufschluchzen.

Sie wendet sich Nick zu, doch der sitzt mit geschlossenen Augen neben ihr, die Kopfhörer auf den Ohren, und singt lautlos jedes Wort von Springsteens *Born to Run* mit.

Nach der Landung in Stansted ist das Wetter schwül und der Himmel bedeckt.

«Und jetzt?», fragt sie bang. «Soll ich morgen meine Bücher abholen?»

«Sie liegen gut bei mir.» Nick lächelt freundlich.

«Aber … was machen wir?»

«Ich weiß es nicht.»

«Nick, wenn du nicht jetzt mit mir zusammenleben möchtest, bedeutet das, dass du überhaupt nie mit mir zusammenleben möchtest?»

«Nein.»

«Was bedeutet es dann?»

«Es bedeutet … dass ich verwirrt bin.»

«Ist es vorbei mit uns?»

«Nein … Ich weiß es nicht …»

«Und wann wirst du es wissen?»

Er zuckt mit den Schultern. «Ich … ich kann nicht …»

Sie muss diesem Wahnsinn entkommen, bevor sie durchdreht. «Ich muss jetzt heim.»

«Nimmst du nicht den Zug mit mir?», fragt er überrascht und schwingt sich seine Tasche über die Schulter.

«Nein, Nick. Ich nehme den Bus …» Sie zögert und wägt ihren nächsten Schritt ab. Er braucht offensichtlich Raum und Zeit zum Nachdenken. Für sie dagegen wird das Warten unerträglich sein. Wie lange kann sie es längstens aushalten?

Sie hat Angst davor, die nächsten Worte zu sagen, aber sie

sind ihre einzige Hoffnung. «Nick – du hast bis Ende September Zeit, um deine Verwirrung in den Griff zu bekommen. Danach gehen wir den nächsten Schritt entweder gemeinsam, oder es ist vorbei mit uns. Und bis dahin lass mich bitte allein. Ich muss ebenfalls nachdenken.»

Sein Lächeln gefriert. Ernst blickt er sie an. «Was – *überhaupt nicht* miteinander reden, fast *zwei Monate*?»

«Ja. Ich meine, nein. Nicht reden. Ich meine: richtig – wir werden nicht miteinander reden.»

«Können wir nicht einfach so weitermachen wie zuvor?»

«Ich bin mir ziemlich sicher, dass wir das nicht können – nein.»

Er nickt langsam. «Okay. Wenn es das ist, was du wirklich willst.»

Natürlich ist es das nicht, nichts von alldem will sie!

Er beugt sich vor und küsst sie auf die Lippen. Sie steht mit weit geöffneten Augen reglos da.

Als er geht, schwankt sie, als hätte ein starker Windstoß sie gepeitscht.

Im Bus nach London ruft sie Bailey an. Sie wird in kühles weizengelbes Leinen gekleidet in ihrer makellos weißen Küche sitzen und ein Glas Evian trinken. Die ruhige, nüchterne Bailey wird Kate genau erklären, was gerade passiert ist, und alles wird dadurch besser werden.

Tatsächlich hebt Bailey nicht ab. Vielleicht sitzt sie in Laufshorts und ein altes T-Shirt gekleidet im Garten und flirtet mit ihrem heißen jungen Gärtner.

Kate ruft stattdessen ihre Freundin Cara an, denn sie sucht verzweifelt jemanden, der sie beruhigt und ihr sagt, dass sich alles sehr bald zum Guten wenden wird. Doch Cara lässt das nicht sehr wahrscheinlich klingen. Kate legt verärgert auf. Was weiß Cara denn schon? Sie serviert einen Mann ja bereits ab, nur weil er es nicht schafft, einen Waschbrettbauch zu behalten. Kate sollte niemals mehr ihren Rat suchen.

Sie könnte Pete anrufen und sich anhören, was ein Mann zu dem Desaster zu sagen hat, aber er geht bestimmt ganz in seinen Hochzeitsvorbereitungen auf. Dabei will sie ihn nicht stören, die überschwängliche Liebesbegeisterung von Brautpaaren kurz vor dem großen Tag würde sie jetzt sowieso umbringen. Und so ruft sie als Nächstes ihre Nachbarin Emma an, die von Nick begeistert ist, seit er ihren Laptop repariert hat. Emma ist derselben Meinung wie Cara, und Kate beschließt, lieber nicht die Liste ihrer Freundinnen abzutelefonieren, nur um dieselbe negative Prognose immer wieder zu hören.

«Tut mir leid, aber er klingt wie ein Arschloch», sagt die junge Frau, die neben Kate im Bus sitzt und offensichtlich bei den Telefonaten die Ohren gespitzt hat, während sie vorgab, in der *Grazia* zu blättern.

«Kann ich verstehen. Aber Sie müssten ihn kennen, dann würden Sie ihn mögen. Alle mögen ihn. Er ist nur mit seinen eigenen Gedanken beschäftigt. Zum Beispiel hat er letztes Jahr meinen Geburtstag vergessen …»

Der jungen Frau bleibt der Mund offen stehen.

«Er hat seinen *eigenen* Geburtstag ebenfalls vergessen! Er ist kein Autist, aber er lebt in seiner Blase aus Arbeit und Computerspielen. Er ist kein Held, was Emotionen angeht, das stimmt, aber er spielt auch nicht. Ich meine, er spielt Computerspiele, ja, aber Sie wissen schon, was ich meine …»

Die Frau schaut Kate an, als wäre sie verrückt.

«Er kocht phantastisch, er bereitet mir immer wieder wunderbare Mahlzeiten zu …»

Die junge Frau zuckt mit den Schultern. «Können Sie nicht selbst kochen?»

«Doch, natürlich … aber …»

«Aber was? Klingt nicht so, als wäre er die Mühe wert.»

Aber das *ist* er, denkt Kate. Nur kennt ihn einfach niemand so, wie ich ihn kenne.

Als wäre das Leben nicht schon schlimm genug, muss Kate sich auch bei Melanie entschuldigen, die sich zweifellos vor Schadenfreude überschlagen wird. Und das, obwohl Kate sich nur noch ins Bett legen möchte. Bei ihrer Rückkehr muss sie allerdings zu ihrem Entsetzen feststellen, dass sämtliche Sachen aus ihrem Zimmer verschwunden sind und dass ihr bislang mit Büchern vollgestelltes Regal nun eine Sammlung gerahmter Fotos von ihr Unbekannten beherbergt.

Kate reißt den Kleiderschrank auf. Mehr als zehn Paar Jeans und ein Dutzend Kleider blicken ihr entgegen. Kate ergreift mit zittrigen Händen ihr Telefon.

Beim dritten Läuten hebt Melanie ab. «Hi.»

«Wem gehören die Sachen in meinem Zimmer?»

«Kate? Wie schön, du bist wieder da. Wie war dein romantischer Urlaub?»

«Melanie, lenk nicht ab. Wer hat in meinem Zimmer geschlafen.»

«Beruhige dich, Goldlöckchen, es war Steph.

«Wer?»

«Meine Squash-Partnerin. Sie hat das Zimmer übernommen. Das Timing hätte nicht besser sein können – in ihrer alten Wohnung in Tulse Hill hatte sie Mäuse.»

Squash? Mäuse? Tulse Hill? Was hat dieses Durcheinander von Worten zu bedeuten? «Aber das ist mein Zimmer.»

«Du ziehst doch bei Nick ein.»

«Das ist noch nicht sicher, und in jedem Fall habe ich bis Mitte August Miete bezahlt. Du wirst Steph sagen müssen, sie soll sich ein paar Mausefallen kaufen.»

«Sie hat einen Mietvertrag unterschrieben, der ab Anfang August läuft, ein rechtlich bindendes Dokument.»

«Schön, ich kaufe ihr die Mausefallen. Ethisch korrekte Lebendfallen.»

«Du hast mir klipp und klar gesagt, dass du früher weg sein würdest. Meinetwegen kannst du deine Taschen noch eine Woche im Schrank lassen, wenn dir das hilft …»

Kate legt auf und starrt an die Schlafzimmerdecke. In ihrem Kopf setzt ein schrilles Fiepen ein und zersägt alle Gedanken. Sie muss in einem früheren Leben etwas wirklich Furchtbares gemacht haben, womit hätte sie das hier sonst wohl verdient? Erst als ihr Handy zu läuten beginnt, bricht das Fiepen in ihrem Kopf ab.

Nick? Ist es Nick? Der Name auf dem Display raubt ihr den Mut.

«Aah, du bist zurück! War es schön?»

Kate kämpft darum, die Panik aus ihrer Brust zu vertreiben. «Könntest du mich bitte in der Wohnung abholen? Nein, *nicht* in Nicks Wohnung, in meiner. Nein … wirklich nicht … ich brauche *nur für kurze Zeit* dein Gästezimmer. Nein, es geht mir gut – aber ich möchte nicht über Einzelheiten sprechen, und ich möchte wirklich nichts von deinem therapeutischen Geschwätz hören, Mum, *bitte*, das meine ich ernst.»

Vielleicht war sie in ihrem früheren Leben Dschingis Khan, wenn man bedenkt, wie sich der Tag entwickelt hat.

6

In ihrem Alter zu Rita zurückzukehren, um bei ihr zu wohnen, war niemals Teil von Kates Lebensplan. Nicht dass sie je einen richtigen ‹Plan› gehabt hätte, aber wenn alles so gelaufen wäre, wie gedacht, dann hätte sie heute Abend Nick Hähnchen-Fajitas gemacht, um den Beginn ihres gemeinsamen Lebens zu feiern.

Ritas Wohnung ist nüchtern betrachtet vollkommen akzeptabel: eine Dreizimmerwohnung im Heathview-Gebäude, einem in den 1930ern errichteten Wohnblock im grünen Londoner Highgate. Doch sie hat die Wohnung vor zwanzig Jahren unmittelbar nach dem Tod von Kates Vater gekauft, daher bringt Kate Ritas neues Heim unwillkürlich mit dieser schrecklichen Zeit in Verbindung – immer noch. Sie hatte damals gerade begonnen, in Manchester Anglistik zu studieren. Über Weihnachten war sie nach Hause gekommen. Ihr Vater erhielt die Diagnose Anfang Januar. Ostern war er bereits tot. Ein Pankreaskarzinom hatte ihren fröhlichen, geliebten Dad innerhalb weniger schrecklicher Monate in ein kaum wiederzuerkennendes Skelett verwandelt. Kate war von seinem Leiden so traumatisiert, dass sie sich nur noch auf das konzentrieren konnte, was er ihr in seinen letzten geistig wachen Tagen aufgetragen hatte: «Kümmere dich um deine Mutter.»

Kate hatte vorgehabt weiterzustudieren, aber als sie schließlich Rita geholfen hatte, das Haus zu verkaufen, die neue Wohnung zu renovieren, sich mit neuem Schick einzukleiden und Therapeutinnenkurse zu belegen, war mehr als ein Jahr vergangen, und Kate hatte das Gefühl, das eigene Leben vermasselt zu haben. Es war ungefähr dasselbe elende Gefühl des Versagens, das sie auch jetzt empfindet.

«Wenn du nicht zur Uni zurückgehst, brauchst du einen Job», sagte Rita damals. «Warum lässt du dich nicht zur Heilpraktikerin ausbilden? Es gibt so viele Menschen, die Mitgefühl und Hilfe brauchen, und die Stundensätze sind lukrativ.» In den letzten zwei Jahrzehnten ist Rita mit jeder zusätzlichen therapeutischen Qualifikation noch unausstehlicher geworden. Kate vermisst ihren weisen, sanften Vater jeden Tag.

Jetzt biegt Rita in ihre Parkbucht am Heathview-Gebäude ein, zieht die Handbremse und schnaubt. «Bist du mit Stummheit geschlagen?»

Kate schluckt und nickt. Wenn sie den Mund aufmacht, wird sie weinen, dabei hat sie das Weinen längst satt.

Rita dreht den Rückspiegel und bewundert ihr eigenes Spiegelbild. Mit einem manikürten Finger streicht sie sich über die glatte braune Kurzhaarfrisur, und die Silberarmreife an ihrem Handgelenk klimpern wohlwollend. In Kates Kopf hallt es nach, sie hat Kopfschmerzen.

Langsam wie eine Schlafwandlerin steigt sie aus dem Wagen und beginnt, ihre Taschen aus dem Kofferraum zu heben.

«Darling», sagt Rita, die neben sie tritt. «Ich würde dir gern helfen, aber …» Sie deutet unbestimmt auf ihre Leiste.

Kate mustert die Aufmachung ihrer Mutter – wie immer trägt sie weiße Jeans, eine ärmellose pinke Seidenbluse und schwindelerregend hohe scharlachrote Sandaletten, die für eine Seniorin viel zu viel vom gebräunten Zehenansatz sehen lassen. «Könntest du einfach diese Nutten-Sandalen ausziehen und mit anpacken?»

«Es liegt nicht an den Schuhen, es sind meine Oberschenkelmuskeln. Derzeit arbeiten Cole und ich an unserer unteren Körperhälfte.»

Von Rita gefolgt, schleppt Kate eine ihrer Taschen ins Wohnhaus. Als sie das Schild an der Tür des Aufzugs sieht, lässt sie die Tasche wieder fallen.

«Oh, Shit.» Rita verzieht verärgert den Mund. «Sie warten auf ein Ersatzteil. Es kommt anscheinend erst nächsten Mittwoch. Das ist natürlich inakzeptabel, aber was soll man machen?»

Kate presst die Handballen auf ihre Wangenknochen und stößt ein leises Stöhnen aus.

«Darling», sagt Rita und zieht sie an sich. «Nimm dir nicht alles so zu Herzen.»

Aber es ist mein Herz, und es tut mir im wahrsten Sinne des Wortes weh, denkt Kate.

«In unserem Schmerz finden wir auch Segnungen.» Rita setzt ein heiteres Lächeln auf.

Ich bezahle ein Hotel oder schlafe in deinem Auto, so wahr mir Gott helfe. Kate kämpft sich aus Ritas Umarmung frei.

Sie fühlt sich so erschlafft wie ein zu früh aus dem Ofen geholtes Soufflé.

«Komm schon», sagt Rita und stützt sich auf Kates Schulter, während sie erst die eine und dann die andere Sandalette auszieht. «Bring die Taschen herein, dann tragen wir sie zusammen nach oben. Ein gutes Training für meine Gesäßmuskeln.»

Kate liegt in Ritas Gästezimmer auf der Tagesdecke aus Kunstfell. Sie fühlt sich, als hätte sie eine Prügelei hinter sich. Alle Gliedmaßen tun ihr weh, und tief unten in ihrem Rumpf sitzt ein Schmerz. In Frankreich hat Nick am Tag nach dem *Herumeiern*, wie Kate es nennt (weil es wesentlich weniger endgültig klingt als *abservieren)*, ein Hähnchen mit selbstgemachten Fritten gebraten. Wie konnte er es wagen, Fritten zu machen, obwohl Kate keinen Bissen hinunterbekommen konnte? Sie hat es versucht, aber nach zwei Bissen musste sie würgen. Noch nie zuvor hat sie ihren Appetit verloren, aber seit diesem entscheidenden Moment in ihrem Urlaub richtet er sich nur noch auf eines: Glimmstängel. Wenigstens wird sie Gewicht verlieren, *verborgene Segnungen,* in der Tat.

Sie schaut auf Ritas Bücherregal. Ihre Mutter sagt immer, sie könnte schwören, dass Kate adoptiert sei, wäre da nicht ihre gemeinsame Liebe zu Büchern, aber Ritas Sammlung ist schlimmer als Nicks Algebra-Lehrwerke: *Bemuttere dein inneres Kind, Licht in den dunkelsten Winkeln des Lebens.* Kate blickt auf ihre Taschen, die in einer schwach erleuchteten Ecke gestapelt stehen. Praktisch gesehen, ist sie jetzt obdachlos. Trotzdem, warum sollte sie ihre Sachen auspacken? Dies ist nicht das Ende der Beziehung – das sagt ihr Bauchgefühl ganz eindeutig. Sie weigert sich, das alles persönlich zu nehmen. Nick ist ein gefühlsscheuer Mann, wie er im Buche steht. Das ist nicht seine Schuld, seine Eltern – eine überaus fromme Mutter und ein manisch-depressiver Vater, die inzwischen beide tot sind – waren in Nicks Kindheit emotional vollständig abwesend. Deswegen zieht sich Nick so oft in seinen Kopf zurück und verbringt leidenschaftlich gern unendlich viele einsame Stunden damit, ein Kreuzworträtsel zu lösen. All dies ist nicht Kates Schuld, und sie wird nicht zulassen, dass Nicks Vergangenheit ihre Zukunft diktiert. Nick ist großzügig, und er macht phantastische Lasagne, das ist nicht irgendetwas. Letzten Monat haben sie einen kompletten Sonntag damit zugebracht, alte Kinderfotos durchzusehen, und sich bei dem Gedanken amüsiert, welche Nerds ihre Kinder wohl einmal werden würden. Kate wird dieser Beziehung nicht einfach den Rücken kehren, ohne dafür zu kämpfen.

«Darling», unterbricht Ritas Stimme ihre Gedanken. «In fünf Minuten gibt es Abendessen.»

Kates Handy klingelt. Sie wühlt verzweifelt in ihrer Tasche, und erneut verlässt sie der Mut. Bailey ist nicht Nick.

Genug davon! Es wird Zeit, etwas Produktives zu tun. Sie steht auf, macht das Fenster auf und zündet sich eine weitere Zigarette an.

«Iss etwas», sagt Rita stirnrunzelnd und schiebt den Teller näher zu Kate. Sie hat Hähnchen-Kiew von Marks & Spencers und zwei Kartoffelwaffeln von Bird'Eye besorgt – Kates Lieblingsspeisen, als sie ein Kind war. «Nimm eine Waffel. Ich hab sie extra für dich aufgebacken.»

Misstrauisch beißt Kate eine Ecke ab. Die Waffel schmeckt säuerlich – das ist wahrscheinlich nicht Ritas Schuld, sondern liegt am Nachgeschmack des Nikotins.

«Also, was hast du gemacht, um ihn dazu zu bringen, dich abzuservieren? Du sagtest, er hat von *Rückzug* gesprochen. Was genau ist passiert?»

«Ich möchte *nicht* darüber reden.»

Rita klemmt sich eine Olive zwischen zwei Fingernägel

und wirft sie sich in den Mund. «Du hast in seiner Wohnung Sachen zurückgelassen?»

Warum nur hat sie das getan? Das war völlig überflüssig – all ihre Lieblingskochbücher von Jamie Oliver, Nigel Slater und ihrer geliebten Angela Hartnetts. Und als Strategie war es eindeutig nicht zielführend.

«Dann lass uns hinfahren und sie holen.» Rita stützt sich beim Aufstehen am Tisch ab. «Du brauchst ein sauberes Ende, damit du trauern kannst.»

Sanft berührt Kate ihre Mutter am Arm. «Mum, es ist nicht vorbei. Nick ist verwirrt. Am Flughafen klang es so, als wollte er keine Trennung …» Sie bricht hilflos ab.

Ritas Oberlippe zuckt. «Du muss das Ruder wieder übernehmen. Sag ihm, es heißt entweder ja oder nein.»

«Mum, das habe ich gemacht. Ich gebe ihm bis Ende des nächsten Monats Zeit.»

«Dann lässt du also fast acht Wochen lang den Kopf hängen, bis er dich metaphorisch gesprochen noch einmal ins Gesicht schlägt? Hör auf, das Opfer zu sein. Du musst die Haltung einer schönen, kraftvollen Frau annehmen, der die Männer zu Füßen liegen. Sophia Loren würde nicht herumsitzen und warten, Sophia Loren würde hinfahren und sich ihre Bücher holen. Allerdings würde Sophia Loren wahrscheinlich auch keine Beziehung mit einem Mann anfangen, dessen Weihnachtspartyscherz darin bestand, einen furzenden Roboter darzustellen …»

«Das war aus der Fernsehshow, die wir gesehen hatten! Und er war beschwipst. Er hatte gerade ein wunderbares Essen für uns gekocht, und du erinnerst dich nur an den Roboter?» Kates Augen füllen sich erneut mit Tränen, als sie daran denkt, wie glücklich sie am Weihnachtsmorgen aufgewacht war, in dem Wissen, dass der Tag mit Gelächter und dem Gefühl der Gemeinsamkeit gefüllt sein würde, nach dem sie sich ihr ganzes Leben gesehnt hatte.

«Möchtest du einen Joghurt oder so?», fragt Rita. «Danach erstellen wir eine Liste der Dinge, die du vor deinem vierzigsten Geburtstag in deinem Leben unbedingt in Ordnung bringen musst.»

«Oh, Gott im Himmel, Mum, nein, bitte nicht heute Abend. Ich habe keinen Hunger. Mein Vierzigster ist noch lange hin. Und vorläufig bin ich in meinem Zimmer.»

7

Als Kate am Montagmorgen zur Arbeit geht, verkrampfen sich ihre Kiefermuskeln. Drei Gedanken kreisen ihr durch den Kopf, als sie bei Fletchers durch die Drehtür tritt und sich dazu zwingen muss, nicht sofort kehrtzumachen und heimzugehen. Ihr erster Gedanke ist: *Lass mich den heutigen Tag ohne Weinen überstehen.* Der zweite: *Wird Nick mich heute anrufen?* Der dritte: *Ist es noch zu früh für eine Zigarettenpause?*

Kate hat im Todesjahr ihres Vaters in der Weihnachtszeit mit der Arbeit im Fletchers Supermarket angefangen. Eigentlich wollte sie nur eine Weile an der Kasse sitzen: Sie wollte ein halbes Jahr jobben, Geld fürs Reisen verdienen und herausfinden, was sie mit ihrem Leben anfangen wollte – vorzugsweise etwas, das mit Schreiben oder mit Essen zu tun hatte. Doch dann wurde in der Zentralverwaltung eine Stelle frei, und ihr Chef, der ihr Potenzial erkannte, reichte ihre Unterlagen ein. Weil Kate Rita nicht alleinlassen wollte, nahm sie den Job an. Neunzehn Jahre und drei Versetzungen in andere Abteilungen später gehört sie heute praktisch zum Inventar und ist so vertraut mit ihrer Arbeit, dass sie sie im Schlaf erledigen könnte. Trotz der Langeweile, die sie manchmal beschleicht, mag sie ihre Kolleginnen und Kollegen, und die festen Arbeitszeiten bedeuten, dass sie sich mit ihren Freundinnen treffen und ihre Freizeit genießen kann.

Auf dem Weg zu ihrem Schreibtisch denkt Kate an das erste Date mit Nick zurück. Wie sehr hatte sie sich doch davor gefürchtet, dass er sie nach ihrem Job fragen würde. Zum Glück redete er den ganzen Abend selbst, aber auf eine angenehme, unaufdringliche Weise. Er fing mit Fraktalen an, ging dann zu Fibonacci-Zahlen und der Playfair-Verschlüsselung über … Es war, als lauschte sie einem faszinierenden Vortrag, der jedoch von einem gut aussehenden Mann mit funkelnden grünen Augen gehalten wurde, während sie den von ihm ausgegebenen Rotwein süffelte. Beim zweiten Date stellte er die leidige Frage nach ihrer Arbeit dann doch.

«Ich bin stellvertretende Leiterin der Abteilung Werbetext für das Ladenmarketing von Fletchers Supermarket – Fertigmahlzeiten und Chilled Solutions!»

«Chilled Solutions? Das klingt wie eine schreckliche Coverband von Groove Armada. Ich bin mir nicht sicher, ob ich weiß, was diese Wortkombination bedeutet.»

Kate war zu diesem Zeitpunkt bereits klar, dass Nick der intelligenteste Mann war, den sie je kennengelernt hatte, ging aber trotzdem auf seine Frage ein. «Es bedeutet, dass mein Chef Devron zum Beispiel mit so etwas zu mir kommt.» Sie zeigte ihm ein Handyfoto. «Dann erklärt er mir: ‹Hier ist der Goldstandard. Davon will ich mehr.›»

«Eine Schachtel Dill von Waitrose?», fragte Nick verwirrt.

«Schau dir die Worte an, Nick, schau: *Delikater Dill. Gönn dir den guten Geruch und Geschmack. Lecker zu Lachs.*»

«Was genau soll ich mir anschauen?»

«Vorn auf einer Packung kann man in der Regel *eine* Alliteration unterbringen – rosiger Rhabarber, großartiger Granatapfel, Orangen sind allerdings immer schwierig. Aber drei verschiedene Konsonanten und das vierfache G? Wenn man eine solche Zeile schreibt, ist das sehr befriedigend. Es ist, wie wenn man beim Scrabble alle sieben Buchstabensteine verwendet und dabei auf einem dreifachen Wortwert landet.»

«Jetzt versteh ich! Und bewirkt dieser Spruch tatsächlich etwas? Entweder man braucht Dill, oder man braucht ihn nicht. Dill oder nicht Dill, das ist hier die Frage.» Er grinste.

Nur weil sie ihn so gern mochte, ließ sie ihm den Scherz durchgehen.

«Und das ist ein Ganztagsjob?», fragte er.

«Wir machen ihn zu zweit, ich und eine ziemlich streitsüchtige Frau namens Annalex.»

«*Zwei* Leute?»

«Ja, ja, ich weiß, dass du, Nick Sullivan, mit der Macht der Mathematik eigenhändig einen Mann zum Mond schicken kannst, aber könntest du auch zwei im Clinch liegende Abteilungsleiter davon überzeugen, dass sie keine weiteren Aufdrucke für Currys oder Pies brauchen, obwohl ein dritter Abteilungsleiter sie für Coated Protein braucht?»

«Ich wage nicht zu fragen …»

«Nach Coated Protein? Das ist tatsächlich ein Anlass zu Furcht und Schrecken. Alles mögliche Panierte, so was wie bei McNuggets, nur schlechter.»

«A whole new world …» Nick sang die Zeile des Songs an. «Du bist also tatsächlich Autorin?»

«Ja – genau wie Shakespeare, nur mit Sprüchen à la ‹Zwei zum Preis von einem›. Außerdem entwerfe ich die Beschriftung der Regaletiketten – das sind die Dinger, die unter den Hähnchenschenkeln angebracht sind. Manchmal ist es kniffflig, und ich eiere ein bisschen rum.»

Nicks Augen leuchteten auf, und er griff nach ihrer Hand. «Ach, Kate, bitte – erzähl mir mehr vom Herumeiern.»

Nun, inzwischen eiert Nick selbst herum, und Kate findet es furchtbar. Sie schüttelt die Erinnerung von sich ab, greift nach dem Kaffee auf ihrem Schreibtisch und starrt ins Leere.

Eine volle Viertelstunde schafft sie es zu arbeiten, dann taucht Kavita auf.

«Na, wie war der Urlaub?»

Kate versucht zu lächeln, doch mehr als eine Grimasse bringt sie nicht zustande, was für Kavita Anlass genug ist, sie zur Befragung in die Küchenecke zu ziehen. Eigentlich möchte Kate nicht über Nick reden, sie möchte mit ihrer Arbeit weitermachen, aber Kavita bleibt beharrlich, und so glücklich verheiratet, wie sie ist, hat sie vielleicht eine ermutigendere Perspektive.

Also berichtete Kate, und Kavita hört zu. In den entscheidenden Momenten zieht sie die dunklen Augenbrauen zusammen. Sie ist eine gute Zuhörerin.

«Ich glaube, ich habe immer noch einen Schock», sagt Kate. «Er hat mir widersprüchliche Signale gegeben. Deswegen bin ich ziemlich durch den Wind.»

«Ein Toast?», fragt Kavita und bietet ihr mit vorsichtigem Lächeln eine dick mit Erdnussbutter bestrichene Scheibe an.

Kate schüttelt düster den Kopf.

«Oh nein, es steht wirklich schlimm», sagt Kavita betrübt. «Nick benimmt sich wie ein absoluter Idiot. Trotzdem … Dom und ich mögen ihn sehr. Wir haben ein Gespür für Menschen. Nick hat eine zweite Chance verdient. Aber wirklich nur die eine, vergiss das nicht. Wenn er schon vor dem Zusammenziehen so ist, fragt man sich doch, wie zuverlässig er wohl sein wird, falls ihr zusammen ein Kind habt. Das Leben wird ja nicht einfacher …»

Ein Kind? Mit Nick? So weit in die Zukunft wagt Kate gar nicht erst zu denken. Sie möchte nur dahin zurückkehren, wo sie vor einer Woche mit Nick war, und zwar so schnell wie möglich.

Nach der Arbeit legt sich Kate aufs Bett und schaut aus dem Fenster in den schönen Sommerabend. Sie weiß, dass sie ausgehen sollte, eine Freundin besuchen, aber im Moment ist sie alles andere als gesellschaftsfähig und außerdem so erschöpft vom Grübeln, dass die wenige Energie, die sie hat, nur noch dazu reicht, ins Bett zu gehen und noch ein bisschen mehr zu grübeln. Es kommt ihr vor wie eine merkwürdige Sucht, ohne Highs und nur mit tiefen Downs. Jedes Mal wenn sie eines der gemeinsamen Fotos auf ihrem iPhone betrachtet, fühlt es sich wie ein Akt der Selbstverletzung an. Vielleicht sollte sie sie löschen. Aber wie könnte sie das auch nur mit einem einzigen Foto tun?

Als Rita sie ruft, schleppt Kate sich aus dem Bett. Im Wohnzimmer sitzt ihre Mutter mit Geraldine Marks aus Wohnung vierzehn auf dem Sofa, vor ihnen stehen zwei große Gin Tonic.

«Du erinnerst dich an Gerry?», fragt Rita und winkt Kate mit dem Glas.

«Du Arme», sagt Gerry, als Kate sich für einen Kuss über sie beugt. «Und während du in deinem Supi-Urlaub warst ...»

Kate wirft Rita einen strengen Blick zu. Die zuckt mit den Schultern. «Gerry hat mich nur gefragt, warum du in deinem Alter wieder bei mir wohnst.»

«Nichts ist verkehrt daran, bei Mummy zu leben», sagt Gerry. «Jeremy wird nächsten Monat einundfünfzig und lebt auch bei seiner Mummy. Wir könnten nicht glücklicher sein. Ooh, Rita, habe ich dir erzählt, dass er gerade diesen berühmten norwegischen Krimiautor verpflichtet hat?»

«Sag ihm doch, dass er einmal vorbeischauen soll», fordert Rita sie lächelnd auf. «Jeremy und Kate könnten sich über Bücher unterhalten. Und vielleicht noch über andere Dinge ...»

Rita und Gerry wechseln hoffnungsvolle Blicke.

Ja, Mutter, bitte verkuppele mich so schnell wie möglich mit der Antwort des Heathview-Gebäudes auf Norman Bates aus Psycho, denkt Kate.

«Darling», sagt Rita, «in fünf Minuten beginnt hier die Bewohnerversammlung. Sei doch so lieb und mach uns die Schriftführerin, du schreibst so gut. Und du könntest auch die Knabbereien herumreichen.»

Kate schüttelt den Kopf. «Tut mir leid, ich habe in meinem Zimmer noch einiges zu erledigen.»

Rita seufzt. Als Kate sich zurückzieht, hört sie ihre Mutter noch sagen: «Kate ist in den Hungerstreik getreten, meine Tochter ist furchtbar überempfindlich ...»

Zurück in ihrem Schlafzimmer, dessen Tür sie energisch hinter sich schließt, nimmt Kate ihr Tagebuch hervor und blättert zum Juli zurück. *Ich habe seit einer Woche ein komisches Gefühl*, hat Nick ihr im Urlaub gesagt. Okay, was war da los in der Woche vor dem Urlaub? Am Abend vor dem Flug hat er Spaghetti Carbonara für sie gekocht; alles war in bester Ordnung. Am Abend davor hat Nick im Kino ständig ihre Hand gehalten, und zwar so ausdauernd, dass Kate Mühe hatte, ihre Schokorosinen zu essen. Die ganze Woche war er so liebevoll wie immer gewesen. Mit der Präzision einer Forensikerin geht Kate weiter zurück – Woche für Woche.

Sie hört, wie die Wohnungstür geöffnet wird, anschließend ertönt ein belustigtes Quieken, gefolgt von Gekicher, das immer lauter wird, und schließlich knallt ein Sektkorken – es klingt eher nach einer Schlüsselparty als nach einer Bewohnerversammlung.

Kate nimmt ihren iPod heraus, um den Lärm zu übertönen. Ihre Mutter hat ganz entschieden mehr Spaß als sie selbst. Sie setzt sich die Stöpsel ins Ohr. Keine gute Entscheidung: Die Musik erinnert sie an Nick, daran, wie sie um zwei Uhr morgens im Wohnzimmer zu Songs von Faith getanzt, wie sie an Heiligabend aus voller Lunge «Fairy Tale of New York» gesungen haben, und daran, wie Nick es damals geschafft hat, Karten für dieses tolle, ausverkaufte Konzert von Phoenix im Empire zu bekommen. Oh, Moment mal. Lag vielleicht hier das Problem? Beim Konzert von Patti Smith im Juni tauchte Nick an der Bar des Roundhouse auf, gab Kate zur Begrüßung einen Kuss, setzte sich und widmete sich seinem iPad. Sie nahm damals an, dass es mit seiner Arbeit zu tun hatte, aber als sie ihn danach fragte, antwortete er, er lese einen Artikel im *New Scientist* über die Dunkle Materie. Er verkündete das mit einem solchen Entzücken, dass Kate sich zickig vorkam, als sie ihm erklärte, er gebe ihr das Gefühl, unsichtbar zu sein, wenn er während eines Dates in einer wissenschaftlichen Zeitschrift lese. Er nannte sie daraufhin scherzhaft eine Diva und sie ihn scherzhaft einen Arsch. Dann lachten sie, weil sie ja beide nur gescherzt hatten, oder? Sie hat ihn doch bestimmt nicht schwer gekränkt, weil sie ihn einen Arsch genannt hat? Er hatte sich ja *tatsächlich* ein bisschen wie einer verhalten …

Was treibt ihre Mutter nur in der Wohnung? Dumpfe Schläge sind zu hören, gefolgt von erneutem Gelächter. Und was treibt Nick gerade? Sitzt er auf seinem Sofa und stellt fest, dass er nicht ohne Kate leben kann? Nein, es ist 20.30 Uhr. Bestimmt schaut er jetzt *Only Connect* auf seinem geliebten Fernseher.

Kate würde alles dafür geben, wenn er in diesem Moment den Fernseher ausschalten und nach dem Telefon greifen würde.

«Darling!», kreischt Rita. «Wir brauchen dich!»

Kate stapft ins Wohnzimmer.

«Du erinnerst dich an Marco und Rodney? Und an John Pring aus der Fünfundzwanzig und Lizzette aus der Dreiunddreißig. Lizzette hat sich den Fuß verknackst, darum habe ich ihr angeboten, dass du Cookie spazieren führst.»

«Ist sie nicht süß?», fragt Lizzette, holt ihr Handy heraus und zeigt Kate den Displayschoner: Darauf ist ein Welsh-Terrier mit riesigen braunen Augen zu sehen, die eine Spur von Wahnsinn in sich tragen. Sein rötlich blondes Lockenfell ähnelt Lizzettes Haar durchaus. «Sie ist eine ganz Liebe.»

«Außer dass sie das Grundstück verunreinigt!», sagt John Pring. «So hört man es jedenfalls.»

«Das würde Cookie *niemals* tun. Es ist Lorna Bleechers Schnauzer, der nach Einbruch der Dunkelheit kackt, aber sie gibt der armen Cookie die Schuld – Lorna hat eine Borderline-Persönlichkeitsstörung, das hat Rita mir gesagt.»

Im Nullkommanix wird Kate in eine Verschwörungstheorie hineingezogen, in der es darum geht, wessen Hund heimlich auf dem Grundstück seinen Haufen setzt, wer im Wohnblock ein Soziopath ist (Lorna und möglicherweise auch Mikhail, der Nachtportier) und wer seinen Müll im Korridor des ersten Stocks entsorgt und sie alle dem Risiko einer Mäuse- und Rattenplage sowie der Beulenpest aussetzt. Dann sorgt Gerry dafür, dass sie alle den uralten Fernsehsketch *Who's On First?* von Abbott und Costello schauen. Erst als John und Lizzette anfangen, sich wegen erhöhter Nebenkosten zu streiten, ergreift Kate die Gelegenheit, sich mit einer Entschuldigung zurückzuziehen.

Und da ist sie! Die Belohnung für ihren Kummer, ihre Geduld und ihre Bemühungen, höflich zu den Nachbarn ihrer Mutter zu sein: eine Nachricht von Nick.

Ihr Herz setzt einen Schlag aus, während sie das Handy zärtlich umfangen hält.

Du fehlst mir sehr. Ich habe meinen Freunden von Frankreich erzählt. Sie sagen, ich sei ein totaler Idiot.

Hm. Was soll sie damit anfangen? Ist diese Information als Entschuldigung gedacht? Entschuldigungen enthalten normalerweise das Wort «Entschuldigung». Kates Daumen zuckt, während sie versucht, die perfekte Antwort zu formulieren – eine Nachricht, die die vergangenen Tage ungeschehen macht, die Nick klarmacht, was er verloren hat, und die, zum Teufel, auch Krebs heilen kann …

Es spielt keine Rolle, was deine Freunde denken, entscheidend ist nur, was du selbst denkst. Natürlich fehle ich dir. Wir waren glücklich. Wenn du Zweifel an deinen Zweifeln hattest, hättest du sie für dich behalten sollen!

Sie drückt nicht auf *Senden.* Das hier ist nicht gut genug – ihre Antwort ist nicht gut genug, aber das liegt daran, dass auch Nicks Nachricht es nicht ist. Sie hat hier wohl keinen Mann vor sich, der auf Knien demütig um Verzeihung bittet.

Sie wird abwarten, diesen grauenhaften Schmerz in der Brust ertragen und hoffen, dass Nick in den nächsten sieben Wochen, zwei Tagen und dreieinhalb Stunden eine eindrucksvollere Geste macht – denn weniger reicht nicht mehr.

8

An der Wand über dem Bett hat Kate ein DIN-A4-Blatt befestigt. Jeden Abend malt sie ein weiteres rotes Kreuz darauf, um sich selbst zu zeigen, dass sie wieder einen Tag überstanden hat. Es fühlt sich an, als zählte sie die Tage wie im Gefängnis – einem ziemlich luxuriösen Gefängnis mit einer weichen fliederfarbenen Tagesdecke auf dem Bett. Heute ist der fünfzehnte Tag, und jeder der vergangenen vierzehn kam ihr so vor, als machte sie einen Drogenentzug. Doch sie hatte noch keinen Rückfall. Und zu Nick hat sie keinen Kontakt aufgenommen, worauf sie sehr stolz ist.

In den meisten Nächten träumt Kate, dass sie mit Nick glücklich zusammenlebt. Dieses schöne Gefühl bleibt nach dem Erwachen noch einige Augenblicke erhalten, bevor die Wirklichkeit sie wieder einholt und sich wie ein schmerzhaftes Band um ihre Brust legt.

Wenn sie früher an Nicks Seite aufgewacht ist und er noch schlief, betrachtete sie unbeobachtet sein lächelndes Gesicht und fühlte sich sicher. Wenn er dann ebenfalls aufwachte und die Augen aufschlug, wurde sein Lächeln breiter, sobald er sie sah, und sie empfand eine tiefe Freude, dass sie beinahe jede Nacht neben dieser sanften Seele einschlafen durfte.

Jetzt liegt Kate an den Wochenenden im Bett und umarmt die Bettdecke. Sie legt eine Hand auf die andere und verflicht die Finger. Dabei stellt sie sich vor, sie hielte nicht ihre eigene Hand.

Komm schon: raus aus dem Bett. Sie zieht die Vorhänge auf, wird von hellem Sonnenlicht empfangen und ist entmutigt. Ein weiterer schmerzhaft schöner Sommersonntag. Drinnen zu bleiben und die Sonne nicht auszunutzen, käme ihr wie eine Kapitulation vor. Sie könnte zum Bauernmarkt gehen; nichts hindert sie daran, nur dass alles, was sie dort sehen oder riechen würde, an Nicks Abwesenheit erinnern wird. Sie hatte nicht gewusst, dass sie beim Kauf eines Apfels aus voller Kehle lachen konnte, bis sie damals im Herbst ein Dutzend Sorten kosteten und Nick jedem Apfel eine alberne Stimme gab; es war zum Schreien. Nick, Nick, Nick, Nick, Nick … Sie hat es satt, über ihn nachzudenken.

Handy und Fluppen sind zu ihren Krücken geworden. Sie verabscheut sich dafür, dass sie beiden verfallen ist. Jedes Mal, wenn sie ihr Handy hochfährt, kommt es ihr so vor, als legte sie den Finger auf die Pulsader einer Leiche, in der verzweifelten Hoffnung, dass sie wieder zum Leben erwacht.

Sie steckt fest und hat ihr Leben auf Eis gelegt, weil sie auf eine weitere Nachricht von Nick wartet. Natürlich könnte sie sich damit abfinden, dass er ein Scheißkerl ist und dass es zu Ende ist – aber das passt nicht zu dem Nick, den sie kennt. Warum sollte sie das also tun?

Sie ist fest entschlossen, nicht den ganzen Sommer mit Grübeleien über Nick zu verschwenden – was in etwa so ist, als würde sie beschließen, sich dem Sog der Schwerkraft zu widersetzen.

Ein Dutzend Briefe hat sie Nick geschrieben – im Kopf in ihrer Lunch-Pause, in der Bahn, im Bett. Manche sind nett, andere voller Wut; zum Glück hat sie keinen von ihnen abgeschickt.

Der August schleppt sich über einen endlos langen gesetzlichen Feiertag in den September hinein. Noch bleiben weitere dreißig Tage, bis die Frist verstrichen ist, die sie Nick gesetzt hat.

Sie wünscht sich verzweifelt etwas Ablenkung, aber Nick besetzt alle ihre Gedanken so gründlich, dass er wie ein weißes Rauschen alles andere aus ihrem Kopf verdrängt. Rita erklärt ihr immer wieder, sie sei selbst Herrin ihrer Gedanken, aber das ist absurd. Es ist, als versicherte sie Kate, diese habe ihren Appetit in der Gewalt – so als könnte Kate sich nach einem einzigen Bissen von einem köstlichen Stück Kuchen abwenden und es stehenlassen. Das geht einfach nicht.

Sie würde eine Niere dafür hergeben, sie braucht ja wirklich nicht zwei. *Er soll anrufen, bitte, einfach nur anrufen.*

9

Heute ist ein ganz besonders schwieriger Freitag. Devron ist bei der Teamsitzung anwesend. Dort zeigt Kates Chef sich nur, um entweder gute Nachrichten zu verkünden (wenn er mal wieder zu Fernsehaufnahmen in ein exotisches Land fliegt) – oder schreckliche (wenn es Weihnachten keinen Mitarbeiter-Discount gibt). Und was wird er heute verkünden?

Kate ist so sehr damit beschäftigt, im Kopf eine weitere E-Mail zu verfassen, die sie Nick nicht schicken wird, dass sie nicht merkt, wie sich die Stimmung im Raum verändert. Sie wird erst aus ihren Gedanken gerissen, als sie den vertrauten Euphemismus hört: *den Shareholder Value maximieren.*

Sie setzt sich kerzengerade und hört mit einem grässlichen und unbestimmten Gefühl, dass sich hier eine Katastrophe zusammenbraut. Devron erklärt, dass es im Marketing Einschnitte geben wird. Zusammen mit drei weiteren Teammitgliedern werden entweder Kate oder Annalex diesen November entlassen – sie können aber auch jederzeit freiwillig gehen und eine Abfindung erhalten.

Nein. Nicht *schon wieder.* Nicht jetzt.

Es ist die vierte Umstrukturierung in den letzten zehn Jahren. Kate hat die vergangenen drei überstanden, aber jedes Mal verfolgte sie Monate lang eine unbestimmte Angst, die sich wie ein Schatten an sie heftete. Und was, wenn sie bei der jetzigen Runde nicht durchkommt?

Devron formuliert derzeit noch die «methodographischen Parameter» des Prozesses und wird das Team nächste Woche erneut informieren.

Es spielt keine Rolle, dass Kate ein Dutzend Werbetexter-Preise gewonnen hat, während Annalex sämtliche ihrer eigenen Ideen aus einem Handbuch für Kreative abkupfert, das sie bei ihrem früheren Arbeitgeber Pharmacore mitgehen ließ. Dort hat sie fünf volle Jahre an einer einzigen Kampagne für eine Mundspülung gegen Zahnfleischentzündung gearbeitet.

Es spielt keine Rolle, dass Kate sechsundvierzig zusätzliche Produkte betextet, da Annalex erst kürzlich die Karte der eingefleischten Vegetarierin ausgespielt hat, um nicht für das sommerliche Grillgut eingesetzt zu werden. Dabei hat Kate gesehen, wie sie gleich am nächsten Tag ein Wurst-Ei-Sandwich verdrückt hat.

Es spielt nicht einmal eine Rolle, dass Devron Worte wie Methodographie erfindet und überhaupt nicht in der Lage ist, jemandes Chef zu sein.

Kates Zukunft als Arbeitnehmerin wird von einem Mann entschieden, der noch nicht weiß, was er will, und der keine Ahnung hat, wann er es wissen wird. War ein einziger unentschiedener Mann in ihrem Leben nicht schon einer zu viel?

Als sie aus dem Besprechungszimmer gehen, spürt Kate einen pulsierenden Druck im Magen. Dave, der Produktionschef, flüstert ihr mitfühlend zu: «Du bist zu gut für Fletchers, Kate. Ich an deiner Stelle würde die Abfindung nehmen und das Weite suchen.»

Kate kann sich nicht erinnern, wie sich Weite anfühlt, geschweige denn, wie sie dieses Gefühl finden sollte.

Ihre Stimmung bessert sich auch nicht, als sie zu Hause eine weitere To-do-Liste auf der Küchentheke vorfindet:

- *Marcos und Rodneys Pflanzen gießen – die Jungs machen Urlaub in Barcelona. Der Schlüssel ist beim Portier.*
- *Lies: Gesunde Grenzen – wie man sie schafft, wie man sie durchsetzt. Steht in meinem Regal.*
- *Bitte vor 21.00 Uhr mit Lizzettes Cookie spazieren gehen.*

Kate liebt Tiere, und so war sie im Prinzip damit einverstanden gewesen, dass ihre Mutter sie für Hundespaziergänge feilbot. Außerdem hat sie neulich erst gelesen, gemeinsame Zeit mit einem pelzigen Freund könne helfen, Stresshormone abzubauen.

Cookie ist unberechenbar: mal liebevoll und mal psychotisch. Sie springt an Leuten hoch und schnappt zu. In einige von Kates liebsten Röcken hat sie bereits mehrere große Löcher gerissen. Obgleich sie Kate nur bis zum Knie geht, kann sie wahnsinnig hoch springen, wie neulich Abend, als Kate mit ihr spielte und Cookie in besonders spielfreudiger Laune mit ihrem drahtigen Körper in die Luft gesprungen ist und am Ellbogen ein großes Stück aus Kates gestreiftem Lieblings-T-Shirt gebissen hat. Außerdem füttert Lizzette Cookie eindeutig mit verdächtigen Vitaminen, und jetzt hockt Kate mitten auf der Highgate High Street und sammelt warme, flüssige Scheiße ein. Das baut Kates Stresshormone mit Sicherheit nicht ab.

Zurück in der Wohnung will Kate es sich gemütlich machen und geht in Unterhosen und einem alten Unterhemd in die Küche. Da hört sie, wie die Wohnungstür aufgeschlossen wird. Sie kann gerade noch eine Schürze überwerfen, bevor Rita die

Küche betritt, dicht gefolgt von einem gut aussehenden Mann in den Fünfzigern, der Freizeithosen und ein rosa Shirt trägt.

«Solltest du nicht Cookie spazieren führen?» Rita ist verärgert.

«Schon erledigt», antwortet Kate knapp. «Übrigens: Mit Lizzettes Knöchel ist alles in Ordnung. Ich habe sie vorhin in High Heels gesehen. Ich wusste nicht, dass du Besuch mitbringen würdest», fügt sie leicht bestürzt hinzu. Dann flüstert sie: «Ich habe keinen Rock an, du sagtest doch, du wärest heute Abend unterwegs.»

«Patrick, das ist meine minderjährige Tochter Kate. Sie ist normalerweise keine Exhibitionistin, aber ich bringe dich mal schnell ins Wohnzimmer, während sie sich etwas überzieht.»

Kate geht seitwärts, während sie den Rückzug in ihr Zimmer antritt. Hoffentlich merkt Patrick nicht, dass ihr halber Hintern im Toaster gespiegelt wird. Ihr Gesicht brennt vor Scham. Das alles ist Nicks Schuld – sie wäre niemals in diese demütigende Lage geraten, hätte er nicht so dumm und selbstsüchtig *herumgeeiert*. Im Bett entwirft sie eine weitere wütende E-Mail, die sie niemals abschicken wird:

Nick – eines Tages wird dir auffallen, dass ich endgültig weg bin, aber dann ist es zu spät. Man bekommt keine zweite Chance, wenn man sich so verhält wie du: wenn man eine Frau bittet, bei einem einzuziehen, dann aber einen Rückzieher macht, nachdem die Frau bereits ihre Wohnung gekündigt hat, sodass sie nun bei ihrer narzisstischen, nuttigen Mutter leben muss. Schau du nur in deinem dicken, fetten TV fern – ich suche mir ein besseres Leben.

Dies ist wahrscheinlich die verzweifelste von all ihren bescheuerten E-Mails – einerseits, weil Nick sie nicht um eine zweite Chance gebeten hat, und andererseits, weil es kein «besseres Leben» ist, wenn man einen kindischen Wutanfall bekommt und sich dann an einem Freitagabend um 20.40 Uhr ins Bett zurückzieht, während die eigene Mutter im Nachbarzimmer ein erstes Date mit schlüpfrigem Abschluss genießt.

Kate ist zu aufgebracht, um einzuschlafen. Sie hat bis jetzt der Versuchung widerstanden, sich in die Nähe der Bücherregale ihrer Mutter zu begeben, aber sie würde Nick so gern verstehen, herausfinden, was eigentlich los ist, und auf diese Weise lernen, sein Problem zu beheben. Vielleicht enthalten diese Bücher ja die Antwort.

10

Darling, es ist Viertel nach zehn, und du musst noch die Pflanzen gießen», ruft Rita und klopft an Kates Schlafzimmertür. Kate hat kaum Zeit, sich die Augen zu reiben, da steht ihre Mutter auch schon im Zimmer. Auf dem Bett verstreut liegen Bücher mit Titeln wie *Bindungstheorie, Narzisstische Persönlichkeitsstörung* und *Warum entschuldigst du dich nicht?*.

«Du bist also endlich zu dem Schluss gelangt, dass ich doch nicht so dumm bin», sagt Rita, setzt sich aufs Bett und sammelt die Bücher ein. Eines von ihnen hält sie Kate unter die Nase.

«Ich? *Wofür* soll ich mich entschuldigen?» Kate ist verwirrt.

«Jedenfalls habe ich einige gute Sachen über Liebesscheue gelesen – das klingt *total* nach Nick.»

«Gott bewahre, dass du auf meine professionelle Meinung hörst. Nick ist ein Paradebeispiel für einen Anorektiker.»

Kate schüttelt den Kopf. «Reden wir von demselben Nick? Mein Nick isst manchmal schon ein Wurstbrötchen *vor* dem Frühstück.»

«Es geht hier nicht um Wurst. Nick wird beim Thema Nähe zum Magersüchtigen, und so einer kann körperlich ziemlich dick sein. Diese Anorektiker setzen andere Menschen, aber letztlich auch sich selbst, auf eine emotionale Hungerdiät. Sie fürchten sich vor Intimität und ziehen sich zurück, sobald jemand ihnen zu nahe kommt.»

Kate zuckt mit den Schultern. «Nick hat offensichtlich einige Probleme, aber *du* bist doch diejenige, die weiß, dass man Menschen in Ordnung bringen kann.»

«Manchmal – aber fremde Hilfe bringt da nichts.»

«Es sei denn, sie kommt von Leuten wie dir …»

«Die Betroffenen müssen sich selbst in Ordnung bringen. Hast du daher schon über deine *eigenen* Probleme nachgedacht, denn schließlich bist du mit einem Anorektiker verstrickt.»

«Verstrickt?»

«Du hast keine gesunden Grenzen, deine sind zu schwach. Nicks sind zu starr.»

«Ach, jetzt geht das wieder los. Weißt du was? Danke, dass ich deine Bücher lesen und bei dir wohnen darf, aber was ich nicht gebrauchen kann, sind Vorwürfe wegen meiner zu schwachen Grenzen gleich früh am Samstagmorgen.»

«Das sind keine Vorwürfe. Du hast genauso schwammige Grenzen wie dein Vater: Du bist zu weich, du bist …»

«Für mich klingt das sehr wohl nach Vorwürfen.» Kate hält sich die Ohren zu.

«Du bist vollkommen co-abhängig.»

«Ich höre nicht zu …»

«Und vor allem bist du zu erpicht auf jemanden wie Nick, der selbst nicht genug zu teilen hat.»

«Mum: Es reicht!»

«Du bist übellaunig, weil du eine kognitive Dissonanz erlebst, du bist eindeutig auf dem Rückzug.»

«Rückzug *wovor*?»

«Vor der Liebe. Tritt einer Selbsthilfegruppe für Co-Abhängige oder Liebessüchtige bei. Ich weiß, dass du dich mir nicht anvertrauen wirst, aber es gibt andere Menschen mit ähnlichen Nöten.»

Und ähnlich albtraumhaften Müttern. Kate wirft ihre Bettdecke zurück. «Ich habe heute etwas Wichtiges vor.»

«Komm bitte nicht zwischen 14 Uhr und 16 Uhr zurück. Ich mache mit Cole Übungen für die untere Körperhälfte. Du könntest dich uns allerdings auch anschließen, ein bisschen Training würde dir guttun.»

«Ich bin schon zu spät.» Kate schnappt sich ein Sommerkleid, das so aussieht, als könnte es zu der geheimnisvollen Verabredung passen, zu der sie nicht geht.

«Gieß noch die Pflanzen. Und gib mir Bescheid, wann ich Jeremy zum Essen einladen kann. Er ist ein netter Mann.»

«Würdest du bitte aufhören, mich zu verkuppeln, Mum? Jetzt und später. Und tatsächlich für immer.»

II

Jede Frau braucht eine beste Freundin wie Bailey, die sich wochenlang anhört, wie man ins Telefon heult, und die einen, wenn man an einem Samstagvormittag verzweifelt eine Zuflucht sucht, buchstäblich an einer Straßenecke aufliest und wohin auch immer fährt, Hauptsache weg von dem Ort, an dem man festsitzt.

«Das Timing ist perfekt», sagt Bailey und beugt sich zum Beifahrersitz hinüber, um Kate kurz zu umarmen. «Ich habe zwei Stunden, bis ich die Mädels abholen muss, und ich habe einen Plan.» Ein Plan bedeutet Aktion; in Bewegung zu sein, bedeutet, dass Kate ihre Gefühle nicht durchleben muss. «Wir werden es schaffen, deine kreisenden Gedanken aufzubrechen.»

«Drogen?», fragt Kate. «Oder joggen? Falls ja, kann ich mich dann für ‹weder noch› entscheiden?»

«Ich weiß doch, wie sehr du Tiere liebst. Ich habe ein Tierheim in Hampstead gefunden. Die brauchen Ehrenamtliche, die Kätzchen handzahm machen. Das ist die perfekte Ablenkung für dich, nur ein paar Wochen, bis alles sich geklärt hat.»

«Kätzchen handzahm machen?»

«Diese Aufgabe ist dir wie auf den Leib geschneidert», antwortet Bailey fröhlich. «Und wenn das nichts ist, kannst du im Lauderdale House alte Damen betreuen. Die sind fast so handzahm wie Kätzchen.»

«Schau, ich weiß, dass es blöd gelaufen ist, aber bei meinem Anruf im Tierheim hatten sie nichts von einer Warteliste gesagt», erklärt Bailey eine Stunde später und beißt sich auf die Lippen.

Ihre Enttäuschung kann Kate nicht verbergen.

«Jetzt, wo ich diese Kätzchen gesehen habe, merke ich, dass ich mich um solche flauschigen, niedlichen Geschöpfe kümmern will. Vielleicht gibt es ja irgendwo ein weniger beliebtes Tierheim. Soll ich mal danach googeln?» Kate nimmt ihr Handy aus der Tasche.

«Hör mal, lass es uns einfach mit diesem Lauderdale House versuchen. Die Frau sagte, dass sie ehrenamtliche Helfer benötigen, außerdem ist es ganz in der Nähe und drittens – na ja, ich muss in zehn Minuten die Kinder abholen», sagt Bailey, dreht den Zündschlüssel herum und jagt mit dem Wagen um die Ecke.

Kate nickt. Sie fühlt sich, als würde Bailey sie ganz allein per Crowdsurfing durch Nordlondon bugsieren, aber ohne die Begeisterung und die Rockmusik.

«Das Wichtigste ist, dass es dich ablenkt. Und sie werden alle süß und witzig sein, genau wie in diesem Film, in den dein Dad mit uns gegangen ist, als wir noch klein waren.»

«Die Gremlins?»

«Cocoon!», antwortet Bailey, hält vor dem Lauderdale House for Exceptional Ladies und gibt Kate einen Schubs, damit sie aus dem Wagen steigt. «Du kannst ihnen Breakdance beibringen», sagt Bailey und winkt Kate fröhlich zum Abschied.

Ich habe keinerlei Fähigkeit, irgendwem irgendwas beizubringen, denkt Kate betrübt, während sie den sorgfältig gepflegten

Garten über den gepflasterten Gartenweg durchquert und sich dem eindrucksvollen dreigeschossigen viktorianischen Gebäude aus rotem Backstein nähert. Sie fühlt sich, als wäre das ihr erster Tag an einer neuen Schule.

Der Türdrücker summt, und sie betritt eine eichengetäfelte Eingangshalle mit hoher Decke, die ein bisschen nach Desinfektionsmittel und Campbells Pilzcremesuppe riecht. Die Pflegeleiterin, eine Frau mittleren Alters mit grauem, kurz geschnittenem Haar und einer Brille mit neonblauem Rahmen stellt sich als Jackie Gaffney vor. Ihr Händedruck ist fest. Ehe Kate sich versieht, folgt ein förmliches Bewerbungsgespräch.

«Was bringt Sie ins Lauderdale House?» Die Kätzchen haben mich abgelehnt.

«Was ist Ihre größte Stärke?» Meine Fähigkeit, schlechtes Benehmen zu ertragen.

«Wann haben Sie zuletzt eine größere Herausforderung gemeistert?» Ich habe es heute Morgen aus dem Bett geschafft.

Kate schummelt sich um die Antworten herum und erstarrt, als sie gefragt wird, welche Fähigkeiten sie für die Aufgabe mitbringt.

«Ich denke …» Kate stockt. «Na ja, ich denke, ich verstehe, was es mit Einsamkeit auf sich hat.»

Die Pflegeleiterin nickt, als hätte Kate gerade die erste intelligente Antwort gegeben. «Und was wissen Sie über uns?»

«Nichts …»

«Nun, dann werde ich Sie gern informieren! Das Lauderdale House wurde in den 1950ern von Lucinda Winterford gegründet, einer der ersten Frauen, die einen Abschluss an der Universität Oxford gemacht haben. Lucindas Mutter war damals eine lebhafte Dame in den Achtzigern, und ihre Tochter hatte den Eindruck, sie sei in Gesellschaft ähnlich dynamischer Damen besser aufgehoben als mit einer Pflegerin zu Hause. Lucinda wollte eine Gemeinschaft schaffen, wie sie sie an der Universität erlebt hatte, und sie mit professioneller, qualitativ hochwertiger Pflege verbinden. Die Bewohnerinnen bewahren hier so viel Unabhängigkeit wie möglich. Sie haben Zugang zu vielfältigen geselligen Aktivitäten – von Malkursen bis zu Cocktailabenden ist alles dabei.»

«Cocktailabende! Was für eine tolle Idee», sagt Kate und lächelt zum ersten Mal seit Wochen, so kommt es ihr vor.

«Hier leben etwa dreißig Damen. Es handelt sich um eine herausragende Gruppe, es sind intelligente Frauen auf der Höhe ihrer Zeit. Ein erfülltes, faszinierendes Leben liegt hinter ihnen, und unsere Pflicht ist es, für einen angenehmen und würdevollen Lebensabend zu sorgen, darüber hinaus aber auch für Spaß. Einige der Bewohnerinnen sind nicht ganz leicht im Umgang, aber der Verlust der Unabhängigkeit ist manchmal eine Herausforderung. Viele von ihnen sind sehr gesellig und nehmen an den Aktivitäten unseres Programms teil. Andere verbringen lieber Zeit auf ihrem Zimmer.»

«Und was machen die Ehrenamtlichen?»

«Alles Mögliche. Wie gut sind Sie in Scrabble?»

Scrabble, Boggle, Kartenspiele: All das haben Nick und Kate gemeinsam gemacht. Kate möchte an diesem Ort nicht daran erinnert werden, warum sie überhaupt hier ist. «Leider nicht meine Stärke.»

«Spielen Sie ein Instrument? Wir haben eine ehrenamtliche Helferin, die keltische Harfe spielt.»

Kate schüttelt den Kopf.

«Was weckt bei Ihnen starke Emotionen?»

Ein Mann, der nicht weiß, ob er mich genug liebt. «Bücher», sagt Kate. «Ich lese gern ...»

Mrs. Gaffney schaut wenig beeindruckt, als wären alle anderen, die ins Lauderdale House kommen, perfekt in chinesischer Kalligraphie.

«Sie arbeiten bei Fletchers? Begeistern Sie sich für die Küche?»

«Ich habe immer gern gekocht und gegessen.» Kate reibt sich den Bauch, der in letzter Zeit ständig leicht schmerzt. Vermutlich eine Folge ihrer neuen Diät aus Nikotin und schwarzem Kaffee gepaart mit Traurigkeit. Sie vergisst ständig zu essen. Kürzlich hat sie sich ein Sandwich von der Tankstelle besorgt. Ein neuer Tiefpunkt.

«Aber Sie kochen?», fragt Mrs. Gaffney. «Falls ja, tragen wir Sie für Kochvorführungen am Donnerstagabend und am Samstagnachmittag ein. Es geht diesen Donnerstag um 19 Uhr los. Die Gerichte sollten weder zu knusprig noch allzu würzig, fett oder salzig sein. Machen Sie kleine Portionen, denken Sie an die Zahnprothesen – und Sie dürfen Alkohol verwenden.»

«Ich darf trinken?»

«Ich hatte ihn als Zutat gedacht», antwortet Mrs. Gaffney mit besorgtem Blick. «Wenn es unbedingt sein muss, könnten Sie sich wohl ein Gläschen genehmigen.»

Kate lacht verlegen. «Ein Cocktailabend klingt natürlich gut und so, aber ich trinke normalerweise nicht viel. Überhaupt nicht.»

«Sie haben sich bisher noch nie ehrenamtlich engagiert?»

In der Befürchtung, diese Frage könnte auf irgendeine Weise mit der Tatsache in Beziehung stehen, dass sie eben wie eine Alkoholikerin klang, will Kate etwas sagen, womit sie Eindruck schinden kann. Am Ende klingt es aber so, als spielte ein Laie Gwyneth Paltrow: «Man kommt wohl irgendwann im Leben einmal an den Punkt, an dem man etwas zurückgeben möchte – anderen Menschen.»

Mrs. Gaffney zieht die Augenbrauen noch stärker zusammen. «Und doch wollen Sie sich nur für den September verpflichten?»

«Ich weiß nicht, ob ich danach noch hier in der Gegend wohne …» Sie redet sich um Kopf und Kragen.»

«Vielleicht verfügen Sie nicht ganz über die Fähigkeiten, die wir suchen …»

Erneut droht Kate, in einer unbezahlten Rolle abgelehnt zu werden, und das im Verlauf von nur zwei Stunden. «Aber ich denke, ich habe Lust darauf. Und es ist noch gar nichts sicher. Ich würde gern in der Gegend bleiben. Kann ich Ihnen Montag Bescheid geben?»

Kate hatte eigentlich gehofft, dass ihre Mutter stolz auf sie sein würde. Stattdessen wirft Rita den Kopf in den Nacken und lacht. «Du? Als Ehrenamtliche? In einem Altenheim? Absurd.»

«Absurd, dass ich anderen helfen möchte?»

«Wie kannst du nur deine Freizeit mit einem Haufen Greisinnen verbringen, die dich gar nichts angehen, während du dein Leben genießen solltest. Du vergibst gerade die Stunden, die du für Dates reservieren solltest. Das machst du nur, weil du auf Nick wartest. Es wird furchtbar deprimierend sein – Senilität, Inkontinenz, Flatulenz …»

«Das alles kann ich auch hier haben.»

«Ehrlich, Kate, deine Zeit mit einer Gruppe altersschwacher Leute ohne Zukunft zu vertun. Sie werden noch depressiver sein als *du.* Vergiss dieses Laudanum-Haus und nutze deine Zeit dafür, einen Mann kennenzulernen: Tritt einem Golf-Club bei. Du hast keine Zeit zu verschwenden, es kommt äußerst selten vor, dass eine Frau mit dem Älterwerden attraktiver wird.» Bei diesen Worten streicht sie sich eine Strähne ihres Bobs hinters Ohr und führt die Hand zum Ohrläppchen, um sich zu vergewissern, dass der Diamant noch dort sitzt.

«Mum – wenn es mit Nick definitiv aus ist, mache ich eine Männerpause.»

«Warte nicht zu lange, sonst konkurrieren wir bald um dieselben Männer», sagt Rita lachend. «Und du hockst dann immer noch in meinem Gästezimmer, wenn du fünfzig wirst.»

Am Montag meldet sich Kate bei Mrs. Gaffney und sagt ihr, sie werde sich Donnerstag Punkt 19 Uhr zum Dienst melden.

ZWEITER TEIL

Man sollte Freundschaften
nicht zu schnell schließen, und das Herz
sollte sich eine Weile zurückhalten …

MRS. BEETON,
The Campaign for Domestic Happiness

12

Es gibt Fortschritte! Die letzten Tage hat Kate damit zugebracht, darüber nachzudenken, was sie für die alten Damen kochen soll. Sich nicht mehr ständig den Kopf über Nick zu zerbrechen, tut ihr gut. Es soll Himbeer-Käsekuchen-Brownies geben, ein Lieblingsrezept aus einer Zeit, bevor Kochen untrennbar Paarsache und zu «Kates und Nicks liebstem Freizeitvergnügen» wurde.

In Ritas Kühlschrank liegen die Zutaten, Kate wird sie nach der Arbeit abholen – doch als sie am Donnerstagnachmittag bei der Arbeit gerade Halloween-Werbecartoons freigibt, klingelt ihr Handy.

«Hier ist Jackie Gaffney aus dem Lauderdale House. Was ich vergessen habe, Ihnen zu sagen: Herd und Ofen können Sie nicht benutzen. Bernadette, unsere Catering-Chefin, macht einen Irish Stew. Sie müssen etwas Kaltes zubereiten.»

«Oh, aber ich habe schon alle Zutaten …»

«Bernadette regiert die Küche mit eiserner Hand. Sie wollen sich bestimmt nicht gleich am ersten Tag mit ihr anlegen, wenn überhaupt jemals. Und noch etwas: Das Essen muss nicht perfekt sein, den Bewohnern tut es schon gut, einfach ein neues Gesicht zu sehen. Viele von ihnen leiden an Makula-Degeneration oder hören schlecht, Sie müssen also geduldig sein. Nehmen Sie es nicht persönlich, wenn ein paar alte Damen zwischendurch einnicken – einige von ihnen machen donnerstags Tai-Chi und werden müde sein. Oh, und kommen Sie zwanzig Minuten früher, dann kann ich Sie noch kurz herumführen.»

Mrs. Gaffney ist spät dran und erledigt die Führung durchs Lauderdale House im Eiltempo. Die Zimmer sind gemütlich mit Polstermöbeln ausgestattet und etwas überheizt. Die Führung beginnt im Speisesaal, wo Kate ihre Kochvorführung abhalten wird. Ein Dutzend Tische stehen in zwei Reihen einander gegenüber, flankiert von einem längeren Tisch am Ende. Die sauberen Terrassentüren funkeln in der Sonne und führen in einen wunderbar gepflegten Garten. Vom Korridor gehen die Verwaltungsbüros, die Räume für Pflegepersonal und Krankenschwestern und ein Fernsehzimmer ab, in dem eine Handvoll Bewohnerinnen gerade BBC-Nachrichten schauen, das Gerät auf höchste Lautstärke gestellt. Als Kate eintritt, setzen sie sich gleichzeitig auf, wenden sich ihr mit munteren Blicken zu und betrachten sie freundlich neugierig.

Mrs. Gaffney führt Kate weiter. In der Bibliothek steht eine umfangreiche Sammlung von Großdruckbüchern, Brettspiele und Puzzel liegen sorgfältig in Regalen. Die Luft riecht intensiv – nach Rosenwasser. Vier Bewohnerinnen konzentrieren sich gerade auf eine Runde Canasta, drei weitere sitzen auf dem Sofa, die Rollatoren neben sich geparkt, und genießen eindeutig ein wenig Klatsch und Tratsch. Bei der Begrüßung blicken sie schuldbewusst auf wie unartige Schulkinder, die beim Lästern erwischt werden.

Durch den Hauptkorridor geht es nun zu den Zimmern der Bewohnerinnen. Mrs. Gaffney öffnet hier und da eine der Zimmertüren, damit Kate sich ein Bild machen kann. Alle Zimmer sind geräumig und bequem eingerichtet, gerahmte

Fotos von Kindern und Enkeln stehen nahezu an jedem freien Platz.

«Den Park können Sie ein andermal besichtigen», sagt Mrs. Gaffney mit einem Blick auf die Uhr. «In zwei Minuten sind Sie an der Reihe.»

Seit ihrem zweiten Date mit Nick war Kate nicht mehr so nervös. Vor ihr sitzen zehn wachsame ältere Damen wie Schuldirektorinnen – ein kratzbürstiger Haufen.

Die jüngste Bewohnerin, Emily Sinclair, ist achtundsechzig, die älteste, Constance Madrigal, hundertunddrei. Manche der Damen benutzen Gehstöcke und die meisten ein Hörgerät, alle bis auf eine tragen eine Brille, manchen von ihnen baumelt sie an einer Kette um den Hals. Sie sitzen da in schicken Blusen, Pullundern oder langärmligen Midikleidern, die sie bis zum Kinn zugeknöpft haben, obwohl es draußen warm ist und hier drinnen noch viel wärmer. Frisuren und Make-up sitzen perfekt, der Schmuck – Ohrringe, Halsketten, Golduhren und Eheringe – ist angelegt. An der hinteren Wand hängt ein geknüpfter Teppich mit einem Spruch: *Erst ist man jung, dann in den mittleren Jahren, dann alt und schließlich wundervoll.* Kate würde sich riesig freuen, wenn sie achtzig wird und dabei so wundervoll aussieht wie diese Frauen.

Mrs. Gaffney hat Kate die Damen kurz vorgestellt, doch vieles hat Kate schon wieder vergessen – Edith Goldfarb hat bei MENSA gearbeitet, Olive Paisner war Bildhauerin, und Maud Rappapot ist die Witwe eines wohlhabenden Projektentwicklers in der Immobilienbranche.

Kate blickt auf die Zutaten, die auf dem langen Holztisch

vor ihr aufgereiht sind: Zwei frische Eier, die blass grünlich gelben, weich gekochten Stachelbeeren, ein kleiner, golden glänzender Berg feinen Zuckers und eine Schale voll besonders rahmiger Double Cream. Zeit loszulegen.

«Hallo, ich bin Kate. Heute Abend mache ich ein einfaches Dessert, einen Gooseberry Fool, der perfekt zu diesem schönen Wetter passt.» Sie wirft einen Blick nach draußen und wünscht sich, sie säße in einem Pub-Garten, statt hier herumzustehen. Sie füllt die Stachelbeeren in eine größere Schüssel und erklärt, dass sie ein wenig Holunderblütensirup daruntergemischt hat, um den fruchtigen Geschmack zu betonen.

In der ersten Reihe sitzt Bessie Burbridge, die ein zartes, vogelähnliches Gesicht hat, durchdringende blaue Augen und schütteres Haar, unter dem man ihren blassrosa Schädel durchschimmern sieht. Neben ihr sitzt Maud Rappapot – ärgerlich geduckt, den Kopf zwischen den Schultern, mit einem Helm blondierten Haars und einem aufdringlichen Make-up wie Bette Davis als *Baby Jane*. Bessie lächelt ermutigend, als Kate die Stachelbeeren durch ein Sieb gibt. Maud schiebt die dick bemalten Lippen vor, als wartete sie den richtigen Augenblick ab.

Bevor Mrs. Gaffney ging, trug sie Kate auf, den Damen von ihrem Tag zu erzählen. Fieberhaft sucht Kate nach einem Anfang. Sie arbeitete wie sonst auch. Der Höhepunkt des Tages bestand allerdings in einer Diskussion mit Devron. Es ging darum, ob wirklich auf jeder verdammten Verpackung eine Alliteration stehen muss, weil «knackige Karotten», so findet Kate, einfach nur unaussprechlich banal klingt (Antwort: ja). Sie schaut in die Runde und beschließt, etwas allgemeiner über die neunzehn Jahre zu berichten, die sie nun schon bei Fletchers arbeitet. Sie spricht nicht gern in der Öffentlichkeit, und so ist sie erleichtert, dass es nur wenige Frauen sind und zwei von ihnen schon nach wenigen Minuten einschlafen und mit gesenkten Köpfen in leises, rhythmisches Schnarchen verfallen. Und so redet Kate von ihren Anfängen, von den kleinen Alltagskatastrophen und den großen literarischen Ergüssen, die in ihrer Abteilung aus der Feder fließen. Erst als Kate die Double Cream schlägt, ist da mit einem Mal noch eine andere Stimme als ihre eigene.

«Kältere Schüssel!»

Kate blickt auf. Hinten in der letzten Reihe sitzt ganz allein eine alte Dame mit einem leuchtend weißen Haarschopf, braunen Augen und einem intensiven Blick, der milde Belustigung ausstrahlt. «Seite achtundzwanzig!»

Kate lächelt verlegen und schlägt die Double Cream weiter, bis sie sich dick in der Schüssel kräuselt. Normalerweise würde sie einen Finger hineintauchen und die Creme kosten, aber sie hat wenig Appetit, ganz so, als würde sie vor Dulux-Wandfarbe stehen statt vor ihrem Dessert. «... Und jeden Freitag dürfen wir bei der Arbeit neue Produkte kosten, was meinen Job äußerst attraktiv macht.» Kate trennt die Eier sorgfältig und stellt das Eigelb beiseite.

«Custard», ruft die Stimme erneut von hinten, als tadelte die Frau einen Hund dieses Namens.

«Ich bin hier eigentlich mit einem Gooseberry Fool zugange», gibt Kate fröhlich zurück und schaut sie an.

«Quatsch, *Fool*», sagt Cecily Finn. «Benutzen Sie das Eigelb für Custard und *verschwenden* Sie es nicht.»

Hat diese Dame sie gerade *Fool* genannt, Dummkopf? Bestürzt wendet Kate sich ihrer Schüssel zu und beginnt, das Eiweiß steif zu schlagen. «Ah, sehen Sie? Dieser Eischnee ist perfekt.»

«Borscht», sagt Cecily, was wie ein Schimpfwort klingt.

«Dinner für die Verlobte Ihres Sohnes», sagt Cecily, als hielte sie eine leicht verständliche Unterrichtsstunde ab. *«Essen sollte einfach, aber ausgezeichnet sein – ein Vorbild und eine Ermahnung.»*

Die Ärmste – Cecily muss eine der dementen Damen sein. «Und zum Schluss rührt man das Fruchtpüree ein», sagt Kate.

«Nicht hold wie so manch andere Maid wirkt sie dem kultivierten Blick», sagt Cecily, und es klingt ein Hauch Begeisterung durch.

«Ach, Cecily, jetzt sei doch still», schimpft Maud Rappapot und dreht sich verärgert um. «Lass das Mädchen weitermachen und unterbrich sie nicht ständig.»

«Ich höre auf, Leute zu unterbrechen, wenn du den Unterschied zwischen zwei ohne Trumpf und vier ohne Trumpf begreifst», sagt Cecily bissig.

«Vier war richtig. Ich hätte es geschafft, wäre ich nicht der Dummy gewesen.»

«Nie wurde ein wahreres Wort gesprochen.»

«Meine Damen, alles ist gut!», sagt Kate. «Ich hoffe, das war keine Anspielung auf mich: *Nicht hold wirkt sie dem Blick?*»

«Ach, was für ein Unsinn.» Cecily winkt verächtlich ab. «Lesen Sie das Buch.»

Es wäre nicht nett, sich mit einer kranken alten Dame zu streiten, selbst wenn sie unhöflich ist, denkt Kate, die den Nachtisch auf zehn Schüsselchen verteilt und den Damen hilft, sich an den großen Tisch zu setzen. Unter den weichen

Baumwollärmeln fühlen sich die Arme wie Haut und Knochen an. Und plötzlich überkommt sie die Angst, dass eine der Damen fällt und sich Arm oder Bein bricht.

Maud Rappapot schaufelt energisch ein wenig Dessert auf ihren Löffel, riecht daran, streckt dann die Zunge aus wie eine Schildkröte und probiert. Gleich darauf kneift sie den Mund zusammen, wodurch die hochroten Adern von verlaufenem Lippenstift unter ihrer Unterlippe noch deutlicher hervortreten.

«Wie lautet das Urteil?», fragt Kate lächelnd.

«Mein Enkel hat zehn Jahre in Japan gelebt», erklärt Maud. «Er spricht fließend Japanisch, Französisch, Spanisch und Deutsch, und sein Mandarin ist brauchbar. Er hat mir immer diese wunderbare Delikatesse mitgebracht, Mochi, m-o-c-h-i. Die waren besser als das hier.»

«Hauptverantwortlicher für tödliche Unfälle alter Leute an jedem Neujahrstag», erklärt Cecily triumphierend.

«Wie kannst du es wagen!», sagt Maud. «Er ist ein wunderbarer Junge.»

«Du Dumme», gibt Cecily kopfschüttelnd zurück. «Wahrscheinlich wollte er dich mit diesen Reisküchlein umbringen. Um dein Geld in die Hände zu bekommen.»

«Wenigstens hat mein Mann eine Menge davon verdient.»

«Tja, ich habe mein eigenes Geld verdient, vielen Dank auch. Außerdem, was hilft es dir jetzt?», fragt Cecily. «Das letzte Hemd hat keine Taschen. *Ohn Zahn, ohn Gehirn …*»

Total verrückt, die Alte, und dann auch noch streitsüchtig.

«Also gut», sagt Kate. «Ich versuche, nächstes Mal Mochi aufzutreiben. Aber nun beruhigen wir uns alle wieder.»

«Ich finde dieses Stachelbeerdessert wundervoll, mein

Herz», sagt Bessie Burbridge und klopft Kate sanft auf den Arm. «Es könnte nicht köstlicher sein.»

«Oh doch, wenn sie die richtigen Früchte verwendet hätte», sagt Cecily und schiebt ihre Schale so angeekelt von sich, als stocherte sie nach einer toten Ratte. «Die Stachelbeeren: zu süß.»

«Erstaunlich, dass Sie das wissen, ohne auch nur probiert zu haben», sagt Kate und zieht eine Augenbraue hoch.

«Es ist doch September, oder? Da sind sie zwangsläufig überreif. Ich würde in einem *Fool* nur Julibeeren verwenden: säuerlicher.»

«Oh, okay, interessant. Danke, Cecily.»

«Mrs. Finn, bitte», erwidert Cecily, und die Falten graben sich noch tiefer in ihre Stirn. *«Wer sich einbildet, alle Früchte reiften zur selben Zeit wie die Erdbeeren, weiß nichts über Trauben …»*

«Okay. Richtig.» Kate nickt. «Trauben dürften wohl später reif werden?»

«Paracelsus. Das war eine *Metapher*», erklärt Cecily mit angewidertem Kopfschütteln.

«Machen Sie sich nichts aus ihr, mein Herz», sagt Bessie. «Das Dessert ist wirklich wundervoll, vielen Dank dafür. Möchtest du denn nicht wenigstens probieren, Cecily? Du lässt dir so etwas immer entgehen.»

Aber Cecily hat sich bereits auf ihren zittrigen Beinen erhoben und geht wie ein langsamer, entschlossener Krieger zur Tür. Den Gehstock hält sie energisch vor sich ausgestreckt wie einen Speer.

13

Freitag ist TOST-Tag bei Fletchers – das ist eines der vielen von der Firma verwendeten Akronyme, die nur wenig Ähnlichkeit mit den Worten haben, für die sie stehen. Am «Torzum-Stolz-Tag» lässt das Food-Team Proben seiner neuesten Produkte verkosten. Das Sortiment wird aufgebaut, darauf folgt Gier und postapokalyptisches Chaos, und wenn die Leute um 17.30 Uhr zu ihrem Zug laufen, bleiben Platten mit ausgetrocknetem Hähnchen-Saté und klebrige Pfützen Limonen-Sorbet zurück, die langsam zusammenklumpen. Normalerweise ist Kate scharf darauf, alles Neue zu probieren, aber heute hat sie einen schlechten Geschmack im Mund und Magenschmerzen. Dahinter steckt die Nervosität wegen der bevorstehenden Umstrukturierung und die Angst, Weihnachten und ihrem vierzigsten Geburtstag arbeitslos entgegenzugehen. Außerdem sind da ja noch ihre persönlichen Sorgen.

Morgen ist Petes Hochzeit, sie sieht ihr wie einem Unwetter entgegen. Und Rita ist der festen Meinung, dass Kate einen weiteren Gast mitbringen sollte, nämlich Rita. Bei der Vorstellung, dass ihre Mutter sie zu den Klängen von «Let's Stay Together» von Al Green womöglich auf die Tanzfläche zieht, läuft Kate ein Schauder über den Rücken.

Sie könnte Nick jetzt sofort eine Nachricht schicken und ihn bitten zu kommen, nur dass sie bereits sechsunddreißig extralange Tage durchgehalten hat und ihr nur noch zweiundzwanzig bleiben … Und außerdem: Würde die Einladung zu einer glänzenden Feier ihm nicht vielmehr vermitteln, dass sein Verhalten akzeptabel war? Nein – sie wird ihm nicht schreiben! Stattdessen wird sie eine weitere dieser E-Mails entwerfen, die sie niemals abschicken wird.

> Nick,
> bitte ändere dein Verhalten, denn je länger du die Dinge nicht in Ordnung bringst, desto eher fange ich an, dich zu hassen – und ich will dich nicht hassen. Ich weigere mich zu glauben, dass du genauso beschissen bist wie dein Verhalten.

Nein, viel zu aggressiv. Wie wäre es damit …

> Nick, tut mir leid, dass du verwirrt bist. Du bist eine gute Person, aber du hast eine Krise und schiebst mich weg. Das tut mir weh. Wir sind ein Team – ich stehe auf deiner Seite, und das wird immer so bleiben. Komm morgen zur Hochzeit und lass uns miteinander reden. Das Essen wird großartig – und anscheinend macht ein erstklassiger Star die Musik. X

Nein, Unsinn. Wie kommt es, dass sie eine Kartoffel auf vierzehn verschiedene Weisen beschreiben kann, aber ein Brett vorm Kopf hat, wenn es um die wichtigen Dinge im Leben geht? Es ist Nicks Schuld – er hat sie verbannt. Und ihr fallen keine Worte mehr ein, um sich zu befreien, und diese Erkenntnis macht sie so wütend, dass sie beide Entwürfe löscht.

«Kate – du musst diese neuen Weihnachts-Kanapees probieren.» Kavita kommt mit einer Serviette voller Gebäck an ihren Schreibtisch. «Der Boden ist so matschig, dass man sie kaum halten kann. Alles okay mit dir, Schatz? Du siehst erschöpft aus. Weißt du was, du solltest ihn einfach anrufen. Du kannst nicht weitermachen, solange du in der Luft hängst.»

Aus Nicks fortgesetztem Schweigen schließt Kate auf eine über fünfzigprozentige Wahrscheinlichkeit, dass es zwischen ihnen aus und vorbei ist. Natürlich hat sie ihm *gesagt*, dass er nicht anrufen soll, aber *das* hätte er wirklich durchschauen können; es ist die primitivste List überhaupt! Wenn sie eine Entscheidung erzwingt und Nick jetzt anruft, verliert sie alle Illusionen, die sie sich derzeit noch macht – und obwohl dieser Zwischenzustand unerträglich ist, verweilt hier doch wenigstens noch ein Rest von Hoffnung.

«Was ist das?», fragt Kavita und nimmt den Stapel Pappstreifen von Kates Schreibtisch. «Best of *Bir-shit*?»

«Die für den Oktober vorgesehene Regalbeschriftung.» Kate errötet und nimmt Kavita die Streifen aus der Hand. «Es sollte eigentlich ‹Best of British› dort stehen, aber Annalex hat den Text erneut falsch durchgewinkt, und der Drucker hat den Fehler nicht bemerkt. Ist für die Mülltonne.»

Als Kavita geht, steckt Kate die Karten in ihre Handtasche; sie hat für morgen etwas damit vor.

«Geht Cinderella jetzt also zum Ball, oder wie?», fragt Rita, die ihr Zimmer ohne Anklopfen betritt, als Kate gerade dabei ist, den Sonnengruß zu machen.

«Sorry, was meintest du, Mum?»

«Bin ich also deine Begleiterin?», fragt Rita, die mit kirschroten Fingernägeln auf ihrer Hüfte herumtrommelt. «Ruf Pete an und frage ihn, oder ich rufe ihn an. Sie haben für Nicks Platz bezahlt, da ist es ihnen gewiss lieber, du bringst jemanden mit, als das Geld zu verschwenden.»

«Ich nerve Pete nicht am Abend vor seiner Hochzeit», erklärt Kate, deren Atemübungen ins Schnauben übergehen.

«Schön – wenn du dort lieber als einziger Gast allein sein möchtest.» Rita richtet die Augen auf den Taschenstapel, der sich noch in der Zimmerecke türmt. Dann wirft sie Kate einen scharfen Blick zu.

Wenn Kate auspackt, wird ihr alles viel zu endgültig erscheinen. Sie wird nicht zulassen, dass Nicks Dummheit, seine Rücksichtslosigkeit und seine offensichtliche Ambivalenz ihrer Liebe in die Quere kommen.

«Es wird sich auf die eine oder andere Weise klären.» Kate wirft einen kurzen Blick auf das Blatt mit roten Kreuzchen an ihrer Wand. «Und zwar bald.»

14

Heute ist Petes Hochzeit. Und Kate *muss* einen glücklichen Tag daraus machen – sie muss einfach, das ist sie sich selbst und Pete schuldig. Während all ihre anderen Freunde und Freundinnen geheiratet haben (und zum Teil wieder geschieden sind), ist Pete, ihr Freund aus Schultagen, für sie die Vergewisserung gewesen, dass sie nicht als Einzige übrig bleiben würde. Jetzt aber verlässt er ihr fröhliches Duo und bindet sich an Mia, eine Frau in den Zwanzigern, die er erst seit *acht Monaten* kennt. Mia stammt vom Westlondoner Medienadel ab – ihr Vater ist Filmproduzent, ihre Mutter arbeitet bei der Zeitschrift *Vogue.* Mia ist schön, trägt zerzaustes Haar und hat Schuhgröße siebenunddreißig. Sie kleidet sich wie eine Pariserin – sie könnte unausstehlich sein, wenn sie nicht so nett wäre.

Kate hätte gern auf ihren Traum heute Nacht verzichtet. Nick und sie selbst waren darin auf ihrer eigenen Hochzeit. Kate stand vor dem Altar, Nick neben ihr, und das Jawort kam ihm nicht über die Lippen, weil er zu viel damit zu tun hatte, einen Artikel über SpaceX-Raketen auf seinem iPad zu lesen. Der Traum hat sie aus der Fassung gebracht. Warum ist ihr Unterbewusstsein so wenig hilfreich?

Draußen braut sich ein Unwetter am Himmel zusammen. Schon jetzt ist es heiß und schwül. Später wird es schütten.

Petes Hochzeit findet in Surrey statt – das bedeutet für Kate: Zug fahren und zweimal Umsteigen mit dem Bus. Sie wühlt in den Taschen auf der Suche nach ihren Lieblings-High-Heels: purpurrot und aus Wildleder mit acht Zentimeter hohem Absatz. Als sie sie findet, hebt sich prompt ihre Laune – wie immer. Nicht zuletzt, weil die Schuhe im Schlussverkauf von 400 Pfund auf sagenhafte 40 Pfund heruntergesetzt waren und ganz unglaublich bequem sind. Kate steckt die Schuhe in ihren Stoffbeutel, zieht für die Fahrt die bequemeren Turnschuhe an und packt ihre Handtasche mit dem Notwendigsten: Papiertaschentücher, Zigaretten, Telefon … Ihr Handy wird sich später sicher als Zeitbombe erweisen, das ist ihr klar. Sie scrollt zu Nick und ändert seinen Namen um in NICHT IM ZUSTAND DER TRUNKENHEIT ANRUFEN.

Noch ein letzter prüfender Blick in die Handtasche – oh, fast hätte sie die Pappstreifen für die Regalbeschriftung vergessen. Bei der Hochzeit werden Gäste anwesend sein, die Kate nur als «Kate und Nick» kennen. Hinten auf die Karten hat sie mit schwarzem Edding verschiedene Mitteilungen geschrieben für den Fall, dass es neugierige Fragen gibt:

Wir machen eine Beziehungspause. Es geht mir gut, aber ich bin noch nüchtern. Wir wollen uns nicht den Tag mit einem Gespräch über dieses Thema verderben.
Wir machen eine Beziehungspause, und jetzt bin ich zu betrunken, um darüber zu reden.
Nick kann einen wirr machen, er ist ein Kind-Mann mit Bindungsphobie.

Diese Untertitel sollten jedes Gespräch zu dem Thema abblocken. Sie hat sich vorgenommen, die Hochzeit zu genießen, und wenn es sie umbringt. Sie nimmt Schuhbeutel und Handtasche und verlässt die Wohnung, sie fühlt sich so düster, als wäre sie auf dem Weg zu einer Beerdigung.

Kate sitzt im Kunstlicht des oberirdisch fahrenden Zugs, ganz im Bann der hässlichen orangefarbenen Sitzbezüge. Sie ist bereits seit einer Stunde unterwegs und hat noch zwei Haltepunkte vor sich. Sie reibt sich das Zwerchfell; heute fühlt es sich besonders mitgenommen an. Ab morgen wird sie besser auf sich achtgeben – weniger Kaffee trinken und das Rauchen einstellen –, aber heute gestattet sie sich eine letzte alkoholselige Runde der Selbstzerstörung.

Gut, dass sie nicht nachgegeben und Nick kontaktiert hat. Das wäre schwach gewesen, und sie ist alles andere als schwach, sie ist stark – oder zumindest könnte es so aussehen. Sie sollte stolz auf ihre Selbstbeherrschung sein, und sie nickt wohlgefällig. Dann aber fällt ihr Blick auf ihr Spiegelbild, das so heftig nickt, als säße eine Verrückte im Zug, und sie spürt, wie ihr Gesicht rot anläuft.

Um sich abzulenken, nimmt sie die Hochzeitseinladung aus ihrer Handtasche. Vorn auf der Karte ist eine Collage von Selfies des glücklichen Paars abgebildet – Mia und Pete in einem Fotoautomaten, im Regen des Glastonbury-Festivals, beim Küssen in Day-of-the-Dead-Halloweenkostümen. Auf jedem der Bilder sehen sie aus, als wären sie genau da, wo sie sein wollen. Nick schießt selten Fotos, ist allerdings immer der Erste, der bei einer Gruppenaufnahme eine Grimasse schneidet. Rita hat den Begriff «nicht authentisch» verwendet, und obgleich Kate sich immer weigert zuzuhören, wenn Rita mal wieder einen ihrer Liebsten auf ihre imaginäre Couch legt, fragte sie damals dann doch, was Rita damit meinte:

«Man sieht niemals Nicks wahres Ich. Er weiß nicht, wer er ist.» «Herr im Himmel, Mum, er amüsiert sich einfach nur.» Kate hat eine Therapie-Aversion, weil ihre Mutter sie ständig mit Pseudoanalysen traktiert – aber vielleicht könnte ein guter Therapeut tatsächlich helfen, Nick zu knacken. Vielleicht sollte Kate ihm eine Sitzung spendieren, er sieht den Vorteil nicht, wenn ihn niemand schubst …

Shit, verdammte Scheiße, *Shit*! Als sie aufblickt, steht der Zug an der Haltestelle, an der sie aussteigen muss. Die Türen werden sich gleich schließen! Kate springt auf und rennt zum Ausgang, drängt sich an einer Gruppe Jugendlicher vorbei, die gerade einsteigen, Gott sei Dank trägt sie Turnschuhe. Sie schafft es gerade noch, auf den Bahnsteig zu schlüpfen, bevor die Tür sich schließt. Ihr Herz rast, als der Zug losrollt.

Himmel, das wäre ein Fall für den Darwin Award gewesen – von ihrem eigenen Kleid unter den Zug gezerrt, weil sie sich zu sehr darin vertieft hatte, die Idiotie ihres Freundes zu analysieren. Sie zwingt sich, tief durchzuatmen. Nur noch zwei Fahrten mit dem Bus in dieser schwülen Hitze. Im Bus gibt sie sich große Mühe, sich auf *positive* Gedanken zu konzentrieren: Sie verliert Gewicht, vor allem allerdings deswegen, weil sie raucht, statt zu essen. Hat sie daran gedacht, ihr Feuerzeug einzustecken? Panik. Sie tastet auf dem Boden ihrer Handtasche herum: Erleichterung.

Einige Stationen später steigt sie aus und steckt sich rauchend eine Zigarette an, während sie auf den nächsten Bus wartet. Dabei denkt sie darüber nach, womit sie gesegnet ist: Sie hat ein wahnsinniges Glück. Sie ist gesund. Sie hat eine Mum, einen ordentlichen Job – na ja, auf den Job verlässt sie sich im Moment besser nicht … Sie hat ein Zuhause und gute Freunde. Wenn es mit Nick nichts mehr wird, können sie ja vielleicht Freunde bleiben. Und obwohl sie all ihr Glück aufzählen kann, ist da die Leere, die sie überwältigt. Sie vermisst Nick so schmerzlich. Rita hat recht, denkt sie, als sie die Kippe mit ihrem Turnschuh austritt – warum muss Kate immer alles so sehr *fühlen*.

Während der zweite Bus sich durch die Vorstädte schlängelt, verliert Kate sich in der Sackgasse ihrer Gedanken. Fast wünscht sie, Nick hätte gesagt, es sei vorbei, dann könnte sie jetzt wenigstens mit ihrem Leben weitermachen. Könnte sie das, was geschehen ist, überhaupt jemals verwinden, falls sie wieder ein Paar werden sollten? Es fühlt sich so an, als hätte er sie betrogen, *so* unerwartet kam dieser Schlag. GENUG! Sie wird noch verrückt, wenn sie ihren kreisenden Gedanken nicht Einhalt gebietet. Sie googelt nach einer Meditations-Website und verbringt die nächsten fünf Minuten damit, sich vorzustellen, wie Nick mit den Zehen zappelt.

Der nächste Halt ist das Halewood House – eine wunderschöne Villa aus dem 18. Jahrhundert im Palladio-Stil erbaut. Sie steht auf einem sorgfältig gepflegten, riesigen Grundstück. Auf dem Weg zum Eingang überlegt Kate, wo sie wohl am besten die Schuhe wechselt und die High Heels anzieht, vielleicht auf dem Parkplatz? Oder im … o nein. Nein! Sie erstarrt vor Schreck. Eine plötzliche Übelkeit steigt in ihrer Kehle auf. Sie hat die Tasche mit den Schuhen auf dem Sitz vergessen, als sie aus dem Zug gestürzt ist! Ihre Turnschuhe sind nicht mal coole Sneaker, sondern vielmehr das, was Nick ihre «Florida-Touristen-Treter» nennt – knallig gelbe Nikes, die ihr selbst beim Joggen peinlich sind.

Moment mal: Sie ist doch eben an einem Zeitungskiosk vorbeigekommen. Sie schaut auf die Uhr: In zwanzig Minuten beginnt die Hochzeit. Es ist denkbar, dass ein Zeitungshändler in der Sommerhitze Zehensandalen verkauft oder dass es eine Zeitschrift gibt, die auf der Titelseite mit einem kostenlosen Paar wirbt. Alles ist denkbar. Kate rafft ihr Kleid und joggt den Weg zurück, den sie gerade gekommen ist. Das starke Rauchen hat ihrer Lunge nicht gutgetan. Die Sonne brennt. Als sie beim Zeitungskiosk ankommt, ist sie außer Atem und ihr Haar an der Schläfe feucht.

Kleine, unabhängige Zeitungskioske in Surrey verkaufen keine Zehensandalen, und dieser hier verkauft nicht einmal eine Flasche kaltes Wasser, weil der Kühlschrank kaputt ist. Kate kehrt eilig zum Halewood House zurück, ihre Panik steigt, und sie schwitzt. Keine Schuhe sind besser als Turnschuhe, denkt Kate. Und so verstaut sie die klobigen Treter hinter einem Schirmständer. Als sie ihre Socken auszieht, setzt die Musik ein. Schnell hüpft Kate in die hinterste Reihe, noch immer mit einer schweißnassen Socke am Fuß. Und jetzt kommt der Bräutigam!

Kate hört die ersten Takte von Cat Powers «Sea of Love» – einer von Nicks und ihren Lieblingssongs – und bricht in Tränen aus. Sie ist überwältigt – glücklich für Pete, aber das eigene Herz gebrochen –, und die Tränen strömen ihr über die Wangen. Sie schluckt schnaufend und gibt dabei ein gurgelndes Prusten von sich, ungefähr so, als würde ein kleiner Frosch unter einem Doc-Martens-Stiefel zerquetscht. Die Hochzeitsgäste vor ihr drehen sich um und starren sie an. Sie lässt beschämt den Kopf sinken.

Kate steht allein auf der Terrasse und schaut auf das Meer von Paaren unten auf dem Rasen. Ein weiteres Glas Champagner sollte ihre überwältigende Einsamkeit erträglicher machen. Als ein Kellner mit einem Tablett voller Gläsern vorbeikommt, nimmt sie ein drittes Glas entgegen und stellt ihr leeres mit einem lauten Klirren und einem «Hoppla!» auf das Silbertablett.

Diese Hochzeit ist wie ein verdammter Richard-Curtis-Film – tatsächlich wohnen Mias Eltern in derselben Straße wie der Schauspieler. Mias Vater hat Musik gemacht, bevor er zum Film ging, und jetzt steht ein echter Rockstar auf der Bühne, den Kate schon immer toll fand. Mias Mutter ist eindrucksvoll – gertenschlank und topmodisch gekleidet, begrüßt sie die Gäste mit Luftküssen. Mias Freundinnen ähneln Mia – die schmalen, jungen Mädchen könnten den Barfuß-Look viel überzeugender rüberbringen als Kate. Und dieses Haus ist überflüssigerweise auch noch so romantisch – Gartenterrassen, die zu einem verborgenen Labyrinth hinunterführen. Später wird es ein Feuerwerk und bunte Wunderkerzen geben.

Wenn Nick hier wäre, hätten sie jetzt einen Riesenspaß, aber das ist er nicht, und so zündet Kate sich eine Zigarette an und zieht daran wie an einem Sauerstoffgerät. Eine Frau mit goldfarbenem Kopfputz geht an ihr vorbei, dreht sich um und sieht sie missbilligend an. Kate zuckt entschuldigend mit den Schultern – die Zigaretten sind jetzt ihre Medizin.

Kate kippt den Champagner herunter. Von der Schwüle und dem Nikotin hat sie schwache Knie. Der Gedanke, ihren Magen mit Kanapees zu belasten, ist ihr unangenehm, dabei ist sie normalerweise die Erste, die an der Küchentür lauert, um sofort zuzuschlagen. Sie wird das Dinner essen und sich die Reden anhören – und dann zieht sie ihre Turnschuhe wieder an und fährt nach Hause. Wenn sie das Tanzen versäumt, wird das niemandem auffallen, aber sollte sie auf den Tanzboden kotzen oder sich mit einer Wunderkerze verletzen, wird das keinem entgehen.

Als Kate durch die Empfangshalle geht, um die Toilette aufzusuchen, wandert ihr Blick nach oben. Von der Decke hängen Holzreifen herab, die mit sich überkreuzenden rosa Bändern bespannt sind. In der Mitte jedes Reifens steht eine Tischnummer, und zwischen den Bändern stecken kleinere Karten mit den Namen der Gäste darauf. Lettie und Matt, Vicky und Nathan … wo ist sie selbst? Oh ja, hier, an Tisch Nummer neun: Da hängen Kate und Nick mitten in der Luft. Der verdammte Nick hat dieses Fest für sie zu einer Folter gemacht, bei der ihr die Metaphern nur so ins Gesicht springen.

Mehr Champagner, und zwar *sofort.* Sie schnappt sich ein weiteres Glas, trinkt einen Schluck, und ein Schwall von Bläschen steigt brennend in ihrer Kehle auf. Der Inhalt des Glases ist zu sauer, aber Kate wird diesen Drink nicht stehenlassen, nein, wirklich nicht, *sie* schmeißt den Bettel nicht einfach hin.

Auf der Toilette tut es so gut, sich hinzusetzen. Aber ihre Füße, die müsste sie einmal waschen! Natürlich im Waschbecken, das ist perfekt! Sie hebt ein Bein und dreht den Wasserhahn auf. Da geht die Tür auf, und eine elegant gekleidete Frau – vermutlich im Chanel-Kostüm – tritt ein. Sofort springt Kate in die Kabine zurück. Aus irgendeinem Grund (Alkoholgehalt zwölf Prozent) beschließt sie, ihre Füße stattdessen in der Toilette zu waschen, aber als sie ihren linken Fuß hineinhält und die Spülung drückt, kitzelt das kalte Wasser ihre Haut, zu allem Überfluss kommt ein Schwall tiefblaues

Wasser mit Bleichmittel aus der Toilettenspülung geschossen. Liebe ist nicht geduldig, Liebe ist nicht nett; Liebe springt aus der Toilette und versucht, dieses bestimmte Lächeln zustande zu bringen, das bedeutet: *Mit einem blauen Fuß herumzulaufen, ist in Milano der letzte Schrei.*

Als Kate zur Party zurückkehrt, haben sich die Wolken geöffnet. Den ganzen Tag schon haben sie damit gedroht. Jetzt gießt es in Strömen. Paare suchen Arm in Arm im Wintergarten Schutz. «Winter is coming!», sagt ein Mann, und seine Freundin drückt kichernd einen Kuss auf seinen Hals. Kates Winter ist nur noch drei Monate entfernt, die Zeit nach ihrem vierzigsten Geburtstag: für Männer unsichtbar werden, ein Leben als alte Jungfer, Katzen und schließlich der Tod. Sie hatte irrtümlich geglaubt, Nick und sie hätten vereinbart, gemeinsam vor diesem Grauen Schutz zu suchen.

Ein Paar in den Zwanzigern, vermutlich Mias Freunde, stürmt plötzlich aus dem Wintergarten und eilt lachend in den Park. Hand in Hand und vor Freude kreischend rennen sie über den Rasen, die Gesichter zum herabschüttenden Regen emporgehoben. Das lange rote Haar der jungen Frau strömt über ihren Rücken. Die versammelten Hochzeitsgäste jubeln ihnen zu, abgesehen von Kate. *Angeber,* denkt sie.

Das ist der Grund, aus dem Nick sie abserviert hat: weil sie ein gemeiner Mensch ist, der niemandem etwas gönnt. Und außerdem, weil sie einen ganz eigenartigen, vom Bleichmittel gebläuten Schlumpf-Fuß hat.

Als sie sich endlich zum Dinner setzen, ist Kate einer Alkoholvergiftung nahe. Jedenfalls fühlt sich das so an. Rechts von ihr der Platz ist leer. Nicks Namensschild weist schmerzhaft darauf hin, dass Kate allein gekommen ist. Links von ihr sitzt ein Pärchen, die Münder praktisch miteinander verklebt. Der Mann trägt Nicks Aftershave mit dem unverkennbaren Zederndtuft. Es ist einfach zu viel; der Druck im Kopf macht Kate wahnsinnig. Sie befürchtet, dass sie gleich etwas noch Peinlicheres tun wird, als ihren Fuß mit Toilettenwasser zu waschen. Mit dem Zeigefinger streicht sie über die Pfingstrosenblüte, die sie aus einem Strauß genommen und sich hinter das Ohr gesteckt hat. Pfingstrosen waren die ersten Blumen, die Nick ihr geschenkt hat. Wer weiß, was sie noch alles an sich nimmt heute Abend. Die Pappstreifen liegen in ihrer Handtasche, Konfetti des Zorns. Und da ist vorhin dieser unglückliche Moment gewesen, als sie Petes kleine Nichten sah, die sich eifrig über ihre künftigen funkelnden Hochzeitskleider unterhielten. Kate erklärte ihnen, sie sollten lieber in einen funkelnden Laborkittel und einen Abschluss in einem MINT-Fach investieren, denn es sei nur eine Frage der Zeit, bis jeder Mann beweise, wie enttäuschend und wenig märchenhaft er in Wirklichkeit sei … nicht gerade die passende Bemerkung, aber sie hat doch recht, oder?

Sie muss sich zusammenreißen. Kein Alkohol mehr! Und vom Dinner isst sie so viel, wie sie hinunterbekommt; das Gratin dauphinois klebt klumpig im Mund, und das Lamm kommt ihr vor wie ein Gewirr sehniger Stränge.

Dass Pete ganz vernarrt in seine Braut ist, kann man kaum übersehen. In seiner Rede erzählt er von ihrem ersten gemeinsamen Urlaub, davon, wie schön Mia aussah, als sie zu zweit durch Sizilien fuhren, und wie ihr kleiner Finger vor Aufregung zuckte, wann immer sie in der Ferne das Meer sahen. Das alles hatte ihm klargemacht, dass er künftig alle Abenteuer mit ihr teilen und sein Leben darauf verwenden wollte, sie glücklich zu machen.

Kate wird wütend, – aus purem Neid. Sie findet dieses Gefühl alles andere als cool – Pete ist ein toller Freund und hat sein Glück verdient; sie wünschte nur, er hätte einen Monat vor dem *Herumeiern* heiraten können statt danach.

Dass die beiden glücklich sind bedeutet nicht, dass Kate nicht auch eines Tages glücklich sein wird; der Vorrat an Glück ist nicht begrenzt, versucht Kate, sich zu beruhigen.

Und dass die beiden jetzt so selig sind, bedeutet ebenfalls nicht, dass sie sich nicht in einem Jahr darüber streiten werden, wer den Müll rausbringt. Nach nur *acht Monaten* kennt man jemanden noch nicht; Menschen können einen jederzeit grauenhaft überraschen.

Kate möchte nicht hier sein, ein Mauerblümchen bei der Hochzeit, und sich mit bitteren, lieblosen Gedanken herumschlagen.

Oh, und jetzt setzt die Musik ein, es ist Kates Lieblingssong, und tatsächlich steht Debbie Harry am Mikrophon – natürlich eine Freundin von Mias Dad. Gleich wird sie singen, und Kate spürt einen Kloß im Hals. Sie kann diesen Augenblick nicht mit Nick teilen.

Schön und gut, Kate hat sich vorhin im Zug für ihre übermenschliche Selbstbeherrschung gelobt. Und nun das. So sternhagelvoll wie jetzt war sie nicht mehr seit Neujahr, als sie mit Nick *The Big Lebowski* schaute und dabei viel zu viele White Russians trank.

Sie will Nick anrufen, hält aber fluchend inne: Sie hat seine Nummer gelöscht. Aber nein, das stimmt ja gar nicht – sie hat nur seinen Namen geändert, um genau das nicht zu tun: ihn nicht anzurufen. Das Problem ist, dass sie jetzt zu betrunken ist, um sich zu erinnern, unter welchem Namen sie die Nummer neu gespeichert hat.

Pah, sie braucht die Nummer auch gar nicht: Sie hat Nicks E-Mail-Adresse! Sie muss ihm von Debbie Harry erzählen, sofort muss sie ihm von ihr erzählen, und sie muss ihn außerdem ein für alle Mal fragen, ob es endgültig vorbei ist, denn besser, sie weiß Bescheid, selbst wenn die Wahrheit weh tut.

Sie tippt: *Kannst du mich bitte anrufen? x*, und drückt auf *Senden.* Sofort bereut sie das Kusszeichen und gleich darauf die ganze Mail. Sie sitzt auf dem Toilettenboden. In ihrem Kopf dreht sich alles, sie lehnt ihn an den Toilettendeckel. Morgen wird sie aufwachen, und alles, was bleibt, ist ein Abdruck der Schande. Sie hat ihre Lieblingsschuhe verloren, doch viel schlimmer: Sie hat ihren Liebsten verloren. Tatsächlich ist der Verlust der Schuhe aber an sich auch sehr schlimm, denkt Kate.

Sie lässt einen kleinen Schluchzer heraus. Auch das wird vergehen. Wir alle sterben eines Tages, vielleicht sogar eher früher als später. Sie schließt ihre Augen, die Müdigkeit macht sie schwer … Das Klingeln des Handys holt sie aus ihren Gedanken, kurz bevor sie einschläft. Sie reißt die Augen auf. Die Anruferkennung lautet: NICHT IM ZUSTAND DER TRUNKENHEIT ANRUFEN.

Ein Adrenalinstoß schießt ihr ins Blut. Kerzengerade setzt sie sich aufrecht. Sie ist zu betrunken und sollte den Anruf ignorieren. Trotzdem hebt sie ab.

«Hi!», sagt Nick, und Kates Herz zieht sich zusammen, so sehr hat sie seine Stimme vermisst. «Du bist bestimmt bei Petes Hochzeit?»

«Ich habe meine Schuhe verloren», sagt Kate. «Und die anderen Schuhe auch. Und Debbie Harry ist hier. Und ich fühle mich beschissen.»

«Debbie Harry? Deine Schuhe verloren? Bist du betrunken?»

«Ich schlafe in der Toilette», schluchzt sie. «Ich wünschte, du wärst hier.»

«Oh, Babe, ich auch. Nicht unbedingt auf der Toilette, aber ich wünschte, ich wäre da und könnte mich um dich kümmern. Wie kommst du nach Hause? Hast du Geld für ein Taxi?»

«Ich wollte die Busse und die Züge und die Flüge und die Autos nehmen … Ich bin hier am Ende der Welt, Nick, nicht einmal in London. Ich kann mir einen Wagen von Uber nicht leisten.»

«Okay: Wie heißt der Veranstaltungsort?»

Kate stößt Luft aus. «Das ist eine schrecklich schwierige Frage.»

«Er liegt in Kingston, oder?»

«Er heißt … Hale… Hen… Halewick …? Das Haus ist weiß.»

«Okay, bleib dran … Heatherington House oder Halewood?»

«Ja.»

«Welches denn nun?»

«Hier gibt es ein Labyrinth mit Monstern wie aus der *Vogue*.»

«Ist es definitiv ein Labyrinth?»

«Mhm …»

«Okay, ich bin mir ziemlich sicher, dass du im Halewood House bist. Hör mir gut zu, Kate: Besorg dir ein Glas Wasser und trink es, stell dich dann an die Rezeption und trink noch eines, trink wenigstens einen halben Liter Wasser. Und pass auf, dass du auf keine Glasscherben trittst. Ich rufe dir ein Taxi.»

«Nein! Das würde dich Tausende kosten.»

«Ich hatte diese Woche ein abschließendes Vorstellungsgespräch bei Allsom. Alles läuft gut.»

«Ach, Nick, du bist so nett. Und Nick? Warum hast du kaputt gemacht, was wir hatten? Als hätte das alles keinen Wert?»

«Das habe ich nicht, oder zumindest wollte ich das nicht. Wir müssen wirklich reden, wenn du wieder nüchtern bist. Hör mal – geh jetzt zur Rezeption und trink Wasser. Brot ist auch gut, das saugt den Alkohol auf. Du musst dich doch nicht übergeben, oder?»

«Nein, es geht», antwortet sie erschöpft.

«Okay, dann bleib am Handy und rede mit mir.»

«Ich habe meine Florida-Touristen-Schuhe verloren, ich hatte sie hinter den Regenschirmständer gestellt. So etwas stiehlt doch keiner.»

«Debbie Harry vermutlich nicht … Hör mal: Ich bleib am Apparat, bis ich weiß, dass du gut zu Hause gelandet bist und im Bett liegst. Okay?»

«Das würdest du für mich tun?»

«Natürlich! Ich würde selbst kommen und dich retten, aber ich denke, du musst jetzt erst einmal schnell nach Hause.»

«Nick», seufzt sie.

«Kate, ich warte jetzt seit über einem Monat darauf, dass du mich anrufst. Ich dachte, du willst nicht mit mir reden. Es tut so gut, deine Stimme zu hören. Ich denke jeden Tag an dich.»

«Wirklich?»

«Mir war nicht bewusst, was für ein wichtiger Teil meines Lebens du bist.»

Eine Riesenwelle der Erleichterung schwappt über Kate hinweg. Kavita hatte recht, und Rita lag falsch und kann sich verpissen.

Nick liebt sie. Alles wird gut.

15

Kate wacht auf, als die Haustür zugeschlagen wird: Rita ist auf dem Weg zum Sonntagstreffen ihres Bridge-Clubs. Kate stöhnt und fährt sich mit der Zunge über die Zähne. Irgendwo muss es doch noch eine Spur von Feuchtigkeit geben. Ihr ganzer Körper fühlt sich an, als hätte man ihn mit Essig getränkt und dann an der Luft trocknen lassen wie eingelegtes Gemüse.

Sie braucht nicht erst auf ihr Handy zu sehen, um zu wissen, dass Nick ihr eine Nachricht geschickt hat. Natürlich hat er das, und zwar mehrfach:

> Hoffentlich ist dein Kater nicht so groß wie bei *Lebowski* …
> Bitte gib mit Bescheid, ob mit dir alles okay ist.
> Nimm Kohlenhydrate zu dir. x

An welchen Aspekten des gestrigen Handygesprächs kann sie sich festklammern, um nicht in der Scham zu ertrinken, die sie gerade flutet? Nick hat vier Minuten nach dem Erhalt ihrer E-Mail angerufen – das ist ungemein ermutigend. Sie hat gebrabbelt und geheult, doch er hat nicht aufgelegt – das ist ebenfalls gut. Er hat ohne jeden Zweifel gesagt, dass sie ihm fehlt. Hätte er sie nicht gerettet, schliefe sie wahrscheinlich noch immer auf der Toilette und wäre bis Montag in dem Veranstaltungsort eingeschlossen.

Sie reibt sich die Stirn. Sie braucht Wasser und etwas zu essen. Damals, in jener grässlichen Woche unmittelbar nach dem Auffliegen von Toms Affären, hat sie Bailey jeden Abend bekocht. Bailey hat immer versprochen, ihr den Gefallen eines Tages zu erwidern: Nun, heute ist dieser Tag! Kate hat bereits die ersten Ziffern von Baileys Telefonnummer gewählt. Ein Bacon-Sandwich wäre fein. Doch mit plötzlichem Schrecken fällt ihr ein, dass sie den Lauderdale-Ladys heute Nachmittag eine Teemahlzeit versprochen hat. Schweren Herzens legt sie das Telefon wieder weg. Was für eine *saublöde* Idee von ihr, dieses Ehrenamt zu übernehmen – sie darf die alten Leute nicht enttäuschen, und das passt ihr jetzt gar nicht.

Warum ist das Tageslicht so grell? Kate erhebt sich langsam aus dem Bett, geht ins Bad und wäscht sich. Dann kocht sie sich einen Kaffee und bestreicht eine Scheibe Buttertoast mit Marmite. Es schmeckt erstaunlich lecker, vielleicht, weil sie dringend Salz und Kohlenhydrate braucht, vielleicht aber auch, weil sie jetzt, da Nick wieder ein bisschen in ihr Leben getreten ist, wieder normal essen kann.

Was soll sie jetzt tun? Sie hat das Gefühl, ein bisschen Macht zurückgewonnen zu haben, weil Nick als Letzter eine Nachricht geschickt hat und sie noch nicht geantwortet hat; sie muss so lange wie möglich an dieser Macht festhalten. Dringender ist allerdings der Einkauf für die Teemahlzeit. Sie will ins Karma Bakehouse in Hampstead und Challah-Brot besorgen. Es wird wunderbar weich sein, die verrückte Cecily Finn wird dieses Mal hoffentlich nichts zu meckern haben.

Es bleiben ihr dafür nur noch zwei Stunden, zwei volle Stunden hat sie bereits dafür gebraucht, aus dem Bett in ihren Morgenmantel zu kommen. Sie muss sich beeilen.

Als sie im Bus nach Hampstead vor sich hin döst, piepst ihr Handy: Nick. Seine vierte Nachricht an diesem Tag:

Hast du Lust auf ein Wurstsandwich, um den Alkohol aufzusaugen?

O ja, und wie! Sie könnte jetzt aus dem Bus steigen, ein Taxi zu seiner Wohnung nehmen, das Sandwich mit Ketchup und Senf essen, sich auf sein Sofa legen und sich von ihm das Haar streicheln lassen, bis sie einschläft. Dort findet sie alles, was sie sich je im Leben gewünscht hat – aber nein, sie wird den Omas ihre Teemahlzeit zubereiten, weil sie es versprochen hat, und außerdem: Wie kommt Nick auf den Gedanken, er könnte ohne jede Buße einfach so wieder Teil ihres Lebens werden?

Im Empfangsbereich des Lauderdale House wartet Kate mit jungen und älteren Paaren und dem einen oder anderen Baby, das mitgenommen wurde, um seine Urgroßmutter kennenzulernen. Die meisten Besucher haben Blumen oder Kuchen dabei, und es geht lebhaft zu, da die Leute vertraut miteinander plaudern.

Infolge der Familienbesuche ist Kates Publikum heute sogar noch kleiner, nur sieben Damen – was angesichts ihrer angegriffenen Verfassung vielleicht ganz gut ist. Bessie ist wieder dabei und strahlt sie aus der ersten Reihe an, und auch Maud ist gekommen, diesmal mit fliederfarbenem Lidschatten, mit dem sie aussieht wie ein Paradiesvogel.

Kate hat gehofft, Cecily würde ihre Familie empfangen, aber da hat sie Pech gehabt – die Lady sitzt wieder in der letzten Reihe, diesmal in einer weißen Bluse, so schneeweiß wie ihr Haar, und in einer marineblauen Hose. Sie hebt Kate das Kinn entgegen und runzelt die Stirn, was ihrem Gesicht, das bereits mehr Falten als Haut hat, die hundertste Runzel hinzufügt.

Kate und Nick haben einmal in einem schicken Pub gegessen, wo man Minitoastschnitten aus Challah-Brot gekrönt mit einem Wachtel-Spiegelei servierte. Kates feinmotorische Fähigkeiten wären dem Aufschlagen eines Wachteleis im Moment definitiv nicht gewachsen, aber sie kann mit einem Sandwichtoaster umgehen. Das Challah hat sie bekommen und bei Sainsbury's guten Schinken und Käse. Sie legt ihre Vorräte auf dem Tisch ab. Nun muss sie nur noch das Brot aufschneiden, beide Seiten mit Butter bestreichen, es mit Schinken und Käse belegen, zwei Minuten toasten und dabei einmal wenden und es dann in leckere Quadrate schneiden – diese fünf Schritte würde selbst Rita schaffen.

«Bekommen wir keine Mochi?», fragt Maud, bevor Kate auch nur ausgepackt hat. «Sie haben es versprochen, Sie böses Mädchen.»

Kate lächelt verlegen. «Heute gibt es etwas Würziges. Ich habe nach einem Mochi-Rezept gesucht, aber man braucht dafür eine bestimmte japanische Rote-Bohnen-Paste, die schwer zu bekommen ist. Wahrscheinlich wäre es einfacher, Ihren Enkel zu bitten, Ihnen welche zu kaufen.»

«Dafür hat er viel zu viel zu tun! Er ist sehr erfolgreich – seine Firma beliefert die feinsten Hotels mit Wein. Und da er jetzt die Hälfte der Zeit die Kinder hat, würde mir im Traum nicht einfallen, ihn um so etwas zu bitten.»

Kate bemerkt, dass Cecily sich demonstrativ der Wand zugekehrt hat.

«Es war einfach nur ein Gedanke», sagt Kate und legt das Brot auf den Tisch.

«Meine älteste Urenkelin hat ein Stipendium für das Mayhew bekommen», fährt Maud fort. «Außerdem spielt sie Tennis auf Bezirksebene. Sie ist in allem phantastisch.»

«Außer darin, dich zu besuchen», sagt Cecily mit glucksendem Lachen. Vielleicht amüsiert sie sich, weil das Mayhew ein Tierheim und keine Uni ist.

«Das liegt daran, dass ihre Mutter es ihr so schwermacht», blafft Maud. «Ich habe meinem Sohn gesagt, dass genau so etwas passiert, wenn man unter Niveau heiratet.»

«Verzeihung! Ich vergesse immer wieder, dass du königliches Blut hast», sagt Cecily.

Oh nein, nicht schon wieder. «Äh, Bessie, haben Sie Kinder?», fragt Kate schnell.

«Aber natürlich», antwortet Bessie und setzt sich auf. «Mein Sohn wohnt mit seiner zweiten Frau in Kalifornien und hat Zwillinge, die beide studieren. Meine Tochter lebt in London und hat mich gestern besucht. Sie und ihr Mann haben keine Kinder. Sind Sie verheiratet, mein Herz?»

«Nein», sagt Kate. Sie greift nach dem Cheddar-Cheese und stellt genervt fest, dass sie hochrot anläuft. «Ich ... bin derzeit mit niemandem zusammen.» So. Jetzt ist es heraus.

«Sie gehören doch nicht zu diesen streitsüchtigen Feministinnen, oder?», fragt Maud. «Oder sind Sie eine dieser Frauen, die andere Frauen verachten, weil sie sich für die Mutterschaft entschieden haben?» Maud wirf Cecily einen eindringlichen Blick zu.

«Du unerträgliche Schreckschraube», sagt Cecily kopfschüttelnd. «Fürchterlich!»

«Himmel, nein, ich wünsche mir nichts mehr als einen Partner», wirft sich Kate dazwischen. «Ich hätte sehr gern wieder eine Beziehung, ich war … na ja, es ist ein bisschen … es ist nichts, womit ich Sie alle hier belasten sollte.»

Während Kate die Ecke zum Öffnen der Folienverpackung sucht, um den Cheddar-Cheese auszupacken, spürt sie, dass Cecily sie aufmerksam ansieht. Kate wird heiß, während sie mit dieser einfachen Aufgabe kämpft, bis sie schließlich die Verpackung mit einem Messer aufschneidet.

«Ach, mein Herz, Sie haben noch Zeit. Heutzutage machen die jungen Frauen alles so viel später.»

«Bestimmt nimmt es noch eine erfreuliche Wendung», sagt Kate und schluckt die Traurigkeit herunter, die plötzlich in ihr aufsteigt.

«Die Hoffnung, von der ich träumte, war ein Traum, war nur ein Traum …», summt Cecily in der hinteren Reihe in einer Art Singsang. *«Und jetzt wach ich auf, ohn' Trost, verbraucht und alt.»*

Ziemlich genau so fühlt Kate sich gerade – das Zitat ist ein Zufallstreffer, den sie wirklich nicht braucht.

«‹Mirage› … Rossetti …», sagt Cecily.

Die Alte plappert wild und unzusammenhängend drauflos; es bringt nichts, irgendeinen Sinn heraushören zu wollen. Stattdessen verwendet Kate ihre Aufmerksamkeit darauf, das Brot mit Butter zu bestreichen. «Ich habe mich also für Challah-Brot …»

«Es reicht bei weitem nicht an das von Großvater heran», sagt Cecily.

«Es ist aus einer Art Brioche-Teig gemacht und sehr …» Kate nimmt sich ein Glas Wasser; ihr Kopf arbeitet heute schrecklich langsam. Kopfschmerzen machen sich breit. «Vielseitig. Jawohl. Los geht's, ab damit in den Sandwichtoaster. Ladys, Mrs. Gaffney sagte, einige von Ihnen kochen auch manchmal selbst?»

«Gelegentlich mache ich mir eine Suppe in der Mikrowelle warm», sagt Bessie. «Oder ein Ei, wenn ich etwas Leichtes möchte.»

«Mrs. Finn?», fragt Kate beklommen.

«Warum die Mühe? *Ein Bissen ist so gut wie jeder andere, wenn man im Mund nichts schmeckt.* Kennen Sie Eliot?»

«Eliot … Ich glaube kaum, dass ich ihn kenne», sagt Kate und bemüht sich, den Käse daran zu hindern, zwischen den Brotscheiben herauszuquellen. «Arbeitet er in der Küche?»

«*George* Eliot.»

«George Eliot, nein, den habe ich noch nicht getroffen.»

«Du meine Güte, Sie sind ein Schwachkopf. Schlimmer noch, ein Schlappkopf!», sagt Cecily, und der Gedanke scheint sie enorm zu belustigen.

«Na wunderbar, okay, es ist Zeit, die Sandwiches zu wenden», sagt Kate. Ihr Kopf fühlt sich an, als würde er gleich zerplatzen. Sie könnte jetzt auf Nicks Sofa sitzen, statt der Punchingball für diese verrückte alte Kuh zu sein. Sie ist ins Lauderdale House gekommen, um Gedanken an einen schwierigen Mann zu verdrängen – und nicht, um diesen schwierigen Mann gegen eine schwierige Frau einzutauschen.

Die Toastsandwiches sind überraschend gut geraten. Bessie Burbridge erklärt, es seien die besten, die sie je gekostet habe. Maud Rappapot isst zwei davon und spricht nicht mehr von Mochi. Olive Paisner beißt winzige Häppchen ab und mümmelt wie eine Maus. Am Ende isst sie vier Stück. Cecily sitzt schweigend am Tisch.

«Wollen Sie nicht wenigstens eines probieren, Mrs. Finn?», fragt Kate. «Das Essen soll doch nicht verderben.»

«Sie sind nicht salzig genug.»

«Warum kosten Sie das Essen nicht erst, bevor Sie sich eine Meinung bilden?»

«Meine Augen sind nicht mehr so gut wie früher, aber ich weiß: Challah enthält im Verhältnis weniger Salz als andere Brotsorten – nicht so wenig wie das Brot, das wir in der Toskana gegessen haben, aber trotzdem … Und billiger Schinken und Käse aus dem Supermarkt bieten keine angemessene kristalline salzige Grundstruktur. Ich bin siebenundneunzig und habe bei Tausenden von Anlässen Sandwiches gegessen, auf jedem Kontinent dieser elenden Erde. Daher brauche ich *Ihre* Sandwiches nicht zu probieren, um mir eine Meinung zu bilden, da meine Meinung auf Beobachtung und siebenundneunzigjähriger Erfahrung beruht.»

«Schön. Dann salzen Sie doch einfach nach.»

«Jetzt sind sie lauwarm.»

«Mrs. Finn …»

«Ein Käsetoast de luxe hätte genug Salz. Vom Bacon. Seite zweihundertachtundvierzig, glaube ich.»

«Welchen Buches?»

«Auf jedem Kontinent der Erde?», unterbricht Maud sie, deren scharlachroter Lippenstift sich zu einem boshaften

Lächeln kräuselt. «Du warst noch nicht in der Antarktis, du Lügnerin, Cecily Finn.»

Cecily holt tief Atem, als wäre ihre Geduld noch nie so strapaziert worden. «Wir haben im Frühjahr 1973 King George Island besucht, das zu den Südlichen Shetlandinseln gehört. Dort hat man uns eigenartiges Essen serviert, möglicherweise ein Pinguin-Sandwich, aber wir fanden es unhöflich, unsere Gastgeber danach zu fragen. Wir waren nicht wie gewisse andere Leute, die nicht begreifen, was unverschämte und vulgäre Fragen sind.»

«Aber, Cecily, gehören die Shetlandinseln denn nicht zu Schottland?», fragt Bessie, die verwirrt die Stirn runzelt.

Cecily blickt durch Bessie hindurch, als wäre sie unsichtbar.

«Natürlich gehören die Shetlandinseln zu Schottland», erklärt Maud. «Harold und ich hatten einen Freund, der dort ein Schloss besaß.»

«Die *Südlichen* Shetlandinseln», zischt Cecily. «Du bist ein unintelligentes Geschöpf, Maud. Grrau-en-haft», sagt sie und rollt das Wort im Mund herum wie ein Minzbonbon.

«Ladys, bitte!» Kate hebt die Hand in dem Versuch, die Gruppe zu beruhigen. «Bitte, seien wir höflich zueinander. Mrs. Finn», fährt sie fort und wendet sich mit einem bittenden Blick an Cecily. «Ich würde *wirklich* gern etwas für Sie zubereiten, das Sie nächstes Mal tatsächlich essen.»

Cecily zuckt mit den Schultern. «Für mich ist das von wenig Belang – aber wenn Sie darauf bestehen, könnten Sie es mit einem dunklen Schokoladensoufflé versuchen.»

Kate nickt. «Ein Schokoladensoufflé. Mit einer kristallinen salzigen Grundstruktur?»

Cecily zieht eine Augenbraue hoch.

«Sind alle damit zufrieden?», fragt Kate.

Die anderen nicken begeistert. Kate wirft einen Blick auf ihre Armbanduhr – ah, Gott sei Dank.

Sie packt ihre Sachen zusammen, während die Damen den Speisesaal verlassen. Da Kate jetzt nicht mehr abgelenkt ist, kehren ihre Gedanken sofort zu der Frage zurück, wie sie Nick antworten soll. Sie wendet sich zum Gehen, doch Cecily hat ihre Hände auf den Tisch gelegt und macht keine Anstalten aufzustehen – den intensiven Blick ihrer braunen Augen hat sie auf Kate gerichtet.

«Er liegt natürlich hier ganz in der Nähe begraben», sagt Cecily. «Auf dem Highgate Cemetery.»

«Entschuldigung, Mrs. Finn, wer?»

«George – der gute, kluge George.»

«Ah, richtig. War George Ihr Ehemann?»

«Junge Dame, haben Sie Alzheimer?»

«Ich?»

«Sind Sie geistig minderbemittelt? Ich rede von George Eliot!»

«Tut mir leid, ich war abgelenkt. Sie hatten ihn schon einmal erwähnt.»

«*Herrr* im Himmel!», blafft Cecily.

Am besten, sie stimmt die alte Schachtel milde. «Das ist schön. Der Highgate Cemetery liegt ganz in meiner Nähe.»

«Ich hoffe, mich selbst in ein oder zwei Wochen dort zu befinden.»

«Oh, nehmen Sie an einer Friedhofstour teil?»

«Nein. Tot. In der Erde. Die sterbliche Hülle: abgeworfen.»

«Bis dann also», sagt Kate und schwingt sich die Handtasche über die Schulter. «Bis nächste Woche, Mrs. Finn.»

«Nicht, wenn ich tot bin», sagt Cecily.

«In diesem Fall komme ich zum Highgate und erweise Ihnen die letzte Ehre.»

«Touché», sagt Cecily, und obgleich Kate sich nicht zu ihr umwendet, könnte sie schwören, dass Cecily lächelt.

Kate möchte jetzt nichts wie weg, doch als sie an Mrs. Gaffneys Büro vorbeigeht, ruft diese ihren Namen. Kate hofft, dass sie nicht mehr nach Alkohol riecht, umso mehr, als es bei dem Vorstellungsgespräch dieses peinliche Missverständnis gab.

«Wie war das zweite Mal?», fragt Mrs. Gaffney mit kraus gezogener Nase. «Sie sehen … müde aus.»

«Ich bin gestern spät ins Bett gekommen …»

«Oh. Aber Sie genießen Ihr ehrenamtliches Engagement?»

«Genießen?», fragt Kate, bevor sie sich auf die Zunge beißen kann.

«Nein?»

«Es ist ein wenig herausfordernder, als ich erwartet hatte. Das ist alles.»

«Falls Sie mit dem Gedanken spielen, uns im Stich zu lassen, muss ich Sie doch sehr bitten, Ihrer Zusage bis Ende September treu zu bleiben», sagt Mrs. Gaffney streng.

«Ich hatte nicht vor zu gehen.» Einfach Weggehen war nie Kates Stil.

«Na gut.» Mrs. Gaffney gibt mit einem angedeuteten Nicken das Zeichen, dass das Gespräch zu Ende ist.

«Die Sache ist die, Mrs. Gaffney, eine der Dame verhält sich ein wenig … störend.»

«Aha, eine Gegnerin! Und so bald schon. Vermutlich ist es

Mrs. Rappapot, die mal wieder die Rassistin heraushängen lässt?»

«Maud? Nein, es ist die Dame, die dement ist, Mrs. Finn. Ich sage das nicht gern, da ich ja weiß, dass sie nichts dafür kann, aber sie kann sich recht … unangemessen verhalten.»

«Mrs. Finn? Das weiße Haar seitlich gebürstet, große braune Augen, und sie lächelt nur, wenn sie eine der anderen Damen verbal aufgespießt hat?»

«Die meine ich. Sie setzt mir zu. Heute hat sie mich einen Schlappkopf genannt. Und, äh, geistig minderbemittelt. Letztes Mal hat sie mich als Dummkopf bezeichnet. Ich nehme es nicht persönlich, denn ich habe kürzlich einen Dokumentarfilm gesehen – ich weiß, dass die Krankheit aus ihr spricht. Demenz führt dazu, dass Leute Dinge sagen, die sie nicht meinen.»

«Cecily ist nicht dement. Sie sagt immer ganz genau das, was sie meint.»

«Oh. Aber was sie murmelt klingt unzusammenhängend und sinnlos.»

«Wahrscheinlich sind es Gedichte. Oder Zitate. Cecily ist hier die intelligenteste Bewohnerin, und gerade das ist ihr Problem. Sie langweilt sich zu Tode, ist aber zu stolz, um sich helfen zu lassen. Sie sitzt lieber in ihrem Zimmer und tut gar nichts, als ihre Abhängigkeit einzugestehen, und so beschäftigt sie sich damit, andere zu provozieren.»

«Sind Sie sicher, dass sie nicht verwirrt ist?»

«Sie ist extrem intelligent und hat ein außergewöhnlich gutes Gedächtnis. Ihre größte Angst ist es, ihre Fähigkeiten zu verlieren, aber tatsächlich ist sie bestens in Form, abgesehen von den Augen und leichtem Parkinson.»

«Oh. Sollte ich ihr in diesem Fall antworten oder ihre Bemerkungen einfach übergehen?»

«Das liegt ganz bei Ihnen. Wenn sie Schwäche spürt, greift sie an. Was Sie also auch tun, seien Sie nicht schüchtern.»

Erst auf dem Heimweg wird Kate klar, dass sie *natürlich* weiß, wer George Eliot ist: Sie haben in der Oberstufe *Middlemarch* durchgenommen. Es ist unfair, Cecilys Bemerkungen waren aus dem Zusammenhang gerissen, und Kate hatte gerade versucht, sich auf ihre Sandwichtoasts zu konzentrieren. Was hat Cecily noch einmal gesagt?

Kate googelt danach und findet schließlich das Zitat aus *Adam Bede* – ‹ein Bissen ist so gut wie jeder andere, wenn man im Mund nichts schmeckt›. Eigenartig. Genau *so* hat Kate sich neulich gefühlt.

Sie googelt nach Eliots Grab. Es liegt *tatsächlich* auf dem Highgate Cemetery – das war nicht schwer zu erraten, dort liegen sie doch alle. Kate googelt die Grabinschrift:

Einer jener unsterblichen Toten,
die in denen weiterleben,
deren Gedanken durch sie besser wurden.

Kate bleibt unvermittelt stehen. *Die Toten, die in denen weiterleben, deren Gedanken durch sie besser wurden.* Diese Zeile erinnert sie an ihren Vater. Er ist seit zwanzig Jahren tot – länger, als ihre Zeit mit ihm gedauert hat. Sie hat gelernt, mit der schrecklichen Leere zu leben, die sein Tod hinterlassen hat; was blieb ihr auch für eine Wahl? Kostbaren Trost hat sie in dem gefunden, was er in ihr selbst von sich vererbt hat.

Heute war ein ausgezeichnetes Beispiel: Der beste Teil ihrer selbst, der Teil, der dafür gesorgt hat, dass sie zum Lauderdale House ging, statt unter der Bettdecke zu bleiben, kommt von ihrem Vater. Sie hat seine Stimme im Ohr, wie er sie aufforderte, immer gut und großzügig zu sein.

Vielleicht weiß Cecily doch das eine oder andere. Kate würde es niemals zugeben, aber sie freut sich fast schon auf das, was Cecily ihr beim nächsten Mal an den Kopf werfen wird.

16

Seit Petes Hochzeit hat Kate mehrere Nachrichten von Nick erhalten. Er wollte sie Montagabend zu Spaghetti bolognese einladen, ihrem Lieblingsgericht. Beinahe hätte er sie mit dem Essen geködert, doch sie hat abgelehnt, Montag und Dienstag sind für das Probebacken des Soufflés reserviert. Außerdem braucht sie Zeit, um ihre Gedanken zu ordnen. Und sie will Nick nicht in seiner Wohnung besuchen – die Vorstellung macht ihr Angst, da an diesem Ort zu viele Gespenster verflossenen Glücks herumgeistern.

Ihr Gegenvorschlag: sich auf neutralem Boden zu treffen, in der magischen Hoffnung, dass ihr an einem öffentlichen Ort nicht erneut etwas Traumatisches zustößt. Und so haben sie sich im Aposta verabredet, einem reizenden Café in Fußnähe zu Ritas Wohnung – der Kaffee ist großartig, und für Hintergrundlärm, der laute heftige Auseinandersetzungen oder gar Weinen übertönt, ist angesichts der Raumakustik gesorgt.

In den frühen Tagen ihrer Beziehung hat Kate einmal etwas auf Nicks iPad nachgeschaut, eine falsche Taste gedrückt und ist zufällig auf einer Seite gelandet, auf der er eine der Nachrichten entworfen hatte, die sie dann von ihm erhalten hat. Es war eine reizende, witzig geschriebene Botschaft mit der Bitte, sich sonntags für einen Lunch zu verabreden. Gerührt hat Kate festgestellt, dass er offensichtlich so nervös gewesen war, dass er diese Nachricht vorformuliert hatte, bevor er sie ihr schickte. Und doch sitzt sie jetzt am Vorabend ihres Treffens mit Papier und Stift am Küchentisch und kritzelt verzweifelt ihre Gedanken nieder, als übte sie für einen Schulabschluss. Sie schreibt Pro-und-Kontra-Listen und legt sich verschiedene Vorgehensweisen für ihre kleine «Plauderei» zurecht.

Der Einsatz ist hoch. Kate muss Klarheit erlangen und Macht zurückgewinnen oder zumindest die Hilflosigkeit abstreifen, die sie seit Frankreich empfindet. Nick hat einmal behauptet, Emotionen seien Zeitverschwendung, aber verdammt noch mal, Kate wird ihn knacken und wenigstens einen Spalt zu seinen Gefühlen öffnen. Sie hungert danach, die Gründe seines Verhaltens nachvollziehen zu können. Nick hat ihr immer ein Gefühl der Sicherheit vermittelt. Wenn sie ihn bisher vollkommen falsch beurteilt hat, wie kann sie ihrem Urteil dann in Zukunft noch vertrauen?

Vielleicht kann sie Nick die Sache auch leichter machen? Soll sie ihm einen Kuli in die Hand drücken und ihn bitten, die zutreffenden Kästchen anzukreuzen?

Nick Sullivan, bist du:

- ☐ von tiefem Bedauern über dein *Herumeiern* erfüllt?
- ☐ unfähig, gleichzeitig arbeitslos zu sein und eine Beziehung zu haben?
- ☐ ein narzisstischer Soziopath ohne jede Empathie?
- ☐ alles unter A–C zusammen?
- ☐ bereit, eine Therapie zu machen und ein emotional offener, kommunikativer und rundum phantastischer Freund zu werden?

- ☐ darauf aus, deinen Gefühlen entfremdet zu bleiben, wie jemand, der einer Bombe gleich explodiert und es mir überlässt, die schmerzhaften Trümmer wegzuräumen?
- ☐ ratlos und denkst, «ich verstehe die Fragen hier nicht»?

Ihr Treffen wird entweder mit dem gefürchteten, aber äußerst notwendigen Strich unter ihrer Beziehung enden – oder es könnte der Startpunkt in eine vertrauensvollere Zukunft sein.

Als Kate im Aposta eintrifft, sitzt Nick zu ihrer Überraschung in einem schicken marineblauen Anzug an einem Tisch. Er sieht gut aus – jünger als vor einem Monat, er hat Gewicht verloren, und seine Haut ist gebräunt. Seine Augen leuchten bei ihrem Anblick auf, und sie kann nicht anders und strahlt zurück.

«Du siehst toll aus», sagt er und steht auf, um sie mit einem Kuss zu begrüßen. Im ersten Moment weicht sie davor zurück – tritt dann aber wieder näher – und veranlasst auf diese Weise einen ungeschickten kleinen Tanz, der damit endet, dass beide nervös lachen. Er ergreift ihre Hand und drückt sie leicht. Die kleine Geste bringt ihr Herz nach all den Wochen aufgestauter Sehnsucht dazu, wild zu hämmern.

«Kommst du gerade von einem Bewerbungsgespräch?», fragt Kate.

«Einarbeitung mit meinem neuen Team. Ich habe meine alte Stelle zurückbekommen. Bei Allsom. Ich habe vor ein paar Wochen Ivan angerufen, und er meinte, ich sollte für ein Gespräch vorbeikommen.»

Vor Monaten hat Kate ihm ans Herz gelegt, sich um eine Stelle bei seiner früheren Firma zu bemühen. Er hat diese Arbeit geliebt, und Kate hat nie verstanden, warum er gekündigt hatte.

«In der Datenbankintegration wurde eine neue Position geschaffen, mein Traumjob.»

«Oh, das freut mich wirklich sehr für dich. Das muss eine Erleichterung sein.»

«Um ehrlich zu sein, ja», antwortet er begeistert. «Mir war nicht klar, was es heißt, arbeitslos zu sein. Am Ende fühlt man sich recht nutzlos.»

«Dann geht's dir jetzt besser? Du siehst gut aus.»

«Ich habe ein bisschen Gewicht verloren.» Er zuckt mit den Schultern. «Joggen. Täglich fünf Kilometer im Park.»

Die Nachricht von Nicks Fortschritten macht Kate zu schaffen. Anscheinend hat sie während dieser unendlich langen Wochen eine veraltete Nick-Version vor Augen gehabt und mit sich herumgeschleppt. In ihren Gedanken saß er verzagt auf dem Sofa – aber tatsächlich war sie von ihnen beiden die Verzagte und hat es nur mit Mühe geschafft, den Alltag aufrechtzuerhalten. Nick hat sich perfekt um sich selbst gekümmert, während sie nichts anderes getan hat, als ihre körpereigene Chemie mit allem zu verstopfen, was das Gegenteil von Endorphinen ist.

Sie sitzen da und sehen sich mit verwirrter Miene, aber durchaus liebevoll an. Warum herrscht dieses Chaos, wo sie doch beide so wirken, als wollten sie sich im nächsten Moment über den Tisch beugen und sich küssen und versöhnen?

Schließlich löst Kate den Blick, um sich in den Griff zu bekommen. «Nick – ich verstehe nicht, was in Frankreich passiert ist.»

«Ich verstehe es ja selbst nicht, Kate. Ich habe dich jeden

Tag vermisst; du bist der Mensch, dem ich mich auf der Welt am nächsten fühle.»

«Das weiß ich, Nick, aber was du getan hast, hat mich verletzt.»

«Kate, ich habe keine Ahnung von dem allen», sagt er und macht eine umfassende Handbewegung, als meinte er die Gesamtheit der menschlichen Existenz.

«Das weiß ich ebenfalls, aber keine Ahnung haben ist nicht harmlos. In Frankreich habe ich mich gefühlt, als wäre ich von einem fahrerlosen Wagen überrollt worden. Ich weiß, dass du bei dieser Sache nicht das Steuer gelenkt hast, Nick, aber du hast trotzdem auf dem verdammten Fahrersitz gesessen.»

«Ich war von dem, was ich gesagt habe, genauso überrascht wie du», antwortet er und sieht sie eindringlich an.

«Was hat das nun wieder zu bedeuten?», fragt sie. Verärgerung steigt in ihr auf.

«Ich hatte nicht vor, es zu sagen, wirklich nicht.»

«Aber du *hast* es gesagt, und du hast es auch nicht zurückgenommen.»

«Kate», sagt er und ergreift ihre Hand, «was auch immer geschieht, ich möchte dich nicht noch einmal verletzen. Aber ich weiß nicht, wie man das alles macht.»

«Nick, das weiß keiner, aber Liebe ist ein Akt des Vertrauens. Schau mal, meinst du nicht, dass *jetzt* eine gute Zeit sein könnte, einige deiner Probleme zu bearbeiten? Ohne deinen Eltern zu nahe treten zu wollen, kann ich sagen, dass sie dir ganz schön übel mitgespielt haben – wie manche Eltern. Aber du kannst professionelle Hilfe bekommen.»

«Es ist einfach so schwierig, über alles zu reden ...»

«Du bist vierundvierzig! Du bist dir deiner Gefühle nicht bewusst und unfähig, darüber zu reden. Manchmal denke ich, du unterdrückst sie so stark, dass du sie noch nicht einmal empfindest.»

Verzweifelt und ein wenig verängstigt schaut Nick sie an. Kate kommt es vor, als würde sie einem kleinen Jungen zusetzen. Wieso soll *sie* jetzt plötzlich die Böse sein?

Nick rutscht auf seinem Stuhl herum. Er hat sich wieder gefasst und sagt munter: «Ich hab's geschafft, Karten für Radiohead im Roundhouse zu bekommen!»

«Was?»

«Ich habe fünf Stunden in der Schlange gestanden – ich weiß, dass du die Gruppe toll findest.»

«Was für ein schreiend auffälliger Trick, das Thema zu wechseln», sagt Kate ungläubig.

«Nein, es ist mir gerade wieder eingefallen – ich wollte es dir sagen.» Er nimmt seine Brieftasche heraus und will ihr die Karten in die Hand drücken. Sie schlägt sie weg.

«Nick – wir haben über uns geredet. Du kannst dieses Gespräch nicht einfach abblocken.»

«Aber ich weiß nicht, was ich unseretwegen tun soll.»

«Möchtest du, dass wir gemeinsam eine Chance haben?»

«Natürlich!»

«Dann geh zu einem Therapeuten. So bald wie möglich.»

«Du hast recht.» Er nickt. «Ich kümmere mich darum. Sobald in meinem Job ein wenig Routine eingekehrt ist.»

Kate schüttelt den Kopf. «Ich kenne dich. Du wirst es aufschieben und einen Bogen darum machen, wie du einen Bogen um alles schlägst, das unangenehm werden könnte.»

«Doch, ich tu's, Kate. Ich weiß, dass ich das mit uns vermasselt habe. Ich möchte mich ändern und will wirklich nicht achtlos mit dir umgehen.»

«Solange du deine Probleme nicht löst, kann ich dich nicht in mein Leben lassen. Es ist vorbei. Ich gehe jetzt.»

«Nein, warte», sagt er und greift nach ihrem Arm. «Kate – du bist der Mensch, den ich am meisten liebe. Es tut mir leid. Bitte nimm wenigstens die Karten.» Erneut versucht er, ihr die Karten in die Hand zu drücken. «Der Auftritt ist nächsten Monat, und wir müssen nicht zusammen hin, du kannst mit Bailey gehen oder so. Ich möchte, dass du sie nimmst. Bitte. Ich habe im Regen angestanden …»

Widerstrebend nimmt Kate die Karten und steckt sie in ihre Handtasche. Sie erträgt es nicht, Nick hier allein zurückzulassen, denn er sieht plötzlich furchtbar verletzlich aus. Sie möchte die Arme um ihn schlingen und ihm sagen, dass alles gut wird, doch sie hält sich zurück und geht. Während sie über die Straße davoneilt, spürt sie, wie sein Blick ihr folgt.

Seine nächste SMS erreicht sie, noch bevor sie bei Rita angekommen ist:

> Ich habe drei Therapeuten in der Nähe meines Arbeitsplatzes gefunden. Ich rufe sie gleich morgen früh an. Ich will meine Probleme lösen.

Kate schließt die Wohnungstür auf und lässt sich mit einem erleichterten Seufzer auf Ritas Sofa fallen. Nick wird sein Seelenleben in Ordnung bringen. Am Ende wird alles gut.

17

Kate musste Mrs. Gaffney um eine Sondererlaubnis der Küchenchefin Bernardette bitten, um die Zubereitung des Soufflés Donnerstagabend in der Küche vorführen zu dürfen. In letzter Zeit ist Kate länger als üblich im Büro geblieben, um ihren Eifer unter Beweis zu stellen, daher trifft sie gehetzt und ein wenig verschwitzt ein. Bernadette kommt ihr entgegen, eine eindrucksvolle Frau um die fünfzig, die ihr schwarz gefärbtes Haar in einem straffen Knoten trägt. Ihre Küche glänzt in makellosem Edelstahl, und in der warmen Luft liegt der nicht unangenehme Duft von frischem Gebäck und Zitronenreinigungsmittel.

«Sie sollten Mrs. Finn nicht verwöhnen», sagt Bernadette, während sie sich mit einigen Resten zu schaffen macht, sie mit Alufolie abdeckt und in den Kühlschrank stellt. «*Ich* habe jedenfalls keine Zeit, Soufflés auf Bestellung zu zaubern. Wir planen unsere Mahlzeiten Monate im Voraus.»

«Es ist ja eine einmalige Ausnahme», sagt Kate, die das Dutzend Stühle aus dem Speisesaal in einem ordentlichen Halbkreis vor der Küchentheke aufstellt.

«Wir servieren extrem ausgewogene, nahrhafte Mahlzeiten – alles wird täglich frisch zubereitet. Die Damen bekommen immer ihr Gemüse, ob sie es mögen oder nicht. Sie hatten heute Nachmittag einen leckeren Schinken-Pie zum Tee und zum Nachtisch Sommerfruchtsülze mit frisch geschlagener Sahne.»

«Mit Ihrem Essen hat Mrs. Finn kein Problem, sondern mit meinem.»

«Mrs. Finn genießt das Meckern mehr als das Essen», sagt Bernadette. «Parkinson beeinträchtigt die Funktion der Geschmacksknospen, wissen Sie. Mrs. Paisner leidet ebenfalls darunter, hat aber den Anstand, sich nicht alle fünf Minuten zu beschweren. Einige Damen sind recht anspruchsvoll. Das hier ist aber kein Fünf-Sterne-Hotel.» Trotz der strengen Worte liegt in ihrer Stimme Wärme. «Gut, ich fahre jetzt zum Zumba, räumen Sie also bitte hinterher auf. Ich will morgen früh kein schmutziges Geschirr vorfinden. Und sollte Mrs. Finn Ihnen das Leben schwermachen, erheben Sie sich darüber – wie eines Ihrer tollen Soufflés.» Beim Lachen über ihren eigenen Scherz verzieht sich ihr Gesicht zu Falten.

Kate hätte nicht erwartet, dass Cecily noch unhöflicher sein könnte, als sie es am Sonntag war – aber wie sich herausstellt, ist sie dazu sehr wohl imstande. Nachdem die alte Dame das Soufflé eigens bestellt hat, macht sie sich heute Abend noch nicht einmal die Mühe zu erscheinen.

Während Kate die Schokolade geschmolzen und die Eier zu Schnee geschlagen hat, hat sie die ganze Zeit erwartet, dass Cecily mit einer neuen, aufregenden Beleidigung eintreten und einen großen Einzug halten würde. Jedes Mal, wenn eine Krankenschwester oder ein Pfleger vorbeikamen, hat sie sich neue Hoffnungen gemacht, doch als sie jetzt das Soufflé aus dem Ofen holt und sich erneut ihrem Publikum zuwendet, spürt sie einen Stich: Sie ist versetzt worden.

«Die Soufflés sehen köstlich aus», sagt Bessie. «Was sind Sie doch für eine geschickte Frau.»

Sie sind wirklich perfekt geworden und oben zu einem leckeren, lockeren Häubchen aufgegangen. Kate hat sie mit Puderzucker bestäubt, und dort, wo die Kruste aufgerissen ist, kommen dunkle Adern geschmolzener Schokolade zum Vorschein. Wenn Kate wüsste, welches Zimmer Cecily hat, würde sie jetzt zu ihr gehen und das Meisterwerk vorzeigen.

In ihr macht sich Ernüchterung breit, während die Damen essen. Als sie fertig sind, ist es 20.40 Uhr. Cecily hatte erwähnt, sie hoffe bald zu sterben. Daraus, wie energisch die alte Dame bei diesen Worten die Kiefermuskeln anspannte, schloss Kate, dass sie nicht in Gefahr eines baldigen Ablebens stand und vermutlich alle einschließlich Kate überleben würde.

Den Abwasch wird Kate später erledigen, erst aber sollte sie sich bei Mrs. Gaffney erkundigen, ob mit Cecily alles in Ordnung ist.

«Sie hat eine Nachricht für Sie hinterlassen», sagt Mrs. Gaffney und schüttelt entschuldigend den Kopf. Als sie Kates geknickte Miene sieht, fügt sie hinzu: «Nein, nein, alles in Ordnung. Sie ist in ihrem Zimmer.» Sie reicht Kate einen Umschlag aus dickem cremefarbenem Papier. «Sie wird noch wach sein, falls Sie jetzt bei ihr vorbeischauen wollen. Zimmer dreizehn am Ende des Korridors.»

Im Umschlag steckt ein Gedicht, das in einer schnörkelreichen, eleganten Handschrift notiert ist:

Nur selten verstehen Gute und Kluge
So gut sich wie sie sollten.
Die Guten sind hart zu den Klugen,
Ihnen wird es mit Grobheit vergolten.

Kate zieht die Augenbrauen hoch. Sie ist hier eindeutig nicht die Kluge, und sie würde sagen, dass Mrs. Finn auch die Härte sehr gut hinbekommt.

Zögernd bleibt Kate vor der Tür zu Zimmer dreizehn stehen, dann eilt sie in die Küche zurück, um ein Soufflé zu holen. Es ist inzwischen in der Mitte eingesunken, aber wenigstens kann sie beweisen, dass sie versucht hat, Mrs. Finn eine Freude zu machen. Allerdings bezweifelt sie, dass die alte Dame auch nur einen Anflug von schlechtem Gewissen empfinden wird.

Mit dem Dessertlöffel klopft sie leise an die Tür, dann lauter, weil Cecily nicht reagiert. Und dann noch ein drittes Mal. Schließlich ruft Cecily: «Was zum Teufel …?» Ein wärmeres Willkommen wird Kate wohl nicht bekommen.

Sie setzt ein Lächeln auf und betritt den warmen, hellen Raum – mit offenem Mund bleibt sie stehen, ihr gezwungenes Lächeln weicht einem vollkommen natürlichen. In Cecilys Wohnbereich steht ein schmales Bett und daneben ein kleiner Nachttisch aus Holz. Jedes andere Objekt, das man sieht, ist ein Buch. Jeder Zentimeter der Wand – vom Boden bis zur Decke – wird von Regalen eingenommen. Kate zählt an den Hauptwänden jeweils acht Regalfächer. Auch das große Erkerfenster, das auf den Garten hinausgeht, ist von Regalbrettern gesäumt. Kate erhascht einen Blick ins Bad und lacht entzückt auf. Über dem Waschbecken, wo normalerweise ein Spiegel hängen würde, sind ebenfalls Regalbretter angebracht, und sogar unter dem Waschbecken liegen Bücherstapel. Die Bücher sind grob nach Größe geordnet, die Buchrücken reichen von den verblichenen grünen und braunen Lederbindungen des 19. Jahrhunderts bis zu farbenfrohen modernen Paperbacks. Hier müssen Tausende von Bänden stehen, aber weil ein gutes, natürliches Licht herrscht und die vertikalen Reihen häufig von ordentlichen horizontalen Stapeln durchbrochen sind, wirkt der Raum auf magische Weise überhaupt nicht vollgestopft.

Cecily sitzt in einem beigefarbenen Ohrensessel hinten in der Ecke, den Rücken so gerade, als säße sie auf einem Thron. Auf einem Tabletttisch an ihrer Seite steht ein kleines tragbares Radio, daneben liegen ein schnurloses Telefon und eine Brille. Der starke, vertraute Duft von altem Papier und Tinte erinnert Kate liebevoll an das winzige Arbeitszimmer ihres Vaters, aber es liegt auch noch eine süßere Note in der Luft, die Kate als Chanel No. 5 identifiziert. Und tatsächlich, ein kleines Zugeständnis an etwas anderes als das geschriebene Wort ist eine schwarz-goldene Tube mit Körperpuder, die auf dem Nachttisch liegt.

«Ich staunte, als ich sah, wie all mein Wohlstand ward gefasst von solchem kleinen Raum …», sagt Cecily und macht eine Geste zu der Wand von Büchern hinter ihr. «Traherne, einer der Metaphysiker. Er wohnt im Badezimmer.»

«Das hier ist das schönste Zimmer, das ich je gesehen habe.» Kate schaut erstaunt zu den obersten Regalbrettern hinauf. «Ich könnte hier den ganzen Tag glücklich und zufrieden verbringen.»

«Nach meinem Neunzigsten bin ich in meinem reizenden, alten Zuhause in Finchley einige Male gestürzt. Nur unter der Bedingung, dass ich kurz darauf tot sein würde, war ich bereit hierherzukommen. Seit zweitausend und noch was Tagen sitze ich in dieser kleinen Schuhschachtel gefangen, umgeben von Büchern, die ich nicht mehr lesen kann. ‹Glücklich und zufrieden› ist keine zutreffende adverbiale Zusammenfassung meines Zustands.»

«Ich habe Ihnen Ihr Soufflé gebracht», sagt Kate und streckt Mrs. Finn das Dessert hin, doch diese wendet den Kopf ab, als wäre der Anblick abstoßend. «Ich bin überrascht, dass Sie heute nicht gekommen sind.»

«Ich bin müde», erklärt Mrs. Finn. «Außerdem hätte ich es nicht ertragen, mir nochmals eine Sitzung lang das Geplapper dieser Bessie Burbridge anhören zu müssen.»

«*Bessie?* Wie kann man denn Bessie nicht mögen?»

«Sie hat so eine dumme Art, sich lieb Kind zu machen.»

«Ich dachte, Maud sei diejenige, die Sie nicht mögen.»

«Diese aufgeblasene Angeberin mit dem Clownsgesicht? *Ich* habe Tee mit Ingrid Bergman getrunken, habe mir mit König Eduard VII. einen angezwitschert und habe in Harry's Bar in Venedig Bellinis mit Richard Burton gekippt – oder mit seinem Doppelgänger, denn weil ich ziemlich angesäuselt war, bin ich mir nicht sicher –, aber ich lasse das nicht in jedem Gespräch fallen. Außerdem, warum sollte ich irgendeine dieser Frauen mögen?»

«Es würde Ihr Leben vielleicht einfacher machen.»

«*Au contraire,* es würde diese De-luxe-Müllkippe für Alte sogar noch unerträglicher machen. Also – was halten Sie von dem Gedicht?»

«Haben Sie es verfasst?»

Cecily schnaubt. «Ob *ich* es verfasst habe? Wohl kaum. Es ist von Wordsworth.»

«Wirklich?»

«Nicht *dieser* Wordsworth, eine andere Wordsworth, seine Großnichte Elizabeth. Nun?»

«Ganz ehrlich? Ich finde es nicht besonders gut – die zweite Zeile holpert, und ich habe auch Zweifel an der Richtigkeit der Aussage. Soll ich annehmen, dass es eine verhüllte Botschaft für mich enthält?»

«Und wenn ich Ihnen sagte, dass tatsächlich ich es geschrieben habe?»

Kate lacht befangen. «Ich würde Sie durchaus für fähig und willens halten, mich auf diese Weise zu beschämen, aber ich vermute, dass Sie ein besseres Gedicht schreiben könnten.»

«Hmm», sagt Cecily und verzieht das Gesicht, um zu verbergen, dass sie sich insgeheim über das Kompliment freut. «Jedenfalls möchte ich jetzt zu Bett gehen, Sie können also aufbrechen. Ich wollte aber noch eines sagen: Sparen Sie sich die Mühe mit diesem halbgaren blödsinnigen Ehrenamt. Ich rieche aus einer Meile Entfernung, dass da etwas faul ist.»

«Entschuldigung?»

«Es ist Zeitverschwendung.»

«Nun, Sie haben ja schon mit den Füßen abgestimmt – den anderen Damen scheint es zu gefallen.»

«Die haben keine Ahnung von Essen, aber ich wollte sagen, es ist eine Verschwendung *Ihrer* Zeit.»

«Warum?»

«Sie leben bei Ihrer Mutter? Sie haben einen Job, den ein halber Affe mit einer halben Schreibmaschine in einer halben Stunde erledigen könnte? Kein Wunder, dass Sie ständig einen Ausdruck des Elends im Gesicht tragen.»

«Das stimmt nicht … oder?»

«Soweit ich das beurteilen kann, packen Sie Ihr Leben völlig verkehrt an und stolpern durch die Welt wie ein Furz durch ein Fass mit sauren Gurken», sagt Cecily.

«Wissen Sie was? Ich gehe jetzt, weil es mir nicht passt, wie Sie mit mir sprechen. Sie haben doch keine Ahnung, was mir derzeit das Leben schwermacht.»

«Sie sollten für alles dankbar sein. Sie haben die Freiheit, zwischen Möglichkeiten zu wählen, Ihre Augen sehen scharf, Ihr Mund tut seinen Dienst …»

«Genau wie Ihrer …»

«Sie sind jung und attraktiv und können duschen, ohne zu Ihrer Schande eine winzige Filipina mit ungeschickten Händen im Bad dulden zu müssen. Jedes einzelne Buch in meiner Bibliothek könnte in kyrillischer Schrift verfasst sein, so gut kann ich es lesen. Seit 2005 habe ich nichts mehr gegessen, was die Mühe wert gewesen wäre, und selbst wenn man vom Parkinson absieht, war jede hier servierte Mahlzeit ein Kriegsverbrechen. Jeder Mensch, den ich je geliebt habe, ist schon lange tot, und die anderen Bewohnerinnen? Jede ist auf ihre ganz eigene Weise unerträglich. Die einzige interessante Mitbewohnerin, Dora Bassett, ist im Mai an einer Lungenentzündung gestorben – dabei wäre *ich* als Nächste dran gewesen, Dora war erst zweiundneunzig!», erklärt sie wütend. «Ich entbehre schon viel länger, als einem Menschen zuzumuten ist, ein vernünftiges Gespräch, und so sage ich Ihnen rundheraus: Ich spreche, mit wem ich will und wie ich es will, aber wie dem auch sei, gehen Sie jetzt bitte, ich bin extrem müde.» Cecily schließt die Augen und atmet tief durch. Ihre knochige Brust hebt und senkt sich.

Mühsam atmet sie ein und aus. «Cecily, ist alles in Ordnung …», fragt Kate.

«Ich heiße Mrs. Finn. Und jetzt gehen Sie.»

Kate öffnet die Tür und geht, ihr Gesicht ist heiß vor Empörung. Wie kann diese Frau es wagen, so mit ihr zu sprechen? Es ist nicht ihre Schuld, dass die alte Dame hinfällig ist. Wenn Cecily zu keiner ihrer Kochvorführungen kommen will, wunderbar – das ist für alle das Beste. Selbst wenn ein Körnchen Wahres an ihren Worten sein sollte, geht es sie nichts an. Sie ist nicht Kates Großmutter, sondern einfach nur eine verbitterte alte Frau, der es ein sadistisches Vergnügen bereitet, andere Menschen zu quälen.

Kate steht vor der Küchenspüle und wäscht die Auflaufförmchen ab, noch immer von dem Gespräch verletzt, als sie Schritte hinter sich hört.

«Dann hatten Sie also ein interessantes Gespräch?», fragt Mrs. Gaffney mit kaum verhüllter Neugier.

Kate schüttelt den Kopf. «Tut mir leid, aber diese Frau ist verteufelt schwierig. Wie halten Sie es nur mit ihr aus?»

«Normalerweise hält sie es nicht mit uns aus. Fassen Sie ihr Interesse als Kompliment auf.»

«Eher schon bin ich Frischfleisch für sie», sagt Kate und stellt die letzten abgewaschenen Gegenstände auf die Abtropffläche.

«Sie hat mich gerade eben angerufen.»

«Ach ja?», fragt Kate und wischt sich die Hände an den Jeans ab. «Bestimmt hat sie sich nicht beschwert, dass ich schüchtern war.»

«Sie sagte, sie hätte gern, dass Sie sie Sonntag besuchen. Und dann sagte sie noch etwas über das Dressieren eines Affen.»

Kate schaut kopfschüttelnd in den Speisesaal und durch die Fenster in den Park. «Mrs. Gaffney, ich finde Mrs. Finn tatsächlich ziemlich boshaft.»

«Sie ist alles Mögliche. Genau wie wir alle. In uns ‹haben viele Platz›. Das ist von Walt Whitman, einem von Cecilys Lieblingsautoren. Sie müssen ihre Bissigkeit an sich abperlen lassen.»

«Ach ja?»

«Ich denke, Mrs. Finn könnte die Gesellschaft mehr genießen, als sie sich anmerken lässt, und außerdem denke ich, auch Sie könnten von der Begegnung profitieren.»

«Ich möchte mir den Ärger ersparen.»

«Die Sache ist die … die Teilnehmerzahl an den Wochenenden ist so gering, dass Ihr Sonntagstermin nicht gerechtfertigt ist, und die Donnerstage allein sind wenig sinnvoll. Die Kochvorführungen sind also für uns nichts.»

«Wollen Sie mich erpressen?», fragt Kate lachend.

«Es wäre sehr nett von Ihnen. Cecily ist hier die Einzige, die nie Besuch bekommt.»

«Tja, das liegt daran, dass sie gemein ist.»

«Ich mache Ihnen einen Vorschlag – kommen Sie Sonntag und besuchen Sie Mrs. Finn, und wenn Sie der Sache dann nicht gewachsen sind …»

«Ich bin der Sache gewachsen. Ich *will* mich nur nicht damit abgeben.»

«… und falls es Ihnen keinen Spaß macht, rede ich nicht wieder davon.»

Kate legt das Geschirrhandtuch zusammen. «Ich schätze, darüber muss ich erst einmal nachdenken.»

18

Kate ist sich ziemlich sicher, dass sie vor Nick ein ganz passables Leben geführt hat, nur hat sie inzwischen verlernt, ohne ihn Spaß zu haben. Nachdem Rita am Samstag ihre Dienste verlangt hat und Kate bei Aldi eine Stunde für eine billige Duftkerze anstehen und dann das Protokoll der letzten Bewohnerversammlung tippen musste, verabredet sie sich mit Cara auf einen Drink in einer Bar in Soho.

Vor neunzehn Jahren haben sie beide am selben Tag bei Fletchers angefangen und sofort einen guten Draht zueinander gefunden, sie waren beide der Meinung, dass ein Supermarkt seine Milch anders anbieten sollte als in H-Milch-Tüten, die einem *immer* die Kleider vollspritzen. Cara ging schnell von Bord und führt jetzt eine angesagte Werbeagentur für Nahrungsmittel. Kate kann ihr nur ehrfürchtig zusehen.

Cara kommt zu spät, sieht aber tadellos aus – das dunkle Haar ist hinten zusammengefasst, und der weich verblendete Lidschatten ist perfekt konturiert. «Du schreibst doch nicht gerade diesem Arschloch eine Nachricht, oder?», fragt sie, als sie sich Kate gegenübersetzt und einen Schluck von Kates Wein nimmt.

Kate steckt ihr Handy in die Handtasche. «Er ist kein Arschloch, er ist verwirrt.»

«Was bringt dich auf *diesen* Gedanken?»

«Er hat es in Frankreich so gesagt. Und seit damals …»

«Vielleicht hat er es nur gesagt, weil er dich nicht verletzen wollte.»

«Er war gerade dabei, aus meinen Herzen Reibekäse zu machen, und da meinst du, er hat innegehalten, um mich zu trösten? Jedenfalls habe ich mich letzten Mittwoch mit ihm getroffen, und …»

«Warum triffst du dich denn mit einem verwirrten Schwachkopf?»

«Wir hatten ein sehr gutes Gespräch, und er wird seine Probleme bearbeiten.»

«Du bist verrückt, dass du überhaupt noch mit ihm redest.»

«Er ist in Panik geraten, zum Teil, weil er sich vor Nähe fürchtet, und zum Teil wegen Stress mit seiner Arbeit. Nick ist vollkommen unfähig zum Multitasking …»

«Oh ja, wie damals, als er deinen Geburtstag vergessen hat?»

«Das war keine große Sache.»

«Verfassen wir doch einmal eine Liste mit Nicks Minuspunkten – schubs ihn vom Podest, auf den du ihn gestellt hast», sagt Cara und nimmt sich einen Stift und eine Papierserviette. «Erstens – vergisst Geburtstage. Zweitens –»

«Cara, ich habe keine Lust, meinen Samstagabend auf diese Weise zu verbringen.»

«Spielt mit *vierundvierzig* noch auf der PlayStation», sagt Cara und kringelt die Zahl verächtlich ein.

«Es sind keine Ballerspiele, sondern er löst Rätsel – wie andere Kreuzworträtsel lösen.»

«Aber das Entscheidende ist, dass er sich lieber mit diesen Spielen beschäftigt, als Zeit mit *dir* zu verbringen.»

«Cara, du erwartest, dass ein Mann dich rund um die Uhr

hofiert. Ich bin viel leichter zufriedenzustellen und akzeptiere, dass Nick Raum braucht.»

«Hör auf, ihn zu entschuldigen, und nimm hin, dass er nicht so besonders auf dich steht.»

«Herr im Himmel, das ist die größte Vereinfachung, die ich je gehört habe, und überhaupt nicht hilfreich. Dieser … *Vorfall* hat sich nicht bei einem ersten Date ereignet, sondern Nick hatte mich kurz zuvor gebeten, bei ihm *einzuziehen*. Es ist kompliziert.»

«Es gibt so viele Männer, die in Frage kommen. Dieser Typ dort im roten T-Shirt schaut ständig zu dir rüber.»

Kate macht sich nicht die Mühe, sich umzusehen. «Nick hat einen Fehler gemacht, er ist nicht perfekt. Ich kann bis zum Abwinken Listen darüber schreiben, wie er seine Zehennägel schneiden oder dass er mir mehr Blumen schenken sollte, aber Stift und Papier werden nichts daran ändern, dass ich ihn liebe.»

«Na gut.» Cara zuckt mit den Schultern. «Wenn du keine Lust hast, mit den heißen Männern zu reden, muss ich mich eben für uns beide ins Zeug legen.»

Um 22 Uhr knutscht Cara in einer Ecke der Bar mit einem kräftigen Dänen. Kate hat in einer anderen Ecke alle Hände voll damit zu tun, einen schwitzenden verheirateten Lustmolch aus Croydon abzuwehren. Da Cara absolut nichts dagegen hat, mit dem Dänen allein gelassen zu werden, fährt Kate nach Hause und verflucht ihre Entscheidung, Nicks Einladung zu Steak, Fritten und einer DVD ausgeschlagen zu haben.

Was Nick betrifft, liegt Cara vollkommen verkehrt. Seit ihrem Treffen hat er Kate ausführliche Nachrichten geschickt.

Am Freitag hatte er eine phantastische erste Sitzung mit einem Therapeuten, und er wird ihn von jetzt an jede Woche treffen. Kate macht sich große Hoffnungen, dass er seine Probleme löst, aber es wäre dumm von ihr, die Beziehung sofort wieder aufzunehmen. Daher hat sie seine Einladung für heute Abend abgelehnt. Sie haben sich darauf geeinigt, einfach nur «Freunde» zu sein, während er mit sich selbst ins Reine kommt. Kate wird mitfühlend und geduldig sein, aber sicheren Abstand wahren, bis er weiß, ob er sich eine gemeinsame Zukunft wünscht. Wenn sie sich mit ihm austauscht, ihn aber nicht persönlich trifft, wird sie sicher nicht verletzt werden.

Am folgenden Morgen wacht Kate schlecht gelaunt auf. Cara geht ihr nicht aus dem Kopf. In dieser miesen Stimmung Mrs. Finn zu besuchen, wäre purer Masochismus, und außerdem ist Kate dieser Frau zu nichts verpflichtet. Nein. Sie wird absagen und ein gutes Buch lesen und vielleicht im Park eine Runde joggen.

Als sie gerade in ihren Jogging-Klamotten nach draußen gehen will, um Zigaretten zu kaufen, fängt Rita sie ab und besteht darauf, dass Kate sie zum Recyclinghof in Kentish Town begleitet, um eine alte Mikrowelle zu entsorgen. Der Ausflug fängt harmlos an, und Kate zieht eine kindliche Befriedigung daraus, das Krachen und Klirren von Glas und Metall zu hören. Doch sobald sie wieder in den Wagen steigt, behauptet Rita, sie brauche Kates Rat. Dabei will sie einfach nur tratschen. John Pring, das kleinkarierteste Mitglied des Bewohnerrats des Heathview-Gebäudes – einmal hat er Mrs. Ren, die einen Gehstock braucht, eine Parkerlaubnis verweigert, weil ihr Antrag einen Tippfehler enthielt –, hat sich wortreich über das Nagerproblem beschwert. Nach einer weiteren Begehung wurde am Freitag Mikhail, der Nachtportier, zu Mr. Pring gerufen und entdeckte ein riesiges Nest von Mäusekindern in einem Schrank, der von Mr. Prings vergilbten Pornozeitschriften aus den 1970er Jahren überquoll!

«Das ist total abstoßend», sagt Kate.

«Ich weiß es nur, weil Mikhail es Sonia erzählt hat, Gerrys Reinigungskraft. Aber da wir es jetzt alle wissen: Wie sprechen wir das Thema John gegenüber an?»

«Ach, geh einfach darüber hinweg, Mum.»

Doch damit wiegt sich Kate in einem Gefühl falscher Sicherheit. Ihre Mutter wirft einen Blick auf ihr eigenes Spiegelbild im Rückspiegel und lächelt. Kate ist alarmiert. «Gerry und ich sind der Meinung, es wird Zeit, dass du einmal zum Dinner mit Jeremy ausgehst. Wenn ich fünf Jahre jünger wäre, würde ich selber die Fühler nach ihm ausstrecken.»

Also doch! So harmlos ist dieser Ausflug nicht! «Äh, selbst wenn ich etwas für Jeremy übrighätte – was nicht der Fall ist –, möchte ich nicht, dass du mich mit jemandem verkuppelst.»

«Er hat eine ausgezeichnete Stelle. Er ist jetzt Verlags*leiter*. Und zwar eines *sehr* großen Verlags.»

«Keines kleinen?»

Rita packt das Lenkrad fester.

«Schau mal, Mum, ich weiß zu schätzen, dass du mir helfen willst, aber bitte verkuppele mich nicht. Und sowieso brauche ich kein Date, mit Nick entwickelt es sich inzwischen gut.»

Rita zieht die Augenbrauen zusammen, und Kate wendet sich zur Seite und schaut aus dem Fenster. Sie hätte ihrer Mutter kein solches Infohäppchen zuwerfen sollen, das war ein echter Anfängerfehler.

«Du hast dich Mittwoch mit Nick getroffen, oder? Als du

heimkamst, habe ich gleich gesehen, dass du ein schlechtes Gewissen hattest.»

«Ich hatte *kein* schlechtes Gewissen und sah auch nicht so aus. Ich war in Gedanken versunken. Er hat endlich wieder eine Stelle und ist bereit, eine Therapie zu machen. Bist du jetzt nicht zufrieden, hast du nicht endlich recht bekommen?»

«Was für eine Therapie?»

«Keine Ahnung – vermutlich die Sorte, bei der man auf einem Stuhl sitzt und über seine Mutter herzieht.»

Rita lacht bellend. «Ich habe immer gesagt, alles klänge danach, als hätte seine Mutter ihn emotional vernachlässigt.»

«Ich stimme zu, dass es der Fehler der Mutter war», sagt Kate spitz.

«Ach! Deinem Vater gibst du allerdings nie irgendeine Schuld, der ist heilig.»

«Wie nett von dir.»

«Du musst mir glauben, dass ich es so gut gemacht habe, wie ich konnte. Lies nach, was Winnicott über ausreichend gute Elternschaft schreibt. Das Buch steht in meinem Regal.»

«Dein Bücherregal ist ein ganzer Berg von Psycho-Blabla – wenn irgendeines dieser Bücher einem wehen Herzen helfen könnte, hätte es sich besser verkauft als *Fifty Shades of Grey* und *Harry Potter* zusammengenommen.»

«Darling, ich will ehrlich mit dir sein.»

«Bitte nicht.»

«Auf der Kübler-Ross-Kurve befindest du dich im Verhandlungsstadium deiner Trennung. Dieses Stadium kommt vor der Akzeptanz, aber inzwischen solltest du diese Phase eigentlich hinter dir haben. Nach dem Tod deines Vaters warst du genauso.»

«Manchmal braucht man eine Weile, um mit der Trauer fertigzuwerden», sagt Kate, die sich zwingt, den Köder ihrer Mutter nicht zu schlucken. «So oder so befinden Nick und ich uns nicht mehr in einer Trennungssituation.»

«Wahrscheinlich doch – nur in einer chaotischen, die sich in die Länge zieht. Nick wird sich nicht über Nacht ändern», sagt Rita und blinkt nach links, während sie nach rechts abbiegt. «Er führt seit vierundvierzig Jahren ein nicht gelingendes Leben. Es gibt keine Wunderheilungen. Er wird Jahre brauchen, um psychisch gesünder zu werden. Vielleicht wird er niemals ein vollständig entwickelter Erwachsener sein. Unterdessen solltest du das eine oder andere über Co-Abhängigkeit nachlesen.»

«Ich weiß, was Co-Abhängigkeit bedeutet – es bedeutet, dass man schwierigen Menschen gestattet, einen auszunutzen.»

«Du behauptest immer, dass Nick das Problemkind ist, aber er scheint mir absolut imstande, sich um seine eigenen Bedürfnisse zu kümmern.»

«Das liegt nur daran, dass er nicht weiß, was seine wahren Bedürfnisse sind.»

«Darling, da redet eine Co-Abhängige, wie sie im Buche steht. Du brauchst ebenfalls eine Therapie.»

«Das stimmt nicht … Ich brauche nur eines: dass Nick mich liebt.»

«Du verschwendest deine Energie an die falschen Menschen. Okay, ich fahre jetzt zu Selfridges, um diese Keilabsatzschuhe von L.K. Bennett zurückzugeben. Das Parken ist dort ein echtes Problem, du musst also im Auto sitzen bleiben, während ich schnell in den Laden springe.»

«Und das wäre ein ausgezeichnetes Beispiel dafür, dass ich meine Energie an die falschen Menschen verschwende», sagt Kate triumphierend. «Außerdem bin ich bei jemandem zum Tee eingeladen.»

«Bei Nick?»

«Bei einer Person, die mich mehr braucht als du.»

Kate wartet auf die nächste rote Ampel, dann ergreift sie die Flucht und springt aus dem Auto. Mit dem Gefühl einer kleinen rebellischen Befriedigung schlägt sie den Weg nach Hampstead ein.

Sie war unhöflich zu Rita. Sie braucht gutes Karma. Nun ist sie unterwegs, um sich mit dem Drachen anzufreunden.

19

Sie müssen sich unersättlich nach Bestrafung sehnen», sagt Mrs. Gaffney, die an die Rezeption kommt und Kate mit einem warmen Lächeln begrüßt.

«Sie versprechen mir, dass Mrs. Finn mir nicht die Hölle heißmacht?», fragt Kate und steht eilig von ihrem Platz auf. Sie könnte es sich gut verkneifen, den ganzen Sonntag mit Streit zu verbringen.

«Oh, ich würde niemals das Unmögliche versprechen. Aber warum bringen Sie sie nicht dazu, von ihrem Leben zu erzählen, von ihrem geliebten Mann und ihren Abenteuern? Es ist das Einzige, was ihr noch immer Freude bereitet.»

Cecily sitzt aufrecht in ihrem Sessel, eine halb geleerte Schale mit Suppe vom Mittagessen auf ihrem Tischchen. Als sie Kate erblickt, wird ihr Gesichtsausdruck ein wenig milder, und ihre braunen Augen funkeln durchtrieben.

«Ich habe Ihnen ein paar Kekse mitgebracht, Mrs. Finn. Tut mir leid, sie sind nicht selbst gebacken, aber ich nehme an, dass Sie sie ohnehin nicht essen werden», sagt Kate und reicht ihr das noble Zitronen-Shortbread, das sie unterwegs gekauft hat.

Cecily nimmt die Schachtel in die linke Hand, betrachtet sie blinzelnd und wirft sie dann auf ihren Beistelltisch. Cecilys rechter Arm zittert leicht, und sie legt die linke Hand auf das Handgelenk, um diese Tatsache zu verbergen. «Ich kann nicht mehr richtig sehen», sagt sie. «Aber es kam mir fast so vor, als stünde Zitronen-Shortbread auf der Packung, was grotesk wäre.»

«Was haben Sie gegen Zitronen?»

«Zitrusfrüchte gehören nicht in Shortbread. Bringen Sie das Zeug beim Hinausgehen im Schwesternzimmer vorbei.»

«Was, jetzt sofort?»

«Gleich. Erst trinken wir Tee», sagt Cecily, nimmt das Telefon zur Hand und bestellt eine Kanne Earl Grey und einen Teller «nicht angeberischer Shortbreads ohne Geschmackszusatz». Kate richtet den Blick auf den abgenutzten Perserteppich. Nächstes Mal wird sie sich die fünf Pfund für Kekse sparen. Es wird kein nächstes Mal geben.

«Wie war Ihr Wochenende?», fragt Kate.

«Öde und unendlich lang. Und Ihres?»

«Ganz ähnlich», antwortet Kate lächelnd. «Na ja, morgen geht es zurück an die Arbeit, ein Affe an einer Schreibmaschine …»

«Erklären Sie mir, warum Sie diese Arbeit machen?», fragt Cecily und beugt sich mit echtem Interesse vor.

Kate zuckt mit den Schultern. «Warum macht man überhaupt eine Arbeit? Wegen des Gehalts. Ich weiß, wie es geht. Und ich habe dort Freunde.»

«Aber so ein ungewöhnlich sinnloser Job? Was wollten Sie denn machen, als Sie jung waren?»

Kate legt den Kopf zurück und streicht sich über den Hals. Darüber hat sie schon lange nicht mehr nachgedacht. «Ich wollte Journalistin werden wie mein Vater. Ich habe gern in seinem Arbeitszimmer gesessen, während er schrieb. Ich mochte das Geräusch seiner Schreibmaschine. Wenn er ausnahmsweise einmal einen Fehler machte, durfte ich mit Tipp-

Ex darüber gehen. Mein Dad liebte die Arbeit mit Worten und hat mich immer ermutigt, kreativ zu sein. Ich habe Geschichten geschrieben und kleine Radioshows auf seinem Kassettenrekorder für ihn aufgenommen.» Bei dieser Erinnerung an eine jüngere Version ihrer selbst, für die jede Zukunft denkbar schien, empfindet Kate einen dumpfen Schmerz. Diese Version verschwand, als ihr Vater seine Diagnose erhielt.

«Sind Sie aufs College gegangen?», fragt Cecily. «Vermutlich braucht man keine Qualifikation, um über Würstchen zu schreiben?»

Diese ständigen Seitenhiebe. «Ich hatte begonnen, Anglistik zu studieren, aber dann ist Dad gestorben, und ich habe mir eine Stelle gesucht.»

«Oh, er ist jung gestorben?», fragt Cecily, die plötzlich bestürzt aussieht. «Wie alt war er?»

«Sechsundvierzig.»

«Ach», sagt sie, einen Moment lang bedrückt. «Sechsundvierzig, das ist hart. Und Sie haben Ihr Studium nie wieder aufgenommen?»

«Eine Zeitlang war ich ziemlich mitgenommen, und dann kam es mir zu spät vor. Ich hatte so viel versäumt. Und Mum wies mich darauf hin, ich könnte ja in meiner Freizeit lesen und schreiben. Oh, Moment», unterbricht sich Kate, als sie es an der Tür klopfen hört. Sie nimmt Cecilys Suppenschale und tauscht sie gegen ein Tablett mit Tee und Keksen, das eine Pflegekraft hereinbringt. «Und Sie, Mrs. Finn?», fragt sie und setzt sich wieder. «Was wollten Sie werden, als Sie jung waren?»

«Ich?» Cecily tippt sich mit Schwung an die Brust. Obgleich sie eine Bluse, einen Pullover und eine ärmellose

Strickjacke trägt, erzeugen ihre Finger ein hörbar hohles Geräusch auf ihren hervorstehenden Rippen. «Ich wollte ein Filmstar werden, um Aufsehen zu erregen, und eine Katholikin, um in der Menge unterzutauchen», sagt sie und greift nach einem Shortbread. «Keines von beidem ist mir gelungen, obwohl ich die Welt bereist und einen Spion geheiratet habe – ach, meinen lieben Samuel. Wir waren so glücklich zusammen.» Sie seufzt. «Ich habe die Kunst des *fiskepudding* perfektioniert, auf Kauai unter den Mitternachtssternen Hula getanzt … und am Ende habe ich es doch noch nach Hollywood geschafft.»

Kate wird den Bericht über den Spion mit Vorsicht genießen und dasselbe gilt für den Hollywood-Teil. Auch hat sie keine Ahnung, was ein *fiskepudding* ist, aber eine lange und glückliche Ehe? Das klingt ermutigend. «Wie weit können Sie sich zurückerinnern?»

«Oh, ich erinnere mich an alles! Aber Sie wollen meine langweiligen alten Abenteuer nicht hören, oder?», sagt Cecily mit einem Funkeln in den Augen, das deutlich macht, wie gern sie ihre Geschichten erzählen würde.

«Mir fällt nichts ein, was ich lieber tun würde.»

«Dann müssen Sie eine sehr schwache Phantasie haben. Nein, meine Gute, gehen Sie und spielen Sie Scrabble mit Maud, die könnte einen Sieg weiß Gott vertragen.»

«Ich bin gekommen, um Sie zu besuchen, Mrs. Finn. Und ich möchte etwas über Ihr Leben hören.»

«Über damals im Krieg, als ich in einem Bombenflugzeug mitgeflogen bin? Oder über damals, als ich auf dem Weg zu meiner eigenen Hochzeit eine Autopanne hatte? Sie wollen bestimmt nichts von dem Tag hören, an dem ich Groucho

Marx kennengelernt habe, oder? Bestimmt gehen Sie lieber nach Hause und denken über Karotten nach.»

«Aber nein! Groucho Marx? Ehrlich? Erzählen Sie mir alles darüber.»

«Wirklich?»

«Ja, wirklich. Bitte?»

Cecily bemüht sich, ein triumphierendes Lächeln zu unterdrücken. «Nun, wenn Sie darauf bestehen.» Sie lässt sich tiefer in ihren Sessel sinken und atmet durch. «Mein Vater Joseph Polonsky war ein bekannter Süßigkeitenhersteller, berühmt in ganz London und zum Teil auch dem Umland. Er hatte ein hartes Leben, aber er und meine Mutter machten alle um sie herum glücklich. Ich kam in Forest Gate zur Welt, einer schrecklich langweiligen Vorstadt in East London. Ich war das jüngste von drei Kindern und absolut nicht geplant, aber ich weigerte mich hartnäckig, mich mit den üblichen auf Gin beruhenden Methoden entfernen zu lassen, obgleich Mama es mit aller Kraft versucht hat. Papa war Litauer – ein äußerst intelligenter Mann, Freidenker und Sozialist –, aber als er hier ankam, war sein Englisch so schlecht, dass er schließlich in einem Ausbeuterbetrieb in Leeds Knopflöcher nähen musste.»

«Knopflöcher machen – das ist so eigenartig. Als ginge es um die Scherzfrage, wie viele Löcher macht man in ein Poloshirt.»

«Nichts dergleichen», wehrt Cecily ab. «Dort hat er dann meine Mutter Eva kennengelernt.»

«Sie kam aus Yorkshire?», fragt Kate und überprüft, dass der Tee genug gezogen hat, bevor sie ihn ausschenkt.

«Für mich immer nur eine halbe Tasse auf einmal.»

«Halb voll?»

«Halb leer.»

«Das ist dasselbe», sagt Kate und fängt Cecilys Blick mit einem Lächeln ein, das diese mit gebieterischer Miene erwidert.

«Mama kam aus Polen. Ihr Vater war der Dorfbäcker – sie wuchs in einem Haus auf, das vom Duft frisch gebackenen Challah-Brotes erfüllt war.»

«Richtig, Sie haben neulich das Brot Ihres Großvaters erwähnt …»

«Mama war außerdem auch eine großartige Köchin und eine Schönheit mit herrlichem Haar und durchdringenden blauen Augen. Mein Vater liebte Schönheit. Er hat mir meine Schwester May immer vorgezogen – sie war hübsch und gab niemals Widerworte. Er sagte gern: ‹Cissie, du hast einen Kopf wie Bismarck und ein Gehirn wie ein Bismarckhering.›»

«Was ist ein Bismarckhering?»

«Ein eingelegter Hering. Papa hat ein Gestell aus einem Hähnchenknochen entworfen und an meiner Nase befestigt, damit sie eine bessere Form bekommt. Das ist kläglich gescheitert.» Cecily wendet sich seitwärts, um ihr Profil zu zeigen, und fährt mit dem Zeigefinger über ihre Adlernase. «Aber ich schweife ab. Mama wurde nach Leeds geschickt, damit sie den Freund ihres Bruders heiratete. Diesem Mann gehörte die Fabrik, in der Papa arbeitete. Sie entwickelte einen starken Abscheu gegen diesen Freier, verliebte sich aber innig in Papa. Sie trafen sich heimlich nach seiner Schicht, und dann blickte sie in seine dunklen, intelligenten Augen und war gefesselt von seinen leidenschaftlichen Überzeugungen. Er drückte sich immer so wunderschön aus, und obgleich ihr Englisch sehr begrenzt war, saugte sie seine Worte auf und erblühte. Nach sechs Monaten schenkte er ihr einen Saphir-Ring, für den er seit dem Tag ihrer ersten Begegnung gespart hatte, und machte ihr einen Heiratsantrag. Mein Onkel war außer sich vor Wut über diese Verlobung. Seine Schwester hatte sich für diesen Niemand entschieden, und er warf Papa buchstäblich die Treppe hinunter, doch Mama war bis über beide Ohren verliebt. Am nächsten Morgen packten sie die Koffer und flohen nach London.»

«Das ist so romantisch.»

Cecily runzelt die Stirn, um ihre Mundwinkel bilden sich tiefe Falten. «Das Leben der beiden war hart. Während langer Phasen kränkelte Papa immer wieder. Mama wurde bald schwanger mit May und musste für andere Leute die Böden scheuern. Papa landete als Arbeiter in einer Süßwarenfabrik. Ich erinnere mich daran, dass ich ihn dort besucht und unglaublich lange Stränge Zuckerpaste gesehen habe, die auf riesigen Haken gedreht und dann zu Malzbonbonstäben zerteilt wurden, während es überall wunderbar süß roch. Damals muss ich drei gewesen sein.»

«So weit reicht Ihre Erinnerung zurück?»

«Ich erinnere mich mit großer Klarheit an Dinge, die gemeinhin für unmöglich gehalten werden – zum Beispiel daran, dass mein stattlicher grüner Kinderwagen von meiner Amme Clara geschoben wurde. Sie starb vier Wochen, nachdem sie sitzengelassen worden war.»

«An gebrochenem Herzen?»

«An Schwindsucht. Das Timing war allerdings schlecht. Papa nahm mich mit ins Krankenhaus, und da lag sie mit glühenden schwarzen Augen und zupfte mit verkrampften Fingern an ihrer Bettdecke herum.» Als sie den verstörten

Ausdruck in Kates Gesicht sieht, lacht Cecily bitter auf. «Papa glaubte nicht an das, was er die ‹Hampstead›-Methode nannte, verwöhnte Kinder großzuziehen. Wie er lachen würde, wenn er wüsste, dass ich in Hampstead gelandet bin und hier wie das nutzloseste aller Babys verhätschelt werde. *Haben Sie heute Ihren Brei gegessen, Mrs. Finn? Müssen wir einen kleinen Gang zur Toilette machen?*»

«Erzählen Sie mir mehr von der Süßwarenfabrik», sagt Kate, die befürchtet, dass Cecily in eine düstere Stimmung gerät.

«Papa hat dort nicht lange gearbeitet», berichtet Cecily und schiebt sich mit den Ellbogen in ihrem Sessel vor. «Er hatte in unserer Nähe eine Konditorei entdeckt, die zum Verkauf stand. Er hatte zwölf Pfund gespart, und die Miete betrug vierhundert Pfund, doch er war ein sehr bewunderter Mann, bekannt für seinen Intellekt, und Mama liebte ohnehin jeder – sie war so sanft und warmherzig wie Papa einschüchternd war. Ihre Freunde und Nachbarn wollten den beiden helfen und liehen ihnen Geld. So kaufte Papa den Laden in der Woodgrange Road Nr. 25, E7, und machte Polon's Süßigkeiten daraus.»

«Vom Schuften zum Duften …»

Cecily prostet Kate mit ihrer Tasse zu, und diese errötet. «Ist das der Quatsch, den Sie für Ihre Arbeit schreiben müssen? Genau das ist der Grund, aus dem Papa immer sagte, man solle sein eigener Chef sein. Er sagte, seine Vorstellung von Glück bestehe darin, *jedem sagen zu können, er solle sich zum Teufel scheren*», erklärt sie fröhlich. «Jetzt war er also der Chef, auch wenn es letztlich Mamas harte Arbeit war, die den Laden am Laufen hielt. Sie eröffneten im hinteren Raum eine Eisdiele und wurden berühmt für ihre Eiscreme. Mama stand um fünf Uhr morgens auf und rührte mit der Hand Eiscreme in diesen kleinen, in Salz stehenden Gefäßen. Wenn ich im Sommer früh genug auf war, durfte ich die Kurbel drehen und zur Belohnung die Eismasse probieren. Am liebsten mochte ich Toffee, aber in einem Sommer machte sie Erdbeer-Sahne-Eis, und das war die beste Eiscreme, die ich je gekostet habe, obwohl wir viele Jahre in Italien gelebt haben.»

«Ihre Familie ist nach Italien gezogen?»

«Nein, das war einige Jahre nach Samuels und meiner Hochzeit. Mama hat auch Englische Madeleines gebacken, die ganz anders sind als die von Proust. Es waren wunderschöne rosaweiße Türmchen aus ganz lockerem Biskuit, mit Konfitüre und Kokosnuss gefüllt und mit einer Kirsche darauf, einfach herrlich.» Sie führt die zittrige Hand an die Lippen, die bei dieser Erinnerung leicht beben.

«Es klingt so, als wäre ihre Mutter eine wahre Küchengöttin gewesen.»

«Sie hat alles gemacht – für Papa gekocht, ihn gepflegt, den Laden beaufsichtigt, die Kunden umgarnt –, meine frühen Tage wurden daher von den Ladenmädchen regiert. Emmie mochte ich am liebsten, was für eine Virago.»

Es ist Kate peinlich, nach der Bedeutung des Wortes zu fragen, doch als sie später nachschlägt (Virago ist so etwas wie ein Hausdrachen), stellt sie fest, dass die Beschreibung perfekt auf Cecily passt.

«Unser Laden lag unmittelbar neben einem der frühesten Kinos, dem Grand Theatre – Emmie hat mich immer in die erste Reihe gesetzt, wenn sie mit ihrem Freund verabredet war.»

«Sie hat Sie allein gelassen? Wie alt waren Sie damals?»

«Die Legende will, dass ich mein Fläschchen nur getrunken

habe, wenn man es mir auf der Treppe zum Eingang reichte. Ich habe jeden Film zweimal gesehen, und so habe ich mich schon in meiner Kindheit ins Geschichtenerzählen verliebt. Ich habe viel Zeit in meiner Phantasie verbracht.»

«Daher auch die vielen Bücher … Die haben Sie alle bei Ihrem Umzug hierher mitgebracht?», fragt Kate und macht sich daran, die größte Bücherwand näher zu betrachten.

«Wir hatten zu Hause eine doppelt so große Sammlung. Das gehört zu den Dingen, die am Altwerden am schlimmsten sind – ständig wird einem etwas weggenommen: der Besitz, die Hüften, die Sehkraft.»

«Dann sollten Sie sich doch eigentlich nicht mit Erinnerungen an das umgeben, was Sie verloren haben?»

«Was ich verloren habe? Meine Bücher erinnern mich an alles, was ich hatte – ein Leben voller Abenteuer.»

Kate betrachtet die Bücherreihen vor ihr, und das Herz wird ihr weit. All diese Geschichten, die endlosen Entdeckungen, die man hier machen könnte. Sie fährt mit den Fingern über die Buchrücken – eine große Sammlung von Romanen, Kunstbüchern, Lyrik und Reiseführern.

«Schauen Sie rechts», sagt Cecily. «Die sind vermutlich nach Ihrem Geschmack.»

Kate überfliegt die Titel und zieht die Augenbrauen hoch. Cecily besitzt beinahe jedes der Kochbücher, die Kate bei Nick gelagert hat, und außerdem noch einige hundert weitere – alles von Mrs. Beeton über Fanny Craddock bis zu Nigella. Es sind nicht nur Bücher mit Rezepten, sondern auch solche über die Geschichte und die Wissenschaft der Nahrungsmittel sowie Romane und Erzählungen, in deren Zentrum Kochen und Essen stehen. «Nora Ephron!», sagt Kate und zieht das schlanke

Bändchen namens *Heartburn* aus dem Regal. «Das ist mein Lieblingsbuch», erzählt sie strahlend vor Glück.

«Sehe ich recht, dass Sie ein Fan von Kochbüchern sind?»

«Sehr sogar», antwortet Kate sehnsuchtsvoll. «Ich liebe sie und habe zu Hause ganze Stapel davon. Na ja, genau genommen habe ich im Moment kein einziges», fügt sie plötzlich niedergeschlagen hinzu.

«Hat es gebrannt?», fragt Cecily besorgt.

«Ja, in meiner Beziehung», antwortet Kate, zuckt zusammen und schüttelt den Kopf.

«Das klingt schmerzhaft.»

«Oh, ich werde die Bücher gewiss irgendwann zurückbekommen.» Kate beißt sich auf die Lippen.

Cecily stockt einen Moment, einen nachdenklichen Ausdruck im Gesicht. «Nun denn», sagt sie entschlossen. «Wenn Ihre Bücherregale leer sind, müssen Sie sich eines von meinen Büchern ausleihen.»

«Ach, das bringe ich nicht fertig.»

«Ich bestehe darauf. Sonst vergeht erneut ein Wochenende, das ich vollkommen sinnlos vertan habe.» Und unvermittelt fügt sie hinzu: «Suchen Sie sich etwas aus, aber beeilen Sie sich. Ich möchte mich ausruhen.»

«Oh, okay ... Wie wäre es mit dieser Elizabeth David?»

«Nein, das ist eine Erstausgabe», entgegnet Cecily. «Suchen Sie sich ein anderes Buch aus, jedes andere ist recht.»

Kate lässt den Blick über das Regalbrett wandern. Wie wäre es mit dem *Silver Palate Cookbook*?»

«Es wird dieses Zimmer unter keinen Umständen verlassen.»

«Ich dachte, Sie hätten gesagt, jedes andere ...», brummt Kate.

Cecily runzelt die Stirn und beugt sich in ihrem Sessel vor, um zu sehen, wohin Kates Blick gerichtet ist. «Versuchen Sie es mit dem Regalfach darunter.»

Aus irgendeinem Grund fühlt sich Kate, als spielte sie «Heiß und Kalt». Ihre Hand wandert zu einem farbenfrohen Hardcover ein Fach tiefer. «Das hier?», fragt sie und angelt es heraus. *Thought for Food: Ein Kochbuch für besondere Anlässe von Esther Shavin.* Der Titel ist in einem für die fünfziger Jahre typischen fröhlichen Schrifttyp gesetzt. Das Cover zeigt eine Dinnerparty, auf der eine muntere Gastgeberin einem streng dreinblickenden Gast eine Servierplatte mit Koteletts hinhält. Ein anderer Gast kreuzt die Finger auf symbolische Weise, eine übertriebene, komische Geste. Kate hat noch nie von dem Buch gehört, doch es sieht interessant aus.

Cecily lächelt, und ihr ganzer Körper sinkt entspannt in den Sessel zurück. «Perfekt. Ich hätte es selbst nicht besser für Sie auswählen können.»

Später am Abend fragt Kate sich, ob Cecily sie vielleicht manipuliert hat. Kate hatte geglaubt, die Farben auf dem Buchrücken hätten sie angesprochen – Pink und Gelb wie ein Dessert aus Rhabarber und Vanillesauce –, aber vielleicht war es eher die Tatsache, dass es als einziges Buch aus einer geraden Reihe herausragte, fast als hätte jemand dafür gesorgt, dass sie darüber stolpern musste.

So oder so, Kate kann sich kein besseres Buch vorstellen, um ihre derzeitigen Ängste zu lindern – es ist charmant, witzig und leicht zu lesen. Auf der Busfahrt nach Hause studiert sie den Klappentext:

> Ein Kochbuch, das sich im Küchenregal genauso gut macht wie auf dem Nachttisch. Eine Auswahl an Menüs für die wichtigsten Anlässe des Lebens und der Liebe, mit einer Analyse der Gründe, die für das jeweilige Menü sprechen … Dieses Buch sollte jedem gefallen, der gutes Essen, guten Geschmack und gute Laune zu schätzen weiß.

Sie blättert zum Impressum – erschienen 1957 – und dann zum Vorwort:

> Ich habe dieses Buch nicht für jene heroischen Hausfrauen geschrieben, die siegreich aus der Küche kommen, nachdem sie ein Dinner mit Cordon bleu für zwanzig Personen zubereitet haben. Eher schon wende ich mich an die leichter zu Erschreckenden, für die ein gastronomischer Anlass eine Herausforderung und ein Dilemma ist. Was soll man dem Mann vorsetzen, von dem man hofft, dass er nach dem Dinner noch bleibt? Und was dem Mann, von dem man sich das Gegenteil wünscht?

Kate hat vorgehabt, ihr Zimmer aufzuräumen, stellt aber fest, dass sie das Buch nicht mehr aus der Hand legen kann. Cecily hat es offensichtlich selbst mehrmals gelesen, die Ränder der Schutzhülle weisen Fingerspuren auf, und auf den vergilbten Seiten zeichnet sich hier und da etwas Verkleckertes ab.

Das Buch ist in sechs Teile untergliedert, die unter anderem familiäre und gesellschaftliche Anlässe sowie Notfälle umfassen. Jeder Teil beinhaltet ein Dutzend kurze Kapitel – «Lunch für einen verstimmten Kunden», «Versöhnungsabendessen nach einem Streit mit Ihrer Schwester» … Jedes Kapitel beginnt mit einem einschlägigen Zitat, führt dann das Ziel der Mahlzeit an, darauf folgen Ratschläge zu Ambiente, Menü und Rezepten.

Der Teil über die Anlässe der Liebe fasziniert Kate am meisten: «Dinner für einen charmanten Fremden»; «Dinner für den Mann, den Sie zu heiraten hoffen». Unter «Dinner für eine neue Liebe, eine alte Liebe und die neue Liebe der alten Liebe» steht zum Thema Ziel:

> Sehr kompliziert. So einfach wie möglich gesagt: Sie wollen mit Ihrer neuen Liebe vor Ihrer alten Liebe angeben und gleichzeitig der neuen Liebe Ihrer alten Liebe zeigen, dass Sie Ihre alte Liebe mit einem einzigen Augenklimpern erneut an Ihre Seite rufen könnten, wäre Ihre neue Liebe nicht so viel attraktiver als Ihre alte. Ambiente: gedämpftes Licht, am besten Kerzen. Das wird für die andere Seite so schmeichelhaft sein wie für Sie selbst, aber daran lässt sich nichts ändern.

Das Menü klingt köstlich: Lammspießchen auf Juwelenreis, gefolgt von Schokoladenpudding Cecilienne.

Mit Appetit auf einen Teller voll Lamm wandert Kate in die Küche, das Buch noch immer in der einen Hand. Sie ist zu beschäftigt, um zu kochen, macht sich aber ein paar Toasts mit Erdnussbutter, bevor sie, noch immer gefesselt, in ihr Zimmer zurückkehrt.

Erst nach Mitternacht schläft sie ein, das Buch auf dem Kopfkissen, die Finger sicher zwischen seinen dicken, weichen Seiten vergraben, den Körper friedlich unter der Bettdecke zusammengerollt.

20

Dem Cover von *Thought for Food* entnimmt Kate, dass Esther Shavin außerdem Drehbuchautorin, Reisejournalistin und Kinderbuchautorin ist. Am Montag googelt sie in ihrer Mittagspause nach ihr. Bei IMDb findet sie Hinweise auf zwei Filme, für die Esther Shavin in den 1960ern das Drehbuch verfasst hat. Auf verschiedenen Websites sind gebrauchte Bücher von ihr zu bekommen. Es gibt keinen Hinweis, ob sie noch lebt, aber falls sie beim Verfassen des Buches in den mittleren Jahren war, müsste sie inzwischen tot sein. Kate kauft alle neun Ausgaben, die sie auftreiben kann – ihre Freundinnen werden das Buch ebenfalls lieben. Zwar ist ein Teil der Rezepte veraltet, doch die Ratschläge und der Witz sind zeitlos.

Kate lässt das Buch als Blickfang auf ihrem Schreibtisch liegen, als sie zu ihrer Besprechung mit dem Produktionschef Dave geht, und als sie zurückkehrt, liest Kavita darin.

«Tolles Werk», sagt sie und blättert um. «Eine Mischung aus Kochbuch und Psychoratgeber mit eingestreuten Scherzen.»

«Auf welcher Seite bist du gerade?», fragt Kate, die sich freut, dass ihre Freundin das Buch mag.

«Das hier finde ich phantastisch», sie blättert ein wenig, «‹*Improvisiertes Abendessen nach einer Cocktailparty. Ambiente: Je nachdem, wie Sie Ihr Zuhause beim Ausgehen zurückgelassen haben. Entweder Sie heben Ihre Unterwäsche mit einem fröhlichen Lachen vom Boden auf, oder Sie übergehen jedwede Un-*

ordnung mit überlegener Miene und reichen Ihren Gästen ein Glas mit Alka Seltzer, worauf Sie sich in die Küche zurückziehen, um fluchend zu überlegen, was jetzt zu tun ist.› Und toll ist auch diese Stelle weiter vorn: *‹Dinner zur Feier von dreißig Jahren Ehe: Führt die Straße immer bergauf? Ja, bis ganz zum Ende›* – darüber musste ich lachen. Das stammt eindeutig aus der Feder einer Frau, die schon ewig verheiratet ist.»

«Ist dir aufgefallen, dass sie für jedes der fünf Gerichte zum Hochzeitstag dasselbe Lammrezept vorschlägt – es aber jedes Mal leicht abwandelt? Und für das letzte Essen sind kleinere Portionen vorgesehen. Das finde ich reizend, weil sie zusammen alt werden.»

«Diese Vorschläge im Kapitel zum Kindergeburtstag – das war mein Samstagnachmittag. *‹Ziel: sicherzustellen, dass Ihr Kind auf die Party-Listen anderer wünschenswerter Eltern in Ihrer Umgebung gesetzt wird. Solche Partys enden gern mit Streit und Tränen. Sie müssen dieses Risiko hinnehmen und darauf vorbereitet sein, streng Recht zu sprechen und saubere Taschentücher zu verteilen.›* Die verdammten Löwenmütter von Ealing … Wo hast du dieses Prachtstück her?»

«Eine der alten Damen im Heim besitzt eine riesige Bibliothek. Dort war es vergraben.»

«Jemand sollte eine neue Version schreiben … *‹Dinner für den Abend, an dem Sie Ihren Hochzeitstag vergessen haben, während Ihr Mann möchte, dass Sie ein romantisches Essen zubereiten, weil er Ihnen das angeblich gewünschte Dampfbügeleisen geschenkt hat. Sie selbst haben aber nur noch genug Energie und Lust, um* Good Wife *zu schauen.›*»

«Ach, der arme Dom – was hast du ihm gekocht?»

«Ich habe ihm gesagt, er soll sich ein Currygericht vom Inder bringen lassen», antwortet Kavita, während sie pantomimisch einen Trommelwirbel auf einem Schlagzeug darstellt.

«Das ist ein ganz schlechter Scherz», sagt Kate lachend.

Kavita zuckt mit den Schultern. «Übrigens, hat dieser Schwachkopf Devron bereits verlauten lassen, wie es weitergeht?»

«Oh, bitte, fang nicht davon an», sagt Kate und vergräbt den Kopf in den Händen. «Ich dachte, die Arbeit sei der eine Stabilitätsanker in meinem Leben, aber das Timing könnt nicht schlechter sein. Devron hat noch kein Wort gesagt, aber ich warte auf weitere schlechte Nachrichten.»

«Wie steht es denn jetzt mit Nick?»

Kates Miene hellt sich ein wenig auf. «Also, ich glaube, es ist okay. Wir reden wieder täglich miteinander. Es ist wirklich schön. Er fragt immer wieder, ob wir uns treffen können, aber ich bin noch nicht so weit.»

«Kannst du Frankreich nicht einfach als kurze Panne abschreiben?»

«Eine ziemlich schmerzhafte Panne», sagt Kate und schüttelt den Kopf. «Das Gute ist, dass er eine Therapie begonnen hat.»

«Nick?» Kavita schaut überrascht. «Er kommt mir so gar nicht wie der Typ dafür vor.»

Kate zuckt mit den Schultern. «Ich habe ihm gesagt, er soll seine Probleme lösen, und anscheinend hat er auf mich gehört. Er sagt, es gefällt ihm sehr und er hätte zum ersten Mal mit jemandem über den Tod seiner Mutter reden können. Ich wies ihn darauf hin, dass mein Dad ebenfalls gestorben ist, als ich im College war, er hätte also mit *mir* sprechen können, aber er sagte, es sei nicht dasselbe. Jedenfalls öffnet er sich jemandem – oh, und er hat mich gefragt, ob er mich an meinem Vierzigsten zum Essen ausführen darf.»

«Du hast angenommen?»

Kate schüttelt den Kopf. «Ich versuche, so zu tun, als gäbe es diesen Geburtstag gar nicht.»

«Aber du musst doch feiern.»

«Nicht wenn ich dann arbeitslos, obdachlos und single bin», antwortet sie schaudernd. «Alles ist so ungewiss, und ich hoffe, wenn ich einfach die Augen zumache, regelt es sich von allein.»

«Ja», bemerkt Kavita lachend. «Genau so geht es im Leben zu.»

21

Während ihrer ersten Lektüre war es Kate nicht aufgefallen, aber nachdem sie nun *Thought for Food* zweimal von vorn bis hinten durchgelesen hat, begreift sie, dass Cecily aus diesem Buch zitiert hat und ihr scheinbar verwirrtes Gemurmel Sinn ergibt. Der Zwischenruf während der Vorführung mit dem Gooseberry Fool stammt aus dem Kapitel: «Dinner für die Verlobte des Sohns», und Cecily hat Coleridge zitiert. «Nicht hold ist sie dem äußerlichen Blick» – vermutlich weil im Menü dieses Kapitels ein Gooseberry Fool vorgeschlagen wurde. Und das Zitat, das Kate während ihrer zweiten Vorführung unangenehm berührt hatte – «Jetzt wach ich auf, ohn' Trost, verbraucht und alt» –, entstammte einem Gedicht von Christina Rossetti, und als Menü für ein «Katerfrühstück» ist ein Sandwichtoast vorgesehen, in Verbindung mit einem guten Ratschlag: *«Das dringendste Bedürfnis wird dem Kaffee gelten. Schwächere Gemüter sollten, falls sie aufrecht sitzen können, Bacon angeboten bekommen.»* Wie wahr. Dieses Buch hat sich einen festen Platz in Kates Handtasche erobert; es ist ihre neue Bibel.

Für ihren nächsten Besuch wird Kate Cecily ein Rezept aus dem Buch backen, Kekse aus dem Kapitel «Tee für eine reizbare Tante – *Ziel: Falls sie eine geliebte Tante ist, soll sie sich wertgeschätzt fühlen.»* Kate ist weit von Liebe entfernt, aber sie würde Cecily gern eine Freude bereiten, und die Kekse klingen köstlich – Shortbread mit Kirsche und Mandel –, ein nussig-fruchtiger Geschmack mit einem lockeren, krümeligen Teig. Sollte Cecily das Gebäck nicht essen, wird Kate es verputzen. Nachdem wochenlang jedes Essen wie Asche geschmeckt hat, hat dieses Buch ihren Appetit wieder geweckt.

Trüge Cecily nicht eine andere Seidenbluse und eine neue Kameebrosche, würde Kate schwören, dass sie sich seit dem letzten Sonntag nicht aus dem Sessel gerührt hat. Mrs. Gaffney sagt, dass Cecily kaum je ihr Zimmer verlässt. Zusammen mit ihrem Appetit hat sie auch ihre Zuversicht verloren, sie setzt sich nicht in den Park und kommt nur ganz selten zu einer Veranstaltung – und das vermutlich nur, damit sie mittendrin gehen kann. Mit Sicherheit ist sie nicht aufgestanden, um ein Fenster zu öffnen – die Luft fühlt sich so an, als liefe die Heizung auf Hochtouren. Cecily allerdings sieht nicht erhitzt aus, sondern kühl und elegant, das Haar hat sie auch diesmal wieder zu einer tadellosen weißen Spitze gebürstet.

«Wie war die Woche, Mrs. Finn?»

«Ich lebe noch, oder?», antwortet Cecily mit finsterer Miene. «Bestellen Sie bitte Tee und Kekse, wären Sie so gut?»

«Nicht nötig», entgegnet Kate, nimmt die Tupperdose aus ihrer Handtasche und bringt stolz das Shortbread zum Vorschein. «Kirsche und Mandel …»

«Aus meinem Buch?», fragt Cecily mit einem Blick, den Kate fast als beeindruckt deuten könnte.

«Ja! Ich fand es großartig», antwortet Kate, zieht das Buch aus ihrer Handtasche und reicht es Cecily zurück. «So eines habe ich noch nie gelesen.»

«Behalten Sie es.»

«Nein, schon gut. Ich habe mir ein paar Ausgaben im Internet bestellt.»

«Man kann dieses Buch im Netz kaufen?»

«Mrs. Finn, im Netz kann man sogar Nuklearwaffen kaufen.»

«Behalten Sie es, bis die bestellten Bücher eintreffen. Ich bestehe darauf.»

«Danke.» Kate steckt das Buch in ihre Handtasche zurück. «Was ich fragen wollte: Ihre Mutter war offensichtlich eine tolle Köchin, und Sie sind in einem Süßigkeitenladen aufgewachsen. Wann haben Sie also …»

«Oh, ich durfte den Laden nie betreten. Er war ein verbotenes Paradies, was ihn nur umso verlockender machte. Einmal habe ich mich hineingeschlichen, um Sahnebonbons zu naschen, und zu viele davon vertilgt. Ich hatte eine schreckliche Angst, dass Papa es merken würde, und habe darum kleine Steine in das leere Bonbonpapier gewickelt.»

«Klingt wie das Rezept für eine Katastrophe.»

«Mrs. Milton hat sich einen Zahn abgebrochen! Ich spüre bis heute die harte Ohrfeige, die Papa mir verpasste», sagt sie und fasst sich sanft an die Wange. «Aber es war die Sahnebonbons wert.» Sie lacht. «Machen Sie die Tür auf?»

Kate nimmt der Pflegekraft das Tablett ab, serviert den Tee und beobachtet nervös, wie Cecily nach einem Keks greift. Cecily kaut langsam mit zusammengezogenen Augenbrauen, und als sie nahezu unmerklich nickt, spürt Kate Freude. Endlich ein Erfolg: Cecily isst etwas, das Kate zubereitet hat, und es scheint ihr zu schmecken.

«Ist Ihre Mutter eine gute Köchin?», fragt Cecily und tupft die Krümel weg, die sich auf ihrer Unterlippe gesammelt haben.

«Eine schreckliche, Essen bedeutet ihr nichts.»

«Dann würde sie mir auch nicht viel bedeuten», sagt Cecily, beißt zweimal schnell ab und streckt dann sofort die Finger nach einem weiteren Keks aus. «Hat Ihr Vater gekocht?»

«Dad? Der hat höchstens mal ein paar Brote mit Käse belegt.»

«Und wer hat Ihnen dann das Kochen und Backen beigebracht?»

«Ich mir selbst, wenn auch nicht gänzlich erfolgreich. Als ich acht war, haben meine Eltern an meinem Geburtstag mit mir einen Ausflug nach Chinatown gemacht. Wir haben gebratenen Reis mit Ei gegessen, superlecker, und in der Woche darauf habe ich bei Mum gebettelt, sie soll das doch einmal zum Abendessen zubereiten. Ihre Antwort war, ich solle es selbst kochen. Ich wusste bereits, wie man Rührei macht, es kam mir also nicht besonders schwierig vor. Ich habe den Reis gebraten und Erbsen und Ei hinzugefügt, aber Mum hatte mir nicht gesagt, dass ich den Reis erst hätte kochen müssen.»

Cecily kichert so heftig, dass ihr ganzer Körper bebt. Und Kate beglückwünscht sich insgeheim dazu, dass sie die alte Frau zum Lachen gebracht hat.

«Mum hat gewitzelt, ich hätte zwar Dads Aussehen geerbt, aber nicht seinen Verstand», fährt Kate fort. «In diesem Moment habe ich mir geschworen, ich würde lernen, mich selbst mit gutem Essen zu verköstigen. Und außerdem habe ich mir gelobt, wenn ich schon nicht so schön sein könnte wie meine Mutter, würde ich wenigstens niemals so grausam werden wie sie.» Kate hat diese Geschichte im Laufe der Jahre mehrmals zum Besten gegeben, und jedes Mal war sie erstaunt, wie gemein ihre Mutter war. Rita bestreitet ihre Rolle in dieser

Geschichte eisern und behauptet, Kate litte unter falschen Erinnerungen, doch Kate weiß, dass es passiert ist, weil sie damals den Schmerz bis tief ins Herz spürte.

Cecily schweigt kurz und wendet den Blick zum Fenster. «Ich war nie auch nur annähernd so, wie mein Vater es sich gewünscht hätte. Das eine, was wir unseren Eltern nie vergeben können, ist ihr Gefühl, von uns enttäuscht worden zu sein.» Sie wendet sich mit einem hilflosen Lächeln zu Kate zurück.

«Haben Sie Lust, mir von Ihrem Mann, dem Spion, zu erzählen?»

«Heute nicht», antwortet Cecily. Sie zieht die Augenbrauen zusammen und bedeutet Kate, ihr Tee nachzuschenken. «Erzählen Sie mir mehr von diesem Mann, mit dem Sie zusammen sind.»

«Das möchte ich eigentlich nicht», antwortet Kate und sieht auf ihre Hände.

«Ich habe den Verdacht, dass Sie durchaus darüber reden wollen. Und auch wenn nicht: Ich habe trotzdem Lust auf eine Geschichte, vor allem auf eine, die katastrophal schiefläuft.»

«Es ist kompliziert», sagt Kate und richtet sich ungehalten auf. «Ich versuche, nicht daran zu denken.»

«Unsinn», gibt Cecily fröhlich zurück. «Wie heißt dieser Bursche, und sieht er gut aus?»

«Er heißt Nick, und ich zeige Ihnen sein Bild», sagt Kate und kauert sich neben Cecily nieder. Sie scrollt durch ihre Fotos. «Hmm, das hier ist das neueste …» Sie hat es an ihrem zweiten Tag in Frankreich aufgenommen, ein Selfie von ihnen beiden, wie sie mit Sonnenbrand auf der Nase auf ihren Liegestühlen ruhen. Ihre Gesichter sprechen von nichts als Glück, und doch war nur sieben Stunden später …

Dieses Foto zu betrachten, fühlt sich noch immer so an, als drückte man an einer offenen Wunde herum. Kate scrollt weiter zurück. «Ah, hier ist ein gutes.» Damals im Mai hatte sie darauf bestanden, dass Nick sich vom Sofa erhob, sein Kreuzworträtsel weglegte und mit ihr einen Ausflug nach Brighton machte. «Wir sind zur Küste gefahren, aber kaum waren wir da, wurde es kalt. Schließlich haben wir eine Pizza gekauft und sie während einer Sturmbö am Strand gegessen. Ich habe die Pizzaschachtel benutzt, um mich vor dem Wind zu schützen, aber am Deckel klebte noch Bacon, und ich habe nicht gemerkt, dass sich die Stücke in meinem Haar verfingen. Das Foto haben wir geschossen, als Nick gerade die Speckstücke aus meinem Haar gepickt und aufgegessen hatte», erzählt Kate und lacht, weil es so klingt, als wären sie zwei ziemlich unkultivierte Menschen. Auf dem Foto wendet sich Kate Nick mit einem angedeuteten Lächeln zu, das Gesicht aufwärts ihm entgegengeneigt. Er hat ihr den Arm fest um die Schulter gelegt und strahlt –in seinen grünen Augen steht ein Lachen.

Cecily sieht das Foto ungeduldig blinzelnd an. «Ich kann ihn nicht deutlich erkennen.»

Kate zoomt das Bild heran, bis Nicks lächelndes Gesicht das ganze Display füllt.

Cecily deutet auf das Foto. «Die Schläfen sind grau, doch der Geist wirkt kindisch.»

«Wie um Himmels willen wollen Sie anhand eines Handyfotos seinen Geist erkennen?»

«Ich kann es eben. Wie sieht die Lage aus?»

«Um eine lange Geschichte abzukürzen, er kommt mit Gefühlen nicht zurecht.»

Cecily zuckt mit den Schultern. «Das ist bei Männern nicht selten.»

«Genau, danke! Wir waren also anderthalb Jahre zusammen und haben uns glänzend verstanden. Wir haben viel miteinander gemein. Er hatte mich gerade gebeten, bei ihm einzuziehen. Aber dann sind wir ein paar Tage nach Frankreich geflogen, und plötzlich sagte er, er habe den Impuls, sich zurückzuziehen.»

«Was soll das bedeuten?»

«Eben, das ist es ja gerade. Er sagte, er wolle *derzeit* nicht mit mir zusammenleben. Es war unglaublich verwirrend.»

«Und dann?» Cecily beugt sich vor, als müsste gleich eine Enthüllung kommen. «Hat er etwas Spektakuläres unternommen, um es wiedergutzumachen?»

«Oh, Nick ist absolut kein Romantiker. Er denkt wissenschaftlich, analytisch, und er ist vielleicht sogar leicht autistisch. Er hat den größten Teil seines Lebens als Single verbracht.»

«Sind das schon die Punkte, die für ihn sprechen?»

«Er ist vollkommen rational und absolut nicht emotional – aber das ist in Ordnung so, ich habe genug Gefühle für uns beide. Schauen Sie, Mrs. Finn, ich glaube nicht an Märchen, ich brauche keinen Ritter auf einem weißen Ross. Er ist bereit, eine Therapie zu machen …»

«Oh nein. Nein, nein, nein. Machen Sie kurzen Prozess mit diesem Mann.»

«Eine Therapie ist für jemanden wie ihn ein schwerwiegendes Unterfangen, und bis dahin sind wir übereingekommen, einfach nur Freunde zu sein. Wir reden täglich miteinander, aber ich will mich erst wieder mit ihm treffen, wenn er sicher weiß, was er will.»

Cecily wischt Kates Erklärung beiseite. «Lächerlich – Freunde helfen einander und tun einander nicht weh. Jedenfalls ist das alles kein Grund zur Sorge; Sie sind nicht der erste Mensch der Welt, dem das Herz gebrochen wurde. Wenn diese Person emotional zu eingeschränkt ist, um Sie zu lieben, sollten wir einen Mann suchen, der es kann.»

«Was?»

«Es gibt mehr als einen Mann auf der Welt, der Pizza aus Ihrem Haar essen würde.»

«Mrs. Finn, haben Sie eigentlich eine Vorstellung, wie schwer es ist, heutzutage einen Mann kennenzulernen? Bitten Sie mich nicht, Ihnen Tinder zu erklären, Sie fänden es einfach nur fürchterlich, aber das Internet hat im Grunde genommen die menschlichen Beziehungen ruiniert. Dort im Netz läuft nichts normal. In London hält sich jeder über Vierzigjährige mit Bierbauch für berechtigt, eine attraktivere, jüngere Frau zu daten. Männer weisen absolut reizende Frauen zurück, weil sie nach unrealistischer Perfektion Ausschau halten, und sie machen sich vor, sie hätten eine ‹unbegrenzte› Auswahl. Und die Frauen klammern sich an diesen unbrauchbaren Männern fest, weil die Jahre schrecklicher Dating-Erfahrungen sie fertiggemacht haben.»

Cecily deutet verwirrt auf Kate.

«Nein, so sieht meine Situation absolut nicht aus», sagt diese. «Denn zum Glück habe ich Nick – er ist unglaublich intelligent, er kocht toll, er ist lieb ...»

«Lieb? Einer Frau im Urlaub den Laufpass zu geben?»

«Er hat mir *nicht* den Laufpass gegeben. Im Alltag ist er eine sanfte Seele, er hat überhaupt nichts Boshaftes.»

«Und leider auch keine der entscheidenden Qualitäten.»

«Er hat einen Hauch von Zweifel über unsere Zukunft angedeutet. Das ist nicht unvernünftig», sagt Kate, die spürt, wie ihre Wangen rot anlaufen.

«*Ich* finde es unvernünftig. Der einzige Grund, Zweifel eines Mannes zu billigen, sind eigene Zweifel an ihm.»

Kate schweigt, während sie etwas sucht, womit sie erst sich selbst und dann Cecily davon überzeugen kann, dass das nicht der Fall ist.

Cecily starrt sie an, dann entspannen sich ihre Gesichtszüge. «Zu meiner Zeit hatte man schon jenseits der zwanzig die besten Jahre hinter sich. Papa war außer sich, in seinen Augen war ich eine ‹alte Jungfer›, eine Schande. Aber am Ende habe ich meinen Seelengefährten gefunden. Er war das Warten wert. Papa hatte mich dazu veranlasst, Lehrerin zu werden …»

«Sie waren Lehrerin?»

«In einem meiner vielen Leben. Papa hat mich dazu gezwungen. Er sagte, dann hätte ich wenigstens eine Pension, denn keiner werde mich heiraten, weil ich so unansehnlich sei.»

Kate rückt sich verlegen im Sessel zurecht, doch Cecily bleibt gefasst. «Wann immer ich zu einem Tanztee ging, sagte er: ‹Wenn irgendwer, der besser aussieht als eine Kröte, dich bittet, ihn zu heiraten, sag ja.›»

«Aber Sie haben am Ende geheiratet», meint Kate abwehrend.

«Und zwar einen Prinzen und keine Kröte.»

«Aber keinen echten Prinzen?», fragt Kate, die es für möglich hält, dass Cecily sich gleich auf Verwandtschaft mit einem Königshaus beruft.

«Jemand Besseren als einen Prinzen – einen Mann, der mir immer zur Seite gestanden hat.» Sie hält inne, um Kate genauer zu betrachten. «Tun Sie etwas für mich, Kate. Suchen Sie sich einen anderen Mann zum Ausgehen.»

«Was?»

«Hoffen und Warten machen uns zu Narren. Diese Amöbe, dieser Kerl …»

«Amöbe?»

«Hieß er nicht so?»

«Er heißt Nick», erwidert Kate und verkleckert ihre Untertasse mit Tee, als sie diese auf den Tisch zurückstellt.

«Er ist eindeutig unzulänglich. Er merkt gar nicht, welches Glück er hat. Suchen Sie sich einen besseren Mann.»

«Das kann ich nicht. Wir machen eine Beziehungspause, während er seine Probleme bearbeitet. Er möchte mich nicht erneut verletzen und ich umgekehrt ihn natürlich auch nicht. Wir verhalten uns verantwortungsbewusst. Ich glaube, dass er mich liebt – warum sollte er sonst seine Zeit mit mir verschwenden?»

«Seine Zeit geht mich nichts an. Ihre dagegen schon.» Cecily deutet warnend auf Kate. «Hat er irgendetwas fest zugesagt?»

«Er möchte mich im Dezember an meinem Vierzigsten zum Essen ausführen …»

Cecily schüttelt ungeduldig den Kopf. «Grundgütiger, wenn der Magen leer ist, ist es auch der Kopf. Hören Sie auf mich – Sie müssen Alternativen erkunden.»

«Selbst wenn ich ja sagen würde, schafft man es in London nicht, einfach so einen Mann kennenzulernen – die Leute verabreden sich nur noch via Handy-App.»

«Wieder Unsinn. Die Technik mag sich verändert haben, aber die Menschen haben es nicht. Unternehmen Sie am nächsten Wochenende etwas, irgendetwas, was Sie interessiert. Tun Sie etwas, was Ihnen Spaß macht, dann kommt alles andere von selbst. Gehen Sie in ein Museum oder im Hyde Park spazieren. Nächsten Sonntag möchte ich hören, dass Sie mit zumindest einem anderen Mann geredet haben. Das ist wirklich nicht viel verlangt, und, ganz ehrlich, ich habe es zwar nicht erwähnt, aber ich hatte in letzter Zeit heftiges Herzklopfen. Ich glaube nicht, dass ich den Oktober überlebe. Sie könnten mir diesen letzten Gefallen tun.» Cecily legt sich die Hand auf die Brust und gibt ein leises, wenig überzeugendes Stöhnen von sich. «Ich spüre es, es schlägt zu schnell. Es wird Zeit, dass Sie gehen.»

«Mrs. Finn, es ist doch alles in Ordnung mit Ihnen?»

«Ich werde mich erholen, aber nur, wenn Sie nächstes Wochenende Fortschritte zu vermelden haben.»

«Sie spielen das nur.»

«Sie könnten nicht mit Ihren Schuldgefühlen leben, falls Sie sich irren», entgegnet Cecily, während Kate bereits auf dem Weg zur Tür ist. «Gelegenheiten gibt es überall. Glauben Sie das einer Frau, die es weiß.»

Als Kate nach draußen geht, blickt ein Mann, der im Empfangsbereich sitzt, von seinem Handy auf. Er ist ein paar Jahre älter als sie, hat dunkelblaue Augen, sandfarbenes Haar und eine lange, schmale Nase. Er lächelt sie herzlich an.

In letzter Zeit hat Kate eine Menge männlicher Aufmerksamkeit genossen. Es liegt vermutlich daran, dass sie seit Frankreich vier Kilo abgenommen hat und ihr Bauch jetzt flach ist. Oder daran, dass sie so verletzlich aussieht. Sie ist die reinste Jungfer in Nöten, und darauf stehen manche Männer – bedauernswerte Männer, die sich zerbrechliche Frauen wünschen, damit sie sich stark fühlen können. Ihr ist überhaupt nicht der Gedanke gekommen, dass die Männer sie vielleicht anschauen, weil sie eine attraktive Frau in einem hübschen Sommerkleid ist und sie einfach, nun ja, Gefallen an ihr finden.

Kate erwidert das Lächeln des Mannes. Falls Cecily recht hat und die Welt voller Gelegenheiten ist – wenn man sich nur für sie öffnet –, wird er jetzt gleich ein Gespräch mit ihr beginnen und sie zum Ausgehen einladen. Das wäre dann Schicksal. Kate hält seinen Blick fest, möglicherweise zu lang, denn er macht schließlich ein verlegenes Gesicht und wendet sich wieder seinem Handy zu.

Wahrscheinlich schickt er einer Dreißigjährigen in Unterwäsche eine Tinder-Nachricht, denkt Kate auf dem Weg zur Tür.

22

Am Montagmorgen trifft sich Kates Team zum Thema Valentinstag und geht die Produktreihen der im nächsten Jahr für diesen Anlass vorgesehenen Menüs durch. Die Besprechung erinnert sie eher an ein Valentinstag-Massaker. Nach dem Verkosten der «Aphrodisierenden Suppe» mit Jakobsmuscheln verlegt Dave sich auf einen lebhaften Vergleich der Suppe mit dem Inhalt des Abfallsacks seines Vaters im Krankenhaus, nachdem er nach einer routinemäßigen Gallenblasenentfernung ein Multiorganversagen erlitten hatte. Die herzförmigen Crab Cakes stoßen auf so unflätige Kritik, dass Devron eine Auszeit ansetzen muss.

Kate ist in Versuchung, Cecilys Buch aus ihrer Handtasche zu ziehen und das Kapitel «Valentinstag für eine wahre Liebe nach drei gemeinsamen Jahrzehnten» vorzulesen. *«Ziel: Ihren Liebsten daran zu erinnern, dass das Alter einem zwar zusetzt, den Appetit aufs Leben aber nicht schmälert.»* Das Menü besteht aus einigen köstlichen italienischen Gerichten, aber wenn Fletchers versuchen sollte, Engelshaar-Pasta mit Fleischbällchen als Massenprodukt herzustellen, wäre das Ergebnis eine klumpige Pampe, die jede Leidenschaft gleich nach dem ersten Bissen erlöschen ließe – das ist zumindest Kates Befürchtung.

Die nächste halbe Stunde verbringt Devron mit einer PowerPoint-Präsentation über einen neuen, kategorieübergreifenden Arbeitsbereich namens MAKRELE – Management und Kreative steigern Leistung im Einzelhandel. Warum redet er von Fünfjahresplänen, wenn die Hälfte der Kollegen in diesem Raum vielleicht in einem Monat nicht mehr mit dabei sein werden? Warum teilt er ihnen nicht mit, welche Entlassungen anstehen? Er wollte sie schon vor drei Wochen informieren! Nichts hasst Kate mehr, als nicht zu wissen, woran sie ist.

Wie kann Devron es wagen, einfach weiterzumachen, so als wäre nichts? Er ist der rücksichtsloseste Mensch der Welt – sollen sie etwa alle warten, bis er in seinem entscheidungsschwachen Köpfchen zu einem Ergebnis gelangt ist?

Bis zum Ende des Meetings hat sich ihr Ärger, in den sich bestimmt auch Gereiztheit wegen Nick mischt, zu Zorn entwickelt. Und so setzt sie Devron das Messer auf die Brust.

«Das ist unvernünftig», sagt Kate. «Keiner von uns weiß, wie es weitergeht. Wir können unmöglich unser Leben planen, solange dieses Damoklesschwert über uns schwebt.»

Devron sieht bestürzt aus. Er mag Kate, weil sie normalerweise wenig Druck macht, das weiß sie. «In der Personalabteilung wird noch diskutiert, ob ein neues psychometrisches Verfahren angewendet wird oder ob wir den Auswahlprozess schlank halten. Deswegen kann ich euch noch nichts sagen.»

«Wir sollten Myers-Briggs anwenden», sagt Annalex und nickt ermutigend. «Bei Pharmacore haben wir immer Myers-Briggs verwendet.»

«Nur dass dieses Werkzeug vollkommen ungeeignet ist, um herauszufinden, wer eine kreative Rolle am besten ausfüllt», sagt Kate und spürt, wie sie bei dem Bemühen, ihren Zorn zu unterdrücken, rot anläuft.

«Natürlich sagst du das, du bist ein INFP-Typ», bemerkt Annalex und wendet sich aufgebracht Devron zu.

Der räuspert sich und runzelt die Stirn. «Mädels, jetzt beruhigt auch alle beide. Es ist erst Oktober, und euch bleiben noch viele Wochen. Außerdem besteht immer die Möglichkeit, freiwillig zu gehen und sich abfinden zu lassen.»

«Aber ich würde jetzt gern wissen, wo ich stehe», sagt Kate, die immer unruhig ist, wenn ein Mann sie auffordert, sich zu beruhigen. «Ich will nicht bis November auf Eis gelegt werden.» Es fehlt gerade noch, dass ein Entlassungsformular neben ihren Geburtstagskarten auf der Türmatte liegt.

«Wenn du sofort eine Entscheidung möchtest, kannst du sie jederzeit selbst treffen», sagt Annalex und zieht berechnend die kleinen blauen Augen zusammen. «Warum lässt du dich nicht abfinden?»

Kates Mund zuckt empört. «Ich warte.»

23

Obgleich Kate nicht das geringste Verlangen hat, jemand anderen als Nick zu daten, beschließt sie nach einigem Nachdenken, das folgende Wochenende getreu Cecilys Anweisungen zu verbringen – nicht um einen Mann kennenzulernen, sondern um der manipulativen alten Dame zu beweisen, dass Letzteres unmöglich ist. Außerdem ist sie von dem Stillstand bei der Arbeit so verärgert, dass sie sich übers Wochenende Ablenkung wünscht.

Nick verbringt das Wochenende mit seinen Freunden Rob und Tasha auf einem angesagten Musikfestival in Sussex. Rob und Tasha, verschlossene Möchtegern-Hipster, sind die einzigen Freunde Nicks, die Kate nicht mag. Nick war so lange der alleinstehende Freund der beiden, dass sie in Kate die Yoko Ono sehen. Würde Kate also gezwungen, sich einem Test mit dem Lügendetektor zu unterziehen, würde sie noch einen dritten Grund einräumen, Cecilys Wunsch zu erfüllen: Sie ist etwas beunruhigt, weil Nick mit diesen Freunden unterwegs ist und seinen Spaß hat, während sie selbst noch immer in der Luft hängt und auf ihn wartet.

Vom Food-Bereich abgesehen hat Kate keine ernsthaften Hobbys, und ihr fehlt noch immer der Appetit, um ausgiebig zu kochen. Daher hat sie geplant, den Samstag mit ein wenig Essen, ein wenig Kultur und außerdem einem Mädelsabend zu verbringen.

Samstagmorgen wacht sie mit einem Riesenappetit auf einen Vanillecreme-Donut von Bread Ahead auf und macht sich auf den Weg zum Borough Market. Sie wartet in der Schlange, als der Mann vor ihr, ein attraktiver Sechzigjähriger mit zerfurchtem Gesicht, sie nach einer Empfehlung fragt. Kate staunt, dass tatsächlich jemand mit ihr zu plaudern beginnt, und ist gern bereit, ihr umfangreiches Wissen über Donuts zu teilen. Während sie sich über Vanillecreme unterhalten, Kates absolutes Spezialgebiet, überlegt sie, wie sie einer möglichen Einladung zum Kaffee ausweichen kann. Und bevor sie eine Antwort für sich gefunden hat, eilt auch schon eine wunderschöne junge Blondine herbei und küsst den Mann auf die Lippen.

«Ach, Babe, die Schlange vor dem Kaffee war so lang, dass ich nicht warten wollte», sagt sie mit einem transatlantischen Akzent und schiebt ihre schöne, ungewöhnlich volle Unterlippe vor. Sie wendet sich Kate mit einem neugierigen Blick zu. «Ich bin Yanika.»

«Hi, du Schöne», sagt ihr Freund und legt der jungen Frau den Arm um die Taille. «Diese Dame sagt, dass die Donuts hier phantastisch schmecken.»

«Ach, Babe, du weißt doch, dass ich das nicht darf», antwortet sie und tippt auf ihren nach innen gewölbten Bauch, dorthin, wo das kurze T-Shirt einen Streifen ihrer gebräunten Haut hervorblitzen lässt.

«Oh, Sie sollten sich das nicht entgehen lassen», entgegnet Kate. «Die Donuts sind die Kalorien wirklich wert, und außerdem haben Sie eine phantastische Figur.»

Die junge Frau lächelt schüchtern.

«Die Vanillecreme ist ein Traum», sagt Kate. «Gehaltvoll,

aber nicht zu süß und der Donut-Teig dabei so leicht – ein perfektes Gleichgewicht.» Bei diesen Worten leuchtet das Gesicht der jungen Frau auf.

«Ich nehme vier», sagt ihr Freund zu dem Verkäufer. «Und dann noch einen in einer separaten Tüte.» Er reicht Kate den einzelnen Donut, als sie gerade selbst einen kaufen will. «Für Ihr Wissen über Vanillecreme. Danke.»

«Ach, das ist aber nett!», sagt Kate. Eins zu null gegen Cecily und ein geschenkter Donut obendrein – der Morgen hat perfekt begonnen.

Mit ihrem Donut in der Hand geht Kate ostwärts zur Bermondey Street. Es ist ein wunderschöner Tag, und sie erfreut sich daran, wie herrlich sich die rosa- und orangefarbenen Gebäude vor dem tiefblauen Himmel abzeichnen. Sie schlendert zum Maltby Street Market und stößt unter der Eisenbahnbrücke auf einen wunderbaren Gemüsehandel mit angeschlossener Metzgerei. In einem Geschäft für französische Spezialitäten kauft sie eine Flasche Wein für Rita und setzt sich dann in ein Café, um das Treiben zu beobachten. Düfte von gebratenen Falafeln und brutzelnden Zwiebeln ziehen vorbei. Rundum betrinken sich hippe Paare mit Gin und Craft Beer, doch Kate genießt einen tollen Sandwichtoast mit Käse, einen Kaffee und einen Roman von Stella Newman. Sie ist mit sich und der Welt zufrieden – kein Gedanke an die Arbeit oder an Nick macht ihr zu schaffen.

Um zwei Uhr nachmittags fällt Kate auf, dass sie bisher nicht viel unternommen hat, um Cecilys Diktat zu gehorchen. Daher beschließt sie, die angesagte Kunstgalerie in Bermondsey zu besuchen. Sie hat keine Ahnung, was es dort zurzeit zu sehen gibt, aber bei ihren früheren Besuchen war sie jedes Mal stärker von der Stahlbeton-Glas-Konstruktion des Gebäudes beeindruckt als von der ausgestellten Kunst. Heute ist es nicht anders. Ausgestellt ist eine «Neues wagende, provozierend kuratierte Meditation über Feminismus, die die Politik der Genitalien untersucht». Sie und Nick hätten sich hier köstlich amüsiert.

Mit in die Hüften gestemmten Händen mustert sie eines der Gemälde von nackten Frauen. Ein abstraktes Kunstwerk – sie holt unvermittelt Luft, als ihr auffällt, dass die orangefarbenen Linien, die sie angestarrt hat, weibliche Genitalien darstellen und der schwarze Gouache-Klecks daneben eine Küchenschabe.

«Wow, nicht wahr?»

Sie wendet sich um. Neben ihr steht ein Mann mit verschränkten Armen und mustert konzentriert die Leinwand. Er ist nicht unattraktiv – braune Augen, kurzes, dunkles Haar und Designer-Sneaker, die mehr gekostet haben müssen, als Kate in einer Woche verdient.

«Ja», antwortet Kate und lässt ihrerseits ein «wow» folgen, weil ihr sonst nichts Höfliches einfällt und der Ausruf des Mannes möglicherweise von aufrichtiger Bewunderung zeugt.

«Ganz außerordentlich», sagt der Mann, und Kate ist sich nicht sicher, ob er sich nur lustig macht.

«Sie haben das Bild nicht selbst gemalt, oder?»

«Ich? Guter Gott, nein. Ich bin ein Netzwerker, kein Künstler. Wissen Sie, wenn man ein solches Bild sieht, es ist so zwingend ...» Er zuckt mit den Schultern.

«Stimmt.» Kate nickt. «Na ja, es ist immer schön, Insekten an ungewöhnlichen Orten zu entdecken», fügt sie hinzu, weil das spöttisch genug klingt, um ihn loszuwerden, ohne eindeutig unhöflich zu sein.

«Micky», sagt er und reicht ihr die Hand. «Was machen Sie beruflich?»

Anscheinend ziehe ich fremde Männer in peinlichen Situationen an, denkt Kate. «Meine Arbeit besteht darin, verschiedene Ausdrucksweisen für die Botschaft zu finden, dass Karotten knackig sind. Ein sehr spezieller Job. Im ganzen Land gibt es nur wenige, die die erforderlichen Fähigkeiten besitzen.»

«Das ist … cool?», sagt er und sieht sie bestätigungsheischend an.

Kate lächelt zum Abschied und tritt hastig zur nächsten Leinwand. Sie möchte keinen weiteren Kontakt zu diesem Mann, der ihr nach dem Mund zu reden scheint. Das Gemälde stammt von derselben Künstlerin und zeigt einen weiblichen Hintern mit einer Wespe, die sich der Gefahrenzone extrem genähert hat.

Anscheinend ist Micky kein Mann, der sich durch Sarkasmus abschrecken lässt. «Besonders relevant an dieser Künstlerin finde ich, dass sie keine Angst hat, Grenzen zu überschreiten», fährt er fort. «Guter Geschmack ist völlig überflüssig.»

«So hat es den Anschein. Ich bin wohl altmodisch, für einen Monet bin ich jederzeit zu haben.»

«Aber darum geht es ja gerade, das hier ist provozierend», sagt er flirtend. «Menschen fühlen sich mit Herausforderungen immer unwohl.»

«Mit einer Wespe am Hintern wäre ihnen noch unwohler», antwortet Kate und geht zur Tür, bevor er Zeit für eine Erwiderung hat. Wirklich, Cecily hat *keine* Ahnung, wie es hier zugeht.

Für den Abend ist Kate mit Cara und Bailey in einem Pub in Clerkenwell verabredet, doch als sie auf ihr Handy schaut, hat Bailey sich mit einer Nachricht entschuldigt – ihr Exmann hat «vergessen», dass er seine Freundin in die Oper eingeladen hat, und sie findet so schnell keinen Babysitter mehr. Und als Kate gerade auf dem Weg zum Pub ist, sendet Cara eine Nachricht – sie hat eine Stunde Verspätung und bringt den heißen Dänen vom letzten Ausgehabend mit.

Mit einem Gin Tonic vor sich sitzt Kate allein da und denkt an die Dates zurück, die sie unmittelbar vor der ersten Begegnung mit Nick hatte. Da war der Fernsehproduzent, der ununterbrochen redete und mit einem Halbmond weißen Pulvers um die Nase von der Toilette zurückkehrte. Als Kate ihn darauf hinwies, behauptete er, es handele sich um Feuchtigkeitscreme – ein zweites Date hatte es nicht gegeben. Dann war da der Quizmaster des Kneipenquiz im Pub bei ihr um die Ecke, der sie in ein Restaurant in Chinatown ausführte, wo man ihr Tiefkühlteigtaschen mit Fleischfüllung dubioser Herkunft servierte. Als er merkte, dass Kate nicht mit ihm schlafen würde, nannte er sie verklemmt und behauptete, er habe seine Brieftasche verloren, als sie die Rechnung erhielten – nie wieder Pubquiz für Kate.

Als Cara und der Däne endlich eintreffen, sehen sie aus, als hätten sie sich gerade aus dem Bett gewälzt. Während der Däne an der Theke Getränke besorgt, flüstert Cara ihrer Freundin aufgeregt zu: «Ich ziehe zu ihm.»

«*Was?* Du kennst ihn doch erst seit zwei *Wochen.*»

Cara wirft mit einer schnellen Kopfbewegung ihr Haar zurück. «Wenn man in unserem Alter ist, weiß man, was man will. Warum dann nicht einfach dranbleiben?»

«Äh, weil man nach vierzehn Tagen einen Menschen noch nicht kennt?»

«Aber was für vierzehn Tage!», sagt Cara, und ihre braunen Augen funkeln. «Wir haben jede Nacht gemeinsam verbracht. Er bewohnt ein unglaublich schickes Penthouse in Chelsea. Gestern Abend haben wir nackt auf der Dachterrasse gesessen und Champagner getrunken … und der Sex erst!» Bei diesen Worten zieht sie die Augenbrauen bis fast zum Haaransatz hoch.

Kate weiß nicht, ob sie Magendrücken hat, weil die Geschichte mit Caras Freund zu gut klingt, um wahr zu sein – schließlich will sie nicht, dass ihre Freundin verletzt wird –, oder ob sie es nicht erträgt, mit diesen sexlüsternen Turteltauben den Abend zu verbringen. Jedenfalls muss sie sich lange vor der Sperrstunde verabschieden, weil sie Sorge hat, der Funke, der zwischen Cara und ihrem Dänen hin und her springt, könnte etwas noch Entflammbareres in ihrem Inneren in Brand setzen.

Jetzt wartet sie an der Bushaltestelle am Old Street Roundabout in der Schlange. Die Lichter und die Leuchtreklame der Läden und Werbetafeln tauchen den Nachthimmel in ein mattes, gelblich graues Licht. Der Verkehr steht still. Überall sind Leute, Paare, die sich nach einem Date auf dem Heimweg befinden, und Nachtschwärmer, die jetzt erst losziehen. Wie viele Menschen mögen allein in dieser Schlange, in der sie steht, noch an wahre Liebe glauben? Oder ist das eine Phantasie, die einem beim Älterwerden durch Schicksalsschläge ausgetrieben wird?

Zu Hause im Bett zwingt Kate sich dazu, eine Liste mit Punkten zusammenzustellen, für die sie dankbar ist: ein total leckerer Vanillecreme-Donut. Und er war geschenkt. Sie ist gesund. Das schöne Wetter. Ein tolles Buch. Das war doch ein ziemlich guter Tag.

Sie stellt sich Cecily vor, wie sie zwischen ihren von Büchern gesäumten Wänden festsitzt. Cecily könnte keinen dieser Punkte auf eine Liste setzen; sie war gewiss wieder nicht draußen, um die Sonne zu genießen. Sie beschränkt sich auf ihr Zimmer und lebt von Erinnerungen. Kate hat Glück – selbst wenn sie es nicht ständig fühlt. Sie hat noch immer eine Zukunft voller Möglichkeiten vor sich. Sie muss einfach nur herausfinden, wie diese aussehen könnten und wie sie sie wahr werden lassen soll.

24

Rita hat für Sonntagmorgen eine Notfallsitzung einberufen. Denn Berichten zufolge wurden Samstagabend zwei hiesige Jugendliche von Mr. Pring beim Rauchen von etwas entdeckt, was «wie eine Marihuana-Zigarette» aussah. Mr. Pring befürwortet eine Null-Toleranz-Politik gegenüber allem außer Vintage-Pornographie und besteht darauf, dass die Bewohnerversammlung darüber spricht, wie und wann man die örtliche Polizei informieren sollte.

Kate ergreift die Flucht und macht sich auf den Weg zum Aposta, um einen Kaffee zu trinken. Als sie dort ankommt, will sie schon wieder gehen – das Café ist voller verliebter Paare, die sich auf den Sofas fläzen und sie daran erinnern, wie sie sich sonntagmorgens an Nick kuschelte – aber das ist lange her, und sie muss diese Gedanken verbannen. Während sie jetzt hier ist, wacht Nick vermutlich gerade verkatert in einem Zelt mit seinen idiotischen Freunden auf und sehnt sich kein Stück nach ihr, weil es ihm so viel besser als ihr gelingt, im Hier und Jetzt zu leben.

Nachdem sie sich einen Kaffee bestellt hat, lässt sie sich mit der Sonntagsbeilage einer Zeitung in einem niedrigen Ledersessel hinten im Raum nieder. Wow, als Vertreterin zeitgenössischer Weiblichkeit ist sie ein totaler Flopp. Sie sollte besser Grünkern essen und ihre Samstage damit zubringen, in Metallic-Leggins ihr eigenes Körpergewicht zu stemmen. Entsetzt wirft sie die Lifestyle-Beilage auf den Couchtisch, wo sie sofort ein Mann ergreift, der ein paar Plätze weiter sitzt. Sie blickt auf und schaut etwas genauer hin – sie kennt ihn aus einer Komödie, die letztes Jahr auf Channel 4 lief. Er besetzte zwar nur eine Nebenrolle, legte jedoch zu einem Song von Shakira einen schreiend komischen Tanz in Glitzerlederhosen hin. Nick war damals so begeistert, dass sie die Stelle ein Dutzend Mal zurückspulten und erneut schauten. Wenn Nick nackt aus der Dusche kommt, ahmt er diesen Tanz manchmal nach – nicht zuletzt deswegen grinst Kate zunächst breit und spürt, wie sie heftig errötet.

Der Mann erwidert ihr Lächeln. Er hat eine Glatze und durchdringende blaue Augen. Zur Levi's trägt er ein schwarzes T-Shirt, sein Selbstbewusstsein und Lächeln machen ihn unglaublich sexy. «Ich hoffe doch, dass Sie das Horoskop nicht aus der Beilage gerissen haben», sagt er. «Ich muss wissen, was die Sterne laut Shelley von Strunckel für mich in petto halten.»

«Falls Sie Schütze sind, ist es Zeit für ein neues Kapitel in Ihrem Liebesleben, meint Shelley. Sagen Sie ja zu einem faszinierenden Angebot aus einer unerwarteten Richtung», erklärt Kate, und ihr Gesicht wird noch heißer.

«Woher wissen Sie, dass ich Schütze bin?», fragt er mit echter Überraschung in der Miene.

«Oh, wir haben das gleiche Sternzeichen?!»

«Ich bin Martin», sagt er, streckt seine Hand aus und hält die ihre ein wenig länger als nötig fest.

Ja, stimmt, so heißt er. Martin und irgendein italienischer Nachname – du meine Güte, sie muss sich furchtbar beherrschen, um ihn nicht um ein Selfie zu bitten und es sofort Nick zu schicken.

«Ich heiße Kate.»

«Kate, ich glaube nicht, dass ich dich hier schon einmal gesehen habe. Bist du aus der Gegend?»

«So halb und halb. Und du?»

«Ich wohne in Richtung Archway. Ich mag dieses Lokal sehr, sie haben tollen Kaffee. Manchmal komme ich zum Arbeiten hierher.»

«Was für eine Arbeit machst du denn?» Eine blöde Frage! Es wird kaum zu übersehen sein, dass sie ihn wie einen Star anhimmelt, aber irgendwie erscheint es ihr noch peinlicher zuzugeben, dass sie ihn ein Dutzend Mal bei seinem Shakira-Lederhosentanz beobachtet hat.

Er zuckt mit den Schultern und schaut sie mit einem lässigen Gesichtsausdruck an. «Ach, ein bisschen von allem: Schauspielerei, Comedy, aber inzwischen schreibe ich überwiegend. Letztes Jahr habe ich als Co-Autor eine Fernsehserie und eine Pilotversion entworfen, derzeit schreibe ich für HBO. Ich weiß nicht, ob etwas daraus wird, aber du weißt ja, heutzutage landet der ganze gute Stoff im amerikanischen Fernsehen. Und was machst du, Kate?»

«Ich bin ebenfalls Autorin, und vielleicht kennst du mein Werk sogar. Mein letztes großes Projekt war das Kleingedruckte auf einer Auswahl von Fletchers' Schweinefleisch-Pies.»

Er lacht entzückt. «Das ist das Witzigste, was ich je gehört habe.»

«Es ist leider wahr.»

«Deswegen ist es ja so witzig, Schatz.»

Als er sie Schatz nennt, schlägt etwas in Kates Bauch einen kleinen Purzelbaum.

«Deine Augen … Du hast einen sehr eindringlichen Blick, Kate. Wahnsinnig nachdenklich, als ginge in deinem Kopf eine Menge vor sich.»

«Lass dir sagen, Martin, Verpackungen für Schweinefleisch-Pie beschriften sich nicht von selbst …»

«Ich verstehe, du bist eine tiefgründige Denkerin. Und du hast diese tollen haselnussbraunen Flecken um die Pupillen.»

Kate errötet. Nick hat etwa ein Jahr gebraucht, um sie zu entdecken.

Martins Handy piept, er wirft einen Blick darauf und nickt. «Was hast du heute Nachmittag vor?»

«Ich? Wieso?»

«Ich habe eine Karte übrig für eine Show von einem Kumpel von mir. In einem Pub in Crouch End. Hast du Lust?»

Kate holt tief Luft. «Ich habe keine Zeit.»

«Was könnte mehr Spaß machen, als mit mir zu einer Comedyshow zu gehen?»

«Ich bin zu einem Besuch bei einer knurrigen siebenundneunzigjährigen Dame in Hampstead verabredet.»

«Irgendeine knurrige alte Dame oder deine Großmutter?»

«Nein, sie ist nicht verwandt. Und mit *knurrig* tue ich ihr unrecht – sie ist cool. Na ja, sie ist interessant. Sie ist eine von denen, die ungefiltert reden.»

«Wow, du bist hübsch *und* gut – so eine Art sexy Mutter Teresa. Okay, ich muss los – gib mir deine Nummer, dann gehen wir diese Woche aus.»

Kate zögert. Sollte sie sagen, dass sie einen Freund hat? Aber das stimmt ja nicht, sie befindet sich in einer *Situation* … «Äh, das klingt jetzt ein bisschen komisch, aber im Moment mache ich gerade eine Beziehungspause.»

«Perfektes Timing.»

«Na ja, es ist nur so …»

«Lebst du mit diesem Mann zusammen?»

«Nein …»

«Habt ihr derzeit, du weißt schon …» Er lächelt und schnalzt mit der Zunge.

«Das ist eine ziemlich persönliche Frage! Aber nein, wir sind vorläufig einfach nur Freunde.»

«Schau mal – wir gehen in eine Galerie, trinken einen Kaffee, keine große Sache. Du darfst doch mit anderen Männern reden, oder? Er ist doch nicht der Typ, der mich gleich ersticht?»

Vielleicht mit seinem Kreuzworträtsel-Bleistift, denkt Kate. «Wir schauen uns einfach nur Kunst an, richtig?»

«Genau, das ist ein Ja, oder? Das Leben ist zu kurz, um sich keinen Spaß zu gönnen.»

Kate unterdrückt ein Lächeln, als sie Martin ihre Kontaktdaten gibt. Cecily wird sich freuen.

Und Kate freut sich insgeheim ebenfalls.

25

Ich hab es Ihnen ja gesagt», bemerkt Cecily und wedelt so schwungvoll mit der Hand wie ein Stierkämpfer. «Dieser Mann befand sich direkt vor Ihrer Nase. Sie sollten auf Ihre gute Fee hören.»

Kate lächelt verlegen. «Es ist ein reiner Glückstreffer, Mrs. Finn. Mich hat noch nie jemand in einem Café angesprochen. Natürlich bin ich geschmeichelt. Und Martin ist sehr attraktiv, aber ich bin emotional an Nick gebunden. Es kommt mir wie Untreue vor. Und ich habe versucht, Ihnen zu erklären, dass Nick …»

«*Oy vey*, wenn man Ihr Gehirn einem Huhn einsetzte, würde es direkt zum Schlachter rennen», sagt Cecily und schlägt mit der Faust so kräftig auf den Tisch, dass ihr Tee überschwappt. «Sie werden mit diesem Mann ausgehen. Sie werden Ihren Spaß haben und Amöbe nicht erwähnen. Dann treffen Sie sich erneut, und Sie bereiten ihm das ‹Dinner für einen charmanten Fremden› zu …»

«Moment mal.» Kate unterbricht Cecily. «Wollen Sie mein Leben von jetzt an dirigieren? Sie sagten doch, sie seien vor Ablauf des Monats tot. Sehr weit kommen wir also auf diese Weise nicht, oder?»

«Ich bin bereit, noch einige Wochen länger zu bleiben, weil ich es nicht ertrage, wenn eine intelligente Frau so dumm ist.»

Kate sieht Cecily an und schüttelt den Kopf. «Was soll denn das heißen?»

«Ihre Arbeit, Ihr Zuhause, Ihr unentschlossener Freund – man könnte den Laden kaum schlechter am Laufen halten.»

«Ich rede mit einem einzigen, zufällig dahergelaufenen Mann in einem Café, na und? Das ist kein Grund, mein Leben dermaßen mieszumachen.»

«Nennen Sie das ein Leben?»

Kate seufzt. «So schlecht ist es nicht.»

«Wenn ich die Möglichkeiten hätte, die Sie haben …»

«Was dann?»

«Dann wäre ich mutig. Ich würde alles machen, alles. Die Welt erkunden! Wie alt sind Sie?»

«Neununddreißig fünf Sechstel Jahre», nuschelt Kate.

«Genau – als *ich* vierzig wurde, hatte ich bereits siebenunddreißig Länder gesehen. Mit fünfzig hatte ich drei angesehene Berufe, und als ich mit achtundsechzig in Rente ging, sind wir zu Machu Picchu gewandert. Das Leben ist genauso lang, wie es kurz ist.»

«Was soll denn das bedeuten?»

«Es bedeutet: Finde das, was deine Seele nährt, entdecke deine Fähigkeiten – lebe dein Leben gut.»

Kate hat viele Nächte im Bett gelegen und das Gefühl gehabt, nichts mit ihrem Leben angefangen zu haben, aber seit sie sich in Nick verliebt hat, sind diese Gefühle vergangen. Sie betrachtete eine glückliche Beziehung gewissermaßen als die Ziellinie eines Marathonlaufs.

«Ich gehe *ein Mal* mit Martin aus», sagt Kate und verschränkt die Arme vor der Brust, als müsste sie sich vor Cecily schützen.

«Schön – immer ein Schritt nach dem anderen, wenn Sie der ängstliche Typ sind.»

«Aber was, wenn Nick sich morgen besinnt und sagt, dass er bereit ist, sich fest zu binden?»

«Mit einem Esel soll man nicht Schach spielen und sicher nicht noch ein zweites Mal», sagt Cecily und zieht entsetzt den Kopf zurück.

«Ist das *wieder* eine Metapher, Mrs. Finn?»

«Diese Frage ist zweifellos rhetorisch», antwortet Cecily und runzelt verwirrt die Stirn. «Nun, ich denke, Sie können es so oder so sehen.» Sie greift achselzuckend nach einem weiteren Shortbread. «Wenn man sich mit einem langohrigen Sturkopf misst, kann es nicht gut gehen.»

Kate hat keine Lust auf Metaphern und noch weniger auf Cecilys kryptischen Unsinn. «Noch Tee?», fragt sie und greift nach der Kanne. «Helfen Sie meinem Gedächtnis auf die Sprünge, Mrs. Finn, was sieht das Menü beim ‹Dinner für einen charmanten Fremden› vor?»

«*Boeuf aux Champignons* und zum Dessert *Torrone Molle* – eine Nougatmasse, die man im Voraus zubereitet, sodass man am Abend mehr Zeit darauf verwenden kann, verführerisch zu sein. Ich habe diese Nachspeise während unserer Flitterwochen in Italien zubereiten gelernt, da habe ich also ein bisschen geschummelt, aber trotzdem …»

«Wie kommt es, dass Sie sich an jedes Menü aus dem Buch erinnern?»

«Ich erinnere mich fast an jedes bedeutsame Essen meines Lebens.»

«Sie haben ein erstaunliches Gedächtnis. Äh, was meinen Sie mit *Ihres* Lebens?»

«Das ‹Dinner für einen charmanten Fremden›? Es ist die erste Mahlzeit, die ich Samuel je zubereitet habe – oder zumindest das Rindfleischgericht. Zum Nachtisch habe ich damals Windbeutel gemacht, was die falsche Wahl war. Viel zu arbeitsintensiv, während ich doch am liebsten nur am Tisch sitzen und ihm zuhören wollte.»

«Moment mal, ich dachte, Samuel war Ihr Mann?»

«Mein Mann und mein bester Freund.»

«Ja, sicher, aber Moment», wiederholt Kate und rechnet stumm. «Sie waren beinahe vierzig, als Sie ihn kennengelernt haben?»

Cecily runzelt verärgert die Stirn. «Das habe ich nie gesagt. Ich war zwanzig, als wir geheiratet haben. Papa hätte mich in ein Kloster geschickt, wenn ich noch viel länger gewartet hätte.»

«Das Buch wurde 1957 veröffentlicht, nicht wahr? Ich bin mir ziemlich sicher, dass Sie mir eine Erstausgabe geliehen haben. Das Buch mit dem Cover in Rosa und Gelb?»

«Es gab nur eine einzige Ausgabe, was wirklich schade ist.»

«*Thought for Food* wurde 1957 veröffentlicht, aber damals waren Sie schon mit Samuel verheiratet?»

«Die Hochzeit war mehr als zwei Jahrzehnte früher. Wie kommen Sie zu Ihrer falschen Vorstellung?»

«Na ja, wie kann die erste Mahlzeit, die Sie für ihn gekocht haben, aus einem Buch stammen, das erst gut zwanzig Jahre nach dieser Mahlzeit veröffentlicht wurde?»

«Reden Sie über *mein* Buch?», fragt Cecily und wirft Kate einen fragenden Blick zu.

«Also, *das* klingt jetzt wirklich wie eine rhetorische Frage», sagt Kate völlig verwirrt.

«Das Buch ist eines meiner *eigenen* Bücher», sagt Cecily, als erwartete sie mehr von Kate.

«Ja, natürlich.» Kate empfindet einen Anflug von Nervosität. Zum ersten Mal erlebt sie, dass Cecily nicht ganz auf der Höhe des Gesprächs ist. «*Thought for Food*, ich meine das Buch aus Ihrem Regal», sagt sie betont langsam, in der Hoffnung, dass Cecily sie dann leichter versteht.

«Warum reden Sie so, als wäre *ich* der Trottel hier im Raum? Warum, meinen Sie wohl, habe ich Ihnen das Buch geliehen?»

«Sie sagten mir, ich solle jedes beliebige Buch auswählen. Sie glaubten, ein Kochbuch würde mich aufmuntern.»

«Sie haben das Buch nicht ausgewählt, Sie Dumme, das Buch hat Sie gewählt. Ich habe das Buch *für* Sie ausgewählt, ich habe das verdammte Ding geschrieben!»

«Was?»

«Ich. Habe. Das. Buch. Geschrieben.»

«Aber … Nein, Sie – aber …. *Was?*», fragt Kate und versucht, aus Cecilys Miene zu deuten, ob diese sie auf den Arm nimmt oder nicht.

Cecily stößt Luft aus und sieht sich nach links und rechts um, als suchte sie Unterstützung. «Eine von uns beiden hat während dieses Gesprächs einen Schlaganfall erlitten, und ich bin mir ziemlich sicher, dass ich es nicht bin.»

Kate sperrt den Mund auf und bewegt die Lippen, doch im Kopf ist sie noch nicht so weit.

«Junge Dame, warum fällt es Ihnen so schwer, das zu verstehen?»

«Weil ich davon ausgehe, dass Sie diese Tatsache schon früher erwähnt hätten! Weil Sie nicht Esther Shavin heißen. Oder vielleicht doch? Waren *Sie* ebenfalls eine Spionin?»

«Herr im Himmel, es ist einfach ein Pseudonym. Esther

war meine beste Schulfreundin», wischt Cecily Kates Kommentar beiseite.

Kate schüttelt den Kopf. «Und ich hatte mich schon gefragt, wie es kommt, dass sie alle Seitenzahlen auswendig kennen.»

Jetzt ist Cecily diejenige, der die Worte fehlen. «Sie haben wirklich geglaubt, ich könnte mich an jedes Wort jedes Buches in diesen Regalen bis hin zur Seitenzahl erinnern?» Sie stößt ein schrilles Lachen aus. «In dem Fall hätten Sie die Erlaubnis, mich an einen Zirkus zu verkaufen. Sie würden etwas Geld verdienen, und ich könnte vor meinem Tod noch einen Elefanten reiten.»

«Sie haben also dieses Buch geschrieben und außerdem ein Kinderbuch und mehrere Drehbücher für Filme?»

«Ich hatte Ihnen doch gesagt, dass ich in Hollywood war. Dachten Sie etwa, das wäre geflunkert?»

«Wie kommt es denn, dass Sie in Hollywood waren?»

«Oh, man hat sich für ein Remake eines der Filme interessiert, für die ich das Drehbuch geschrieben hatte: *The Man Who Liked Funerals*. Wir sind 1968 hingeflogen, und ich hatte wochenlang endlose Besprechungen mit den Managern des Filmstudios. Sie versprachen, dass Peter Sellers die Hauptrolle übernehmen würde, aber dann fiel das Projekt durch. So ist es in dieser Branche oft. Zum Glück hat Samuel mir zur Seite gestanden. Wenn ich abends zutiefst niedergeschlagen in unser Motelzimmer zurückkehrte, hat er mich jedes Mal zum Lachen gebracht und mir klargemacht, dass ich ein Glückspilz bin», erzählt sie mit einem Seufzer.

«Also, Moment mal – können wir zu *Thought for Food* zurückkehren? Ich kann noch immer nicht fassen, dass Sie sich mir nicht als Autorin zu erkennen gegeben haben.»

«Ich hatte Sie für intelligenter gehalten.»

«Oder Sie haben mich absichtlich hinters Licht geführt … wie viele Bücher haben Sie verkauft?»

«Ich habe kein Vermögen verdient, aber doch genug, dass wir gut essen und die nächsten zehn Jahre in Italien verbringen konnten.»

«Es muss ein Bestseller gewesen sein.»

«Überhaupt nicht. Aber nach der Veröffentlichung des Buches hatte ich eine große Sehnsucht danach, nach Italien zurückzukehren. Samuel und ich hatten unsere Flitterwochen dort verbracht, es war das Land, in dem wir am glücklichsten gewesen waren. Wir fuhren nach Rom und beschlossen, eine Weile zu bleiben. Aus der *Weile* wurde dann beinahe ein Jahrzehnt. Ich schrieb dort ein weiteres Buch, und als das Geld allmählich knapp wurde, fing ich mit Drehbüchern an. Innerhalb Italiens zogen wir ein paarmal um, Genua, Florenz, Palermo …»

«Wie wunderbar! Und was hat Samuel in dieser Zeit getan?»

«Wir haben damals nicht üppig gelebt, es war schlicht und schön. Der Sonnenschein, diese phantastischen Wochenmärkte und die umwerfende Architektur. Ich schrieb tagsüber und kochte am Abend, es war ungeheuer belebend. Erst als mein erstes Drehbuch als Film produziert wurde, sind wir nach England zurückgekehrt, und dann war da noch die gescheiterte Hollywood-Erfahrung. Wie dem auch sei, da Sie nun wissen, dass ich die Autorin des Buches bin, werden Sie es hoffentlich weise benutzen.»

«Ich bin immer noch erstaunt», sagt Kate breit lächelnd. «Und das war Ihr Leben? Diese Menüs sind autobiographisch?»

«Eine Prise poetische Freiheit hier und da», antwortet Cecily kokett und reibt die Finger zusammen, als gäbe sie mehr Salz in die Suppe.

«Welche Teile stimmen denn? ‹Dinner für die Verlobte Ihres Sohnes› – haben Sie einen *Sohn*?» Kate war davon ausgegangen, dass Cecily keine Familie besaß, aber vielleicht waren sie zerstritten, was nicht besonders überraschend wäre.

«Wir hatten keine Kinder. Es war ein Essen, das meine Schwiegermutter Shindel für mich zubereitet hat.»

«Ah, Sie haben also die Perspektive gewechselt. Was gehörte noch einmal zum Menü?»

«Ein Gooseberry Fool zum Nachtisch und eine Ermahnung, das Kochen ernst zu nehmen.»

«Mrs. Finn, erzählen Sie mir, wie Sie Samuel kennengelernt haben? Es klingt, als wäre er ein wunderbarer Mann gewesen.»

«Ja, ja, ein andermal», antwortet Cecily und gähnt lang und ausgiebig. «Ich bin müde, und Ihre Dummheit erschöpft mich.»

«Wieso sind Sie manchmal so gemein?»

«Weil ich eben manchmal so bin», erwidert Cecily barsch. «Und jetzt sagen Sie einer der Filipinas, sie möge mir eine Kopfschmerztablette bringen.» Sie schließt die Augen und atmet schnaufend durch die Nase aus.

«Soll ich Sie nächsten Sonntag besuchen?», fragt Kate, die verlegen neben dem Sessel verweilt.

«Wenn Sie Fortschritte zu vermelden haben, ja. Andernfalls brauchen Sie meine Zeit nicht zu verschwenden.»

«Oh, ah ja. Na gut, geben Sie mir Bescheid, falls ich Ihnen irgendetwas mitbringen kann.»

Cecily verscheucht sie mit einer gereizten Handbewegung.

26

Hast du meine Post geöffnet?», fragt Kate und sieht Rita empört an.

Rita gibt Süßstoff in ihren Cappuccino und macht ein verständnisloses Gesicht.

«Ich habe dem armen Buchhändler in Lancashire gerade eine böse E-Mail geschickt, weil meine bestellten Bücher verspätet sind, und was habe ich hier? Eines von ihnen – es muss schon wochenlang auf deinem Nachttisch gelegen haben.»

«Die Leute stellen ständig Fragen, auf die sie die Antwort bereits kennen», sagt Rita und streicht hauchdünn Margarine auf ihren Toast. «Du weißt, dass ich das Päckchen geöffnet habe, weil du das Buch gefunden hast – du hältst es in der Hand –, warum fragst du also, ob ich deine Post geöffnet habe?»

«Wie wäre es mit einer Entschuldigung?»

«Du wohnst unter meinem Dach. Du kannst nicht erwarten, dass ich mir eine Lesebrille aufsetze, um jede einzelne Sendung zu untersuchen, die in meinem Briefkasten landet. Ich habe auf ein Buch gewartet, das Patrick mir geschickt hat, und du hattest bereits mehrere Päckchen erhalten. Woher sollte ich wissen, dass noch mehr für dich unterwegs war? Es war ein Versehen», sagt Rita und dreht das Marmeladenglas heftig zu.

«Du bist doch diejenige, die immer Freud zitiert, der sagt, dass es keine Versehen gibt ...»

Rita stößt einen gereizten Seufzer aus.

«Und als dir aufgefallen war, dass du meine Post geöffnet

hattest?», fragt Kate, «Eine normale Mutter hätte die Bücher in die Versandtasche zurückgesteckt und sie in mein Zimmer gelegt. Stattdessen hast du mir die Bücher gestohlen, dann ‹vergessen›, dass du sie gestohlen hast, und stellst es jetzt so dar, als wäre es mein Fehler.»

«Kommst du nicht zu spät zur Arbeit?»

«Also?»

«Es sah interessant aus. Mir war aufgefallen, dass du mehrere Kopien bestellt hattest. Ich hatte den Eindruck, dass du es nicht vermissen würdest, und ich hatte recht.»

«Hast du dich eigentlich *jemals* in deinem Leben für irgendetwas entschuldigt? Außerdem habe ich zwei Ausgaben bestellt – wo ist die zweite?»

Rita legt den Kopf zurück und streicht sich mit dem Finger über die Augenbraue. «Gerry Marks hat zufällig hereingeschaut. Das Buch interessierte sie. Ich sagte, ich könne es ihr leihen. Sie bringt mir immer wieder Bücher vorbei, da war es das mindeste, was ich tun konnte.»

«Moment mal, du *verleihst* eines der Bücher, die du mir gestohlen hast, weil du Gerry einen Gefallen schuldest? In welchem Universum ist das denn hinnehmbar?»

«In einem, in dem ich dich erst nach zwanzig Stunden quälender Wehen aus meinem Leib herausbefördert habe. So oder so gibt Gerry es zurück, sobald Jeremy hineingeschaut hat. Wieso hast du so viele Ausgaben desselben Buchs bestellt?»

«Weil es zufällig von der alten Dame verfasst worden ist, die ich sonntags besuche.»

«Ach! Wirklich? Du hast mir nicht erzählt, dass sie Schriftstellerin ist.»

«Weil du dich niemals nach ihr erkundigt hast.»

«War sie erfolgreich?»

«Warum?»

Rita zuckt mit den Schultern. «Ich frage mich, ob dich dort vielleicht ein kleiner Geldsegen erwartet. Bist du deswegen ihr gegenüber so aufmerksam, während du dein eigen Fleisch und Blut vernachlässigst?»

«Das ist mir nicht einmal eine Antwort wert.»

«Ach komm schon, wo ist dein Sinn für Humor geblieben? Jedenfalls steht es so im Buch.»

«Was steht im Buch?»

«Ein kleiner Limerick darüber, wie man sich bei einer gut betuchten alten Verwandten einschmeichelt – schau es nach. ‹Lunch für eine wohlhabende Gönnerin› oder so», sagt sie und nimmt Kate das Buch aus der Hand. «Wo war es … ah, hier, Seite achtunddreißig: ‹Lunch für eine wohlhabende Tante›.

‹Vor einem Monat Tantchen starb
Und ließ mir all ihr Hab und Gut,
Federbett und Bein aus Holz
Und einen alten karierten Hut.

Ziel: Sie wollen Ihre Freude ausdrücken, einen so seltenen Gast bewirten zu dürfen, und gleichzeitig andeuten, dass Sie niemand sind, der das Geld verschwenden würde, welches sie Ihnen vielleicht einmal in den Schoß wirft. Menü: Gegrillter Heilbutt …›»

«Gib das zurück», sagt Kate, schnappt sich das Buch und streicht zärtlich über das Cover. Von wegen Limerick. Rita hat keine Ahnung. «Was meinst du damit, dass Gerry es Jeremy zeigen will? Warum denn?»

«Jeremy leitet ja jetzt den Verlag, und sie sind immer auf der Suche nach guten Ideen.»

«Ach ja – es reicht dir also nicht, meine Post zu stehlen, jetzt willst du auch noch einer alten Dame ihre Ideen abknöpfen. Na toll.»

«Weißt du was? Ich finde, du solltest bei Nick einziehen und ihm das Leben schwermachen statt mir. Vielleicht kann ich dann montagmorgens in meinem eigenen Zuhause wieder ein Stück Toast essen, ohne mir den Vorwurf anhören zu müssen, ich sei eine Kriminelle. Ach ja, und da du gerade hier bist: Wir haben einen Termin für die Jahresversammlung abgesprochen.»

«Warum erzählst du mir das?»

«Du übernimmst das Catering. Schreib es in deinen Kalender, es ist der Donnerstag nach deinem Geburtstag. Ich komme erst am Vorabend von Lanzarote zurück.»

«Von Lanzarote? Du bist an meinem *Vierzigsten* nicht da?»

«Es bringt nichts, Sandwiches für die Jahresversammlung zu kaufen, wo du das doch viel besser kannst.»

«Bitte gib mir das Buch zurück, das Gerry jetzt hat.»

«Wir geben dir fünfzig Pfund dafür.»

«Für das Buch?»

«Für das Catering, du Dummkopf.»

«Oh, du brauchst mich nicht zu bezahlen.»

«Ich möchte, dass du deine Sache gut machst.»

«Du brauchst mich nicht zu bezahlen, weil ich es nicht machen werde.»

«Nichts allzu Fettes – ein paar elegante Lachshäppchen wären vielleicht schön.»

«Kein Interesse.»

«Na schön, wir geben dir hundert Pfund, und du kannst nicht nein sagen, weil du hier mietfrei wohnst. Jetzt beeil dich und geh zur Arbeit, damit du nicht auch noch deinen Job verlierst.»

27

Projekt: H-EI-ssa Ostern bei Fletchers
Start/Upgrade von 12 x Ostereier.
Entwurf erstellen mit 6 Alliterationen – Raffiniert Rahmige Karamellmasse, Märchenhafte Marmelade; außerdem 6 x Reimwörter, ein Kuss von der Nuss-masse ist z. B. akzeptabel. Sollte keine Lösung zu finden sein, müssen die folgenden Wörter verwendet werden: H-EI-ssa, F-EI-er, Schlemmer-EI.

Kate ist am Dienstag schon um sieben Uhr früh bei der Arbeit, weil sie hofft, brillante Vorschläge für Devrons Ostereierkampagne des nächsten Jahres zu finden. Seit Jahren schreibt sie diese schlappen Wortspiele und macht sich jedes Mal Sorgen, sie könnte diejenige sein, die unter dem Druck zusammenbricht. Dieses Jahr aber ist es entscheidend, dass sie etwas Großartiges aus dem Sack zieht. Sie darf Weihnachten nicht arbeitslos sein – arbeitslos, alleinstehend und vierzig –, das geht einfach nicht.

Nach einer Stunde ist sie mit dem Entwurf für die ersten fünf Eier fertig, kämpft aber noch mit dem letzten Produkt, das eine Orangen-Ingwer-Füllung aufweist. Wenn sie ein Wortbestandteil wie «Sevilla» oder «bitter» verwenden dürfte, wäre ihr Leben einfacher, aber nach Devrons Überzeugung weiß keiner, was «Sevilla» in diesem Zusammenhang bedeutet, und «bitter» ist abschreckend. Daher muss ihre Alliteration mit einem O anfangen. Oll… Odios? Sie hat das Gefühl, dass eine Lösung in greifbarer Nähe ist, und schließt die Augen, um sich zu konzentrieren. Sie ist so nah dran, da stößt Annalex einen lauten Grunzlaut aus und unterbricht ihren Gedankengang.

«Hast du diese E-Mail wegen der Entlassungen gesehen?» Annalex klingt vorwurfsvoll.

«Welche E-Mail? Gibt es etwas Neues», fragt Kate. Alle Alarmglocken läuten.

«Willst du etwa behaupten, du hättest Devron nichts dergleichen vorgeschlagen?»

«Was denn?», fragt Kate und klickt eilig die E-Mail in ihrem Postfach an.

> Zusammen mit einem aktuellen Lebenslauf müssen die Kandidat/-innen einen Text von tausend Worten einreichen, in dem sie erläutern, was sie im Food-Marketing inspiriert.
> PS: Die Kandidat/-innen können bis zum 30. November vorschlagen, gegen eine Abfindung freiwillig aus der Firma auszuscheiden.

«Einen Text erstellen, das ist genau die Art von Verfahren, die jemanden wie dich bevorzugt.» Zwischen Annalex' Augenbrauen tritt eine scharfe Falte.

«Du meinst jemanden, der fürs Schreiben bezahlt wird, also jemanden wie mich *und* wie dich», gibt Kate verwirrt zurück.

«Ich bin eher jemand, der das große Bild vor Augen hat. Das ist total ungerecht.»

Kate stützt den Kopf in die Hände – O, O, O … «Ohnegleichen ist das einzige positive O, aber nachdem sie das Ei an einem TOST-Tag probiert hat, kann sie dieses Wort nicht guten Gewissens verwenden. Es wird «Oh-so-köstlich» sein müssen, auch wenn das gegen ihre Prinzipien verstößt, doch Devron wird begeistert sein. Außerdem ist es nicht so schlimm wie damals, als Annalex zur Wildbretsaison «Schlemm'nwirMal Fasan» schrieb, was gleichzeitig für «Schlemmermahl Fasan» stehen sollte. Kate ist jetzt also mit dem ersten Set fertig und kann mit den Reimwörtern anfangen – was um Himmels willen reimt sich auf Praline?

Das Leben muss mehr zu bieten haben als das hier. Aber beim Anblick von Annalex, die wie verrückt auf ihre Tastatur einhämmert, erwacht Kates Konkurrenzgeist. Ja, ihre Arbeit ist vielleicht nicht bahnbrechend, aber sie möchte selbst bestimmen, ob sie sie behält oder nicht. Sie möchte nicht, dass jemand ihr diese Handlungsfähigkeit nimmt, weder Annalex noch sonst wer.

28

Martin hat Kate die ganze Woche Nachrichten geschickt. Er wollte sie schon am Montag sehen, aber da hatte sie Bailey bereits versprochen, auf die Kinder aufzupassen. Seitdem hat sie jeden Abend bis Mitternacht an ihrem Text für Devron gearbeitet. Schließlich verabreden Martin und sie sich für Samstag, und Kate vergleicht unwillkürlich, wie lange Nick gebraucht hat, um sie zum ersten Mal einzuladen, und wie rasch und beharrlich Martin sich ins Zeug legt.

Es ist ein wunderschöner Frühherbstnachmittag, die Sonne am wolkenlosen Himmel scheint noch kräftig. Sie treffen sich vor der Tate Modern. Statt Blumen hat Martin ihr die Hochglanzbeilagen einiger Zeitungen mitgebracht und sie zu einer schmal zulaufenden Tüte zusammengerollt. Kate ihrerseits hat für ihn ein mit einem Autogramm versehenes Paket von Fletchers' Schweinefleisch-Pies dabei.

Er hält es ans Herz: «Ich werde sie immer hochhalten.»

«Das würde ich dir nicht raten – du isst sie am besten bis Montag.»

Er hat eine Art zu lächeln, die sein attraktives Gesicht einfach hinreißend aussehen lässt. Es bereitet Kate immer noch Schuldgefühle, dass sie diesem Date zugestimmt hat, und ihr schlechtes Gewissen wächst, weil sie ihn so attraktiv findet.

Im Museum geht Martin auf direktem Weg zu den amerikanischen Klassikern, mit raschem Schritt und ohne irgendwo länger zu verweilen. So ungeduldig Kate in der letzten Zeit geworden ist, so sehr gefällt ihr Martins Verhalten jetzt. In einem Raum bleibt er vor einem Porträt stehen, das Warhol von Debbie Harry gemalt hat, und nickt anerkennend. «Diese Wangenknochen … und der Lidschatten. Eine solche Unbekümmertheit», sagt er.

«Letzten Monat habe ich sie auf der Hochzeit eines Freundes gesehen.»

«Wirklich? Dann hast du hoffentlich ein Selfie mit ihr geschossen?»

«Aber nein, ich würde niemals einen Promi in der Öffentlichkeit belästigen.»

«Aber das musst du, es ist schließlich Debbie Harry. Okay, hör mal», er zieht Kate näher und flüstert ihr ins Ohr: «Lenk diesen Wächter da drüben ab, am besten tanzt du eine kleine Mazurka. Ich nehme unterdessen dieses Bild von der Wand, und wenn ich dir zunicke, gibst du Fersengeld. Nein? Na schön, dann lass es uns wenigstens fotografieren.» Er lenkt sie sanft zur Leinwand und legt den Arm um sie. «Sag Cheese.»

Er zeigt ihr die Aufnahme und lächelt. «Wir sehen phantastisch aus zusammen. Du hast diese winzige Sommersprosse – genau … da.» Er zieht die Augenbrauen zusammen und drückt sanft gegen ihre Wange. «Sie ist total sexy.»

Kate errötet und tritt hastig zur nächsten Leinwand, ein wenig überwältigt von seiner Aufmerksamkeit.

«Vorsitzender Mao», sagt Martin. «Der perfekte Name für ein Kätzchen, vor allem für eines, das ständig vor einem sitzt.»

Im Juli hatten Nick und Kate sich darüber unterhalten, dass sie sich eine Katze anschaffen wollten, und über Namen nachgedacht. Schließlich hatten sie sich für Sir-Mix-A-Lot entschieden, weil es ein absurder Name für eine Katze war. Die

Erinnerung lässt plötzlich einen dumpfen Schmerz in Kates Brust aufsteigen.

«Ich wette, du stehst auf Katzen», sagt Martin.

«Das stimmt.»

«So ist das bei Schützen, meine liebe Sternzeichengenossin.» Er schnippt mit den Fingern und zwinkert ihr zu. «Okay – das war genug Kultur für einen einzigen Tag – hauen wir ab.»

Er greift nach ihrer Hand. Nick und sie hatten sich daran gewöhnt, die Finger beim Händchenhalten eng miteinander zu verflechten, sodass sie wie verschmolzen wirkten, während Martin ihre Hand als Ganzes umfängt. Es erinnert Kate daran, wie Kinder bei Schulausflügen in Zweierpaaren gehen, und kommt ihr nicht richtig vor. Sie muss aufhören, die Männer zu vergleichen, doch dass Martin ihre Hand hält, fühlt sich irgendwie zu intim an.

Martin führt sie an der South Bank entlang, über die Waterloo Bridge und dann durch die schmalen Gassen Sohos. «Ich treffe mich um 20.30 Uhr mit meinem Bruder im Groucho Club, aber möchtest du nicht vorher etwas essen? Nehmen wir doch einen Happen.»

Zehn Minuten später sitzen sie an einem Ecktisch bei Kettner's, Martin so eng an sie gedrängt, dass sein Bein das ihre wärmt.

«Was möchtest du trinken?», fragt er. «Einen Cocktail? Oder Wein?»

«Wein vielleicht?»

«Ich trinke keinen Alkohol, aber bestell, worauf du Lust hast.»

«Oh, wenn du nichts trinkst, will ich auch nichts.»

«Aber du musst, mein Herz, bitte. Ich genieße im Geist

mit.» Er besteht darauf, Kate ein Glas zu bestellen, und legt ihr dann lässig die Hand aufs Knie, während sie die Speisekarte überfliegen. «Ich nehme das Steak. Das Würstchen mit Kartoffelbrei soll auch sehr lecker sein.»

«Hast du es probiert?»

«Ich esse keine Kohlenhydrate.»

«Was denn, nie?»

Er zuckt mit den Schultern. «Sie machen dick, oder?»

«Ich esse immer Kohlenhydrate», sagt Kate und bestellt Brathähnchen mit Fritten. «Du isst also niemals Pasta? Oder Pizza? Oder Kartoffelchips?»

«Spricht das gegen mich?», fragt er lachend.

«Sag mir wenigstens, dass du Butter isst.»

«Keine Butter, kein Zucker.»

«Gibt es dann überhaupt noch etwas, was man essen kann?»

«Proteine?»

Kate lächelt, aber eine Stimme in ihrem Kopf schreit: *Was für ein mäkeliger Esser.* Sie schilt sich. *Ich esse keine Kohlenhydrate* ist wahrscheinlich besser als *ich liebe meinen Fernseher genauso sehr wie dich …*

«Erzählst du mir von dieser alten Dame, die du besuchst?», fragt er, legt den Kopf in die Hand und sieht Kate tief in die Augen.

«Mrs. Finn? Sie ist siebenundneunzig. Auch wenn ihr Gesicht unglaublich faltig ist, ist sie hellwach und wirkt manchmal sehr viel jünger. Wenn sie müde ist, sieht sie allerdings uralt aus. Sie liebt Bücher. Und ihr Gedächtnis, du meine Güte, sie kann mehr Gedichte zitieren, als ich je gelesen habe.»

«Ich erinnere mich ja kaum, was ich zum Frühstück gegessen habe.»

«Proteine», sagt Kate, und Martin lacht. «Mrs. Finn kann manchmal ein bisschen widersprüchlich sein. – Wir unterhalten uns zum Beispiel gerade nett, da keilt sie plötzlich gegen mich aus.» Kate macht ein verwirrtes Gesicht. «Ich glaube, sie hat Depressionen.»

«Aber siebenundneunzig – ein langes Leben. Ich bin bereit, mit siebzig abzugehen.»

Kate zuckt mit den Schultern. «Ich denke, es hängt von der Lebensqualität ab; ob man Kinder hat, Enkel, einen Sinn im Leben. Sie langweilt sich – und sie kann nicht mehr richtig schmecken und sieht nicht genug, um zu lesen. Sie hat also ihre beiden Lieblingsbeschäftigungen verloren. Außerdem war sie mehr als sechzig Jahre verheiratet. Ihr Mann fehlt ihr.»

Martin legt mitfühlend den Kopf schief. «Du heiterst sie offensichtlich auf.»

«Das bezweifle ich. Sie ärgert sich praktisch jedes Mal über mich, wenn ich den Mund aufmache.»

«Was machst du mit ihr?»

«Machen?»

«Schiebst du sie im Rollstuhl durch Museen? Gehst du mit ihr spazieren? Oder ist sie eine dieser hippen Neunzigjährigen, wie man sie im Netz sieht, mit großen Plänen?»

«Absolut nicht. Cecily bewegt sich keinen Zentimeter aus ihrem Sessel. Wir unterhalten uns einfach nur. Sie erzählt mir aus ihrem Leben und kritisiert dann das meine. Ich glaube, ich bin für sie so eine Art Projekt. Fairerweise muss ich zugeben, dass dieser andere Blickwinkel mir guttut, wenn ich mich die ganze Woche mit Annalex darüber gestritten habe, wer die Aufgabe hat, den Verpackungstext des Yorkshire Puddings zu entwerfen. Natürlich muss man die Worte ‹Prima Pudding› verwenden, aber im Prinzip gehört es in ihren Bereich.» Kate verdreht die Augen, weil das ein so kleinliches Hickhack ist.

«Und wie lange arbeitest du schon bei Fletchers?»

«Seit einer Ewigkeit. Falls ich die derzeitige Restrukturierung überstehe, werden es im nächsten Frühjahr zwanzig Jahre sein», antwortet Kate, und beim Gedanken daran, dass sie vielleiht den einzigen Arbeitsplatz verlieren könnte, den sie je hatte, kehrt das Gefühl ängstlichen Unbehagens zurück.

«Du hast dein ganzes Berufsleben im selben Job verbracht? Machen Leute, die keine Hypothek am Bein haben oder Schulgebühren bezahlen müssen, das heutzutage noch?»

«Leute wie ich schon …», antwortet Kate und greift nach ihrem Weinglas.

«Was bedeutet das: *Leute wie ich*?»

«Ich habe kein Studium und keine Ausbildung», antwortet Kate und wird rot. «Ich bin nicht ehrgeizig. Ich habe keine Superkräfte.»

«Ich bin mir sicher, dass das nicht stimmt», sagt Martin und streichelt sein Kinn. «Du hast Angst vor Risiken. Und das ist wahrscheinlich auch der Grund dafür, dass du nie geheiratet hast.»

Nein – der Grund *dafür* ist, dass sie eine Folge von ungewöhnlich schlechten Entscheidungen getroffen hat.

«Es gibt keine andere Erklärung», fährt Martin fort und wirft die Hände in die Luft. «Du bist attraktiv, du bist witzig, du lachst über meine Scherze – warum sonst sollte eine so phantastische Frau noch auf dem Markt sein?»

«Auf dem Markt», sagt sie und versetzt ihm einen Knuff.

«Das klingt so, als wäre ich ein Stück Vieh. Warum bist *du* denn nicht verheiratet?»

«Ach», sagt er, krümmt sich und führt in einer entschuldigenden Geste beide Fäuste zum Mund. «Hatte ich das nicht erwähnt. Ich bin es …»

«Soll das ein Scherz sein?»

«Ich bin nur noch im gesetzlichen Sinne verheiratet. Wir haben uns schon vor Monaten getrennt und warten nur noch auf die Scheidungspapiere.»

«Oh. Bist du dir sicher?»

Er winkt mit den Fingern der linken Hand. «Ja, ziemlich sicher. Also, Kate – wer ist deine beste Freundin?»

«Bailey, wir sind seit unserem vierten Lebensjahr befreundet.»

«Und wie lautete dein Spitzname in der Schule?»

«Stammt das von einer BuzzFeed-Liste: *Acht Fragen, die man beim ersten Date stellen sollte*?»

«Verdammt.» Er zieht einen Zettel aus der Hosentasche und sieht kurz darauf, bevor er ihn zerreißt und über die Schulter wegwirft. «Aufgeflogen.»

«Das war nicht …?»

«Ich bin mir ziemlich sicher, dass das meine Quittung von der Reinigung war. Oder das Heilmittel gegen Ebola», antwortet er, was Kate wieder für ihn einnimmt.

Ihr Essen kommt, und während sie essen, reden und flirten sie weiter. Martin stellt ihr dabei mehr Fragen als Nick in ihrem ersten Vierteljahr. Er versucht, sie kennenzulernen, aber es strengt sie ein bisschen an, und sie sehnt sich nach der Vertrautheit mit Nick, der manchmal ihre Sätze für sie beendet, weil sie sich so gut kennen.

Nach dem Essen besteht Martin darauf zu zahlen. Und jetzt stehen sie auf der Straße, um sich voneinander zu verabschieden.

«Ich hatte einen tollen Abend», sagt Martin und strahlt sie an.

«Ich auch», antwortet Kate und lächelt bei der Erkenntnis, dass es stimmt.

«Also ... soll ich dich anrufen, wenn ich fertig bin? Ich kann auf dem Heimweg bei dir vorbeischauen.»

«*Heute Nacht?* Ich wohne bei meiner Mum – vorübergehend. Und außerdem werde ich wahrscheinlich schlafen.»

«Ah ja, nein, natürlich. Ist deine Mum abends meistens zu Hause?»

«Ich komme mir so vor, als wäre ich wieder vierzehn», sagt Kate und bedeckt peinlich berührt das Gesicht.

Martin verzieht den Mund. Er wirkt enttäuscht. «Ich würde dich nächste Woche gern zum Dinner einladen, aber meine WG-Partnerin ist ... na ja, sie hat es nicht so gern, wenn ich Gäste mitbringe.»

Kate nickt mitfühlend. «Meine alte WG-Partnerin war genauso.»

«Okay, dann sagen wir also nächsten Samstagnachmittag? Wie wäre es mit einem Picknick, falls das Wetter gut bleibt?»

«Ich könnte etwas zu essen machen ...», bietet Kate an, die an Cecilys Anweisungen denkt. «Würdest du Kohlenhydrate essen, wenn ich Sandwiches mache, oder leckst du dann nur den Belag ab und lässt das Brot liegen wie so ein Supermodel bei Bikini-Aufnahmen?»

«Ich esse mit Vergnügen alles, was du zubereitest. Weißt du was?» Er beugt sich vor. «Ich finde dich wirklich phantastisch.»

Er beugt sich noch weiter vor und küsst sie zärtlich. Ihr Herz schlägt rasend schnell, aber sie ist so durcheinander, dass sie nicht spürt, ob ihr Körper für oder gegen diesen Kuss ist.

«Ah.» Er seufzt. «Du bist wirklich verdammt sexy. Okay, ich muss jetzt los. Samstag sehen wir uns zum Sandwich-Ablecken.» Er zwinkert ihr zu und verschwindet.

Im Bus nach Hause lehnt Kate den Kopf gegen das Fenster und beobachtet, wie die Lichter der Tottenham Court Road vorbeihuschen. Bei ihrem ersten Date trafen Nick und sie sich um 19 Uhr und waren schließlich die Letzten, die um Mitternacht vom Wirt hinausgeworfen wurden. Danach hatten sie auf der Straße gestanden, Nick hatte sich verabschiedet und war davongeeilt, ohne ihr auch nur ein Küsschen auf die Wange zu geben. Sie hatte in jener Nacht nicht schlafen können, weil sie so verwirrt war – war das gerade ein großartiges Date oder ein totaler Reinfall?

Sie sollte sich wahrscheinlich erneut mit Martin treffen, denn solange Nick sich nicht mit einem überzeugenden Ergebnis zurückmeldet, ist sie single. Martin mag ein bisschen viel Gas geben, aber er ist witzig, charmant und interessant – und, wichtiger als alles, er interessiert sich für sie.

29

Ich habe es Ihnen doch schon einmal erklärt», sagt Cecily und schnippt gereizt mit den Fingern, als Kate ihr ein wenig mehr als eine halbe Tasse Tee einschenkt. «Löffeln Sie das jetzt heraus, sonst lernen Sie es nie.»

Kate seufzt und gibt drei Teelöffel Flüssigkeit in die Kanne zurück. Sie hat noch nicht gesehen, dass Cecily mit ihrer zitternden Hand auch nur einen einzigen Tropfen verschüttet hätte, aber die alte Dame ist eisern.

«Sobald Sie aufhören, sich auf Amöbe zu fixieren …»

«Ich werde Amöbe demnächst mitbringen, damit Sie ihn kennenlernen – ich bin mir sicher, Sie werden ihn mögen.»

Cecilys Nasenflügel weiten sich abweisend.

«Und würden Sie bitte aufhören, ihn Amöbe zu nennen?»

«Schön, dann nenne ich ihn Esel, aber wir wollen nicht bei ihm verweilen. Wann sehen Sie ihn wieder?»

«Martin? Ich weiß nicht recht. Ich sollte Nick von der Sache mit Martin erzählen, aber das will ich nicht.»

«Ach, seien Sie doch kein solcher Feigling.»

«Es ist eine Frage der Loyalität, nicht der Feigheit. Außerdem will ich mit Martin keine Spielchen spielen. Und er ist ein bisschen stürmisch …»

«Er ist leidenschaftlich – und das sollte er auch sein.»

«Wahrscheinlich, weil ich es nicht bin. Das macht die Leute immer leidenschaftlicher.» Entsetzt stellt Kate fest, dass sie damit auch das Verhältnis von Nick und ihr beschrieben hat – nur umgekehrt, sodass in diesem Fall der Nachteil bei ihr liegt.

«Und Sie werden ihm das ‹Dinner für einen charmanten Fremden› zubereiten. Werden Sie bei Ihrer Mutter kochen?»

«Nein und ein weiteres Mal nein. Martin hat ein Picknick angeregt – ich werde den Vorschlag aus Ihrem Buch umsetzen.»

«Das entspricht nicht der Absicht dieses Picknicks.»

«Aber das Prinzip ist richtig, oder? Bei Ihnen klingt es so, als wäre Ihr Buch ein Zauberbuch», sagt Kate und verdreht die Augen.

«Was mich zu einer Hexe machen würde», erwidert Cecily und lässt sich offenbar den Gedanken durch den Kopf gehen. «Man hat mir schon Schlimmeres nachgesagt.»

«Jedenfalls – ich werde mich ein zweites Mal mit Martin treffen und dafür Essen vorbereiten, aber mehr ist nicht drin. Würden Sie mir jetzt bitte erzählen, wie Sie zur Schriftstellerin geworden sind?»

«Interessiert es Sie wirklich?»

«Natürlich – ich wäre gern Schriftstellerin geworden», sagt Kate und macht es sich in ihrem Sessel bequem.

«Na gut. Nun, ich muss ganz von vorn anfangen, nämlich an einem verregneten Dienstag im Süßigkeitenladen. Damals war ich fünf. Ich versteckte mich hinter einem Vorhang und wartete auf den richtigen Moment, um noch ein paar Karamellbonbons zu stehlen, als die Farragher-Schwestern, die eine ausgezeichnete private Grundschule führten, mit ihrem Beagle Fred hereinkamen. Sie diskutierten gern mit Papa über Politik, aber an diesem ganz bestimmten Tag wurde ich von Fred erschnüffelt.»

Kate stellt sich lachend die kleine Cecily vor, die sich hinter einem Vorhang versteckt, bis die feuchte Nase eines Hundes sich zu ihr vorschiebt.

«Nach dem ersten peinlichen Moment sagte Miss Ann zu Papa: ‹Sie haben ein ganz außergewöhnliches Kind, ich kann Jesus in seinen Augen sehen.› Papa sah keine solche Erscheinung, ganz im Gegenteil, aber er wollte keine Kundin verlieren, die jede Woche ein Pfund Fudge kaufte. Die Schwestern boten an, mich für die ermäßigte Gebühr von drei Pfund pro Schulhalbjahr in ihre Schule aufzunehmen …»

«Pro *Schulhalbjahr*?»

«Papa fand es viel zu teuer, aber Mama überredete ihn schließlich. Sie hatte gehört, dass die Kinder in der lokalen Grundschule Läuse hatten. Papa war letztlich einverstanden, drohte mir aber fürchterlich, wenn ich nicht Klassenbeste würde. Es war eine ausgezeichnete Schule, wir lernten Manieren, Kalligraphie, Gedichte, und vor allem lernten wir, Jesus zu lieben. Letzteres machte mir Angst, weil ich das einzige jüdische Mädchen der Klasse war.»

«Ich wusste nicht, dass Sie Jüdin sind.»

«Oh, meine Familie war nicht fromm. Ich war noch nie in einer Synagoge gewesen, und Papa hat gern Speck gegessen. Aber ich war keine Katholikin und daher die Einzige, die in der Vorhölle landen würde. Das machte mir sehr zu schaffen. Wegen dieses Unterschieds schämte ich mich ständig, was mich dazu zwang, einen Teil von mir versteckt zu leben», erzählt sie und knabbert nachdenklich an ihrem Keks. «Nach außen lebte ich mit den alltäglichen Herausforderungen – verlorene Haarbänder, schwierige Hausaufgaben und dergleichen –, aber dahinter lebte ich in meiner Phantasie. Nach dem Schlafengehen versteckte ich mich unter meiner Bettdecke und stellte mir vor, ich sei die Jo in *Little Women* oder die *Anne auf Green Gables.* Die Welt der Vorstellung schien mir oft ein glücklicherer Ort zu sein.»

«Für mich waren Bücher auch eine Zuflucht», erzählt Kate. «Ich war ein Einzelkind. Und als ich heranwuchs, kamen mir die Bücher wie Gefährten vor – sie bewahrten mich vor Einsamkeit. Das ist wohl in gewisser Weise immer noch so.»

«Welche Autoren haben Sie als Mädchen gern gelesen?»

«Oh, alles und jeden. Als ich zwölf war, war mein Vater begeistert von Raymond Chandler, und ich las jedes Buch, sobald Dad damit fertig war.»

«Chandler ist ein meisterlicher Autor. Samuel hat mir für einen meiner vielen, vielen Geburtstage diese Ausgabe von *Der große Schlaf* geschenkt», sagt Cecily und deutet auf ein Regalbrett hoch über Kates Kopf.

«Ich liebe dieses Buch», sagt Kate und sieht sich nach dem grau-weißen Hardcover um. «Dann haben Sie also in der Grundschule mit dem Schreiben angefangen?»

«Nein. Ich bekam ein Stipendium für die weiterführende Schule, West Ham Secondary, und dort gab es weitere Probleme. Ich wollte unbedingt eine Femme fatale sein, aber alle Jungs liebten Dolly Atkin. Ich war erneut einsam, doch dann geschah etwas Gutes: Wir bekamen Mr. Moffat als Englischlehrer. In der untersten Klasse las er uns ein Gedicht von Cowper vor: ‹*Ach könnten diese Lippen sprechen …*› Mr. Moffat vermittelte mir die Liebe zum Schreiben. Acht Jahrzehnte später bin ich ihm noch immer grenzenlos dankbar für ein Leben, das durch Worte bereichert wurde.»

«Dieser inspirierende Lehrer war bestimmt die Ursache dafür, dass Sie selbst den Lehrerberuf ergreifen wollten?»

«Du liebe Güte, nein, das war allein Papas Entscheidung. Zu meiner Zeit bedeutete der Lehrerinnenberuf, als schlecht gekleidete alte Jungfer zu leben. Ich weinte und wehrte mich, doch er drohte mir mit allen möglichen Demütigungen, und so verbrachte ich schließlich zwei elende Jahre im Saffron Walden Training College. Ich erinnere mich, wie Miss Clelland mich am Tag der praktischen Prüfung in der Dorfschule beim Unterrichten einer Kunststunde beobachtete. Ich hatte eben die Vorlage für ein Stillleben arrangiert, doch gerade als wir anfangen wollten, ertönte das Gebell von Hunden und das Dröhnen von Pferdehufen, und die Jagd kam vorbei. Ich hatte noch nie eine Jagd gesehen und eilte zum Fenster; diese scharlachroten Jacken und die tänzelnden, glänzenden Pferde faszinierten mich. Ich rief den Mädchen zu, sie sollten kommen und ebenfalls schauen! Als die Jagd vorbei war, forderte ich sie auf, das Stillleben nicht zu beachten und stattdessen ihren Spaß zu haben und das zu malen, was sie gesehen hatten: die Farben und die Bewegung. Hinterher zerrte Miss Clelland mich mit finsterer Miene in ihr Arbeitszimmer. ‹Sie haben jede Unterrichtsregel gebrochen, die es gibt›, sagte sie. ‹Warum wollen Sie Lehrerin werden?› Als ich ihr sagte, dass das keineswegs mein Wunsch sei, machte sie ein betrübtes Gesicht. «Nur selten entdecke ich eine wahre Lehrerin, eine Frau, die Licht ins Klassenzimmer bringt. Wenn es mir aber einmal gelingt, kann sie es gar nicht abwarten, den Beruf aufzugeben. Es ist eine ungerechte Welt.» Und *damit* hatte sie recht.

«Aber Ihre Schülerinnen haben Sie bestimmt geliebt.»

«Sie mochten mich, und ich mochte sie, doch ich war von dem Wunsch erfüllt, diesem trostlosen Leben zu entkommen. Und meine Eltern, die den Laden geschlossen hatten und nach Bournemouth gezogen waren, machten sich Sorgen. Die Tatsache, dass ich nicht verheiratet war, kostete sie den Seelenfrieden.»

«Meine Mutter ist genauso.»

«Nun, sie sollte ganz ruhig sein. Ich lernte meine Unabhängigkeit zu schätzen.»

«Und dann haben Sie Samuel kennengelernt?»

«Zu Samuel komme ich ein andermal.» Cecily gähnt ausgiebig. «Gehen Sie jetzt. Das viele Reden hat mich angestrengt. Viel Glück mit dem Picknick. Tun Sie genug Gewürz in die Pâté.»

Ob Cecily ihre eigene Geschichte wohl deshalb immer wieder unterbricht, um Kate damit zu locken, wiederzukommen und sich Nachschlag zu holen?

30

Als Rita am Montagabend mit Patrick ausgeht, macht es sich Kate mit einem Glas Wein, ihrer Schreibarbeit für Devron und einer großen Schale Spaghetti Carbonara bequem. Sie dreht einen Strang der leckeren Pasta mit knusprigen Speckstücken auf ihre Gabel und verzehrt ihn. Ah, wirklich köstlich: salzig, cremig und mit Biss.

Dann blickt sie stirnrunzelnd auf ihren Lebenslauf. Als Annalex die Stelle in Kates Abteilung bekam, hatte sie ihren Lebenslauf herumgehen lassen – drei DIN-A4-Seiten, die sie wie ein Kind der Liebe von Sheryl Sandberg und Steve Jobs aussehen ließen. In ihrem Leitbild beschrieb Annalex sich als «proaktive Teamplayerin, die sowohl Innovationen wie radikale Optimierungen vorantreiben kann». (Es gibt keinen Ausdruck, den Kate mehr hasst als *radikale Optimierungen.* Allerdings reicht *proaktiv* nahe heran.)

Auch wenn Kate keinen so aufregenden Lebenslauf vorweisen kann, bedeuten neunzehndreiviertel Jahre des Verkaufs von Lebensmitteln – zunächst im Laden selbst und später in der Marketingabteilung –, dass sie sich auf ihre Arbeit versteht: Wenn man sie einspart, blutet Fletchers aus.

Kate wendet sich ihrem Essay zu. Sie hat über eine preisgekrönte Werbekampagne geschrieben, an der sie letztes Jahr gearbeitet hat. Durch diese Kampagne haben sich die Verkäufe in der Abteilung für italienische Lebensmittel verdoppelt. Sie hat viele Stunden an ihrem Essay gearbeitet, länger als erforderlich, und ihn Dutzende Male umgeschrieben. Doch als sie ihn jetzt erneut durchliest, ist es einfach nur … Es ist gut formuliert, es wirkt professionell, es klingt ganz nach Fletchers, aber es hat wenig von Kate.

Sie blickt in ihre inzwischen leere Spaghetti-Schale und denkt an den letzten Ausflug zum Borough Market zurück – wie inspiriert sie sich gefühlt hatte. Sie fischt ihr Exemplar von *Thought for Food* aus der Handtasche und wiegt es in der Hand. Sie lächelt und blättert darin – auf jeder Seite ist die leidenschaftliche Liebe zum Thema zu spüren. In Gedanken kehrt sie zu Cecily zurück, die vor all diesen Jahren ihre berüchtigte Kunststunde gab. Sie hat die Regeln gebrochen, ihrer Intuition vertraut und ist ihrer eigenen Begeisterung gefolgt.

Kate trinkt einen großen Schluck Wein und legt ein neues Dokument im Computer an. Ein eigenartiges Kribbeln durchfährt ihren Körper. Es ist Angst, dass sie etwas Furchtbares schreiben wird, womit sie sich die Chance auf ihren Job vermasselt, doch auch Hoffnung ist darin zu spüren, Hoffnung darauf, dass sie etwas Besseres entwerfen kann, etwas, womit sie sich treu bleibt. Etwas, das singt.

Sie schließt die Augen und geht im Geist durch den Borough Market. Da ist der großartige Obst- und Gemüsestand mit seiner Fülle an Kürbissen und Pilzen, als Nächstes streift sie den wunderbar rauchigen Grillgeruch am Chorizo-Sandwich-Stand, an dem ein Stapel frischer, warmer, mehlbestäubter Brötchen darauf wartet, gefüllt zu werden, und schließlich gelangt sie zum Vanille-Donut-Verkäufer mit seinem Stand voller goldener, zuckerbestreuter Donuts, oben quellen Vanille- oder Schokoladencreme heraus und locken damit hineinzubeißen.

Sie beginnt zu tippen und erzählt von ihrer Liebe zum Kulinarischen und der Rolle, die es in ihrem Leben und in dem der Fletchers-Kunden spielt. Sie schreibt über das, was man miteinander teilt, über die Lust am Kochen und am Essen, über Großzügigkeit und Appetit, und die Worte strömen nur so aus ihr heraus. Bevor sie sich versieht, ist es nach Mitternacht. Sie hat 1400 Wörter geschrieben, die sie am nächsten Morgen mühelos kürzen kann. Wenn sie das macht, was sie liebt, fühlt es sich nicht wie Arbeit an, sondern wie nach Hause kommen.

Als sie den Essay am nächsten Morgen noch einmal liest, ergreift sie Stolz – diese Arbeit ist besser als gut, sie ist großartig. Sie drückt auf *Senden.*

Devron wird erst in der kommenden Woche entscheiden, doch bei der Arbeit hat Kate den Eindruck, dass er ihren Text bereits gelesen hat. Vielleicht interpretiert sie zu viel in sein Verhalten hinein, aber als er am Nachmittag an ihren Schreibtisch tritt, lächelt er widerstrebend, als wäre er besiegt, und nickt ihr zu.

Kate empfindet ein schwaches Gefühl des Triumphs. Das hat sie schon lange nicht mehr gespürt.

31

Picknick für Freunde, ungeachtet des typischen englischen Sommerregens

Ziel:
Mir fällt keines ein, abgesehen von reinem Masochismus, da das Unternehmen einen dem Ungemach zahlreicher Wespenangriffe, den Unwägbarkeiten des Wetters und einem harten Boden aussetzt. Es bleibt jedoch festzuhalten, dass außer mir anscheinend jeder Picknicks liebt.

Wie sich herausstellt, kommt Cecilys Menü dem Essen ziemlich nahe, das Kate entwerfen würde, sollte sie ein «Picknick für einen pingeligen Schauspieler mit Kohlenhydrate-Phobie» planen: Pâté, mit cremigen Pilzen gefüllte Schinkenröllchen und mit Rührei gefüllte Paprika.

Als Kate nach der Arbeit am Freitag die Zutaten einkauft, fällt ihr auf, dass das Pâté-Rezept Alkohol enthält. Sie schickt Martin eine Nachricht:

Bist du ein strikter Abstinenzler, oder ist Cognac in der Pâté in Ordnung?

Er antwortet unmittelbar:

Wenn du mich mit Pâté betrunken machen kannst, gestatte ich dir, das auszunutzen. Ich freue mich riesig auf dich xxx

Kate schätzt, dass das Essen vier Stunden Vorbereitungszeit erfordern wird – das ist am nächsten Tag gut zu schaffen. Sie ist mit Martin erst für 15 Uhr verabredet. Und so genehmigt sie sich einen Besuch beim Friseur und ein neues Kleid von Zara. Seit dem *Herumeiern* hat sie vergessen, wie sinnvoll es ist, auch für jemand anderen als Nick gut auszusehen. Es wird Zeit, dass sie daran etwas ändert.

Die Hände in die Hüften gestemmt, steht Kate in Ritas Küche. Jetzt wird gekocht! Sie spürt ein leichtes Pochen im Kopf, als sie mit dem Finger über ihre Vorbereitungsliste streicht. Wann um Himmels willen hat sie zum letzten Mal ein mehrgängiges Menü allein zubereitet? Beim Blick in Cecilys Rezepte hat es sie ganz wirr gemacht, über die richtige Zeitabfolge nachzudenken: Soll sie zuerst die Pâté zubereiten, die sich setzen muss? Oder die Schinkenröllchen? Sie sind knifflig, die Zubereitung könnte lange dauern. Früher, also vor der Zeit mit Nick, war sie gut darin, die Zubereitungsdauer abzuwägen. Bei jeder sich bietenden Gelegenheit hat sie köstliche Festessen für ihre Freunde zubereitet. Zur Feier von Baileys Scheidung gab's ein opulentes achtgängiges spanisches Menü – eine Erinnerung an das großartige Mahl, das sie beide an Baileys Dreißigstem auf ihrem Barcelona-Trip genossen hatten. Aber Kate hat inzwischen ihre Unabhängigkeit im Kochhandwerk verloren und sich darauf verlassen, in der Küche nur ein Teil eines Paars zu sein.

Die cremige Pilz-Senf-Füllung für die Schinkenröllchen – damit wird sie anfangen. Sie zieht den Deckel von der Sahne und bespritzt sich. Warum bloß macht sie sich diese Mühe? Sie weiß doch gar nicht genau, ob sie überhaupt Wert auf dieses Date legt. Sie rührt einen Löffel körnigen Senf in die Creme und gibt eine Prise Salz hinzu. Sie sollte aufhören, sich den Kopf über diesen Ausflug zu zerbrechen – Cecily würde sie nicht zu Dummheiten ermutigen, und selbst Bailey hatte gemeint, dass es klug für Kate sei, sich Optionen – wie sie es nannte – offenzuhalten.

Weiter geht es mit der Pâté: Kate nimmt die Hähnchenlebern aus der Kunststoffschale und schaudert zusammen, weil die schlüpfrigen Organe schwer in ihrer Hand liegen. Um Zutaten, für die Kate zu zimperlich war, hat sich immer Nick gekümmert. Zu seinem Geburtstag im letzten Jahr hat sie ihm einen Metzgerkurs geschenkt. In *seine* Fertigkeiten hat sie gern investiert, aber nie in Erwägung gezogen, den Kurs auch selber zu besuchen – viel zu teuer. Nick würde nicht mit der Wimper zucken, sich selbst damit zu beschenken. War das der Unterschied zwischen Mann und Frau oder einfach nur der Unterschied zwischen Nick und Kate?

Gut – Zeit für die rote Paprika. Kate musste den Gemüsehändler in Camden aufsuchen, um diese Pimientos zu finden, aber sie ist froh, dass sie sich die Mühe gemacht hat. Sie hatte vergessen, wie wunderbar dieses Geschäft ist. Elf verschiedene Paprikasorten gab es da, blassgrüne, nahezu leuchtend orangefarbene oder tiefrote, dicke, dünne, kurze oder krumme. Obst und Gemüse aufzustöbern, ist für sie genauso aufregend wie der Aufenthalt in einer Buchhandlung – und sich dabei die unzähligen Möglichkeiten vorzustellen. Was immer bei diesem Picknick herauskommen mag, sie ist froh, dass Cecily sie dazu genötigt hat.

Als sie die Zwiebeln hackt, erfüllt ein dumpfer Schmerz ihre Brust. Nick wäre begeistert von diesem Essen. Doch dann weicht ihre Traurigkeit erneut dem Zorn darüber, dass er so achtlos mit etwas umgegangen ist, das nicht ihm allein gehörte – er war achtlos mit ihnen beiden.

Kate hält inne. Ihre Stimmungsschwankungen sind unkontrollierbar, genau wie diese Schinkenröllchen. Zum Teufel. Sie wird ein köstliches Picknick zubereiten. Sie wird mit diesem attraktiven Schauspieler ausgehen und einen netten Nachmittag verbringen. Sie muss sich in Erinnerung rufen, dass sie eine begehrenswerte, kompetente Frau ist, die sehr wohl eine Scheibe Schinken um eine ziemlich weiche Füllung zu einer beinahe akzeptablen zylindrischen Form rollen kann.

Zwei Stunden später mustert Kate das Festessen, packt es in einen Korb und stellt ihn auf Ritas Küchentheke: Sie hat ihre Sache gut gemacht.

Der Badezimmerspiegel zeigt ihr, was die letzten Monate mit ihr gemacht haben. Sie ist schlanker, sieht aber erschöpft aus. Sie übt ein Lächeln. Von den vielen Zigaretten und dem schwarzen Kaffee sind ihre Zähne ein wenig fleckig. Sie zuckt mit den Schultern und denkt an Rita, die sich immer auf das Positive konzentriert. *Das kann ich auch.* Mit einem marineblauen Eyeliner zieht sie einen schmalen Strich über ihr Lid – so wirken ihre Augen grüner. Sie bringt ihre von Natur aus langen Augenwimpern mit großer Sorgfalt in Form, statt sie wie üblich nur zwei Sekunden zurechtzudrücken. Danach tuscht sie sie und trägt ein wenig rosiges Rouge auf die Wangen auf. Dann holt sie tief Luft, zieht die Schultern in ihrem neuen Kleid zurück und spürt, wie ein kleiner Schwall von Erregung durch sie hindurchschießt. Das Leben ist nicht beängstigend, es ist ein großes Universum voller Möglichkeiten.

Dies hier ist allerdings weit entfernt von allen Möglichkeiten, die sie in Erwägung gezogen hat! Kate schaut erneut auf die Uhr: 15.28. Sie ist sich sicher, dass sie für 15 Uhr mit Martin verabredet ist, oder haben sie vielleicht 15.30 Uhr ausgemacht? Sie liest sich Martins letzte Nachricht noch einmal durch, die er ihr gestern um 23 Uhr geschickt hat – nein, eindeutig 15 Uhr.

Sie versucht, ihn erneut anzurufen, schon zum zweiten Mal erfolglos. – Beim nächsten Versuch könnte er in ihr eine durchgeknallte eifersüchtige Geliebte fürchten. Sie schiebt die Hand in den Korb, schnappt sich verstohlen eine gefüllte Paprika und schlingt sie herunter: Sie ist am Verhungern.

Ihr Handy piept, das *muss* er sein.

Hast du heute Abend Lust auf ein Curry? Es macht viel mehr Spaß, mit dir zusammen zu essen. x

Nick! Das alles ist verdammt noch mal seine Schuld. Hätte er nicht *herumgeeiert*, stünde sie nicht mit einem immer schwerer werdenden Korb hier und wartete auf einen unbedeutenden Schauspieler, der beim ersten Date ein wenig zu zudringlich war.

Sie schickt Bailey und Cara eine Nachricht.

Wie lange soll ich warten, bevor ich annehmen muss, dass ich versetzt worden bin?

Cara antwortet:

7 Minuten, Maximum.

Bailey:

40 Minuten.

Kate wird Martin ein wenig mehr Zeit geben. Es ist zu viel Essen, das sonst verdirbt. Unterdessen googelt sie nach Martin. Das hat sie schon einmal getan, um zu sehen, in welchen Fernsehshows er sonst noch aufgetreten ist – aber sie hat sich nicht die Mühe gemacht, mehr als die erste Ergebnisseite aufzurufen. Als sie jetzt bei Seite drei anlangt, könnte sie sich selbst in den Hintern treten, dass sie so oberflächlich recherchiert hat. Martin Saponara, 43 Jahre alt, geboren am 14. Mai. *Mai.* Nicht Dezember, er ist überhaupt kein Schütze! Wikipedia mag danebenliegen, doch dass auch das *Heat*-Magazin sich irrt, ist eher unwahrscheinlich – ein Paparazzi-Schnappschuss zeigt, wie Martin in Begleitung einiger etwas berühmterer Freunde aus dem Groucho kommt, und zwar an seinem Geburtstag im *Mai.*

Er hat gelogen. Weder Sternzeichen noch Geburtstag waren korrekt – zweifellos wollte er sie so zum Sex rumkriegen. Kate setzt den Korb ab und verschränkt die Arme vor der Brust. Welcher auch nur halbwegs erfolgreiche und vernünftige Dreiundvierzigjährige kann eine Frau nicht in seine Wohnung einladen? Es sei denn, seine WG-Partnerin ist in Wahrheit seine Freundin oder – noch schlimmer – seine ‹Ex›-Frau. Wahrscheinlich hat er dieses Picknick nur vorgeschlagen, um im Grünen mit ihr herumzufummeln, da sie weder zu Kate gehen können noch zu ihm nach Hause!

Und wenn sie recht darüber nachdenkt, dann war sein Vorschlag unerhört, am Samstagabend nach dem Treffen mit seinem Bruder noch kurz bei ihr vorbeizuschauen. Hat er sie deswegen versetzt – weil er glaubt, dass sie ihm sicher ist?

Ah, das tat gut! Kate löst die Arme. Keine Panik mehr, da hinten, etwas weiter weg, da ist er ja und winkt ihr von der Bushaltestelle zu. Sie hat sich von ihrer Phantasie hinreißen lassen, ihn für ein Schwein zu halten, während er in Wahrheit bezüglich seines Geburtstags nur geschwindelt hat, um sie für sich einzunehmen – ist das *so* schlimm? Sie winkt zurück, doch als der Mann mit ähnlicher Statur wie Martin sich nähert, erkennt sie entmutigt, dass er einer jungen Frau zuwinkt, die sich hinter ihr befindet – einer Frau, die nicht versetzt worden ist.

Kates Gesicht brennt vor Scham. Sie schickt Martin eine SMS:

> Bist du unterwegs? Ich habe hier einen
> Picknickkorb voller Proteine, auf dem dein Name
> steht.

Ihr Messenger meldet, dass die Nachricht abgerufen wurde, Martin ist also nicht in irgendwelchen schwarzen Löchern versunken, aber trotzdem antwortet er nicht. Inzwischen ist es 16 Uhr durch.

Sie ist noch nie versetzt worden. Sie hat Zeit, Mühe und viel zu viel Geld für dieses Essen verschwendet, und jetzt steht sie mit ihrem Korb auf der Straße wie Dorothy im *Zauberer von Oz*. Sie hat für diesen Mann mit abstoßend schleimigen Lebern hantiert, und *das* bekommt sie dafür zurück? Sie sollte inzwischen wissen, dass man keinem Mann vertrauen kann. Aber tatsächlich wäre Nick niemals so unhöflich und unzuverlässig gewesen.

Sie ist verärgert, deprimiert und gereizt. Und tief in ihrem Inneren fühlt sie sich verletzt. Gleichzeitig ist es ihr peinlich, dass es ihr überhaupt etwas ausmacht. Ja und? Für wen hält sie sich, dass sie glaubt, ein cooler, gut aussehender Schauspieler könnte sich für sie interessieren?

Sie nimmt ihr Telefon wieder zur Hand und tippt eine Nachricht – mit Sicherheit aus den falschen Gründen:

Ich komme um 19 Uhr, ich muss noch einen Korb abladen. Vergiss die Papadams nicht.

Was ist so falsch daran, dass sie etwas unternimmt, um sich wieder besser zu fühlen?

Sie genehmigt sich ein Taxi zum Lauderdale House. Dort trifft sie Bernadette in der Küche an, wo die Catering-Chefin das Inventar eines Vorratsschranks durchgeht.

«Samstags schauen Sie normalerweise nicht vorbei», sagt Bernadette. «Sind Sie wegen Mrs. Paisners Vierundneunzigstem gekommen? Alle haben sich im Garten versammelt und singen.» Sie schaut auf die Uhr. «In fünf Minuten sind sie fertig.»

«Ich wusste nichts von der Feier. Ich bringe nur ein paar selbst zubereitete Speisen, sie sind unberührt.»

Bernadette kramt in dem Korb herum. «Wir können das

zum Abendessen auf den Tisch stellen – die Damen werden die Schinkenröllchen und die Pâté mögen. Bei den Paprika bin ich mir allerdings nicht sicher, die sind wahrscheinlich zu scharf.»

«Sie sind sehr mild.»

«Ich kann keine verdorbenen Mägen riskieren, das würde die Verwaltung mir niemals verzeihen.»

«Kann ich Mrs. Finn sehen? Ich würde ihr gern zeigen, was ich gemacht habe, sie hat es angeregt – na ja, sie hat es praktisch befohlen. Ist sie im Garten?»

Bernadettes Gesicht verfinstert sich. «Mrs. Finn ist nicht im Garten, da hält sie sich niemals auf. Sie ruht sich aus. Heute Nacht hat sie schlecht geschlafen und beschlossen, sich an einer meiner Hilfskräfte abzureagieren.»

«Oh nein, ist alles mit ihr in Ordnung?»

«Mrs. Finn hat sie nicht geschlagen, falls Sie das meinen, aber sie hat ihre Vichyssoise nicht goutiert und einige Gemeinheiten von sich gegeben. Jeanie war etwas erschüttert.»

«Entschuldigung, ich meinte, ist mit Mrs. Finn alles in Ordnung?»

«Mrs. Finn? Sie blüht bei Konflikten geradezu auf. Im Moment schläft sie, das ist alles.»

«Ich werde ihr von dem Essen bringen, damit sie etwas hat, wenn sie aufwacht. Wenn sie die Suppe nicht gegessen hat, ist sie vielleicht hungrig.»

Bernadette schüttelt den Kopf. «Sie schläft tief und fest. Außerdem halte ich es nicht für richtig, schlechtes Benehmen zu belohnen. Sie kann sich beim Abendessen etwas davon nehmen. Ich werde ihr sagen, dass Sie hereingeschaut haben.»

32

Kates Herz rast, als sie vor Nicks Wohnung steht und die Hand nach der Türklingel ausstreckt. *Bleib locker,* sagt sie sich. Aber es gelingt nicht, weil sich die Erinnerung an Hunderte von Begrüßungsküssen auf dieser Türschwelle in ihrem Kopf breitmacht. Seit dem Treffen im Café hat sie alle Einladungen Nicks ausgeschlagen, obgleich sie liebend gern angenommen hätte. Jetzt ist sie nur hier, weil Martin sie versetzt hat. Aber vielleicht haben die Sprüche auf den Kühlschrankmagneten auch recht, und nichts geschieht ohne Grund.

Nick öffnet die Tür mit einem nervösen und hoffnungsvollen Ausdruck im Gesicht. Als er sie sieht, lächelt er, sein Gesicht strahlt. Sie eilt an ihm vorbei ins Wohnzimmer, und er folgt ihr wie ein Welpe.

«Du hast mich unter falschem Vorwand hergelockt – es war doch von einem Currygericht die Rede», sagt Kate, obwohl sie sich sehr über das freut, was sie auf der Küchentheke sieht. Sieben Schalen mit Zutaten – alle perfekt vorbereitet: saure Sahne, gehackte Jalapeños, selbstgemachte Salsa-Sauce, geriebener Käse, in Scheiben geschnittene Avocados, Chorizo und Rührei. Gleich nach ihrer Nachricht muss er losgerannt sein, um all diese Dinge zu besorgen, denkt sie zärtlich.

«Ich weiß, dass jetzt keine Frühstückszeit ist, aber ich dachte, du magst das hier vielleicht trotzdem.» Er lächelt verlegen. «Es bringt nichts, Frühstücks-Burritos zu machen, wenn du nicht da bist.»

Ihr Herz reagiert mit einem plötzlichen Aufwallen von Hoffnung. Sie versucht, es zu ignorieren, und wendet sich den Zeitungen auf der Küchentheke zu, wo Nick seine angefangenen Kreuzworträtsel aufbewahrt. «Wie ich sehe, ist mit deinen Kreuzworträtseln alles in Ordnung.»

«Ich habe kürzlich in einem der Rätsel einen Hinweis falsch verstanden», sagt er und macht ein niedergeschlagenes Gesicht.

«Das liegt daran, dass du im Urlaub deinen Grips entsorgt hast», sagt sie lächelnd und streicht ihm mit dem Finger über die Nase.

Er schüttelt beschämt den Kopf. «Kate – ehrlich, was in Frankreich vorgefallen ist … ich fühle ich mich immer noch schrecklich.»

«Willkommen im Club.» Sie lacht. «Wie wäre es, wenn du jetzt die Tortillas warm machst? Ich bin am Verhungern.»

Er eilt zum Herd, und sie steht einen Moment lang da, betrachtet ihn von hinten und mustert seinen Nacken, den Streifen zarter Haut am Ausschnitt seines weißen T-Shirts. Seine breiten Schultern, seine starken Arme und schlanken Finger – der Halt seines Körpers fehlt ihr. Aber noch viel mehr fehlt ihr, dass sie sich nicht an den Händen halten. Sie würde gern zu ihm gehen und ihm den Rücken rubbeln, wie er es gern mag, doch stattdessen dreht sie sich um und schlendert zum Kaminsims, wo er bevorstehende Einladungen aufstellt. Jetzt steht dort eine Karte mit dem Foto seiner Freunde Rob und Tasha, was Kate aber erst auf den zweiten Blick auffällt, denn die beiden tragen Piratenhüte und falsche Bärte. Sie nimmt die Karte in die Hand – es ist eine Einladung für eine Piratenparty mit Schweinebraten im Hot Tub zu Robs Geburtstag. Sie stellt sich ein Badefass vor, in dem Bratenstücke an der Oberfläche schwimmen. Das ist typisch für Rob und Tasha – dieser verzweifelte Versuch, hip zu sein. Sicher, die beiden sind zehn Jahre jünger als Nick; sie unternehmen Dinge, die Kate entweder schon hinter sich hat oder ohnehin nie machen wollte. So oder so geht es sie nichts an. «Gehst du hin?», fragt sie und bemüht sich, möglichst neutral zu klingen.

«Wohin?», fragt er und schaut hoch. «Oh. Nein. Ich habe dir noch nicht davon erzählt. Die beiden haben sich getrennt.»

«*Was?* Wann ist denn *das* passiert?»

«Erst kürzlich ...»

«Warum?»

«Rob hat sozusagen mit einer anderen geschlafen, vor einem Monat.»

«Mit wem?»

Nick zuckt voll Unbehagen die Schultern. «Er ist ins Hawley Arms gegangen, als Tasha einen Mädelstag hatte, und hat da jemanden aufgerissen, irgendeine ...»

«Himmel, was für ein Schwein. Wie hat Tasha es herausgefunden?», fragt Kate, der die andere plötzlich zutiefst leidtut.

«Er hat sich bei dieser Frau etwas eingefangen.»

«*Ehrlich?* Das ist ja widerlich, das ist mehr als respektlos. Ich habe Rob nie so besonders gemocht, aber er ist ein totales Arschloch.»

Nick zuckt mit den Schultern. «Normalerweise ist er ein anständiger Kerl. Er sagte, es sei nur eine harmlose Geschlechtskrankheit ...»

«Eine *harmlose* Geschlechtskrankheit? Als ob das einen

Unterschied machen würde. Soll er einen Orden dafür bekommen, dass es kein superresistenter Tripper war?»

«Er war anscheinend ziemlich betrunken.»

«Nick, du kannst ihn nicht im Ernst verteidigen wollen.»

«Babe, ich verteidige ihn nicht. Er fühlt sich schrecklich.»

«Ich wette, Tasha fühlt sich schlechter. Zum Teufel, was für ein Riesenarsch mit seiner *harmlosen* Geschlechtskrankheit …» Sie schüttelt angewidert den Kopf.

«Ich finde die ganze Sache verrückt», sagt Nick und stellt zwei Teller auf die Küchentheke. «Ich habe diese Woche mit meinem Therapeuten darüber geredet, dass andere Leute so dramatische Trennungen erleben.»

Kate sieht ihn ungläubig an. «*Andere* Leute? *Wir* hatten eine ziemlich dramatische Trennung. Redest du eigentlich mit deinem Therapeuten über mich?»

«Du bist der Grund, aus dem ich zu ihm gehe!»

«Das fasse ich als ein Kompliment auf», antwortet sie lachend.

«Kate – ich versuche, in das alles einen Sinn hineinzubekommen. Ich betrachte das, was zwischen uns vorgefallen ist, nicht als eine Trennung. Ich weiß, dass ich Probleme habe, aber ohne dich macht mein Leben viel weniger Spaß. Du fehlst mir jeden Tag.»

«Weißt du was? Ich möchte nicht darüber reden, weil ich eine klare Entscheidung brauche. Wir waren übereingekommen, einfach Freunde zu sein, bis du wirklich weißt, was du willst.»

«Okay, ja, sicher», sagt er und nickt. Er macht sich daran, seinen Burrito zu rollen. «Soll ich deinen auch zurechtmachen?»

Sie nickt. Nick rollt bessere Burritos als irgendjemand sonst. Kates Versuche enden immer mit einem riesigen, feuchten, tropfenden Ball.

Während sie essen, wendet er sich ihr alle paar Sekunden zu und lächelt sie glücklich an, als wären sie wieder genau da, wo sie sein sollten. Wie sie auf den vertrauten Küchenhockern so dicht beieinandersitzen, läuft Kates Körpergedächtnis auf Hochtouren. Sie muss sich energisch zügeln, um nicht die Hand nach seinem Arm auszustrecken oder ihm das Haar zu zerzausen.

Nach dem letzten Bissen reißt sie ein Papiertuch von der Küchenrolle ab und wischt sich einen Rest saure Sahne von den Fingern. «Das war köstlich, danke.»

«Ach, apropos köstlich, ich habe einen Tisch im Le Montrachet reserviert.»

«Wofür?»

«Zum Dinner an deinem Vierzigsten. Ich weiß, dass du immer dorthin wolltest, und man muss Monate im Voraus reservieren. Daher bin ich hingefahren und habe es direkt vor Ort erledigt.»

Wow, Kate sollte öfter zulassen, dass Nick sie achtlos behandelt, wenn es bedeutet, dass er seinen Einsatz danach so spektakulär erhöht. «Danke, Nick, das klingt toll, nur habe ich noch nicht darüber nachgedacht, was ich an diesem Wochenende machen will. Es sind ja noch ein paar Monate bis zu meinem Vierzigsten.»

«Es ist ein besonderer Geburtstag. Wir können die Reservierung jederzeit kurzfristig stornieren, aber so haben wir wenigstens die Option. So oder so, was machen wir jetzt? Hast du Lust, eine Folge *Modern Family* zu schauen?»

«Nein», antwortet sie nach einem kurzen Blick auf das Triluminos-Display in der Ecke. Auf keinen Fall fernsehen. Sie weiß, dass sie abweisend klingt, aber solange sie hier ist, muss sie auf einen gewissen Abstand achten.

«Scrabble?»

«Gern», antwortet sie, jetzt mit sanfterer Stimme.

Nick räumt die Teller weg, und sie gehen ins Gästezimmer, wo er das Spiel aufbewahrt.

«Du hast aufgeräumt», sagt Kate und geht zum Bücherregal, um sich zu vergewissern, dass ihre Bücher noch dort stehen.

«Deine hab ich auf die Regalbretter in der Mitte gestellt», sagt er und wirft ihr einen zärtlichen Blick zu. «Ich habe sie für dich alphabetisch geordnet.»

Kate hält inne. Sie haben ihre Beziehung noch nicht geklärt, geschweige denn darüber geredet, ob Kate bei ihm einziehen wird, und doch verhält Nick sich so, als hätte er keinerlei Zweifel an ihrer gemeinsamen Zukunft: die Bücher, die Reservierung im Restaurant … Kate folgt ihm zurück ins Wohnzimmer und bemüht sich nach Kräften, die Hoffnung nicht zu beachten, die jetzt so aggressiv in ihrem Inneren pulsiert wie ein entzündeter Zahn.

Sie setzen sich aufs Sofa. Nick nimmt den Beutel mit den Buchstabensteinen und schüttelt ihn in der Luft wie einen Cocktailbecher. Kate mochte Scrabble früher nicht besonders, aber Nick liebt das Spiel, und seine Begeisterung ist ansteckend. Dass er mit Kreuzworträtseln und Scrabble die Hobbys eines streberhaften Nerds pflegt, ist einer der Gründe, weshalb sie sich bei ihm immer sicher gefühlt hat; Nick würde sich niemals wie Rob verhalten und fremdgehen. Doch als sie ihre Steine aus dem Scrabble-Beutel angelt, begreift sie, dass dieser Hang zur Schrulligkeit keine Garantie für seine Verlässlichkeit als Lebensgefährte ist; die Hobbys eines Nerds können sehr wohl mit emotionaler Unzuverlässigkeit einhergehen.

In der Scrabble-Schachtel liegt eine lange Liste mit den Ergebnissen ihrer bisherigen Spiele. Nick klappt das Brett auf und zieht die Augenbrauen zusammen. «Lust auf eine neue Niederlage, Babe?», fragt er.

Kate nickt.

Dank seiner ausgiebigen Beschäftigung mit Kreuzworträtseln verfügt Nick über einen erstaunlichen Schatz an ungewöhnlichen Ausdrücken oder Wörtern, die mit Q beginnen und nicht von einem U gefolgt werden. Kate hat viel von ihm gelernt. An guten Tagen kann sie ihn beinahe schlagen.

Sie zählen ihre Steine ab, und Nick mustert seine Auswahl an Steinen. Mehrmals bringt er sie in eine neue Ordnung, bevor er Kate ein Lächeln zuwirft. Sie wiederum schaut ihre Steine finster an – lauter Konsonanten und nur ein einziger Vokal. Als sie wieder aufblickt, legt Nick seine Steine mit beglückter Miene.

«Lariat?», fragt Kate verzweifelt. «Ist das wieder so ein frei erfundenes Nick-Wort?»

«Es ist ein südamerikanisches Seil», antwortet er und zählt rasch seine Punkte zusammen.

Sie blickt auf ihre eigenen Steine: N, T, Z, L, O, S, R – heute ist einfach nicht ihr Tag. Sie legt das R hinter sein A.

«Ar? Etwas Längeres ist dir nicht eingefallen?» Er lacht. «Sollten wir nicht vielleicht einmal um Geld spielen?»

«Eines Tages werde ich dich schlagen, Nick.»

«Ganz bestimmt – die Leute bei Google arbeiten eifrig am ewigen Leben.» Er streckt die Hand aus und streicht ihr über die Wange. Er berührt ihr Gesicht nur mit Daumen und Zeigefinger, doch ihre Blicke verhaken sich, und sie zwingt sich, den Kopf über die Steine zu beugen, da ihr Herz wie wild loshämmert.

Sie beobachtet Nick dabei, wie er seine Steine mustert, die Falten auf seiner Stirn, während er die beste Möglichkeit sucht, sie zu vernichten. «Komm schon, Nick», sagt sie und blickt auf ihre Armbanduhr. «Ich werde nicht jünger.»

«Ja!», sagt er. «L-O-S-E-R.»

«Blödsinn», brummt Kate, die in den Beutel greift, weil sie vergessen hat, nach dem Legen ihres Rs einen neuen Stein zu nehmen. Hurra, ein weiterer Vokal – oho, Moment mal … N, T, Z, L, O, S, U. Sie ballt triumphierend die Faust und legt die Buchstaben vor sein S. «*Nutzlos!* Oder auch nicht, wie es scheint.»

«Gut gemacht», sagt er und klatscht sie ab. «Es bringt nicht allzu viele Punkte, aber du kannst neue Steine nehmen und sauber von vorn beginnen.»

«Sauber von vorn beginnen», murmelt sie, während sie sich neue Buchstaben nimmt.

Nick rutscht auf dem Sofa zwei Fingerbreit zur Seite, sodass ihre Knie sich ganz leicht berühren. Bildet sie sich das nur ein, oder drückt er absichtlich sein Knie gegen ihres? Sie sieht ihn an, und er lächelt zurück. Sie spürt ein dumpfes Pulsieren der Sehnsucht.

«*Nutzlos* … *Loser* … Wenn du mir ein paar Buchstaben leihst, könnte ich *Arschloch* machen … Dieses Scrabble ist ein Ouija-Brett: Alle Wörter führen zu Nick in Frankreich», sagt sie. Sie lacht über ihre eigene Gemeinheit, kann sich aber nicht zurückhalten.

«Au. Das habe ich wohl verdient», sagt Nick mit einem Blick auf seine Steine. Er ist bereit für den nächsten Zug.

«Merz?», fragt Kate. «Da fehlt wohl was.»

«Merz ist ein anderes Wort für Dada, aber du kannst es gern überprüfen, wenn du Punkte verlieren willst», sagt er, reibt dabei ihr Knie und drückt es leicht.

«Keine Sorge», wehrt sie ab. «Ich bin bereits darüber hinweg. Ich habe weitergemacht.» Sie legt H-E-R-Z-S-C-H vor sein Wort.

«Herzsch-Merz?», fragt er verwirrt.

«Herzschmerz, du Dummkopf! Ich dachte, *du* bist der Intelligente von uns beiden», sagt sie mit jubelnder Stimme.

«Toll!» Er lacht, legt ihr spontan den Arm um, und sie schmiegt sich intuitiv an ihn. Sie küssen sich und brechen den Kuss ab, als ihnen gleichzeitig einfällt, dass sie ja so tun, als wären sie nur Freunde. Dann küssen sie sich erneut, und dieser Kuss, in den sie sich verlieren, ist so zart und leidenschaftlich, dass Kate erst nach Minuten bereit ist, sich zurückzuziehen.

Nick streicht ihr mit den Fingern durchs Haar. «Wir passen so gut zusammen. Das hier ist richtig.»

«So war es immer, Nick …»

«Was passiert ist, tut mir furchtbar leid.» Er schüttelt den Kopf, und er schaut sie mit demselben Ausdruck der Verwirrung an, wie neulich im Café. «Ich finde es schrecklich, dass ich dich verletzt habe.»

Sie nickt und schluckt den Kloß aus Trauer und Glück herunter, der sich in ihrer Kehle gebildet hat. Er nimmt ihr

Gesicht zwischen die Hände und küsst sie erneut. Hier auf diesem Sofa sitzen sie, spielen Scrabble und küssen sich – sie ist genau da, wo sie sein möchte. Dass er den Mund nicht von ihrem nimmt, zeigt ihr klar, dass er sie vermisst, sie braucht und sie liebt. Das bedeutet es, wenn der Körper sich so verhält. Aber sie ist trotzdem hin und her gerissen zwischen ihren Emotionen. Sie *kann* sich noch nicht wieder auf ihn einlassen.

Sie zieht sich langsam zurück und steht auf, leicht taumelnd vom Schwindel. «Nick, ich gehe jetzt heim», sagt sie, nimmt ihren Mantel und ihre Handtasche.

Es wäre die einfachste Sache der Welt, mit diesem Mann in sein Schlafzimmer zu gehen, sich mit ihm in das Bett zu legen, in dem sie schon so oft gelegen hat, und mit ihm zu schlafen, um ihr gebrochenes Herz zu heilen. Aber sie hat bis jetzt mehr Geduld aufbringen können, als sie je erwartet hätte. Dann kann sie auch noch ein bisschen warten, bis sie ganz und gar davon überzeugt ist, dass Nicks *Herumeiern* in Frankreich nur ein unglückseliger Fehler war. Das ist es wert. Dieser Mann ist ihre Zukunft. Dessen ist sie sich sicher.

DRITTER TEIL

Geduld ist bitter, aber ihre Frucht ist süß.

SIR JOHN CHARDIN,
Travels in Persia 1673–1677

33

Es heißt Ghosting, Mrs. Finn, und Sie können es der Liste der Dinge hinzufügen, über die Sie nichts zu wissen brauchen. Ebenso wenig wie darüber, wie man seinen Hintern auf Snapchat postet, seinen Avocado-Toast auf Instagram oder was jede einzelne der Kardashians treibt.»

«Sind Sie sicher, dass er nicht versucht hat, Sie auf andere Weise zu kontaktieren?», fragt Cecily. Sie kratzt den letzten Löffel Schokoladensoufflé aus der Auflaufform, die Kate ihr mitgebracht hat, und stößt einen kleinen zufriedenen Seufzer aus.

«Ich habe ihm heute Vormittag eine Nachricht geschickt, um mich zu vergewissern, dass mit ihm alles in Ordnung ist – man weiß ja nie, Menschen werden tatsächlich von Bussen überfahren. An den Pünktchen auf dem Display konnte ich sehen, dass er mit einer Antwort angefangen hat, aber dann hat er mich blockiert!»

«Ich verstehe nicht, was das bedeutet.»

«Es bedeutet, dass er mich ein raffiniertes Picknick für ihn hat zubereiten lassen, dann aber nicht nur nicht aufgetaucht, sondern auch noch gänzlich von der Bildfläche verschwunden ist.»

«Oh», sagt Cecily und macht ein enttäuschtes Gesicht.

«Genau das habe ich Ihnen ja gesagt: London ist voll von grauenhaft unhöflichen, unbegreiflichen Männern, und wenn man einen halbwegs anständigen trifft, der es zudem auch noch mit der Körperhygiene genau nimmt, sollte man sich an ihm festklammern, als gälte es das liebe Leben.»

«Warum heißt es Ghosting?»

«Weil die Leute sich in Luft auflösen.»

«Geister verschwinden nicht, sie bleiben da und quälen einen. Man sollte sich ein besseres Wort ausdenken. Übrigens, die Paprika waren gut – nur würzen Sie immer zu wenig.»

«Einmal, Mrs. Finn, nicht immer. Es ging um ein einziges Sandwichtoast ...»

«Immerhin bin ich beeindruckt, dass Sie das Festessen nicht sofort zu Amöbe gebracht haben.»

Kate errötet. «Tja, wenn ich das getan hätte, hätten wir die Spur bis zu Ihnen zurückverfolgen können.»

«Zu mir?»

«Hätten Sie nicht darauf bestanden, dass ich ausgehe, mit welchem Idioten auch immer, wäre ich nicht versetzt worden – und hätte mich nicht abgelehnt gefühlt, was mich nur Nick gegenüber verletzlicher gemacht hat.»

«Wieso um Himmels willen geben Sie den schlechten Manieren eines Mannes die Macht, Sie in Ihren eigenen Augen herunterzusetzen?»

«Ich weiß, dass Sie mir dieses Date ans Herz gelegt haben, um mein Selbstvertrauen zu stärken, aber der Schuss ist nach hinten losgegangen. Jedenfalls habe ich dadurch begriffen, wie zuverlässig Nick ist. War das von Anfang an Ihre Absicht?»

«Du meine Güte, seit wann wird aus zweimal falsch einmal richtig? Außerdem können Sie nicht allzu fassungslos sein, wenn Sie die Begeisterung aufbringen konnten, mir ein sehr annehmbares Schokoladensoufflé zuzubereiten.»

Es bringt nichts, Cecily zu erzählen, wie der Rest des gestrigen Tages sich entwickelt hat. Kate wendet sich dem Fenster zu. «Mrs. Finn, da draußen ist es fast sommerlich warm. Könnte ich Sie überreden, Ihren Tee im Garten zu trinken? Sie bräuchten nur eine leichte Strickjacke.»

Cecily schüttelt den Kopf. «Rappapot ist mit ihrem Enkel draußen. Neulich hat sie versucht, mich beim Filmquiz zu betrügen. Burbridges Hörgerät war nicht richtig eingestellt, und Rappapot hat das ausgenutzt und ihr falsche Antworten zugerufen, weil sie glaubte, ich würde sie hören und nachplappern – diese inkontinente Idiotin –, als ob ich nicht alle fünf Marx Brothers beim Namen nennen könnte. Zwei von ihnen habe ich persönlich in Los Angeles kennengelernt!»

«Der Park ist groß genug für Sie beide.»

«Hat sie schon erwähnt, dass sie in Keni-ah aufgewachsen ist? Sie kann es nicht Kenia aussprechen wie normale Leute. Und hat sie erwähnt, dass sie eine Villa voller ‹gehorsamer› Diener hatte, einen Koch, einen Fahrer und sonst noch was? Kein Wunder, dass ihre Tochter nach Neuseeland ausgewandert ist. Hätte sie gekonnt, wäre sie wohl zum Mond gezogen.»

«Wir könnten uns in eine ruhige Ecke setzen?»

«Rappapot liebt dieses Gefängnis mit seinem unfreiwilligen Publikum. Keiner kann ihr entkommen.»

«Nur für zehn Minuten? Sie verlassen Ihr Zimmer nie, aber ein wenig frische Luft würde Ihnen guttun.»

«Nein», antwortet Cecily und deutet streng auf die Teekanne.

«Jedenfalls hätte es mit Martin ohnehin nicht funktioniert, Mrs. Finn», sagt Kate und schenkt Tee nach. «Mit einem

Mann, der nichts vom Essen hält, kann ich nicht zusammen sein.»

«Der nächste wird nicht so eigen sein.»

«Nick liebt gutes Essen. Er macht phantastische Burritos …»

«Haben Sie die Schoten problemlos gefunden?», fragt Cecily scharf.

«Die Schoten?»

«Die Pimientos für das Picknick.»

«Also, ich musste dafür zu dem Gemüsehandel an der Parkway fahren.»

«Parkway?», fragt Cecily und reißt entzückt die Augen auf. «In Camden Town?»

«Hätten Sie etwas dagegen, dass ich das Fenster öffne? Es ist wirklich viel zu warm hier drinnen», sagt Kate. Unter ihren Achselhöhlen sammelt sich schon der Schweiß.

«Lassen Sie es geschlossen. Gehen Sie tanzen?»

«Ich? Gelegentlich, warum?»

«Ich habe früher mit Begeisterung getanzt. Ich ging immer zum Tanztee an der Parkway, das war der Höhepunkt der Woche. Wenn man das Glück hatte, einen Partner zu finden, der einen hinterher auf ein Eier-Mayonnaise-Sandwich ins Lyons Corner House einlud, war man einen Tag lang Königin», sagt Cecily und legt die Hände vor die Brust.

«Waren Sie oft tanzen?»

«So oft wie möglich. Ich war damals so einsam, dass ich abends und am Wochenende verzweifelt Vergnügungen nachjagte.»

«Die Wochenenden sind am schlimmsten», sagt Kate.

«Ich würde diese Jahre um keinen Preis noch einmal erleben

wollen. Die Ehe schien die einzige Zuflucht vor meinem öden Job und meinem eigenen Gefühl des Versagens», erzählt Cecily und schüttelt voll Mitgefühl mit ihrem jüngeren Ich den Kopf.

Kate rutscht unbehaglich auf ihrem Stuhl herum; das alles klingt vertraut. «Dann haben Sie also nach der Hochzeit mit Samuel das Unterrichten aufgegeben?»

Cecily nickt. «Nicht weil Samuel ein alberner Chauvinist gewesen wäre – er wollte, dass ich mache, womit ich glücklich bin –, sondern weil wir wegen seiner Arbeit auf den Kontinent umziehen mussten.»

«Erzählen Sie mir bitte, wie Sie sich kennengelernt haben? War Ihre erste Begegnung so romantisch wie die Geschichte Ihrer Eltern?»

«Samuel und ich? Es ist ohne mein Zutun geschehen und war wieder einmal einer von Papas großartigen Plänen. Papa hatte einen Freund besucht, und Samuel Finn war zufällig auch da. Er war vor kurzem aus Polen angekommen, stammte aus einer guten Familie, war alleinstehend, intelligent und hatte gute Zähne. Papa lud ihn sofort zum Tee ein und drohte mir damit, mich aus dem Haus zu werfen, wenn ich keinen guten Eindruck machte. Er sagte: ‹Das ist deine letzte Chance› – und ich dachte, tja, wenn das so ist, greife ich besser zu.»

«Ach. Das klingt überhaupt nicht romantisch.»

«Oh, sobald ich Samuel sah, habe ich gehofft, dass er mich heiraten würde», sagt Cecily, und ihre Augen leuchten auf. «Er war fast einen Meter neunzig groß und hatte schwarzes, gewelltes Haar, große braune Augen und einen ernsten Gesichtsausdruck, der sich beim winzigsten Anlass in ein wunderschönes Lächeln verwandelte. An jenem Tag hat überwiegend Papa geredet, und ich denke, dass Samuel mehr von ihm eingenommen war als von mir – trotzdem lud er mich für die folgende Woche ein, mit ihm auszugehen. Papa sagte, ich dürfe nicht zulassen, dass er mir mehr als ein Milchbrötchen spendiere, sonst würde er mich für extravagant halten, für eine Frau, die man nicht heiraten sollte.»

Kate lacht; wenn sie in ein Restaurant eingeladen wird, hält sie sich nie zurück – vielleicht ist ja das der Fehler.

«Samuel führte mich in ein kleines griechisches Restaurant in Soho aus, wo der Wirt ihn freundschaftlich begrüßte. Wohin Samuel auch ging, die Leute fühlten sich von ihm angezogen, er hatte ein Lachen, das einen Raum wie Sonnenschein erwärmte. Ich erinnere mich, dass ich furchtbar nervös war – Papa hatte mir geraten, den Mund zu halten, aber das war mit Samuel unmöglich, wir lachten, kaum dass wir uns gesetzt hatten», erzählt sie und tätschelt bei der Erinnerung zärtlich ihre Wangen. «Ich habe mich sofort wohlgefühlt. Er hat wunderbare Geschichten über seine Kindheit erzählt, er war das jüngste von fünf Geschwistern. Sein Vater Leon war ebenfalls einer von fünfen, er hatte also Dutzende von Vettern und Cousinen. Samuel und seine jüngste Schwester Sophie hatten ein Lied verfasst, in dem alle Namen der Familie vorkamen: Leon, Shindel, Lilli, Oskar, Izzy – bei jeder Mahlzeit im Haushalt der Finns saßen mindestens fünfzehn hungrige Esser am Tisch.»

«Seine Mutter muss eine gute Köchin gewesen sein.»

«Shindel? Ach was, durchschnittlich», antwortet Cecily und verzieht das Gesicht. «Als junger Mann hatte er in der Sägemühle seines Vaters gearbeitet, aber davon geträumt, die

Welt zu sehen. Außerdem bereitete es ihm große Sorgen, dass Kontinentaleuropa zunehmend antisemitisch wurde, und so wanderte er aus Polen nach England aus. Er liebte London, litt aber sehr unter der Trennung von seiner Familie in Warschau. Obgleich er aus viel aufregenderen Verhältnissen kam als ich, schien er sich ernsthaft für mich zu interessieren, und als er erfuhr, dass ich gern tanzte, lud er mich gleich für den nächsten Tag dazu ein. Ich erinnere mich, wie unwohl er sich auf dem Tanzboden zu fühlen schien und wie unsicher er seine langen, mageren Beine setzte. Ich dachte, dass er mich entweder nicht mochte oder nicht tanzen konnte. Aber nein, er hatte sich von seinem Nachbarn ein paar schicke Schuhe ausleihen müssen, und sie waren zwei Nummern zu klein. Es war ihm peinlich, es zuzugeben, aber ich war glücklich, dass er sich diese Mühe gemacht hatte. Wir waren innerhalb von sechs Wochen verlobt, und die Hochzeit wurde auf sechs Wochen später festgesetzt.»

«Äh, kann ich das Rezept *dafür* haben?», fragt Kate. «Dann war es also wirklich Liebe auf den ersten Blick!»

«So etwas gibt es nicht. Tatsächlich ist das eine falsche Vorstellung, die aus Büchern stammt. Man verwechselt gern körperliches Begehren mit Liebe, aber die reine sexuelle Anziehung ist niemals von Dauer. Ja, Samuel war attraktiv, aber das war letztlich unwichtig. Er war ein ungewöhnlich freundlicher Mann, und letzten Endes zählt es doch, einen wahren Freund zu haben, jemanden, der einem die Hand hält, wenn man es am meisten braucht.»

Kate erinnert sich plötzlich an den Tag, als Nick ihrem Einzug bei ihm eine Absage erteilt hatte: Er ergriff nach der Ankündigung ihre Hand. Wie sonderbar und verwirrend sich das anfühlte – und sie denkt, dass es tatsächlich das Gegenteil dessen ist, wovon Cecily gerade spricht. Kate verwirft den Gedanken sofort wieder. «Erzählen Sie mir von Ihrer Hochzeit.»

«Der Tag fing katastrophal an. Ich traf mit einer Stunde Verspätung in einem zerbeulten, alten Lastauto der Marke Ford ein. Papa war sparsam und hatte einen Freund um dessen Auto gebeten. Es war mit einem weißen Band geschmückt, so fuhren wir nach West End. Aber auf der Mile End Road hatte der Wagen eine Panne, und das einzige Fahrzeug, das bereit war, uns mitzunehmen, war das Lastauto. Als ich eintraf, war das Patou-Kleid, das ich von meiner besten Freundin geliehen hatte, zerknittert, und die Teerosen, die ich an mich drückte, waren halb verwelkt. Samuel erwartete uns schon, er war furchtbar nervös – der Ärmste muss sich Sorgen gemacht haben, dass ich nicht auftauchen würde. Doch als er mich sah, trat dieses Strahlen in seine Augen, und mich überkam eine Euphorie, wie ich sie noch nie erlebt hatte. Der Empfang war großartig. Samuels Eltern und Geschwister waren aus Warschau gekommen – Leon, Shindel, Lilli, Oskar, Izzy. Und seine Schwester Sophie war da, eine wahre Schönheit, ganz Glamour. Sie war Jazzsängerin und mit ihrer zehnjährigen Tochter Gisele nach Nizza gezogen. Sophie trug wunderschöne Smaragde, die ihre hübschen grünen Augen betonten. Gisele sah ihrer Mutter sehr ähnlich und hatte sich eine Kopie von Sophies Kleid genäht – selbst damals war sie schon eine hervorragende kleine Schneiderin. Papa hielt Sophies Juwelen für unecht, aber diese Steine haben Gisele während der Besatzung das Leben gerettet.»

Kate schüttelt erstaunt den Kopf.

«Wir aßen köstlichen Lachs mit Dill zu wundervollen Bratkartoffeln, und Mama hatte uns eine Hochzeitstorte gebacken, eine sechslagige Biskuittorte mit Toffee-Guss.» Cecily deutet mit der Hand die Höhe der Torte an. «Und dann war da noch die Musik, ach, so viel Musik. Sophie hatte eine wunderschöne, rauchige Stimme, und sie sang zu unserem ersten Tanz: ‹The Very Thought of You›. Es war magisch. Als ich in Samuels Armen tanzte, kam ich mir vor wie in einem Film. Diesmal hatte er sich Tanzschuhe gekauft, und sie passten.» Sie lacht. «Für die Flitterwochen brachen wir nach Italien auf: Mr. und Mrs. Samuel Finn, die sich zu einem Leben gemeinsamer Abenteuer aufmachten. Wir haben die Tage enorm genossen. Dreißig Jahre später sind wir dorthin zurückgekehrt und ein Jahrzehnt lang geblieben. Als wir nach der Hochzeit aufbrachen, wusste ich, dass Samuel immer an meiner Seite sein würde, und das *war* er auch bei allem, was in meinem gnadenlos langen Leben zählte.» Kate bemerkt, dass Cecily die eine Hand mit der anderen umfasst und sie so fest drückt, dass die Knöchel sich weiß verfärben. Wann wohl jemand zum letzten Mal Cecilys Hand gehalten hat?

«Vergessen Sie also diesen albernen Geist», erklärt Cecily energisch. «Benutzen Sie das Buch, um nach einer besseren Gelegenheit Ausschau zu halten.»

«Ich halte mich derzeit an der Männer-Front zurück. Sie sagten doch selbst, sie hätten sich damals viel zu sehr darauf versteift, einen Ehemann zu finden.»

«Wer spricht denn von einem Ehemann? Mein Buch hat viele Kapitel – Arbeit, Freundschaft, Reisen. Finden Sie das richtige und lassen Sie es nicht wieder los.»

34

Dinner für den obersten Vorgesetzten des Ehemannes (solider Mensch)

Ziel:
deutlich zu machen, dass Sie zwar das «kleine Frauchen» sind, das treu und brav in der Küche steht und ein köstliches Mahl zubereitet, dass Sie aber fähig (und bei Gott willens) sind, aus der Küchenschürze in einen Pelzmantel zu schlüpfen, sollte der Chef geruhen, Ihren hart arbeitenden Mann zu befördern.

Kate versucht, sich vorzustellen, wie sie Devron für ein üppiges Mahl nach Hause einlädt, um zu versuchen, ihren Job zu retten, und schüttelt den Kopf. Sie wird sich wohl von einer anderen Seite des Buchs inspirieren lassen müssen …

«Kate, Annalex – wir müssen dringend reden.» Devron steht plötzlich verlegen vor ihren Schreibtischen.

Kate schiebt schnell einen Stapel Unterlagen über Cecilys Buch. «Geht es um die Entlassungen oder um Weihnachten?», fragt sie, greift nach ihren Ordnern und blickt mit einem Lächeln zu Devron auf. Er weicht ihrem Blick aus, und das jagt Kate einen Schreck ein.

Was um Himmels willen hat sie sich eigentlich dabei gedacht, so freimütig in ihrem Essay darüber zu schreiben, wie wichtig Essen fürs Glück sei? Angeregt durch die Erzählung Mrs. Finns über ihre Kunststunde hat sie diese Ideen von Mut und Ehrlichkeit formuliert. Kein Wunder, dass Devron sie nicht ansieht. Annalex' Entwurf wird zweifellos arm an Worten, aber reich an Daten sein, und nichts macht Devron mehr an als eine Mintel-Marktstudie, aus der er zitieren kann, um beschlagen zu wirken.

Mit gesenktem Kopf folgt sie Devron und Annalex in den Konferenzraum, als ginge es zum Galgen. Als sie sich setzen, sieht Devron ihr immer noch nicht in die Augen. Sie fragt sich, ob man sie gleich aus dem Büro geleiten wird, wie es bei Entlassungen üblich ist, und falls ja: Hätte sie etwas von ihrem Computer mitnehmen sollen? Oder ist alle Arbeit, die sie in den letzten beiden Jahrzehnten gemacht hat, für den Papierkorb?

«Meine Damen», sagt Devron. «Ich habe eure eingereichten Texte gelesen und dachte, es wäre eine gute Übung, wenn ihr sie ebenfalls gegenseitig lest – so seid ihr voll informiert und könnt einander ein Feedback geben.»

«Wieso schlägst du das vor?», fragt Annalex, als hätte sie gerade herausgefunden, dass Weihnachten dieses Jahr ausfällt.

«Heißt das, du hast noch keine Entscheidung getroffen?», fragt Kate genauso verstört.

Devron wirkt bestürzt, weil die Frauen plötzlich gemeinsam gegen ihn Front machen. «Wenn ich bitte ausreden dürfte? Ihr seid völlig unterschiedlich an die Herausforderung herangegangen, und ich halte es immer für richtig, einen Dialog zu führen, im Sinne der Transparenz. Meine Entscheidung werdet ihr früh genug erfahren.»

Das wird die letzte Hürde sein, die wir nehmen müssen, denkt

Kate. *Er testet, ob wir uns gegenseitig unterstützen oder uns mit dem Dolch in den Rücken fallen. Oder er erwartet, dass wir die Entscheidung an seiner Stelle treffen.*

Annalex nimmt die Seiten in die Hand, reicht ihren eigenen Text an Kate weiter und liest Kates Titel mit gerunzelter Stirn vor: «*Von Astronautennahrung bis zu Vanillecreme-Donuts – wie unsere Leidenschaft für Lebensmittel helfen kann, unseren Kunden die Schönheit des Lebens zu vermitteln.* Ist das dein eingereichter Text?»

«Ja», antwortet Kate und wirft einen Blick auf Annalex' Titel: *POWER-MARKEN bilden durch KISM (KEY INSIGHT STRATEGIC MESSAGING) und Vibfom (VISUALISED BENEFIT FOCUS MESSAGING).*

Tiefes Schweigen senkt sich über den Raum. *Eine MARKEN-BIBEL ist ein funktionales, prozessorientiertes Werkzeug, um KREATIVITÄT anzuregen, die bei KONTROLLIERTEN PARAMETERN am besten gedeiht,* liest Kate weiter.

Kein Wunder, dass Annalex so oft wegen Migräne krankgeschrieben ist. Kate wirft einen Blick auf ihre Kollegin, die Kates Seiten weggeschoben hat und auf der Innenseite ihrer Wangen herumkaut.

«Willst du anfangen?», fragt Devron und wirft Kate einen entschuldigenden Blick zu.

«Eine muss ja die Erste sein», antwortete sie und zerbricht sich den Kopf, ob sie lieber ehrlich sein oder diplomatisch vorgehen soll. «Ich denke es ist wie … ein Text von Procter and Gamble? Massenhaft Akronyme.»

Devron und Annalex schauen beide erfreut drein.

«Okay, Annalex, du bist dran.»

Annalex zuckt mit den Schultern. «Kates Text ist einfach

nur … er ist emotional. Für schnelldrehende Konsumgüter halte ich ein rigoroseres Marketingverfahren für zielführender: dem Produkt ein Markenimage verleihen, in einer Demo zeigen, wie es funktioniert, und den Prozess wiederholen.»

«Eine Demo, wie eine Banane *funktioniert?*», fragt Kate. «Man steckt sie in den Mund und kaut sie, oder?»

Annalex stößt einen langen Seufzer aus. «Meine Herangehensweise ist funktional und am Nutzen orientiert: So verkauft man ein Produkt.»

«Aber darum geht es ja gerade», entgegnet Kate. «Schokoladenkuchen ist nicht dasselbe wie eine antibakterielle Mundspülung. Die Leute kaufen ihn nicht wegen seiner funktionalen Vorzüge. Sie essen ihn, weil sie Kuchen mögen oder einen Geburtstag feiern oder weil sie darunter leiden, dass eine Person, die sie lieben, ihre Liebe nicht erwidert. Sie betrachten Kuchen nicht als ein Produkt – sie sehen ihn als etwas, was sie glücklich macht.»

«Wie willst du das beweisen?», fragt Annalex.

«Als Beweis genügt, dass ich schon seit Ewigkeiten Schokoladenkuchen esse.»

«Ja, das sieht man», sagt Annalex.

«Entschuldigung?» Kate ist empört.

«Was? Das war doch nur ein Scherz. Schau mal, ich war mit dem Marketing der meistverkauften Mundspülung Großbritanniens betraut. Während meiner fünf Jahre dort waren wir Marktführer, ich weiß, wovon ich rede.»

«Tja, und *ich* weiß, dass Mundspülung etwas ist, das man ausspuckt. Sie ist also tatsächlich das Gegenteil eines Lebensmittels, oder etwa nicht?»

«Mädels, Achtung, wir sollten unser Ziel nicht aus den

Augen verlieren», mischt Devron sich mit aufgeschreckter Miene ein. «Seid ihr euch beide sicher, dass ihr nicht lieber die Abfindung nehmt und freiwillig geht?»

«Kommt nicht in Frage», sagt Annalex und verschränkt die Arme vor der Brust.

Kate verschränkt die Arme sogar noch fester.

Freiwillig wird hier gar nichts laufen. Wenn Annalex einen Kampf haben will, kann sie ihn bekommen. Kate wird nicht zulassen, dass noch ein weiterer Mensch in ihrem Leben ihr sagt, dass sie nicht gut genug ist.

35

Kleine Mahlzeit für eine Freundin, die abnehmen will

Ziel:
die Gelegenheit wahrzunehmen, um Ihrer Freundin ernsthaft ins Gewissen zu reden und ihr die Übel von Diäten klarzumachen. Weisen Sie sie darauf hin, dass alle berühmten Verführerinnen der Geschichte zu einer gewissen Leibesfülle neigten.

Kate wird heute bei Bailey das Abendessen zubereiten, und Bailey macht eine Diät. Aber Bailey braucht gar keine Diät, und außerdem sind Seezunge à la Veronique und gegrillte Tomaten einfach zu tugendhaft. Stattdessen hat Kate sich für etwas anderes entschieden: «Bei einer Freundin zubereitetes Dinner nach einem anstrengenden Tag» – Lamm-Stew, Tiramisu und viel Rotwein –, ein wesentlich leidenschaftlicherer Plan.

Als sie bei Bailey eintrifft, bringt diese gerade ihre Töchter zu Bett. Kate hilft ihr, liest Franny zum elften Mal *Der Grüffelo* vor und steht dann in Tabbys Schlafzimmertür, während Bailey sich Zeit für ihre jüngere Tochter nimmt, ihr durch die blonden Locken streicht und etwas Lustiges erzählt, das die Kleine so zum Kichern bringt, dass am Ende alle lachen.

Es ist zwei Jahre her, seit Baileys Ex seine Frau für die Kollegin verlassen hat, die bei der Arbeit neben ihm saß. Zu allem Überfluss hat er ihr auch noch Tonnen grauenhaft überteuerter Unterwäsche geschenkt, die er mit Baileys und seiner gemeinsamen Kreditkarte bezahlte. Kate kann immer noch nicht fassen, dass ein so durchschnittlicher Mann die Anmut, Schönheit und allumfassenden Stärken ihrer Freundin nicht würdigen konnte.

Sie gehen in die Küche hinunter, und Bailey schenkt zwei große Gläser Gin Tonic ein. Sie schüttelt erschöpft den Kopf. «Prost – auf das Dasein als Alleinerziehende!»

Kate stößt seufzend mit ihr an. «Ich habe dir ein Geschenk mitgebracht.»

«Du hast doch schon das Essen mitgebracht.»

«Es ist nur ein Exemplar des Buchs, von dem ich dir erzählt habe und aus dem dieses Menü stammt.»

Kate reicht Bailey das Buch und nimmt dann die Frischhaltedosen aus ihrer Tasche. «Seite achtundachtzig:

Halte deinen Fuß zurück vom Hause deines Nächsten; er könnte dich satt bekommen und dir gram werden – aus den *Sprüchen* der Bibel. Vor jedes Menü hat sie ein einschlägiges Zitat gesetzt.»

«Meine Freundin, du seist willkommen in diesem Hause zu jeder Stunde – du bist besser als Deliveroo», sagt Bailey, bewundernd würdigt sie das Cover des Buchs und schlägt dann die entsprechende Seite auf. *«Setting – die Küche einer anderen Frau. Es gibt nichts, was einen mehr demoralisiert, als in der Küche einer Freundin zu kochen. Einer der beiden folgenden Gedanken ist unvermeidlich: a) Wie viel ordentlicher Sie sind, denn sosehr Sie Ihre Freundin auch lieben, es lässt sich nicht leugnen, dass sie furchtbar schlampig ist; oder b) wie viel ordentlicher sie ist – und wann Sie endlich nach Hause eilen können, um Ihre Küche in Ordnung zu bringen.»* Bailey lacht. «Tut mir leid, meine ist die reinste Müllkippe.»

Kate mustert die makellos weiße Theke, die über dem Herd hängenden, glänzenden Kupferpfannen und die Reihe der funkelnden Weingläser.

«Glaub mir, das ist ein Saustall», sagt Bailey, die Kates Blick folgt. «Insbesondere im Vergleich zur Küche deiner Mutter.»

«Das liegt nur daran, dass Mum niemals kocht. Ich habe letzten Samstag das Picknick zubereitet, und sie meckert immer noch, ich hätte Unordnung geschaffen.»

Bailey schüttet Kartoffelchips in eine Schale und setzt sich an den Tisch. «Was unternimmst du eigentlich wegen deiner Wohnsituation?»

Kate gibt das Stew in eine Pfanne und stellt sie auf den Herd. «Ich habe dir ja erzählt, dass ich Nick besucht habe, nachdem dieses Arschloch mich versetzt hat?»

«Du hast noch immer nichts von dem Typ gehört?»

«Kein Wort, aber sollte er glauben, dass ich dieses Café künftig meiden werde, irrt er sich – die Mandelcroissants sind die besten in Nordlondon. Jedenfalls hat Nick sich sehr liebevoll verhalten, als ich zu Besuch kam. Er sagt, dass er immer noch nicht begreift, was in Frankreich passiert ist. Ich glaube, er hatte einfach Panik vor der engen Bindung.»

«Kate, Beziehungen sind immer voller Unbekannter – schau doch nur Tom und mich an. Zwanzig Jahre zusammen, zwei Kinder, eine Hypothek, all das, und trotzdem hat er das absolute Klischee einer Midlife-Crisis erfüllt und sich eine Kollegin gesucht, die Lust aufs Ficken hatte.»

«Ich denke nie an Nick als Mann in den besten Jahren», sagt Kate. «Kann man von jemandem sagen, er sei in den mittleren Jahren, wenn er noch mit Lego spielt?»

«Das finde ich passend, wenn man Kinder hat, aber wie dem auch sei, lass uns nicht bei Nicks jugendlichen Hobbys verweilen. Schau mal, Kate, es kann jederzeit alles Mögliche passieren, da kannst du auch genauso gut mit der Person zusammen sein, die dich glücklich macht. Nick hat einen Fehler gemacht, aber er ist kein schlechter Kerl, er ist kein Betrüger wie Tom, er ist einfach nur ungeschickt. Ihr beide seid ein so tolles Paar, immer wenn ich euch zusammen sehe, lacht ihr. Bring es zu Ende und zieh bei ihm ein. Aber bis dahin bist du mehr als willkommen, in mein Gästezimmer zu ziehen, als meine im Haus wohnende Babysitterin, vielleicht? Ich könnte wirklich eine Frau gebrauchen, der ich vertrauen kann.»

«Pass auf, was du dir wünschst», sagt Kate und setzt das Wasser für die Kartoffeln auf.

«Ich liebe den Geruch von alten Büchern», sagt Bailey, führt das Hardcover an die Nase und atmet seinen Duft ein. «Ach, schau mal», setzt sie hinzu und fährt mit dem Finger am Inhaltsverzeichnis entlang. «Das hier ist phantastisch, *dieses* Menü brauche ich: ‹Dinner für eine wichtige Kundin (eine toughe Frau) – *Ziel: die übliche Kaufanreiz-Resistenz Ihres Gastes durch Zuführen von gutem Wein und gutem Essen zu überwinden. Sie in einem solchen Wohlbehagen und vielleicht sogar leicht alkoholisierter Benommenheit zu wiegen, dass sie Ihren Vertrag ohne Widerspruch unterschreibt. Tischdekoration: Ein Glas mit Zigaretten und Schokoladen-Pfefferminz-Pralinen.*› Das waren noch Zeiten …»

«Wie läuft es bei der Arbeit?»

«Phantastisch. Ich arbeite jetzt mit einer neuen Keramikerin in Leeds zusammen, die wunderschöne Vasen töpfert. Ich stelle sie nur am Wochenende aus, aber es gibt bereits eine Warteliste.»

«Ooh, ich schaue sie mir auch einmal an. Vielleicht schenke ich mir selber eine, falls – na ja –, wo immer ich letztlich lande.»

«Wie läuft denn deine Arbeit?»

«Ach, der übliche Mist. Wegen der Restrukturierung veranstaltet Devron einen Zweikampf zwischen Annalex und mir, als wollte er ein salomonisches Urteil fällen, nur ohne die Weisheit.»

«Lass dich doch abfinden, du würdest massenhaft Geld bekommen.»

«Es wäre nicht viel, und außerdem schmeiße ich den Bettel nicht einfach hin.»

«Ehrlich, du solltest dich selbständig machen. Hör mal, was planst du für deinen Geburtstag? Hast du meine E-Mail bekommen?»

«Tut mir leid», antwortet Kate und trinkt einen großen Schluck Wein. «Ich habe dich nicht ignoriert. Oder besser gesagt, ich habe eher meinen Geburtstag ignoriert als dich.»

«Bis dahin ist es nicht mehr weit.»

Kate schaudert. «Nick hat für den Samstagabend einen Tisch im Le Montrachet reserviert, aber ich glaube, ich würde lieber etwas mit all meinen Freunden und Freundinnen zusammen unternehmen.»

«Er hat es geschafft, dort einen Tisch zu bekommen? Kate, geh mit ihm hin! Das Restaurant soll phantastisch sein. Ich wollte dir sagen, dass ich an deinem Geburtstagswochenende zu einer Messe in Paris muss – ich kann am Samstag den ersten Eurostar nehmen, aber Samstagabend bin ich leider nicht zurück. Ich frage das schrecklich ungern, aber würde stattdessen der Freitagabend gehen? Dann könnten wir in deinen Geburtstag hineinfeiern.»

«Oh, ich überlege mir etwas», sagt Kate und rührt im Stew. «Cecily hat für dieses Rezept Perlgraupen vorgesehen und ganz viel frischen Thymian. Es riecht köstlich …. Ach, übrigens, wie steht es mit deinem sexy Gärtner?»

«Adam?» Bailey schenkt Wein nach. «Er hat mich gefragt, ob ich eine Eintrittskarte für die Gartenausstellung möchte, auf der er einen Stand hat.»

«Du hast doch hoffentlich zugesagt? Dann kannst du beim nächsten Elternabend vor deinem Hängebacken-Ex mit ihm angeben.»

«Er ist achtundzwanzig und fährt einen Triumph, und ich bin vierzig, habe zwei Kinder und fahre einen klapprigen Volvo. Wahrscheinlich hat er mir das Ticket einfach nur aus Höflichkeit angeboten.»

«Hör sofort damit auf. Du bist ein außergewöhnlicher Mensch, Bailey – liebenswert und schön, jeder Mann, der dich bekommt, kann sich glücklich schätzen.»

«Manche Männer stehen wohl tatsächlich auf ältere Frauen. Wayne Rooney …»

Kate lacht. «Du hast seine Einladung doch hoffentlich angenommen? Du hast ja gesagt, oder?»

«Also», antwortet Bailey und beißt sich auf die Unterlippe. «Ja, das habe ich tatsächlich.»

Kate jubelt wie bei einem Sieg. «Bring ihn zu meiner Party

mit. Ich hab mich damit entschieden – ich werde am Freitagabend für uns alle etwas kochen. Nichts Ausgefallenes, ich möchte einfach nur von den Leuten umgeben sein, die ich mag. Und der Abend wird den perfekten Vorwand liefern, um ihn einzuladen. Sag ihm, du brauchst einen Begleiter.»

«Wir greifen damit der Entwicklung ein bisschen vor, oder?»

«Versprichst du es mir, wenn bis dahin alles gut läuft?»

«Immer ein Schritt nach dem anderen.»

Mit viel zu viel Tiramisu im Bauch liegt Kate in Baileys Gästezimmer und kann nicht schlafen. Seufzend schaltet sie die Nachttischlampe ein und holt Papier und Stift aus ihrer Handtasche. Sie will sich ein für alle Mal klar darüber werden, ob es überhaupt die Mühe lohnt, auf Nick zu warten und darauf, dass mit ihm am Ende alles gut wird.

Nick

Pro:
Liebe
Die bereits investierte Zeit
Mein Vierzigster steht bevor (weniger Kollagen im Gewebe, allgemeines Nachlassen der Attraktivität, graue Haare etc.)
Bailey und Kavita sind mit ihm einverstanden
Seine guten Eigenschaften (siehe Anhang 1)

Kontra:

Er könnte jederzeit wieder mit dem Herumeiern anfangen – so bekomme ich niemals festen Boden unter den Füßen

Eine Therapie macht einen Hund nicht zur Katze

Die lästigen Meinungen verschiedener lästiger Freunde (insbesondere Mrs. Finns)

Seine schlechten Eigenschaften (siehe Anhang 2)

Kate hat schon oft solche Listen geschrieben:

Alex: hinreißend | trinkt zu viel

Toby: kreativ, romantisch | zu jung

Maloney: erfolgreich | oberflächlich, nicht nett

Sie träumt von einer Beziehung, in der sie nicht früher oder später zu Papier und Stift greifen muss, damit die Fakten weniger ungenießbar wirken.

Allerdings würde sie auch vor dem Kauf eines bestimmten Sofas Pro und Kontra aufschreiben, und ein Freund und Liebster ist etwas viel Komplizierteres als ein Sofa – sogar ein Freund mit dem Spitznamen Amöbe. Insbesondere ein Freund mit dem Spitznamen Amöbe.

Cecily fordert Kate immer wieder auf, mutig zu sein. Wäre es tapferer, die Beziehung wegen eines (zugegebenermaßen verletzenden) Vorfalls und des rasch nachlassenden Schmerzes aufzugeben? Nein, viel tapferer ist es mit Sicherheit, einen Schlag hinzunehmen, wieder aufzustehen und sich nicht niederzwingen zu lassen. Das Ganze mit Nick aufzuarbeiten – das ist *wirklich* die mutigere Alternative. Cecily kann nicht über sechzig Jahre mit Samuel verheiratet gewesen sein, ohne

Probleme aufarbeiten zu müssen, aber diese Dinge erwähnt sie nie, oder?

Genug überlegt. Kate hat sich entschieden. Sie wird Donnerstag mit Nick zum Konzert von Radiohead gehen, und sollten die Dinge weiterhin gut laufen, wird sie Samstag einem Abendessen zustimmen. Immer ein Schritt nach dem anderen.

36

«Ich habe Ihnen Blumen mitgebracht, Mrs. Finn. Und ich habe die Englischen Madeleines aus Ihrem Buch für Sie gebacken.»

«Blumen *und* Kuchen?», fragt Cecily stirnrunzelnd. «Sie müssen wegen irgendetwas ein schlechtes Gewissen haben.»

Sie ist wirklich eine Hexe, denkt Kate, während sie eine Vase sucht. Sie hat gestern nicht bei Nick übernachtet – sie lernt, wie man Grenzen setzt, und mauert sich noch eine Weile in der Flirt-Zone ein. Das heißt, dass sie einen großen Teil des Wochenendes mit Nick verbracht hat. Sie war um Mitternacht aufgebrochen wie eine angetrunkene Cinderella – nachdem sie im Kino waren, bei ihrem Lieblingsitaliener drei Pasta-Gerichte gemeinsam verspeist haben und eine Flasche Rotwein getrunken haben, ist sie in ein Taxi gestiegen. Heute Morgen hat sie sich erneut mit Nick getroffen, im Columbia Road Flower Market, hinterher sind sie zu ihm gegangen, um die Madeleines zusammen zu backen. Das waren die glücklichsten Momente seit dem Radiohead-Konzert am Donnerstag, nach dem sie spätnachts einen Kebab in der Edgware Road verspeist und anschließend ein paar Bourbons in einer Kellerbar getrunken haben. Sie bemüht sich verzweifelt, mit diesem Glücksgefühl keine Hoffnungen zu verbinden, doch es fällt ihr schwer.

Als sie eine ausreichend hohe Vase findet und in Cecilys Zimmer zurückkehrt, ist die alte Dame verschwunden. Sie klopft an die Toilettentür, und gleich darauf lässt Cecily ein paar Fürze los, laut wie Gewehrschüsse, und bittet Kate, eine der Filipinas zu rufen.

«Alles in Ordnung, Mrs. Finn, Sie sind hoffentlich nicht gestürzt?»

«Hören Sie auf, mich zu betüddeln, und rufen Sie eine der Frauen.»

Kate geht zum Schwesternzimmer und wartet dort, während die Pflegerin sich in Cecilys Zimmer begibt. Am Schwarzen Brett liest sie die Aushänge und staunt über die vielen Aktivitäten, die zu nutzen Cecily sich weigert: Filmvorführungen, ein Vortrag über Matisse oder ein Yogakurs mit Stretching.

Als Kate zurückkehrt, sitzt Cecily mit aufrechtem Rücken in ihrem Sessel und sieht unnahbarer aus denn je.

«Ich habe Ihnen Teerosen mitgebracht», sagt Kate und stellt die Vase mit den blassgelben, duftenden Blumen auf Cecilys Nachttisch. Dann stellt sie die Küchlein dazu. Sie sehen köstlich aus: kleine kegelförmige Biskuittürmchen, mit Kokosnussraspeln bestreut und von einer glänzenden glasierten Kirsche gekrönt. Cecily beäugt sie misstrauisch.

«Wollen Sie eine versuchen?», fragt Kate lächelnd und denkt dabei an die Neckerei vor einigen Stunden zurück, als sie einen Klecks Himbeermarmelade auf Nicks Nasenspitze gab und dann mit Kokosnuss bestäubte. Nick sah aus wie das Rentier Rudolph.

«Haben Sie die richtigen Förmchen verwendet?», fragt Cecily, die einen der kleinen Kuchentürmchen mit gerunzelter Stirn untersucht.

«Ich bin Ihrem Rezept buchstabengetreu gefolgt. Oh, am Schwarzen Brett habe ich gesehen, dass einige Veranstaltungen bevorstehen, die Sie interessieren könnten. Wie wäre es mit einer Filmvorführung von *Casablanca*?»

«Nicht, wenn Burbridge während des ganzen Films herumschreit – wenn man taub geworden ist, sollte man denen, die es nicht sind, das Leben nicht zur Hölle machen.»

«Ein Vortrag über Matisse? Ich könnte Sie nächsten Samstag begleiten.»

Cecily schüttelt in heftiger Abwehr den Kopf.

«Wie Sie wollen», sagt Kate und hebt resigniert die Hände. «Übrigens, kürzlich sind Sie nicht mehr dazu gekommen, mir zu erzählen, wie Sie Autorin geworden sind.»

«Das ist eine sehr lange Geschichte», erwidert Cecily, die die Madeleines noch immer anstarrt, als würden sie gleich beißen.

«Ich habe Zeit», gibt Kate zurück und schenkt Cecily sorgfältig eine halbe Tasse Tee ein.

«Es lässt sich nicht alles auf einmal erzählen.»

«Ich bin ja oft genug hier», erwidert Kate und stellt die Tasse samt Untertasse auf Cecilys Nachttisch.

«Nun gut, wenn Sie darauf bestehen. Samuel hat damals als Exportmanager einer Firma für Küchengeräte gearbeitet. Er sprach fünf Sprachen, die Rolle war ihm also wie auf den Leib geschnitten, und mir selbst passte sie sehr gut. Er brachte mir oft eine neue Pfanne oder einen Schneebesen zum Ausprobieren mit. Die Firma wollte, dass er Muster ihrer Produkte in ganz Europa vorführte, und so machten wir uns nach unseren Flitterwochen zu einem langen Abenteuer auf, bewaffnet mit zehn Koffern voller Töpfe und Pfannen. Start war Kopenhagen, von dort aus ging es weiter nach Finnland, Deutschland …» Sie zählt die Länder an den

Fingern ab. «Holland, Norwegen – oh, der *fiskepudding* in Oslo …»

«Was ist *fiskepudding*?»

«Luftig leicht und absolut köstlich. Überall in Oslo sah man weißhaarige alte Damen, die wundervoll aussahen und sich hauptsächlich von diesem Gericht zu ernähren schienen. Einmal habe ich Bernadette gebeten, einen zuzubereiten, aber die verdammte Frau hat Makrelen-Paté serviert, als hätten Makrele und Hecht die geringste Ähnlichkeit. Norwegen, Schweden, Belgien, Tschechoslowakei … die Reihenfolge habe ich nicht mehr in Erinnerung, aber die Art und Weise der Reise war immer dasselbe: unzählige Koffer, an Bahnhöfen warten, in einer billigen Pension absteigen, deren Schlafzimmer zu klein oder dunkel ist, die Handtücher sind kratzig und dünn. Tagsüber besuchte Samuel Kunden, und ich suchte eine Galerie oder ein Museum auf. Wenn er zurück war, gingen wir gemeinsam auf Erkundungstour. Wir bestiegen die Fischerbastei in Budapest und genossen den Blick auf die Donaubrücken, die bei Einbruch der Dunkelheit wie Perlenketten aufleuchteten. Wir tanzten im Bois de la Cambre unter den wunderschönen, alten Bäumen, tranken das Wasser im Franzensbad …»

«Das klingt wundervoll.»

«Oh, das war es auch. Doch schon da lag in Europa etwas in der Luft. Ich weiß noch, wie wir Samuels Familie in Warschau besuchten. Wir reisten mit einem Frachtschiff, und ich erinnere mich an einen atemberaubend schönen Sonnenuntergang über der Ostsee. Der Himmel war marineblau, purpur- und scharlachrot mit Streifen von geschmolzenem Gold. Wir saßen in der Kapitänskajüte und tranken Schnaps. Samuel trank selten, aber er freute sich so auf unseren Aufenthalt bei seiner Familie, dass er ein paar Gläschen zu viel kippte und seinen Rausch ausschlafen musste. Doch sobald wir von Bord gingen, bedauerte ich die Reise. Die Kälte in Warschau war fürchterlich, und uns gefror der Atem in der Nase. Samuel und ich mussten immer wieder in einem der Läden Zuflucht suchen, um gut atmen zu können. Über allem hing ein Gefühl der Depression und Düsternis. Die Pferde waren halb verhungert, ihre Rippen standen vor, und überall lagen Schnee und Eismatsch. Die Wohnung von Samuels Eltern war zwar tadellos, doch der Mietblock, in dem sie lag, wirkte mit seinen schmutzigen Treppen und düsteren Korridoren wie ein Elendsquartier. Wir besuchten sie Freitagabend zum Essen, und als Leon und Shindel die Tür öffneten und uns begrüßten, war ich bestürzt, wie verhärmt sie aussahen. Über allem lag der Schatten der Angst.»

«Wann war das?»

«Dezember 1936. Aus Deutschland krochen Gerüchte heran wie Nebelschwaden und machten uns das Herz schwer. Fast alle Geschwister Samuels und ihre Familien waren in die Wohnung gekommen – insgesamt waren wir sechzehn. Oskar, seine Frau und ihre Zwillingssöhne hießen uns sehr herzlich willkommen. Oskar war so hochgewachsen wie Samuel, aber außerdem stark wie ein Stier. In seinen Umarmungen hatte man das Gefühl, dass einem nichts etwas anhaben könnte. Izzy war auch da, der bestaussehende der Brüder – mit seinem strahlenden Lächeln sah er aus wie James Stewart. Als junger Mann war er ein Frauenheld gewesen, doch nun hielt ihn seine Frau Hannah im Zaum, eine Schönheit mit flammend rotem Haar und einer schnellen Auffassungsgabe. Sie hatten ihre vier Kinder mitgebracht, lauter Mädchen, und Izzy betrachtete sie voller Liebe. Samuels Schwester Lilli war ebenfalls da, eine zierliche junge Frau mit ein paar Sommersprossen und denselben großen braunen Augen, die Samuel hatte. Lilli hatte Max mitgebracht, einen jungen Mann, der mit ihr in der Kleiderfabrik arbeitete. Er war in sie verliebt, und wann immer er das Zimmer verließ, neckten Leon und Oskar Lilli mit der Frage, wann sie endlich heirateten. Alle legten sich nach Kräften ins Zeug, um uns willkommen zu heißen. Draußen fiel unablässig Schnee und trieb gegen die Fensterscheiben, doch drinnen saßen wir warm und gemütlich, und der Raum war von Stimmengewirr und Gelächter erfüllt. Der Schein der Sabbatkerzen erfüllte die dunklen Ecken des Zimmers mit einem weichen Licht. Wir sprachen ein Dankgebet für das Essen und den Wein, und dann aßen wir. Meine Güte, wie wir aßen. Es gab wundervolles, frisches Challah-Brot aus der Bäckerei von Hannahs Familie, und Shindel hatte Samuels Lieblingsgerichte zubereitet: Borschtsch, Gefilte Fisch, Kohlrouladen, Kartoffeln und Pilz-Knishes.»

«Was sind Knishes?»

«Oh, wundervolle Teigtaschen mit köstlicher Füllung. Immer mehr Gerichte wurden serviert. Wenn man dachte, nun könne wirklich nichts mehr kommen, verschwand jemand in der Küche und kehrte mit einer Servierplatte voller Köstlichkeiten und einem stolzen Lächeln zurück. Nach dem Essen bestand Leon darauf, eine komplette Flasche Sliwowitz mit uns zu leeren. Ich kann den Pflaumenschnaps jetzt noch auf der Zunge schmecken», sagt sie und schaudert zusammen. «Das erste heiße Brennen und dann die Wärme, die sich im Körper verteilt wie ein Baum, der in Flammen steht.»

«Ah! Dieses Festmahl steht in Ihrem Buch, nicht wahr? Es hat elf Gänge?»

«Das stimmt. – ‹Winter-Festmahl für Verwandte auf Besuch›.»

«Und da ist diese phantastische Schokoladen-Babka zum Nachtisch. Es muss ein unglaubliches Schlemmermahl gewesen sein.»

«Sicher, es gab Berge von Essen, und die Familie war enorm gastfreundlich, aber als die Stunden vergingen, wurde der Abend immer unheilvoller. Samuel war überzeugt, dass seiner Familie eine düstere Zukunft bevorstand, sollte sie in Polen bleiben. Noch Stunden nach dem Ende der Mahlzeit saß er an diesem Tisch und versuchte, sie zum Auswandern zu überreden, aber sie weigerten sich. Er flehte seinen Vater an, doch Leon hielt Samuel für übertrieben ängstlich. Lächerlich, denn Samuel war der optimistischste Mensch, den ich kenne. Lilli schien Samuels Sorge ernst zu nehmen, doch im folgenden Frühjahr verlobte sie sich mit Max, der nicht weggehen wollte. Vielleicht wäre für sie alles anders gekommen, hätte sie sich nicht verliebt. Letztlich war Warschau für alle die Heimat. Am Ende des Abends war Samuel sehr niedergeschlagen und weinte. Ich machte mir Sorgen um ihn und fürchtete für sie alle.»

«Mein Gott. Im Buch klang es so festlich …»

«Na ja, das ist die erzählerische Freiheit. Wir waren zwei Tage in Warschau, und ich muss zugeben, ich war sehr froh, als wir dieses unglückselige Land wieder hinter uns ließen. Diese Reise war der einzige Tiefpunkt jener Jahre. Davon abgesehen gab es immer Spaß und Gelächter. Samuel war wie sein Vater – allzu großzügig, ständig verlieh er Geld, aber trotz der Geldnöte war unser Leben niemals düster. Selbst in den billigsten Unterkünften freundeten wir uns mit großartigen Menschen an und unterhielten uns über Kunst, Musik und Politik.» Bei der Erinnerung funkeln Cecilys Augen. «Wenn Sie also behaupten, dass Sie seit Jahren völlig damit zufrieden sind, über Karotten zu schreiben, finde ich das schwer verständlich.»

«Schon gut», sagt Kate, beißt ein großes Stück von einem der Küchlein ab und schiebt den Teller mit Madeleines zu Cecily hinüber. Sie ist heute Nachmittag viel zu zufrieden, um sich zu streiten. Falls Cecily Konflikte genießt, wird Kate sich einfach nicht darauf einlassen.

«Haben Sie *überhaupt keinen* Mumm?», fragt Cecily und schiebt den Teller energisch zurück. «Sie sind willens, Ihr ganzes Leben als Erwachsene auf banale Dinge zu verschwenden, weil Sie Angst vor dem Unbekannten haben?»

Kate schnalzt mit der Zunge. «Vor dem Unbekannten hat doch jeder Angst. Außerdem habe ich vielleicht schon nächste Woche keine Arbeit mehr, könnten wir uns also über etwas anderes unterhalten?»

Cecily mustert Kate. «Sie haben ihn heute kein einziges Mal erwähnt», sagt sie und spitzt die Lippen. «Wieso eigentlich? Sie haben sich offensichtlich nicht von ihm getrennt, sonst wären Ihre Wangen jetzt nicht ganz so rosig.»

«Ich weiß, dass Sie kein Fan von ihm sind – aber wenn Sie es wirklich wissen wollen: Wir gehen wieder miteinander aus, als Freunde.»

«Freunde?», fragt Cecily und schnaubt.

«Ich bin für ihn der ‹Mensch, der zählt›. Er schickt mir Fotos von seinem Frühstück, ich schicke ihm Fotos von meinem Lunch.»

«Warum?»

Kate zuckt mit den Schultern. «Es sind diese kleinen Dinge, die den Tag schöner machen und dafür sorgen, dass man sich mit jemandem verbunden fühlt.»

Cecily stöhnt. «Der Mantel, den ein anderer trägt, hält Sie nicht warm …»

«Was soll das bedeuten?»

«Dieser Mann ist Zeitverschwendung. Zeit ist kostbar. Das sind doch sicherlich keine übermäßig komplizierten Gedanken?»

«Sie sind also überzeugt, dass Nick nicht gut für mich ist?»

«Er geht achtlos mit Ihren Gefühlen um. Ihre Beziehung hat in jenem Urlaub den Rubikon überschritten, und ich will verflucht sein, wenn ich begreife, wieso eine intelligente Frau so dumm sein kann.»

Kate kann sich nur schwach erinnern, was der Rubikon ist, aber da Cecily sie gerade zum x-ten Mal dumm genannt hat, vergeht ihr die Lust, danach zu fragen.

«Sie mögen die süße Glasur so gern, dass Sie bereit sind, einen miesen Kuchen zu akzeptieren», erklärt Cecily angeekelt.

«Ist das wieder eine Metapher?», fragt Kate und stellt ihren Teller ermattet auf den Beistelltisch. «Sie behaupten also, in Prozenten ausgedrückt, dass bei Nick der schlechte Anteil den guten überwiegt?»

«Natürlich behaupte ich das», antwortet Cecily, die inzwischen so wütend ist, dass Kate unter der dünnen Haut an ihrer Schläfe eine Ader pulsieren sieht.

«Warum schert Sie das überhaupt?»

«Weil *ich* im Gegensatz zu diesem Mann Ihre Freundin bin.»

«Wer solche Freunde hat …», murmelt Kate.

Wahrscheinlich sollte Kate nicht gerade jetzt erwähnen, dass sie nach ihrem Besuch bei Cecily zu Nick gehen wird, für ein Chili con Carne aus dem Slowcooker und drei Folgen der Sitcom *30 Rock*. Und sie wird Cecily auch nicht nach den Feinheiten des Menüs befragen, das sie Nick nächstes Wochenende kochen möchte, wenn Rita mit Patrick im Urlaub ist.

Die Sache ist doch die, der Kuchenteig ist Kate nicht so wichtig. Geht es nicht letztlich um die süße Glasur?

37

Dinner für den Mann, den Sie gern heiraten würden

Dein Sklave, der ich bin, wie wär ich freier,
Als wenn ich Stund und Zeit wahrnehme, die du liebst?
SHAKESPEARE, 57. SONETT

Ziel:
Sie wollen ihn damit beeindrucken, wie gut es Ihnen gelingt, für seine Bequemlichkeit zu sorgen, und ihm eine endlose Folge köstlicher Mahlzeiten in Aussicht stellen.

Setting:
Dies ist eindeutig die Gelegenheit für rote Rosen und Kerzenlicht. Mehr geht nicht, das wäre zu offensichtlich. Musik sollte nur als letztes Mittel gewählt werden.

Menü:
Gebratene Scampi
Hähnchen in Cidre
Pavé-Kartoffeln
Amerikanischer Erdbeer-Shortcake, zweilagig

Methode:
Im Voraus zubereiten, mit Ausnahme der Scampi. Es kann nicht schaden, wenn Sie mit roten Wangen aus der Küche kommen und ihm ein paar knusprig gebratene

goldene Häppchen anbieten. Manchmal sind knusprig gebratene goldene Häppchen der beste Weg, um sein Ziel zu erreichen.

Nick wird dieses Essen lieben. Kate fährt mit dem Finger über die von ihr erstellte Zutatenliste. Das Hähnchen und die Scampi wird sie Freitag nach Feierabend in dieser schicken Food-Markthalle in Mayfair kaufen. Natürlich könnte sie bei Fletchers ein Hähnchen für ein Fünftel des Preises erstehen, aber es würde wie so ein Tier schmecken, das überfahren am Straßenrand gelegen hat. Sie wird also tief in die Tasche greifen und Qualitätsware kaufen – außerdem ist es eine Investition in ihre Beziehung.

Die Scampi müssen Dublin-Bay-Garnelen sein, eine Langustinen-Art, die an Minihummer erinnert. Der Fischhändler hat sie bestimmt vorrätig, und er wird sich um die Köpfe, Schwänze und anderen unappetitlichen Teile kümmern.

Musik sollte nur als letztes Mittel gewählt werden? Wahrscheinlich weil sie die Stille füllt und bedeutet, dass sie nicht würden reden müssen – aber sie möchte, dass Nick redet. Sie haben sich in letzter Zeit so gut verstanden. Sie braucht nur noch eine kleine zusätzliche Bestätigung, dass er sich ihrer gemeinsamen Zukunft verpflichtet fühlt.

Einmal mehr lobt sie sich für ihr Verhalten, seit sie wieder in Kontakt sind. Sie hat es geschafft, auf einem Bein Schlittschuh zu laufen – sie hat gezeigt, dass sie einfühlsam und geduldig ist, aber nicht bereit, weiteren Unsinn hinzunehmen. Es war nicht einfach, bei diesem Schlittschuh-Quatsch die Balance zu halten, insbesondere auf so dünnem Eis – aber Nick hat alles richtig gemacht, hat Konzerttickets für das nächste

Frühjahr besorgt und ihr gesagt, er wünsche sich einen gemeinsamen Urlaub, um die schrecklichen Tage in Frankreich wiedergutzumachen. Sie gestattet sich endlich, wieder an ihn zu glauben.

Nick arbeitet am Freitag nachts – es geht um eine komplizierte Datenmigration. Er kann es ihr noch so oft erklären, in ihrem Kopf ist es doch nur, als ginge eine Zugbrücke hoch bei so vielen technischen Fachbegriffen. Das Timing könnte nicht besser sein. Rita bricht um 16 Uhr ins Wochenende mit Patrick auf, wenn Kate also Freitag von der Arbeit nach Hause kommt, kann sie mit den Vorbereitungen beginnen und am Samstag im Lauderdale House vorbeischauen und Cecily überreden, mit ihr zum Matisse-Vortrag zu gehen. Danach steht noch Maniküre, Pediküre und Waxing auf dem Programm – das billigste Angebot gab es weit draußen in Harlesden. Am Nachmittag wird sie dann letzte Hand anlegen. Dem Menü hat sie noch ein selbstgebackenes Brot hinzugefügt – Cecily würde zweifellos sagen, dass sie des Guten zu viel tut, aber Nick liebt frisches Brot –, und der Duft, der ihn beim Eintreten empfängt, sollte ihn perfekt auf den Abend einstimmen.

Dieses Menü wird wie durch Zauberkraft wirken.

38

Er hat sich endlich entschieden», sagt Annalex und sieht Kate mit hochgezogenen Augenbrauen an. «Wir sollen kommen.»

Kate spürt, wie ihre Kehle trocken wird, als sie dem dumpfen Stampfen von Annalex' Ugg-Boots durch den Korridor zum Konferenzraum folgt. «Ich brauche mehr Zeit, um zu entscheiden, ob du gut genug bist» – schlimm genug, dass ihr Nick das im Grunde genommen so gesagt hat. Von ihm hat sie es hingenommen, weil sie ihn liebt und weil sie weiß, dass er es nicht so gemeint hat. Wird Devron es jetzt ebenfalls sagen, nachdem sie ihre Fähigkeiten seit beinahe zwanzig Jahren unter Beweis gestellt hat? Nachdem sie sich als loyale und leistungsfähige Angestellte erwiesen hat, die auf allen Bewertungsbögen mit gut bis sehr gut abschneidet? Sie darf sich nicht dazu hinreißen lassen, erneut in einem Tornado der Empörung zu versinken.

Als sie Devron gegenübersitzt, krampft sich ihr Magen zusammen.

Aber, Moment mal. Schokoladenkekse aus dem Premium-Segment? Dort auf dem Tisch? Diese Kekse gibt es normalerweise nur bei Vorstandssitzungen oder für hochrangige Besucher.

Devron reibt sich mit der Hand übers Kinn und stößt Luft aus, während er mit den Augen seinen Notizblock überfliegt. «Also, ich habe mit der Personalabteilung und den Hauptaktionären gesprochen und eine Entscheidung erreicht, die ich als gute Nachricht verkünden kann.»

«Gut für wen?», fragt Kate.

«Für euch beide», antwortet Devron und zwinkert ihr zu. «Mir ist nach unserem Treffen klargeworden, dass ihr sehr unterschiedliche Stärken besitzt. Kate, du arbeitest offensichtlich gern kreativ; Annalex, du bist eine an Daten orientierte Denkerin.» Er blickt auf die Punkte der vor ihm liegenden Notizen. «Es ist gut, ein selbstgezogenes Talent wie Kate zu behalten – und gleichzeitig die besten Arbeitskräfte anzuziehen, die auf dem Markt verfügbar sind. Daher wirst du, Kate, Cheftexterin, und Annalex übernimmt die strategische Führung und wird Markenbotschafterin der ladeninternen Kommunikation.»

«Kann ich Botschafterin auf meine Visitenkarte setzen?», fragt Annalex.

«Nach allem, was gelaufen ist, behalten wir also beide unsere Stelle?», fragt Kate. «Aber wie funktioniert das im Rahmen der allgemeinen Restrukturierung?»

«An den Feinheiten arbeite ich noch», sagt Devron. «Ihr bekommt eure neuen Verträge im Dezember.»

«Okay … Wie sieht es mit einer Gehaltserhöhung aus?», fragt Kate, die plötzlich munter wird. «Die letzte liegt drei Jahre zurück.»

«Ihr habt Glück, dass ihr eure Stellen behaltet», sagt Devron. «Aber du wirst kreative Möglichkeiten bekommen, die für deine berufliche Entwicklung viel wertvoller sind.»

Immer dieselben alten Kamellen, denkt Kate.

«Du wirst dich noch diese Woche in den neuen Arbeitsbereich der Untergruppe MAKRELE einarbeiten …»

«Moment mal, wir beginnen also sofort in unseren neuen Positionen, obgleich wir noch keine neuen Verträge haben?»

«Der alte Vertrag läuft bis Dezember, aber ich dachte, du würdest vielleicht lieber früher als später in MAKRELE eintauchen. Falls du einverstanden bist?»

«In eine Makrele eintauchen. Was könnte schöner sein?», fragt Kate, der bewusst wird, dass sie ihre Dankbarkeit ein wenig begeisterter zeigen sollte.

Wenigstens Kavita ist entzückt und besteht darauf, nach der Arbeit mit Kate etwas trinken zu gehen.

Kate weiß, dass sie froh oder zumindest erleichtert sein sollte – doch sie empfindet beinahe Enttäuschung.

Sie ist eigenartigerweise nicht enttäuscht, weil Annalex ihre Stelle behält, sondern weil sie selbst, Kate, sie behält.

39

Unauffällig schaut Kate auf die Uhr. Sie nimmt an der ersten Sitzung des Arbeitsbereichs MAKRELE teil, und ihre Kollegen streiten seit vierzig Minuten nur darüber, ob das Akronym für *Management und Kreative steigern Leistung im Einzelhandel* von MAKRELE zu MAKRONE abgeändert werden sollte. Sie haben an diesem späten Freitagnachmittag noch nicht einmal mit dem ersten Tagesordnungspunkt angefangen, und Kate macht sich allmählich Sorgen, dass sie es nicht mehr rechtzeitig in die Food-Markthalle schafft, bevor diese schließt.

Sobald die Besprechung vorbei ist, ruft sie in der Markthalle an und kann die Leute dazu überreden, sie mit dem Handy bestellen und zahlen zu lassen. So muss sie es nur noch abholen. Das stellt sich als famose Idee heraus, denn als sie ihren Computer heruntergefahren hat und im Eiltempo zur Markthalle läuft, ist es kurz vor Ladenschluss. Sie rennt dankbar von Stand zu Stand, hebt die schwere Tüte von der Fischtheke und eilt zum Fleischhändler, um die Hähnchenschenkel abzuholen, bei deren Preis Kate schwindelig wird.

In der Wohnung angekommen, legt sie den Inhalt der Tüten in den Kühlschrank, lässt sich aufs Sofa fallen und genießt die Ruhe. Sie sollte mit dem Kochen anfangen, aber stattdessen schlüpft sie aus den Schuhen, streckt sich auf dem Sofa aus und wackelt mit den Zehen. Es ist so ruhig, dass sie die Uhr über dem Kamin ticken hört. Wann hat sie sich zum letzten Mal allein so glücklich gefühlt? Wie schön, die Wohnung für sich zu haben – alles friedlich und still, keine verdrießliche Mitbewohnerin, keine Rita, die Kates Grenzen nicht respektiert –, fast so schön wie die Aussicht, ein Heim mit Nick zu teilen.

Nick, genau – es wird Zeit, mit den Vorbereitungen anzufangen. Zuerst der Shortcake – und sie wird noch einen zweiten für Cecily backen. Kate stellt ihre Lieblingsplaylist auf dem iPod ein, Songs der achtziger Jahre – an erster Stelle INXS. Und dann legt sie mit dem Kuchen los! Es ist ein unkompliziertes Rezept – zwei Biskuitböden backen und auskühlen lassen, Erdbeeren und Schlagsahne auf einen der Böden verteilen und den andere Boden auflegen, als Dekoration gibt es Erdbeeren. Sie verrührt sorgfältig den Zucker mit der weichen Butter und schlägt die Eier hinein. Sie atmet das Aroma ein, als sie die Vanilleschote spaltet, und stößt einen zufriedenen Seufzer aus. Nichts fühlt sich für sie besser an, als wenn sie für jemanden kocht oder backt, den sie liebt. Vorsichtig rührt sie das Mehl unter und gießt den Teig in vier verschiedene Kuchenformen. Das Backen ist in weniger als einer Stunde erledigt, und während der süße, tröstliche Duft des Vanillebiskuits sich in der Wohnung ausbreitet und die Räume erfüllt, wendet Kate sich dem Hauptgang zu.

Auch dies ist ein einfaches Rezept, durch das langsame Schmoren wird das Fleisch vom Knochen fallen. Sie brät die Hähnchenschenkel mit fein gehackten Schalotten in golden brutzelnder Butter an, gießt den Cidre hinzu, fügt ein duftendes Kräutersträußchen und gehäutete, entkernte italienische Tomaten bei und schiebt das Ganze bei niedriger Temperatur in den Ofen.

Die Kartoffeln sind ein wahres Werk der Liebe. Laut Cecilys Rezept werden sie geschält und in Quadrate geschnitten, anschließend mit einem Gemüsehobel in Scheiben geschnitten, in Sahne eingeweicht, in zwanzigfacher Schichtung mit Gewürzen und winzigen Butterwürfeln in eine Kastenform gegeben, langsam gebacken, mit einem Gewicht beschwert und über Nacht stehen gelassen. Am nächsten Tag wird das Gericht zu ordentlichen Rechtecken zerschnitten und mit Butter und Thymian gebraten – was ein weiches, mehrfach geschichtetes, sahniges Inneres und ein knuspriges Äußeres ergibt. Es klingt köstlich, ist jedoch *harte* Arbeit, denkt Kate beim Auslegen der vierzehnten Kartoffelscheibenschicht, worauf sie zum vierzehnten Mal ihre mit Sahne beschmierten Finger wäscht.

Die Kartoffeln brauchen zwei Stunden im Ofen, in dieser Zeit kann sie entspannen und ein Bad nehmen. Als letzte Aufgabe nimmt sie sich die Scampi vor. Die Tüte, die sie aus dem Kühlschrank holt, ist schwerer als erwartet, bestimmt haben sie Eis dazu gepackt – doch als sie sie öffnet, sieht sie mit Entsetzen, dass man in Londons teuerster Food-Markthalle darauf verzichtet hat, den Kaisergranat zu schälen. Dabei sollte angesichts des Preises, den sie für die zwölf Scampi bezahlt hat, mindestens das Schälen inbegriffen sein, außerdem sollten die Leute ihr für den Preis unter die Arme greifen, vorbeikommen und die verdammten Dinger kochen, das Geschirr abwaschen und zusätzlich Ritas Problem mit ihrem Router lösen.

Dies sind keine Black-Tiger-Garnelen sondern hummerartige Krebstiere, jedes so lang wie ein Schullineal. Sie nimmt die kalten, nassen Leiber aus der Tüte und legt sie auf die

Theke. Vierundzwanzig glänzende, tote schwarze Augen starren sie anklagend an – sie werden Kate bis in ihre Träume verfolgen.

Sie wünschte, Nick wäre hier, um ihr zu helfen – er liebt den Umgang mit Meeresgetier –, aber er durchlebt ja gerade eine heiße Nacht, in der er mit Oracle- und SQL-Servern herumfummelt – beides, so hat er ihr versichert, sind keine Stripperinnen. Sie sucht in Cecilys Buch nach der Methode: *«Schälen und säubern Sie die Krebstiere; tauchen Sie sie in Teig …»* Hm, bei ihr klingt es so einfach.

Okay: Sie legt Rage Against the Machine auf, um sich in Stimmung zu bringen. Oh, Krebstiere sind merkwürdige Geschöpfe – schmackhaft, gewiss, doch als sie eines der Tiere in die Hand nimmt, schaudert sie zusammen. Sie wirken wie gepanzerte Schnecken mit langen, schnurrhaarähnlichen Fühlern und eckigen, stacheligen Gelenken; sie begreift nicht, wie jemand einen lebenden Hummer ins kochende Wasser werfen kann.

Sie googelt «Anatomie der Langustine» und macht sich mit *Nephros norvegicus* vertraut. Das vorne ist der Kopf, das liegt auf der Hand, dann ist da der Panzer, darunter sind die Beine zum Gehen und Beine zum Schwimmen – oh, praktisch, zwei verschiedene Beinsorten –, und innen ist der Eingeweidesack. Hat es in der Geschichte der Kochkunst jemals einen weniger ansprechenden Ausdruck als Eingeweidesack gegeben? Der würde es nicht auf Nicks und ihre Shortlist von Kindernamen schaffen.

Sie googelt: «eine Langustine schälen und ausnehmen». Leider ist es kein einfaches Procedere, da darf man nicht zimperlich sein. Sie findet ein Video und geht vor, wie darin gezeigt: drückt die Dublin-Bay-Garnele an der Kehle nach unten und windet sich innerlich, bevor sie ihr die Messerspitze auf den Rücken setzt, hart zusticht und die Langustine unter dem ekelerregenden Knirschen und Krachen eines aufberstenden Exoskeletts in zwei Teile spaltet.

Kate ist sich ziemlich sicher, dass sie noch nie einem Tier den Kopf abgetrennt hat. Sie blinzelt beim Anblick des blassgrauen Inneren. Sie fragt sich, ob Cecily ihren Leserinnen diese Aufgabe gestellt hat, um ihre Hingabe zu testen. Aber nein, natürlich nicht … dies ist das Mahl, das Cecily für Samuel zubereitet hat, und wenige Wochen später hatte sie sich die Verlobung gesichert: also vorwärts.

Verdammt – jetzt muss Kate das Tier ausnehmen. Sie greift nach einer Pinzette und muss sich beinahe erbrechen, als sie das Werkzeug in das schlüpfrige Fleisch gräbt und die schimmernden Eingeweide der Langustine herauszieht. Sie hätte zu Iceland gehen und zwei gefrorene Scampi für eine Fünfpfundnote holen sollen, Nick hätte den Unterschied gar nicht bemerkt.

Sie blickt mit einer gewissen Befriedigung auf die fertigen Krebshälften, bis sie bemerkt, dass jede Hälfte noch immer in ihrem Panzer steckt. Sie lässt das Video weiterlaufen und verflucht den Vortragenden, als er erklärt, die Garnelen seien nun für den Grill bereit und er werde jetzt eine vollkommen andere Methode für frittierte Langustinen zeigen.

Sie starrt auf die Küchenwand. Sie liebt Nick, wirklich, aber tatsächlich *so* sehr? Sie seufzt. Hier geht es nicht mehr um Nick: Jetzt heißt es, Kate gegen Garnele. Sie lässt das Video erneut laufen, und nach vielem Ziehen, Zerren, Fluchen und Ringen mit den Eingeweiden hat sie schließlich ein Dutzend Scampi-Schwänze vor sich liegen. Die bei dieser Schlacht gemachte Beute legt sie in den Kühlschrank, wäscht ihre Hände in siedend heißem Wasser und schnüffelt anschließend kritisch an ihren Fingern. Sie riechen intensiv nach den Garnelen. Sie schrubbt und schrubbt sie. Gut, dass sie den Kuchen zuerst gebacken hat, sonst würden die Erdbeeren einen unverkennbaren Beigeschmack nach Fisch erhalten. Dass Hähnchen und Kartoffeln in der Zeit, die sie zum Ausnehmen der Garnelen gebraucht hat, fertig gegart sind, heitert sie wieder auf. Endlich kann sie schlafen gehen.

Als sie ihr müdes Haupt aufs Kissen bettet, lobt sie sich dafür, dass sie eine neue Fähigkeit erlernt hat. Außerdem wird sie das nächste Mal darauf achten, den Verkäufern von Anfang an deutlicher zu erklären, was sie möchte – so hat sie eine wertvolle Lektion fürs Leben gelernt. Und schließlich weiß sie nun Folgendes: Wenn Nick ihr nach all der Mühe, die sie sich gemacht hat, nicht seine ewige Liebe gestehen kann, wird sie seinen Anteil der Scampi aufessen und sich einen Mann suchen, der es kann.

40

Kate sitzt in der Empfangshalle des Lauderdale House und fächelt sich mit einer Ausgabe der Zeitschrift *The Lady* Luft zu. Es ist ein frischer Oktobertag, aber drinnen herrscht tropische Hitze, und heute hängt ein leichter, nicht gerade optimaler Geruch nach Bleichmittel und gekochtem Weißfisch in der Luft.

Sie blickt stolz auf den zweilagigen Erdbeer-Shortcake hinunter, den sie auf ihrem Schoß hält. Mit dem Kaleidoskop herzförmiger Erdbeerstücke, die oben auf einer dicken Schicht Schlagsahne liegen, sieht er wunderschön aus.

Mrs. Gaffney beendet ihr Gespräch und schüttelt dem Besucher vor geöffneter Bürotür die Hand. Kate erkennt den Mann wieder, der ihr schon öfter in der Empfangshalle aufgefallen ist – es ist der Mann mit den blauen Augen und dem sandfarbenen Haar, der sie vor einiger Zeit so nett angelächelt hat. Als er sie ebenfalls erkennt, lächelt er erneut, und sie erwidert es automatisch. Etwas an seiner langen, geraden Nase kommt ihr bekannt vor.

Er geht zu einer stark geschminkten, verdrossen wirkenden jungen Frau, die drei Stühle von Kate entfernt sitzt und ein Selfie nach dem anderen geschossen hat. Die Frau steht mit einer Schmollmiene auf, sie trägt Plateausohlen. Er legt ihr die Arme auf die Schultern und redet so leise mit ihr, dass Kate kein Wort versteht. Sie muss an den älteren Mann am Donut-Stand denken. Wenn ein Mann alt genug ist, der Vater seiner Freundin zu sein, wird ihr immer etwas flau im Magen. Sie glättet ihre Stirn; es geht sie wirklich absolut nichts an.

In ihrer marineblau-beigefarben karierten Strickjacke sieht Cecily makellos aus. Sie hört Radio, als Kate die Tür öffnet, und macht einen durch und durch unglücklichen Eindruck. Doch als sie Kate sieht, hellt sich ihre Miene auf, nur um sich gleich wieder zu verfinstern. «Sie kommen einen Tag früher als sonst.»

«Ich bin zufällig vorbeigekommen. Ich habe Ihnen etwas Leckeres mitgebracht und dachte, ich könnte Sie überreden, mit mir in zwanzig Minuten zum Matisse-Vortrag zu gehen. Wir könnten erst noch schnell eine Tasse Tee trinken?»

Cecily blickt sie verwirrt an. «Ich habe Ihnen doch gesagt, dass ich nicht dorthin möchte. Warum sollte ich meine Meinung geändert haben?»

«Ich weiß», antwortet Kate freundlich und setzt sich. «Aber Sie haben mir erzählt, wie viele Museen und Galerien Sie auf dem Kontinent besucht haben. Und Sie haben all diese Kunstbücher im Regal stehen. Ich dachte … falls Sie sich langweilen …»

«Ich langweile mich seit einem Jahrzehnt. Dieser Vortrag würde mich nicht weniger langweilen.»

«Mrs. Finn, *was* würde Sie denn glücklich machen?»

«Der Tod, kurz und schmerzlos, ohne einen weiteren Verlust an Würde», antwortet Cecily, die die Tupperdose auf Kates Schoß beäugt. «Was ist das?»

«Ich habe einen der Kuchen für Sie gebacken, aus dem Buch – er ist mehr Kuchen als Glasur. Der Amerikanische Erdbeer-Shortcake», sagt sie und nimmt den Kuchen heraus, um ihn Cecily zu zeigen.

«Ich verstehe», sagt Cecily und zieht angeekelt die Augenbrauen hoch. «Stammt der vom gestrigen ‹Dinner für einen Trottel, der kein Dinner verdient hat›?»

«Äh, nein.»

«Dann findet es also heute Abend statt. Ich hätte Ihnen niemals mein Buch leihen sollen. Ich möchte es morgen zurückhaben.»

Kate nickt und spürt einen leichten Stich in der Brust. «War das ein Rezept, das Sie aus Kalifornien mitgebracht haben?»

«Heute werden Sie keine Geschichte von mir hören», sagt Cecily und verschränkt die Arme vor der Brust.

«Haben Sie schlecht geschlafen?»

«Nicht schlechter als jede Nacht. Der Arm tut mir weh», erklärt sie und reibt sich den Ellbogen. «Als ich zum letzten Mal gefallen bin, ist er dreifach gebrochen gewesen. Dieser idiotische Jungspund von Arzt hat ihn vermasselt – seit damals ist er nicht mehr derselbe. Außerdem ist mein Magen übersäuert. Gott allein weiß, was diese Hexe in meinen Haferbrei getan hat, er war unaussprechlich klebrig.»

«Ein Stück Kuchen, und alles sieht wieder ein wenig besser aus, finden Sie nicht?»

Cecily nimmt widerwillig eine Gabel voll, zieht aber gleich darauf die Nase kraus. «Sie haben Butter verwendet statt Schweineschmalz?»

«Ich dachte, Sie könnten nicht richtig schmecken?»

«Ich merke es an der Textur.»

«Mit Butter kann man nie etwas falsch machen, oder?»

Cecily zuckt abwehrend mit den Schultern. «Und zu Ihrer Information, ich habe Samuel an jenem Abend kein Hähnchen zubereitet.»

«Entschuldigung?»

«Ich habe ihm Lamm gemacht, sein Leibgericht. Aber wenn Sie wirklich Eindruck schinden wollen, hätten Sie das *Gigot de la Clinique* von Toklas zubereiten sollen.

«Von Toklas?»

«Alice B. Toklas. Sie hat das Rezept von Pierlot, der es seinerseits von Guegan hatte», erklärt Cecily und deutet erschöpft auf eines der Regalfächer. «Die Zubereitung dauert allerdings gut acht Tage.»

«Tage? Sicher?»

«Eine Hammelkeule wird acht *Tage* in einem guten Burgunder mariniert, zweimal täglich gewendet, und mittels einer Spritze wird Cognac injiziert. Ich wünschte, man würde mir zweimal täglich eine Spritze mit Cognac verpassen», erklärt sie mürrisch. «Während dieser acht Tage wären Sie vielleicht zur Vernunft gekommen. Bringen Sie diesen Kuchen in die Küche, dann können die Damen ihn nach dem Matisse-Vortrag verspeisen. Ich bin indisponiert. Ich habe eine Magenverstimmung und leide an Schmerzen. Was haben Sie sonst noch in den Kuchen getan?»

«Abgesehen vom Schweineschmalz bin ich Ihrem Rezept treu gefolgt. Soll ich eine Pflegerin holen?»

«Nein, ich will kein Theater. Ich will allein sein.»

«Na gut, Sie sterbender Schwan. Dann also bis morgen.»

«Gehen Sie, Sie vulgäres Ding.»

Schön. Wenn das so ist und Cecily heute unerträglich ist, freut Kate sich über die zusätzliche Stunde Zeit an diesem Tag.

Gerade als Kate bei der Maniküre in Harlesden hofft, dass die Kosmetikerin keine Reste von Garnelenfleisch unter ihren Nägeln entdeckt, läutet ihr Telefon. Ihr Herz schlägt schneller: Sollte Nick etwa einen Rückzieher machen und absagen wollen? Doch als sie das Handy mit der freien Hand aus ihrer Handtasche angelt, sieht sie auf dem Display die Nummer des Lauderdale House. Ihre Kehle wird trocken.

«Ich bin's, Bernadette aus dem Lauderdale House. Es geht um Mrs. Finn.»

«Was ist passiert?», fragt Kate und bedeutet der Kosmetikerin mit einer entschuldigenden Geste, dass sie eine kurze Pause braucht.

«Es ist eine unerwartete Wendung eingetreten.»

«Oh», sagt Kate erschreckt. «Was für eine Art von Wendung?»

«Sie hat akute Magenschmerzen und fühlt sich schwach. Sie ruht sich gerade aus, hat mich aber gebeten, Sie anzurufen.»

«Wie kann ich helfen?»

«Sie braucht eine Suppe.»

«Sie möchte, dass ich ihr eine Suppe koche?»

«Nein, Sie sollen sie nicht kochen. Ich weiß nicht, warum sie nicht die Tomatensuppe des heutigen Menüs essen kann, sie ist köstlich, aber nein, es geht um eine ganz bestimmte jüdische Suppe, offensichtlich aus einem Restaurant – haben Sie einen Stift da? Das Restaurant heißt Steiner's und liegt in Stamford Hill.»

«Stamford *Hill*?»

«Es ist die Hähnchensuppe mit den Klößen darin.»

«Wie schlecht geht es ihr?», fragt Kate und schaut auf ihre

Uhr. Cecily hat sich vorhin über einen verdorbenen Magen beklagt, aber es klang nach nichts Ernsthaftem. Nicht so ernsthaft, dass eine Fahrt nach *Stamford Hill* notwendig wäre.

«Sie hat zweimal nach der Pflegerin gerufen.»

Kate bemüht sich, objektiv zu bleiben. Stamford Hill wäre mit mehrfachem Umsteigen und fürchterlichem Verkehr verbunden; um den Bahnhof Holloway herum gib es immer Straßenbauarbeiten, und sie braucht unbedingt ein Brazilian Waxing, seit Frankreich hat sie keines mehr gehabt. «Bernadette – könnte Cecily vielleicht bis morgen warten, was meinen Sie? Dann besuche ich sie ohnehin.»

«Ich bin nur die Botin. Normalerweise ist Mrs. Finn zu stolz, um Hilfe zu erbitten, vielleicht braucht sie die Suppe also wirklich. Sie hat betont, dass es dringend ist, aber es ist Ihre Entscheidung.»

Kate starrt auf ihre drei scharlachroten Fingernägel und die sieben unlackierten. An ihre Bikinizone wagt sie nicht zu denken.

Es ist bereits Viertel nach drei, und sie muss noch Blumen kaufen, Brot backen, die Wohnung in Ordnung bringen und den Tisch decken, bevor Nick um acht Uhr eintrifft. Sie stellt sich das schöne, entspannende Verwöhn-Dinner vor, das sie gemeinsam genießen werden – und es wird sogar noch genussvoller sein, wenn sie lackierte Fingernägel hat und sich der Gelegenheit erfreut, die Dinge in einem vernünftigen Tempo zu erledigen.

Dann stellt sie sich Cecily vor, wie sie vor Schmerzen zusammengekrümmt im Sessel kauert.

Sie legt auf und bittet die Kosmetikerin, ihr den Rest der Flasche Nagellack mitzugeben.

Cecily liegt mit einem rosa Steppjäckchen bekleidet im Bett, ein Glas Ingwerlimonade steht auf dem Nachttisch. Ihre Wangen sind gerötet, doch sie sieht ausgeruht aus. Als sie das Tablett mit Suppe sieht, das Kate hereinträgt, lächelt sie strahlend.

«Es wäre doch nicht nötig gewesen, gleich heute Nachmittag damit zu kommen, meine Liebe», sagt Cecily mit Unschuldsmiene.

Kates Lächeln weicht aus ihrem Gesicht. «Wie bitte?»

«Ich sehe Sie ja ohnehin morgen, oder?»

«Stimmt, aber das entspricht nicht der Botschaft, die ich erhalten habe», sagt Kate stirnrunzelnd. «Man hat mir gesagt, es sei dringend.»

«Ach ja, so ist Bernadette, halb taub und hört nie zu. Das mit dem *fiskepudding* hat sie damals auch falsch verstanden. Sie hat ihn mit Makrele gemacht! Warum nicht gleich mit Pferdefleisch?»

«Ja, die Geschichte kenne ich – und Sie haben gesagt, Sie bräuchten diese Hähnchensuppe sofort, weil es Ihnen sehr schlecht geht.»

«Ein Missverständnis», sagt Cecily und greift nach Kates Arm, damit sie sich im Bett aufsetzen kann.

Kate stellt das Tablett auf den Boden und streckt die Hände aus. Cecily packt sie so fest, dass ihre Finger in Kates Fleisch kneifen, und setzt sich mit ihrer Hilfe auf. Dann streicht sie gelassen die Bettdecke glatt, während Kate ihr das Tablett auf den Schoß stellt und ihr einen Löffel in die ausgestreckte Hand drückt.

«Das sieht wie Suppe aus», sagt Cecily und nickt anerkennend. «Aber nur eine einzige Karotte.» Sie fährt mit dem Löffel zwischen den Nudeln hin und her, als suchte sie nach Gold. «Sie hätten sie morgen bringen können …»

Kate beißt sich vor Verärgerung so fest auf die Zunge, dass es weh tut. «Wissen Sie was, Mrs. Finn? Ich werde Bernadette fragen, was Sie ihr wirklich gesagt haben.»

«Ich würde mir die Mühe sparen, weil sie recht gereizt reagieren kann.»

«Ich werde mir die Mühe aber machen, weil es für mich ebenfalls sehr viel Mühe war, anderthalb Stunden zwischen wild gewordenen, pubertierenden Mädchen im Bus zu sitzen, nur um vor dem Deli, zu dem Sie mich geschickt haben, zu stehen und festzustellen, dass er samstags geschlossen hat.»

«Oh.» Cecily lacht. «Es ist Sabbat, da hat er natürlich zu.»

«Ja, natürlich hat er zu, und ich musste ein Taxi nehmen, weil die Victoria Line derzeit stillgelegt ist und der Bus zu lange dauerte. Ich dachte ja, es sei eilig. Ich bin also zum nächsten jüdischen Deli gefahren, der tatsächlich geöffnet hat – den ganzen weiten Weg zurück nach St. John's Wood bin ich gefahren. Auf dem Weg hierher habe ich in einem *weiteren* Taxi heiße Suppe auf meinem Schoß verschüttet, weil der Idiot im Deli den Deckel nicht ordentlich geschlossen hat und es viel zu viele Verkehrsschwellen gibt, und so hat mich die ganze Unternehmung beinahe drei Stunden gekostet.» Und achtunddreißig Pfund Taxigeld – eine wahrlich teure Suppe!

«Die Suppe ist von Harry Morgan's?», fragt Cecily und verzieht das Gesicht, um deutlich zu machen, dass sie ihr viel schlechter geschmeckt hätte, wenn sie *das* gewusst hätte.

«Das stimmt, Mrs. Finn – Meilen entfernt.»

«Das hängt gänzlich von Ihrem Ausgangspunkt ab. In diesem Fall hätten Sie wirklich *unbedingt* bis morgen warten sollen – dann hätten Sie die Suppe wenigstens im richtigen Laden gekauft.»

Kate schöpft tief Atem und zählt bis zehn, bevor sie die Luft wieder ausstößt. «Ich dachte, Sie hätten fürchterliche Bauchschmerzen? Ich dachte, Sie wären schwach und matt?»

«Das stimmte ja auch. Wie sich herausstellte, waren es Darmwinde, die in meinem Alter schrecklich schmerzhaft sind. Durch die Parkinsonkrankheit wird es noch schlimmer, und die Kalziumtabletten sind auch nicht gerade gut für meine Eingeweide. Mit über neunzig darf man nicht zu heftig pressen, sonst stülpt sich hinten etwas heraus. Ich bin mir sicher, Rappapot presst da unten absichtlich einmal die Woche extra heftig, weil dann alle ein Theater um ihr Hinterteil machen, diese nach Aufmerksamkeit gierende Hypochonderin.»

«Ach du liebes bisschen», sagt Kate und reibt sich das Gesicht.

«Was um Himmels willen ist eigentlich mit Ihren Fingernägeln los?»

«Ich war bei der Maniküre, als Bernadette anrief.»

«Oh. Haben Sie etwas Besonderes vor?»

«Sie wissen genau, was ich vorhabe!»

«Ach ja? Oh ja, richtig, stimmt, ich weiß es, nicht wahr? Ach ja, keine gute Tat bleibt unbestraft», sagt Cecily und kichert. «Mit den Vorbereitungen sind Sie bestimmt fertig, was macht es da schon aus?»

«Was es ausmacht? Es geht um Folgendes: Neulich haben Sie ein Riesentheater darum gemacht, dass Sie meine Freundin seien, und doch finden Sie es witzig, mir einen Abend zu versauen, der für mich sehr wichtig ist. In den letzten Monaten habe ich mit Nick die Hölle durchgemacht, und dieses Dinner hat für mich große Bedeutung. Ich wollte Brot backen, aber jetzt habe ich keine Zeit mehr dafür.»

«Ach, nehmen Sie es doch nicht so ernst, meine Liebe. Ich langweile mich. Ich bin gelangweilt, erschöpft und voller Ennui. Das ist ein französisches Wort und bedeutet …»

«Ich weiß, was Ennui bedeutet.»

«Und *Weltschmerz*?»

«Welsch … was?»

«Das ist ein deutsches Wort und bedeutet Weltmüdigkeit, Schmerz.»

«Tja, wenn Sie dieses Zimmer einmal verlassen würden, würden Sie sich vielleicht weniger weltschmerzig fühlen. Sie hätten vorhin ohne weiteres zum Matisse-Vortrag mitkommen können, dann hätten Sie sich die Mühe sparen können, mir den Rest meines Liebeslebens kaputt zu machen.»

«Wenn jeder Schritt, den Sie gehen, sich so anfühlte, als stäche man Sie mit Dolchen, würden Sie Ihr Zimmer auch nicht verlassen.»

«Tja, wenn Sie eine Gehhilfe verwenden würden, wie Mrs. Gaffney es Ihnen ans Herz gelegt hat, würden Ihre Gelenke sich vielleicht nicht wie Dolche anfühlen.»

«Eines von diesen lästigen, klobigen Gestellen? Lächerlich, dafür bin ich noch viel zu jung. Sehen Sie, meine Liebe, ich bin eine sehr alte Dame …»

«Sie sagten gerade, Sie seien zu jung für ein Gehgestell.»

«Haben Sie Nachsicht mit mir. Es hat mich berührt, dass Sie gekommen sind. Die Suppe ist gut. Natürlich nicht so gut wie meine eigene. Früher habe ich Samuel immer Hühnersuppe gekocht, die mochte er am liebsten. Ich war schon weit über achtzig, da habe ich sie immer noch zubereitet», erzählt sie und bekommt feuchte Augen.

«M-hm», antwortet Kate und schaut auf ihre Uhr: 18.02. Für das selbstgebackene Brot muss der Teig zwei Stunden gehen und dann noch vierzig Minuten backen.

«Ich habe ihm immer das letzte *kneidlach* gegeben, und er hat es in zwei Teile zerschnitten und mir die größere Hälfte zurückgegeben – eigentlich war es dann ja keine Hälfte, aber trotzdem. Wie schade, dass Sie das *kneidlach* vergessen haben – ich hatte es Bernadette ausdrücklich aufgetragen. Vielleicht hat sie das auch nicht ausgerichtet.»

«Kneidlach?», fragt Kate geistesabwesend.

«Die Matzeknödel sind das Beste an der Suppe», sagt sie und schlürft ihren Löffel geräuschvoll leer. «Wenn ich ganz ehrlich sein soll, ist die Suppe nicht heiß genug. Würden Sie so gut sein? Gehen Sie doch bitte in die Küche und wärmen Sie sie bis zum Siedepunkt auf.» Cecily schiebt ihr die Schale mit beiden Händen absichtlich langsam hinüber. «Auf dem Herd, nicht in der Mikrowelle, deren Strahlung bringt mich um.»

Falls die Strahlung es nicht schafft, erledige ich das, denkt Kate.

«Wenn Sie zurückkommen, kann ich Ihnen von der Hühnersuppe erzählen, die wir auf Hawaii gegessen haben. Sie war köstlich und wurde ausgerechnet mit Ananas zubereitet! Habe ich Ihnen erzählt, dass wir zu meinem Siebzigsten für einen ganzen Monat nach Kauai geflogen sind? Hanaley Bay. Ein wunderschöner Ort, und jede Nacht haben wir unter den Sternen getanzt. Die Farben des Meeres, was für eine Insel! Besser als diese elende Insel hier, wir hätten niemals zurückkommen sollen …»

«Hawaii wird leider bis morgen warten müssen», sagt Kate – sie wird nun auch keine Zeit mehr haben, Blumen zu kaufen, und wenn sie nicht jetzt sofort aufbricht, wird sie ihr verführerisches Dinner in von Suppe feuchten Leggins servieren müssen.

«Sie können nicht einfach davonstürzen, Sie sind ja gerade erst gekommen – das ist unglaublich unhöflich.»

«Ich muss jetzt los.»

«Wenn Sie nicht den Anstand haben, heute noch eine Weile zu bleiben, können Sie sich morgen die Mühe sparen. Dann brauchen Sie gar nicht erst zu kommen.»

«Seien Sie nicht so. Ich bringe das in die Küche und besuche Sie morgen, okay? Ich werde Bernadette sagen, dass Sie die Suppe siedend heiß wünschen.»

«Frisches Brot wäre ohnehin unpassend», sagt Cecily und lässt die Schultern entmutigt sinken. «Es ist zu schwer … Sie haben ja schon die Kartoffeln als Beilage zum Hähnchen.»

«Ich gehe jetzt.»

«Sie können auch gleich Ihre ganze Würde fahrenlassen und den verdammten Esel anflehen, Sie zu lieben.»

«Guten Appetit für Ihre heiße Suppe», sagt Kate, geht aus dem Zimmer, ohne sich noch einmal umzusehen, und bringt die Schale zu Bernadette. Cecilys Anweisung weiß diese unverzüglich zu bestätigen: «‹Dringende Suppe sofort, die Pferde nicht schonen.› Das hat sie gesagt.»

«Wären Sie so gut, ihr die Suppe nachher aufs Zimmer zu bringen?», fragt Kate. «Ich habe für heute genug von ihr.»

41

Aus dem Brot wird nun nichts mehr und ebenso wenig aus den Rosen, die zum Menu gehören. Beim Tischdecken und Aufräumen läuft Kate in einem froschähnlich hockenden Seitwärts-Wackelgang herum, da sie ihre Intimbehaarung als Notfalllösung mit Nair eingerieben hat.

War sie vorhin zu gemein zu Cecily? Oder nicht gemein genug? Rita hat recht, Kate muss sich besser abgrenzen, auf jeden Fall gegenüber dieser Frau.

Es ist jetzt fast 20 Uhr. Die Wohnung sieht großartig aus. Kate schaut in den Spiegel, sie sieht ebenfalls großartig aus. Das Haar hat sie locker auf die Seite gekämmt, und ihre Wangen sind von der Wärme in der Küche und einem Rest Verärgerung von vorhin gerötet.

Ihr Handy piept. Nick schreibt, dass er in zehn Minuten eintrifft, und plötzlich überkommt sie eine Erregung, die sie immer spürt, wenn eine Begegnung mit ihm bevorsteht. Es sind keine Schmetterlinge im Bauch – es ist die Vorfreude auf Glück, und das fühlt sich genauso gut an wie Glück –, es ist der Gedanke, bald wieder mit ihrem liebsten Menschen zusammen zu sein.

Als die Türglocke läutet und Kate sie öffnet, steht Nick in der schicken marineblauen Hose und im strahlend weißen Hemd da und hält schüchtern einen Strauß rosa Päonien in der Hand. Wie immer hat er etwas reizend Befangenes, wenn er etwas – auch im entferntesten Sinn – Romantisches macht.

Bei Kates Anblick leuchten Nicks Augen auf, und sie begrüßen sich mit einem Kuss und Blicken gegenseitiger Bewunderung. Kate fühlt sich, als träte sie in einer Fernsehshow auf – wie eine nahezu anbetungswürdige Frau und großartige Köchin mit drei perfekt lackierten scharlachroten Fingernägeln und sieben etwas weniger exakt bemalten, die immerhin nicht mehr nach Garnelen riechen. Auf dem Esstisch leuchten Kerzen; die Lampen sind gedimmt. Dieses Dinner hat sie nach allen Regeln der Kunst vorbreitet.

«Irgendetwas riecht hier köstlich», sagt Nick, als Kate ihm ein Glas Weißwein einschenkt, und er lässt sich auf der vordersten Kante von Ritas Sofa nieder. «Die Wohnung deiner Mum macht mir Angst, alles ist so makellos.»

«Mach dich auf einen Elektroschock gefasst, solltest du dein Glas nicht genau auf den Untersetzer stellen», sagt Kate und lacht, weil Nick sein Glas grinsend kurz direkt auf dem Tisch platziert, bevor er es mit einem Ausdruck gespielter Angst zimperlich am richtigen Ort absetzt.

«Und wie war die Nachtschicht?», fragt sie, da sie die Schatten unter seinen Augen bemerkt. «Hattet ihr viel zu tun?»

«Ja, aber es hat Spaß gemacht», antwortet Nick begeistert. «Die große Umstellung steht nächsten Monat bevor, und jetzt arbeite ich mit dem Team die Vorversuche durch. Die Infrastruktur ist so alt, dass es eigentlich viel mehr Systemabstürze hätte geben müssen.»

Bei einem anderen Freund könnte sie misstrauisch werden und befürchten, die freitags regelmäßig durchgearbeiteten Nächte *im Büro* könnten in Wirklichkeit ein Deckmantel für etwas ganz anderes sein, aber sie hat selbst gesehen, wie Nicks Augen aufleuchten, wenn er über Daten redet – ungefähr so wie die Augen anderer Männer, wenn sie ein schwarzes Spitzenhöschen sehen.

«Wirst du bis dahin oft nachts arbeiten?»

«Ein- oder zweimal pro Woche – aber ich bekomme die Überstunden bezahlt, und außerdem macht es riesigen Spaß.»

«Ich könnte eifersüchtig auf deine Arbeit werden.»

«Weil ich dort so viel Zeit verbringe?»

«Nein, ich wollte sagen, dass ich neidisch auf dich bin. Ich wünschte, ich würde meinen Job so lieben wie du den deinen», sagt Kate, schenkt sich Wein nach und denkt an ihre unerwartete Enttäuschung zurück, als sie erfuhr, dass sie ihre Stelle behalten würde. «Wie dem auch sei, hast du Hunger?»

«Zum Teufel, ja. Was gibt es zu essen? Von diesem Duft knurrt mir der Magen.»

«Es ist ein Menü aus dem Kochbuch, von dem ich dir erzählt habe. Aus dem Buch, das Mrs. Finn geschrieben hat. Scampi und danach Hähnchen – komm mit.» Kate steht auf und geht ihm voraus in die Küche.

«Selbst zubereitete Scampi? Das ist ja großartig,» sagt er, als sie den Deckel hebt.

«Ich wünschte, du hättest mir beim Schälen helfen können», sagt sie und zeigt ihm die Scampi mit dem Blick einer Traumatisierten. «Es war harte Arbeit.»

«So etwas mache ich schrecklich gern. In der Küche ergänzen wir uns perfekt. Das Kochen macht viel mehr Spaß, wenn du dabei bist. Ich vermisse dich wirklich. Sehr.»

Er beugt sich vor und küsst sie. Er nimmt ihr Gesicht zwischen die Hände, und ihre Lippen vereinigen sich, ein Siegel fester Absichten. Fünf Minuten lang stehen sie da und küssen sich, bis Kate sich widerstrebend von ihm löst. «Dann hilf mir mal beim Frittieren», sagt sie. «Mum wird es mir definitiv nicht verzeihen, sollte ich ihre Wohnung abfackeln. Ich habe schon ihre Stimme im Ohr: ‹Freud sagt, es gibt kein *aus Versehen.*›»

Nick lacht. «Deine Mum und du, ihr zankt euch ständig. Dafür haltet ihr es schon ganz schön lange miteinander aus.»

«Ich hatte wohl kaum die Wahl!», sagt Kate und verflucht sich dafür, dass die süße, unbekümmerte Version ihrer selbst nur wenige Minuten verweilt. «Also, du erhitzt das Öl, und ich gebe diese armen Kerle in ihr fettes Grab. Ich sehe noch vor mir, wie ihre Perlenaugen mir in die Seele geschaut haben.»

Thought for Food hatte recht, überlegt Kate, die auf dem Sofa liegt, während Nicks Kopf auf ihrem Schoß ruht. Mit einem Servierteller voll frittierter goldener Happen kann man tatsächlich seine Ziele erreichen. Das Hähnchen war unglaublich zart, und die Sauce hatte einen so intensiven, köstlichen Geschmack, wie man ihn sonst nur in guten französischen Restaurants findet. Die Kartoffeln waren das reinste Wunder. Und der Kuchen war der perfekte Abschluss – leicht, süß und befriedigend.

Nick war sehr aufmerksam, hielt ihr das Haar zurück, als sie die Garnelen frittierte, und streichelte ihr beim Essen die Knie. Seinem Appetit zuzusehen, war ein Vergnügen – er nahm sich von allem zweimal. Im Scherz fütterte er sie im Stil von *9½ Wochen* mit Erdbeeren, bis sie sich beide vor Lachen nicht mehr halten konnten. Jetzt entspannen sie mit einem Bourbon, genau wie früher immer, nur dass sie jetzt bei Rita sind. Dadurch fühlt es sich anders an, neu und ein bisschen unartig.

Kate krault Nick sanft am Hinterkopf. Er schnurrt vor Wohlbehagen wie ein Kater, und sie beugt sich über ihn, um ihn zu küssen. All der unnötige Unsinn der letzten Monate hat an ihren Kräften gezehrt, aber manchmal muss man durch ein Unwetter hindurch, um die Küste zu erreichen. Wer hat denn behauptet, Beziehungen seien einfach? Eine Knoblauchpresse, die gut funktioniert und leicht zu säubern ist, findet man ja auch nicht einfach so, warum um Himmels willen sollte es mit der Liebe anders sein?

Nick klopft sich auf den vollen Bauch. «Die Kartoffeln haben das Dinner perfekt gemacht.»

«Und hat dir der Kuchen geschmeckt? Ich habe ihr Rezept leicht abgewandelt, und sie fand, das hätte ich nicht tun sollen.»

«Wer?»

«Mrs. Finn.»

«Der Kuchen war phantastisch. Wahrscheinlich hätte ich auf das zweite Stück verzichten sollen», sagt er, ergreift ihre Hand und legt sie auf seinen Bauch, als wären darin Kindsbewegungen zu spüren.

«Ich habe sie heute Vormittag besucht.»

«Wen?»

«Mrs. Finn.»

«Ich dachte, du besuchst sie immer sonntags.»

«Ich habe ihr Kuchen gebracht. Und sie hatte Bauchschmerzen.»

«Nach dem Verzehr des Kuchens? Du hast mich doch nicht etwa aus Rache für Frankreich vergiftet? War das dein Plan? Mich hierherlocken, wunderschön aussehen und dann hinterrücks vergiften?»

«Sie hat den Kuchen kaum angerührt – aber heute Nachmittag bekam ich einen Anruf, es sei ein Notfall und ich müsse mit Erste-Hilfe-Suppe zu ihr eilen. Ich haste also durch die ganze Stadt, um diese Suppe aufzutreiben – und als ich schließlich bei Mrs. Finn eintreffe, stelle ich fest, dass sie wohlauf ist und sogar ein bisschen munterer als sonst! Ich glaube, sie wollte meine Tagesplanung absichtlich durcheinanderbringen.»

Nick schüttelt verwirrt den Kopf. «Warum hast du die Bitte nicht einfach von vornherein ausgeschlagen?»

«Ich dachte, sie wäre krank. Du kennst sie nicht, aber du würdest es verstehen. Sie ist nicht der Typ, dem man etwas ausschlägt. Und sie hat sonst niemanden mehr – sie tut mir leid. Meine Großeltern sind früh gestorben.»

Nick zuckt mit den Schultern. «Du trägst keine Verantwortung für sie.»

«Ich denke, es ist nie ein Fehler, freundlich zu jemandem zu sein.» Nicht dass Kate heute besonders freundlich gewesen wäre, aber das erwähnt sie nicht, und sie übergeht auch den Grund, der möglicherweise hinter Cecilys Sabotageaktion stehen könnte. «Du hast deine Großeltern nicht kennengelernt, oder?»

«Dad war seinen Eltern entfremdet, und Mums Leute sind gestorben, als sie noch ziemlich klein war. Ich glaube, deswegen ist sie so fromm geworden.»

«Eigenartig, nicht wahr? Wie eine Tragödie dazu führen kann, dass Menschen entweder gläubiger werden oder aber den Glauben vollkommen verlieren.»

«Ich habe mit meinem Psychoklempner darüber geredet.»

«Über Religion?»

«Über Mum – er meinte, eine derart fromme Mutter zu haben, sei nicht anders, als eine alkoholsüchtige Mutter. Beide sind von etwas abhängig, das außerhalb der Familie liegt.» Mit gerunzelter Stirn versucht er, die Theorie zu erklären. «Sie war süchtig nach Jesus, nicht nach Wodka, aber seiner Meinung nach läuft es auf das Gleiche hinaus.»

«Interessant. Du profitierst also von der Therapie?»

«Ganz ehrlich?» Er strahlt. «Sie ist das Beste, was ich je gemacht habe.» Er atmet tief und zufrieden durch und ergreift ihre Hand. «Kate – danke, dass du so geduldig bist und mir zur Seite stehst.» Er drückt ihre Hand, und sie sieht Tränen in seinen Augen. «Das, was wir haben, ist etwas so Gutes, nicht wahr?»

«Unsere Beziehung war immer wunderschön, Nick. Im Urlaub habe ich gesehen, wie sehr es dich aus der Fassung bringt, jemandem so nahe zu sein. Das war doch wohl das Problem, oder?»

Er nickt eifrig. «Ich konnte es nicht formulieren, weil mir die Worte dafür fehlten, aber ich war noch nie jemandem so nahe wie dir, und das hat mir Angst gemacht.»

«Nick, ich muss ehrlich zu dir sein. *Ich* habe Angst, dass du wieder herumeiern wirst.»

«Das wird nicht geschehen, Kate, bestimmt nicht. Gib mir noch eine Chance. Ich verspreche dir, dass es kein Herumeiern mehr geben wird. Ich kann mir keine Frau vorstellen, mit der ich mein Leben lieber verbringen würde.»

Kates Herz pocht vor Glück. «Abgesehen von Laura Marling. Oder Kristen Stewart», sagt sie und streicht mit dem Finger seine borstige rechte Augenbraue glatt.

Er lacht. «Du bist also für mich die drittbeste Wahl auf der ganzen Welt. Keine hat mich je so geliebt wie du, du bist wundervoll.»

Und sie denkt lächelnd, vielleicht bin ich das ja wirklich.

Es ist 3.40 Uhr, und sie liegen kurz vorm Einschlafen in Kates Bett.

«Ich habe vergessen, wie perfekt wir zusammenpassen», sagt Nick, streichelt Kates Haar und zieht sie näher an sich heran.

Sie nickt mit geschlossenen Augen und atmet seinen vertrauten Duft ein. Das hier hat ihr mehr als alles andere gefehlt – nicht so sehr der Sex, vielmehr die Minuten danach, wenn sie Hand in Hand, die Finger verflochten, langsam dem Schlaf in die Arme gleiten.

«Also ... was hältst du davon, dieses zugegebenermaßen reizvolle Bett im begehbaren Kleiderschrank deiner Mutter gegen die linke Hälfte meines Bettes einzutauschen? Bist du immer noch dazu bereit?»

«Weißt du was? Ich glaube schon», sagt sie und blickt lachend in sein strahlendes Gesicht auf.

Als er ihre Hand fest drückt, spürt sie, wie ihr Herz sich vor Liebe weitet.

«Wann machen wir's?»

«Bald», antwortet Kate, nach all dem Hoffen und Warten von plötzlicher Erschöpfung überkommen, denn endlich erhält sie zurück, wonach sie sich so gesehnt hat. «Anfang Dezember fliegt Mum nach Lanzarote, dann habe ich die Wohnung für mich ...»

«Und dann steht auch der große Geburtstag an ...»

Gott sei Dank wird Nick nun an ihrer Seite sein, wenn sie diese erschreckende Zeitmarke erreicht.

«In der Woche darauf wird mein Projekt fertig, sollen wir also sagen, am darauffolgenden Wochenende?»

«Das klingt gut.» Kate nickt zufrieden, und Sekunden später ist sie in einem tiefen, glücklichen Schlaf versunken.

42

Als Kate aufwacht, ist Nicks Arm um ihre Taille geschlungen, und sein Fußrücken berührt ihre Fußsohlen. Sie stößt einen tiefen Seufzer aus, und ihr ganzer Körper kuschelt sich entspannt in die Matratze. Seit Frankreich ist sie jeden Morgen mit einer unangenehmen Enge in der Brust aufgewacht. Sie hatte sie für Trauer gehalten, aber jetzt versteht sie, dass es Angst war – Angst davor, dem Tag oder vielmehr sich selbst in die Augen sehen zu müssen. Dieses Gefühl ist verschwunden – jetzt, da sie sich wieder an Nicks Seite befindet, wo sie hingehört, ist es einer Empfindung von Ruhe und Zufriedenheit gewichen.

Nick schläft tief und fest, und so reckt sie sich vorsichtig und greift nach *Thought for Food,* das auf ihrem Nachttisch liegt. Das gestrige Dinner hätte nicht besser gelingen können. Es war so einfach und fügte sich doch zu etwas zusammen, das mehr war als die Summe seiner Teile. Die Kartoffeln waren nicht einfach, aber die Mühe hat sich gelohnt. Ihr wäre niemals der Gedanke gekommen, sie als Beilage zu Hähnchen zu servieren. Wie Samuel die Mahlzeit wohl damals geschmeckt hat? Sie fragt sich außerdem, wie Cecily sich wohl am nächsten Morgen beim väterlichen Verhör gefühlt haben mochte – der Druck, die Bürde des Unverheiratetseins abzuwerfen, muss schrecklich gewesen sein.

Sie blättert zum «*Brunch für Frischvermählte:*

> *Von allem, was die Woche bringt,*
> *ist ein Tag nur bei mir beliebt,*
> *ein Tag, der jederzeit gelingt*
> *und zwischen Sams- und Montag liegt.*
> HENRY CAREY

Ziel:
die Freuden eines faulen Sonntagmorgens mit den Annehmlichkeiten eines frühen Mittagsmahls zu verbinden, sodass den beiden Turteltauben ein langer Nachmittag für beliebige Unternehmungen bleibt.»

Das Menü selbst ist nicht nach Kates Geschmack – flambierte Nieren –, tatsächlich kann sie sich nichts Schlimmeres vorstellen. Außerdem, was auch immer sie zum Frühstück zubereiten, nachher muss sie Cecily besuchen, und dazu hat sie fast genauso wenig Lust, wie eine Niere zu flambieren.

Sie legt das Buch auf den Nachttisch zurück, breitet die Bettdecke wieder über ihrer beider Füßen und schläft zufrieden ein.

Ein paar Stunden später wacht sie von einem Geräusch auf. Es ist Nick, der sich im Bett aufgesetzt hat und mit seinem liebsten Kreuzworträtselbleistift den *Listener* löst.

«Warum siehst du so mit dir und der Welt zufrieden aus?», fragt sie und schabt mit den Fingernägeln ganz leicht über seinen Bauch.

Er schaudert lustvoll zusammen und legt das Rätsel auf den Nachttisch: «Ich bin einfach nur froh, dass mein Mädel wieder an meiner Seite ist.»

«Worauf hast du heute Lust?»

«Von dir abgesehen?»

«Schleimer.»

«Ich dachte, wir könnten spazieren gehen. Draußen ist es wunderschön.»

«Woher weißt du das?», fragt Kate und schaut auf die zugezogenen Vorhänge.

«Ich war bereits auf. Ich habe den Abwasch erledigt und Kaffee aufgesetzt.»

«Ach, Nick», sagt sie und küsst ihn.

«Das war das mindeste, nach diesem phantastischen Dinner gestern Abend», gibt er zurück und streichelt ihr Haar. «Wir könnten durch den Regent's Park zum Bauernmarkt in Marylebone spazieren, uns da ein Bacon-Sandwich holen und ein paar Leckereien zum Kochen einkaufen? Was hältst du von einem Roastbeef zum Abendessen, mit allem Drum und Dran? Und anschließend könnten wir noch einmal *The Lego Movie* schauen.»

«Gute Idee, abgesehen vom letzten Teil.»

«Dann einer von deinen erwachsenen Filmen – *Chinatown*?»

«Obwohl richtige Menschen darin auftreten und keine kleinen gelben Spielzeugmännchen aus Kunststoff?»

«Ja klar.»

«Wunderbar. Oh, aber ich muss um vier Uhr nachmittags Mrs. Finn besuchen.»

«Du hast sie doch schon gestern gesehen.»

«Ich weiß, aber Sonntag ist unser fester Tag – und außerdem hatten wir gestern so eine Art Streit. Möchtest du mich auf eine Tasse Tee begleiten? Sie ist sehr interessant, und sie wird mir von einer Reise nach Hawaii erzählen, die Samuel und sie zur Feier ihres Siebzigsten unternommen haben. Ich fände es wirklich schön, wenn du sie kennenlernen würdest.»

Nick schüttelt zögernd den Kopf. «Wenn ich die Zeit nicht mit dir verbringe, muss ich noch arbeiten …»

«Nur für eine Stunde?»

«Ein andermal.»

«Oh, okay. Ich besuche sie und fahre dann zu dir.»

«Gut», sagt er und stößt einen zufriedenen Seufzer aus. «Es gibt da aber noch etwas, was ich vorher gern erledigen würde», sagt er lächelnd, wälzt sich sanft auf sie und spreizt ihre Beine mit der Hand auseinander. «Eine äußerst wichtige Sache …»

Ihretwegen hätte sie den ganzen Tag mit Nick im Bett verbringen können, aber Rita kommt heute zurück, und dann ist da natürlich noch Cecily. Außerdem ist es ein wunderschöner Tag.

Der Oktober war ungewöhnlich mild und trocken. Die Blätter sind erst jetzt gefallen, und jedes wirkt so vollkommen, als wäre es mit seinen hervorstehenden Blattadern in einem Album gepresst worden.

Als Kate und Nick durch den Regent's Park gehen, erzeugen ihre Füße ein angenehmes Rauschen und Rascheln im Laubteppich. Hand in Hand weisen sie sich gegenseitig auf schöne Ansichten hin. Die obersten Äste sind wie ein Feuerwerk von Farben – hochrot, orangefarben und gelbgrün, eine lodernde, feurige Pracht. Blätter wie schimmernder Bernstein, und dort steht ein Baum, der die Farbe von Eigelb hat. Diese Schönheit raubt Kate den Atem. Hoch oben zieht ein Jumbojet eine scharfe weiße Linie über den tiefblauen Himmel. Nick lässt sich ein wenig obsessiv über das Verhältnis von gelben zu rötlichen Blättern aus, da er überzeugt ist, dass ein mathematisches Prinzip dahintersteckt.

Er umfasst Kates Arm fester. Sein Lächeln scheint zu sagen: Tut mir leid, ich liebe dich. Du gehörst zu mir, und ich gehöre für immer zu dir.

«Denkst du an Bacon?», fragt Kate lachend.

«Nein, ich bin einfach nur glücklich … das liegt daran, dass ich mit dir zusammen bin. Das weiß ich jetzt.»

Solange der Himmel so blau bleibt, ist die Welt ein Wunder, und alles ist möglich.

Als 16 Uhr näher rückt, kann Kate sich kaum von Nick losreißen. Sie erwägt, im Lauderdale House anzurufen und mit der Begründung abzusagen, sie fühle sich nicht wohl. Doch dann überlegt sie, wie in den wunderschönen Strahlen der schon winterlich wirkenden Sonne der ganze Park wie in leuchtende Farben getränkt erscheint, während die frische, klare Luft ihre Lunge füllt. Und im Gegensatz dazu sitzt Cecily in ihrer stickigen, mit Büchern ausgekleideten Zelle.

Im Lauderdale House ist heute einiges los. Als Kate den Speisesaal durchquert, sieht sie, dass dort eine Teegesellschaft zusammengekommen ist. Bessie Burbridge, die ein tadelloses rotes Kostüm trägt, sitzt vor einem großen Geburtstagskuchen, auf dem mit Schokoladenguss «Zweiundneunzig» geschrieben steht. Um sie herum haben sich ein Paar in den Sechzigern, ein Dutzend Bewohnerinnen und einige Personalkräfte versammelt. Kate beglückwunscht Bessie und wird von ihr beschwatzt, ein Stück Kuchen zu nehmen. Nach einer kleinen Plauderei mit Bessies Tochter, die an der gleichen Uni Englisch lehrte, an der Kate damals kurz eingeschrieben war, ist es zwanzig nach vier.

Als Kate an Cecilys Tür klopft, wird sie von Schweigen empfangen. Sie klopft lauter an, und als keine Antwort erfolgt, steckt sie vorsichtig den Kopf durch die Tür. Ihr Herz setzt einen Schlag aus.

Zusammengesunken sitzt Cecily in ihrem Sessel, der Kopf hängt nach vorn gebeugt. Ihre Beine wirken so starr und abgeknickt wie Mikadostäbchen. Wie schrecklich zart und dünn sie doch sind! Zerbrechlich und knotig. Kate eilt zu ihr und berührt sie sanft an der Schulter, und gleich darauf noch einmal fester.

Mit einem Ruck fährt Cecily hoch, murmelt etwas Unverständliches auf Schwedisch, fährt erneut zusammen, schlägt dann langsam die Augen auf und wendet sich Kate verwirrt zu.

«Mrs. Finn, alles ist in Ordnung, ich bin es nur, Kate.»

Cecily atmet mit einem kleinen Grunzen ein, und dann noch einmal. «Haben Ihre Eltern Ihnen nicht beigebracht, dass man anklopft?»

«Kann ich Ihnen etwas Wasser bringen?»

Cecily öffnet den Mund, und ein trockener, kehliger Laut kommt heraus. «Tee.»

Mit noch immer hämmerndem Herzen macht Kate sich auf den Weg zur Küche, wo sie ein paar einfache Shortbreads holt. Sie hätte Cecily etwas vom Bauernmarkt mitbringen sollen, aber sie hat den Tag mit Nick so genossen, dass sie daran nicht gedacht hat.

Mit dem Tee geht Kate zurück in Cecilys Zimmer und lässt sich in ihren üblichen Sessel nieder.

«Ich werde nicht gern geweckt», sagt Cecily. «Sie hätten anklopfen sollen.»

«Das habe ich.»

«Ich bin Ihnen gegenüber verstimmt.»

Zur Abwechslung einmal, denkt Kate, während sie den Tee einschenkt und geduldig lächelt.

«Ich nehme an, das Dinner war ein Erfolg?», fragt Cecily und nimmt die Tasse mit vor Wut zitternden Lippen in beide Hände.

«Das Menü war großartig, danke. Insbesondere die Kartoffeln …»

«Wo ist mein Buch?»

Kate schlägt die Hand vor den Mund. «Ich habe es nicht dabei. Entschuldigung, mir war nicht klar, dass Sie es ernst meinten.»

«Ich habe Ihnen das von gestern nicht verziehen.»

Kate stößt einen Seufzer aus. «Welchen Teil?»

«Das wissen Sie genau.»

«Nein, eigentlich nicht. Stört es Sie, dass ich einige Umstände auf mich genommen habe, um Ihnen die Suppe zu besorgen? Oder dass ich Ihnen selbst gebackenen Kuchen mitgebracht habe?»

«Mir war nicht bewusst, dass es eine *solche* Qual war, mich zu besuchen, dass es so grauenhaft ungelegen kam. Warum haben Sie sich heute die Mühe gemacht zu kommen?»

«Ich habe mich auf die Geschichte gefreut, wie Sie mit Samuel auf Hawaii am Strand getanzt haben.»

«Mit Samuel? Was?», fragt Cecily empört. «Ich erzähle Ihnen nichts mehr aus meinem Leben. Ihnen liegt ja in Wirklichkeit gar nichts an mir. Warum sind Sie eigentlich hier?»

«Keine Ahnung», antwortet Kate. Sie wollte ruhig bleiben. Aber ihr gelingt es nicht, den Vorsatz einzuhalten. «Blinde, dumme Loyalität.»

«Fehlgeleitete Loyalität, das ist das erste Mal, dass ich etwas Intelligentes von Ihnen höre», sagt Cecily. «Sie brauchen sich nicht die Mühe zu machen, noch einmal zu kommen, denn ich möchte keine Besucher. Die wollte ich nie. Ich möchte meine Ruhe haben.»

«Wenn Sie versuchen, mich mit Gemeinheiten abzuschrecken …»

Cecily kreischt vor Verärgerung auf. «Verschwinden Sie, Sie grässliche Frau.»

«Ich dachte, wir hätten diesen Unsinn hinter uns.»

«Ich habe gar nichts hinter mir. Gehen Sie. Ich will Sie hier nicht mehr sehen.»

Kates Gesicht brennt vor Zorn, als sie den Raum verlässt. Hatte sie anfangs der Schrecken überkommen, Mrs. Finn könnte tot sein, will sie jetzt nichts mehr mit ihr zu tun haben.

Draußen zieht sich der Himmel zu, es ist kühl. Warum überrascht sie Cecilys Verhalten eigentlich? Die alte Dame ist eine Meisterin darin, nachtragend zu sein und zu grollen: Sie hasst Maud, weil sie vor Jahren beim Bridge einen Fehler gemacht hat, und sie hasst die arme Bessie, weil sie zu nett ist!

Kates Sonntag ist bisher perfekt gewesen, jetzt aber hat die alte Schreckschraube dafür gesorgt, dass sie von Schuldgefühlen, Empörung, Sorge und Zorn geplagt wird – Gefühle, die ihr den Tag verderben wollen. Das wird sie nicht zulassen.

Sie muss unbedingt mit Nick über Weihnachten sprechen und ihn fragen, ob sie nur zu zweit sein wollen oder ob er am Feiertag mit Rita und deren Gefolgsleuten klarkommt.

Cecily war einmal eine junge Frau, die liebte und Zukunftspläne schmiedete. Jetzt gibt es nichts mehr, wofür sie planen könnte. Sie hat keine Ziele mehr; ihr Leben beschränkt sich darauf, jeden einzelnen Tag im Lauderdale House rumzubringen. Kate hat versucht, sie aus ihrem Panzer herauszulocken, aber sie ist gescheitert.

Diese Gedanken sind viel zu deprimierend, und sie muss sich schnell mit schöneren ablenken: mit Gedanken an den Spaziergang am Nachmittag mit Nick, zum Beispiel. Das macht sie wieder etwas fröhlicher.

Und dann fällt ihr ein Spaziergang ein, den sie vor beinahe zwei Jahren mit Nick gemacht hat. Es war ihr zweites Date, und sie hatten sich auf der Straße verabredet. Als Nick kam, machte sich in Kate Ernüchterung breit – er wirkte zu eifrig und war ziemlich verschwitzt –, und plötzlich dachte sie, er sei ein unbeholfener Nerd, bei weitem nicht so gut aussehend wie ihr Exfreund Toby, der dieselben Bücher liebte wie Kate und viel eher ihr Typ war. Doch dann sind Nick und sie zum Geheimtipp-Park von Hampstead spaziert, und Nick erzählte von seiner Begeisterung für Eddie Izzard – er konnte ganze Passagen nachspielen. Er hat das so witzig gemacht, dass Kate etwas begriff, als Nick sie dazu brachte, stehen zu bleiben, und sie küsste – der allererste nervöse und süße Kuss: In dem Moment begriff sie, dass sie dumm und oberflächlich gewesen war und dass Verschwitztsein oder die Art der Bücher, die man liest, keine Rolle spielten.

Er hatte sie geküsst, um seinen «Anspruch» auf sie geltend zu machen, wie er ihr später gestand, und obwohl es kein besonders toller Kuss gewesen war, hatte Nick Kate durch seine reizende Art für sich gewonnen. Dazu kam das starke Gefühl, an seiner Seite sein zu wollen. Etwas an seiner unschuldigen Begeisterung hatte ihre Zärtlichkeit geweckt. Er hatte sie geküsst und sie ihn, und sie hat es niemals bereut, oder zumindest nicht bis zu diesem schrecklichen, dummen Vorfall in Frankreich.

Die letzten Monate waren eine ungeheure Herausforderung, denn sie musste sich in zwei Personen aufspalten. Da war die nach außen auftretende Kate: Sie tat so, als störe das *Herumeiern* sie nicht und als sei sie mitfühlend und entspannt genug, um diese Unsicherheit auszuhalten, beladen mit der Hoffnung, die sie die ganze Zeit mit sich herumschleppte. Und da war die authentische Kate, die unbedingt wissen wollte, ob sie geliebt wurde, und die im anders lautenden Fall am liebsten in eine weit entfernte Höhle gestürmt wäre, um vor Verzweiflung zu schreien.

Es ist schon anstrengend genug, eine einzige Person sein zu müssen. Und so empfindet sie es als ungeheure Erleichterung, wieder als eine vollständige Version ihrer selbst auftreten zu können. Sie ist dankbar dafür zu wissen, dass Nick sie wirklich liebt.

Und Cecily … nun, Kate hat sich große Mühe gegeben, aber Cecily will nicht, dass jemand sich um sie bemüht, und dagegen ist Kate machtlos.

43

Projekt: Fletchers' Special Selection
Unsere Züchter haben mit unseren Partnern zusammengearbeitet, um für unsere Kunden erstklassiges Traditionsgemüse zu großartig günstigen Preisen zu produzieren.

Kate sitzt Dienstagnachmittag an ihrem Schreibtisch und starrt entsetzt in ihr Mail-Eingangsfach, wo sie durch die neuen Anweisungen scrollt:

Zur Markteinführung steht als Erstes Wurzelgemüse an, insbesondere Karotten. Für die folgenden Sorten gibt es Rabatte von vierzig Prozent oder mehr: *Early Horn, Golden Ball, Little Finger* und *Purple 68*. Die Leitung des Verkaufs Agrarerzeugnisse ist jedoch besorgt, diese Namen könnten pornographisch klingen. Daher wird *Tendersweet* die erste Qualitätssorte der Aktion *Nimm zwei, zahl eins* sein. Anforderungen: Alliteration in der Kopfzeile plus Text für Vorderseite der Packung. Zubereitungsempfehlung wie üblich: Vor dem Servieren waschen.

Das also sind Devrons «aufregende kreative Möglichkeiten». Kate kann sich bestens vorstellen, welche Verachtung Cecily dafür übrig hätte.

Seit acht Uhr früh hetzt Kate von einem Meeting zum

nächsten. Die Entscheidung, ob MAKRELE zu MAKRONE abgeändert werden sollte, ist noch nicht gefallen, und nach einer dreistündigen Debatte, während derer Kate sich nägelkauend überlegte, ob ihre Kollegen es wohl bemerken würden, wenn sie aus dem Saal entschlüpfte, hat man beschlossen, dass die Entscheidung auf Aktionärsebene fallen müsse. Anschließend wurde Kate in die Sitzung zur Fehleranalyse zitiert: *Fehler: Wir haben einige begangen.* Ein «Aufwisch-Treffen», bei dem versucht wurde, sich gegenseitig die Schuld am schlechten Abschneiden der Aktion «Sommer der Würste» zuzuschieben. Erwachsenen Männern dabei zuzuschauen, wie sie sich aus vollem Herzen über das Scheitern ihrer Würste streiten, hat schon vor Jahren den komödiantischen Wert für Kate verloren.

Nach diesem Marathon an Meetings wird sie sich zur Stärkung einen Cappuccino und ein Twirl genehmigen, während sie die Stunden zählt, die bis zum Wiedersehen mit Nick heute Abend noch bleiben. Der Dienstag ist als der schlimmste Tag der Woche berüchtigt: Vom Montag erwartet man, dass er schrecklich wird, am Mittwoch hat man bereits den Scheitelpunkt erreicht, aber der Dienstag? Für diesen Tag spricht wirklich gar nichts.

Sie geht in die Kantine, kehrt an ihren Schreibtisch zurück und begibt sich mit ihrem Computerbildschirm erneut in ein Duell des Starrens. Der Kick durch Koffein und Schokolade ist innerhalb weniger Minuten verflogen.

Tolle, telegene Tendersweets … trübselige, törichte Tendersweets …

Traditionskarotten sind einfach nur Karotten. Karotten sind knackig. Karotten sind gesund. Manchmal sind Karotten sogar gelb oder purpurrot (die Tendersweets allerdings nicht) – aber sie sind und bleiben trotzdem Karotten. In der Nacht, in der sie ihren Text für Devron schrieb, fühlte sich Kate auf eine Weise inspiriert wie noch nie in ihrem Job, kein einziges Mal. Wenn sie auch nur ein weiteres Jahr, ach was, eine Woche so tun muss, als hätte sie etwas für Karotten übrig, wird sie verrückt.

Erst jetzt, da Nick wieder seinen angestammten Platz in ihrem Leben eingenommen hat und ihr Kopf wieder frei ist, kann sie sich konzentrieren. Die letzten Monate war sie Opfer ihrer eigenen Prinzipienreiterei, was ihren Job angeht. Sie hat mit Annalex konkurriert – und wozu? Jedes Mal, wenn Cecily über ihren Job lästerte, musste Kate ihr insgeheim recht geben. Jetzt aber, da Kate ruhiger, selbstsicherer und stärker ist, ist es nicht zu übersehen: Sie hat einen Fehler gemacht. Sie hatte die Möglichkeit, die Mauern ihrer kleinen Welt zu überwinden, es mit einem anderen Beruf zu versuchen, doch stattdessen hat sie sich an ihren Job geklammert, weil sie Angst und keine Vorstellung von ihrem Potenzial hatte.

Sie spürt eine leichte Panik in sich aufsteigen, schließt die Augen und zwingt sich, tief durchzuatmen. Sie denkt an Cecily, an all die Orte, die sie besucht hat, und an die Abenteuer, die Samuel und sie erlebt haben – Cecily hat das Beste aus ihrem Leben gemacht. Kate findet im Gegenzug für sich selbst den Gedanken unerträglich, mit siebenundneunzig auf eine Karriere zurückblicken zu müssen, die sie Karotten und Annalex gewidmet hat und, oh, so vielen kleinen, langweiligen Dingen.

Kate klickt die ursprüngliche E-Mail zum Thema Entlassungen an und liest die Hintergründe, Konditionen und

Termine noch einmal durch. Letzte Woche hat Devron bestätigt, dass ihnen bis Dezember die Abfindungsoption offensteht. Sie hat noch keinen neuen Vertrag erhalten; das wird sich zweifellos zu ihren Gunsten auswirken. Sie greift nach dem Telefon und ruft Kavita an, die sie instruiert, was genau sie der Personalabteilung sagen muss, welche Schlagworte sie einstreuen soll und welchen Tonfall sie anschlagen muss, falls man ihr Schwierigkeiten macht.

Dann ruft sie die Personalabteilung an, und nach einem dreißigminütigen informativen Gespräch legt sie erregt auf und macht sich auf die Suche nach Devron.

«Das soll wohl ein Scherz sein», sagt Devron.

Kate kann es sich leisten, liebenswürdig zu bleiben, da sie gerade fünf Monate Freiheit gewonnen hat. «Devron, ich weiß zu schätzen, was Fletchers für mich getan hat, aber ich arbeite hier die längste Zeit meines Lebens. Ich muss endlich etwas anderes mache.»

«Kannst du nicht wenigstens bis Weihnachten bleiben? Und Annalex in ihrer neuen Rolle unterstützen?»

«Das wird leider nicht gehen.»

«Hm. November ist keine gute Zeit für die Stellensuche.»

«Dann werde ich wohl erst mal morgens ausschlafen», erwidert Kate und lächelt bei dem Gedanken.

«Du gehst, ohne etwas Neues in der Hand zu haben? Ganz schön wagemutig. Das hätte ich dir nicht zugetraut.»

Es ist kein Kompliment, aber Kate beschließt, es als ein solches aufzufassen. «Danke. Weißt du was? Ich auch nicht.»

Als sie durch die Drehtür in den kalten, klaren Abend hinaustritt, nimmt sie ihr Handy aus der Tasche. Der erste Mensch, dem sie gern davon erzählen würde, ist Cecily; dieses eine Mal wäre sie vielleicht stolz auf Kate, doch die alte Dame nimmt ihren Anruf nicht entgegen. So wählt sie stattdessen Nicks Nummer, der darauf besteht, sie zur Feier des Tages zu einem selbst zubereiteten Dinner mit Steak und Fritten einzuladen.

Wie oft hat Kate sich in der Vergangenheit selbst dafür gelobt, dass sie die Stellung hielt, obwohl ihr etwas keinen Spaß machte – das furchtbare Konzert mit Songs der neunziger Jahre in der Wembley Arena, der entsetzliche vierstündige japanische Arthouse-Film beim British Film Institute und unzählige ätzende Dates mit Männern, die nur über sich selbst redeten. All diese Bücher, die ihr von der ersten Zeile an missfielen, die sie aber weiterlas, weil der Guardian sie «erlesen» genannt hatte – wo «anmaßend» das richtige Wort gewesen wäre. Menschen, Orte, Dinge, denen sie die Treue hielt, obwohl sie sie von Anfang an genervt hatten – letztlich war das alles Zeitverschwendung gewesen.

Sie lacht, als ihr klarwird, dass jetzt sie diejenige ist, die den Bettel hinschmeißt. Sie hat lange dafür gebraucht, aber schließlich hat sie verstanden, dass es manchmal richtig ist wegzugehen. Es beweist Kraft und Mut und ist kein Eingeständnis einer Niederlage. Oder, besser gesagt, das Eingeständnis einer Niederlage ist keine wirkliche Niederlage, es ist der erste Schritt in Richtung Zukunft.

VIERTER TEIL

Die richtige Wahl zu treffen,
ist eines der schwierigsten Dinge
in einer schwierigen Welt …
das gilt fürs Essen, Trinken, für Freunde
und Gefährten oder den Beruf.

AGNES JEKYLL,
A Little Dinner Before the Play

44

Schon seit Monaten hat sich Kate nicht mehr so gut gefühlt. Ihr Vierzigster steht bevor, und sie und Nick sitzen wieder fest im Sattel – nicht mehr lange, und sie wird bei ihm einziehen. Ihr neuer Teilzeitjob gefällt ihr. Und heute Abend trifft sie sich mit Bailey, die sie zu einem von Caras Events mit kostenlosem Essen und Trinken begleitet. Das Essen klingt zwar fragwürdig, aber der Alkohol wird sicher okay sein.

«Du siehst toll aus», sagt Bailey und begrüßt Kate am Eingang der Food-Markthalle mit einer festen Umarmung. «Wir haben uns nur einen Monat nicht gesehen, und du siehst zehn Jahre jünger aus. Du hast dich wirklich nicht liften lassen?»

«Soll ich etwa meine ganze Abfindung für ein so teures Geburtstagsgeschenk für mich selbst rausschmeißen? Kommt nicht in Frage. Nein, ich habe Kaffeetassen abgewaschen und mit Nick bei Netflix einen Film nach dem anderen geschaut.»

«Nun, das bekommt dir. Du glühst.»

«Wahrscheinlich vor Gereiztheit. Cara hat schon eine Stunde Verspätung, und das bei ihrem eigenen Event», erklärt Kate und sucht den Raum nach ihrer Freundin ab. «Und ‹Ein Abend zur Feier von laktose- und glutenfreien Nahrungsmitteln› ist doch sicherlich ein Widerspruch in sich.»

«Ich habe Cara seit Ewigkeiten nicht mehr gesehen. Das letzte Mal auf dem Taco-Fest im Battersea Park.»

«So lange ist das schon her? Damals kannte ich Nick noch

nicht, das ist fast drei Jahre her. Nun, Cara redet immer noch so unverblümt wie eh und je», erzählt Kate lachend.

«Warum hat sie für diese Party Deptford gewählt? Es liegt doch total ungünstig», fragt Bailey, die sich selten beklagt.

«Deptford ist das neue Peckham, oder war es das neue Dalston? Eines von beidem – es muss stimmen, denn so steht es in ihrer Pressemitteilung», antwortet Kate und nimmt das zerknitterte Blatt aus ihrer Jackentasche.

«Wir sind zu alt für das alte Deptford, geschweige denn das neue», sagt Bailey und lässt den Blick durch die Halle schweifen, deren Ausmaße an einen Flugzeughangar erinnern. Sie ist mit Dutzenden von Food-Ständen gefüllt, deren fluoreszierende Markisen von Schriftzügen bedeckt sind. Dazwischen drängen sich Scharen von Twens, die Cocktails aus Mason Jars trinken und zu einem lauten Bass-Soundtrack mit den Köpfen wippen.

«Londons beste laktose- und glutenfreie Pop-up-Stände unter einem Dach», liest Kate. *«Bao, Bun, Pike, Pho …»*

«Klingt wie die Teletubbies.»

«Hier gibt es globale Street-Food-Highlights von Sri Lanka bis San Francisco …» Kate schnalzt missbilligend mit der Zunge. «Cara hätte mich bitten sollen, diesen Text zu schreiben. San Francisco ist eine Stadt, Sri Lanka ein Land, man sollte das nicht vermischen.»

«Und wie heißt dann die Hauptstadt von Sri Lanka, du Schlaumeier?»

«Ooh, Colombo, oder? Wie Peter Falk.»

«Fast. *Columbo* schreibt sich mit einem ‹u›», sagt Bailey. «Den Detektiv meine ich, nicht die Stadt.»

«Wenn du hier einen einzigen Mann ohne angeberische Gesichtsbehaarung findest, kriegst du fünf Pfund von mir», sagt Kate mit einem Blick auf die Gruppe von Männern, die vor einem Stand mit Beef-Briskets anstehen. Sie alle tragen entweder krause Bärte mittlerer Länge oder gewachste Schnurrbärte mit spitzen Enden. «Adam hat keinen dämlichen Bart, oder?»

«Er hat entzückende Bartstoppeln auf seiner sehr kantigen Kieferpartie. Habe ich dir erzählt, dass er mit mir nächstes Wochenende Kew Gardens besucht? Anscheinend gibt es dort eine phantastische Galerie, und er interessiert sich sehr für Kunst.»

«Ich bin schon sehr gespannt darauf, diesen Mann einmal kennenzulernen. Unterdessen ist Cara bestimmt mit ihrem tollen Dänen hinten im Büro. Ach, wenn man vom Teufel spricht. Wo warst du denn, du kommst eine Stunde zu spät.»

«Leute, was für ein Abend», sagt Cara, eilt herbei, küsst Kate zur Begrüßung und umarmt Bailey. «Ich musste mich mit den Bloggern treffen, ein Haufen Blödmänner, die glauben, auf alles ein Anrecht zu haben … ‹Wo ist mein Beutel mit Leckereien?›, ‹Weißt du nicht, dass ich Londons wichtigste Grünkohl-Influencerin und Burger-Kuratorin bin?› …»

«Was ist eine Burger-Kuratorin?», fragt Bailey.

«Sie», antwortet Cara und deutet unauffällig auf eine zaunlattendürre Blondine zwischen einer Gruppe von Männern mit übertriebenen Frisuren, die in ihre iPhones vertieft sind.

«Wow, sie mag Burger kuratieren, aber es ist ausgeschlossen, dass sie sie auch isst», sagt Kate. Man kann bei der Frau jede Rippe einzeln zählen.

«Durch Ehrlichkeit gewinnt man keine Million Follower auf Instagram», sagt Cara und schaut auf ihr Handy. «Shit. Ich habe nur noch zwanzig Minuten, dann muss ich die Begleiter des Grime-Musikers begrüßen.»

«Es wird schlimmer und schlimmer», sagt Kate.

«Grime?», fragt Bailey.

«Grime and Punishment», witzelt Kate. «Wie bei Dostojewski. Cara, gibt es nicht einen Thekenbereich für Senioren wie uns, wo man sich setzen kann?»

«Kommt mit in den VIP-Cocktailbereich! Dort empfängt euch Friko.»

Friko?, flüstert Bailey mit lautlosen Lippenbewegungen.

Keine Ahnung, flüstert Kate genauso zurück.

«Kann er mir eine Piña Colada machen?», fragt Bailey.

«Gibt es dort auch wirklich Sitzgelegenheiten?», fragt Kate.

Sie steigen eine wacklige Treppe zu einem kleinen Thekenbereich hinauf, der wie eine Spelunke aufgemacht ist. Dort lassen sie sich an einem Tisch nieder, und Cara bestellt drei Negronis, die «dekonstruiert» eintreffen: Der Gin wird in einer riesigen Spritze serviert, der Wermut und der Campari als zwei große Eiswürfel, und die Orangenschale ist papierdünn und quadratisch.

«Du siehst phantastisch aus», sagt Cara, die Kate prüfend ansieht. «Hast du eine neue Frisur?»

«Nein, ich fühle mich nur nicht mehr so elend», antwortet Kate lächelnd.

«Dann bist du also wieder mit ihm zusammen?», fragt Cara, nimmt einen der Eiswürfel aus der Schale und schnüffelt misstrauisch daran.

«Ja. Ich habe vor einer Weile ein köstliches Essen für ihn gekocht, und seitdem läuft es super. Weißt du, ich glaube, durch die Trennung sind wir uns noch nähergekommen. Nick ist viel offener geworden», erzählt Kate, die den Blick bemerkt, den Cara Bailey zuwirft. «Cara, es wäre schön, wenn du dich für mich freuen könntest.»

«Ich freue mich darüber, dass du glücklich bist.»

«Warum sagst du das auf diese Weise?»

Cara bedenkt Kate mit einem Blick, als wäre das offensichtlich.

Kate atmet tief durch. «Wie geht es dem Dänen?»

«Ich hab ihn vor zwei Wochen abserviert.»

«Ich dachte, du ziehst bei ihm ein?»

«Man findet eine Menge über einen Menschen heraus, wenn man mit ihm zusammenwohnt.»

«Ja, und deshalb ist es im Allgemeinen am besten, die Person vorher kennenzulernen – was war das Problem? Nasse Handtücher auf dem Bett? Vorratsschränke voller Instant-Nudelsuppe?»

Cara sieht Kate an, als wäre sie verrückt geworden. «Er ist ein dänischer Banker mit einem Harvard-Hintergrund, kein Student.»

«Und wo liegt dann das Problem?»

«Er ist um fünf Uhr morgens beim Fitnesstraining und sitzt um sechs Uhr, wenn der Handel eröffnet, an seinem Schreibtisch. An Werktagen liegt er gern um neun Uhr abends im Bett. *Schlafen* um 21 Uhr? Um die Zeit hab ich noch nicht einmal mein Make-up aufgelegt.»

«Hättet ihr keinen Kompromiss finden können?», fragt Bailey.

«Weniger Lidschatten nehmen?», erwidert Kate lachend. «Für die wahre Liebe wäre das kein großes Opfer. Den letzten Mann hast du sitzenlassen, weil er nicht hart *genug* gearbeitet hat, und den Musikproduzenten davor, weil er nie ins Fitnessstudio gegangen ist.»

«Pete? Der hatte einen total schwabbeligen Oberkörper.»

«Empörend. Ich hoffe, sie haben ihn eingesperrt und den Schlüssel weggeworfen», sagt Kate und wirft Bailey einen Blick mit hochgezogenen Augenbrauen zu.

«Kate: Ich weiß, was ich will, und ich bin *nicht* der Typ für faule Kompromisse.»

Kate schaut erneut auf Bailey, doch Bailey wahrt einen diplomatischen neutralen Blick in die Ferne.

«Willst du damit sagen, dass Nick ein Kompromiss ist?», fragt Kate.

«Ich denke, wir können uns darauf einigen, dass er mit dir einen Haupttreffer gelandet hat», sagt Cara, nimmt die Spritze und sprüht sich Alkohol auf die Zunge.

«Cara, in drei Wochen werde ich vierzig. Soll ich vielleicht ewig auf den perfekten Mann warten? Wenn du mich fragst, ist der ein Mythos.»

«Du wirst vierzig, mein Schatz … nicht neunzig.»

«Schau mal, Nick ist nicht perfekt, aber ich bin es auch nicht.»

Cara schüttelt den Kopf, als läge nicht nur der Rauch und Qualm des großstädtischen Lebens in der Luft, sondern so viel Verrücktheit, dass das Atmen unmöglich wird. «Mein Dad hat Mum nach dreißig Jahren Ehe und vier Kindern um der Sekretärin willen verlassen. Als er zurückgekrochen kam, hat Mum ihm nicht die Tür aufgemacht.»

«Was im Himmel hat das mit mir zu tun?»

«Du hast jemand Besseren verdient, hör also auf, dich unter Preis zu verkaufen.»

«Das mit deiner Mum tut mir leid, Cara, aber Nick hat mich überhaupt nicht betrogen.»

«Das ist noch schlimmer. Er hat dich um *niemandes* willen verlassen.»

Bailey, die den Wermut-Eiswürfel zerkaut hat, blickt nervös auf ihre Spritze.

«Wenn Nick dich wenigstens für die Büro-Schlampe verlassen hätte wie damals Baileys Mann, läge es nicht daran, dass er *dich* nicht wollte.»

«Wow, danke vielmals», sagt Kate und lässt die Schultern nach unten sacken. «Und sehr einfühlsam – ich glaube nicht, dass Bailey sich toll gefühlt hat, als Tom sie wegen dieses Flittchens sitzenlassen hat, oder?»

Bailey, die sich gerade einen Schuss Alkohol in den Mund spritzt, schüttelt heftig den Kopf.

«Und, so oder so, zum hundertsten Mal, Nick hat mich *nicht* abserviert. Es war eine Auszeit.»

«Semantische Haarspalterei, natürlich hat er dich abserviert.»

«Cara, du klingst manchmal ganz schön hart», sagt Bailey.

«Hart? Ich? Ich habe das größte Herz von allen.»

«Nein, du hast die größte Klappe», entgegnet Kate. «Das ist absolut nicht dasselbe Organ.»

«Erinnerst du dich nicht mehr, dass ich vollkommen am Boden zerstört war, als Michael Jackson gestorben ist? Und George Michael. Da habe ich fast eine Woche lang geweint.»

«Ja, tote Popstars namens Michael – da bist du das Mitgefühl in Reinform», murmelt Kate. «Wenn Michael Bublé stirbt, wirst du vielleicht ein Requiem komponieren.»

«Cara – Kate und Nick sind glücklich», sagt Bailey.

«Und ich *will*, dass du glücklich bist», sagt Cara und reibt Kates Schulter.

«Ich werde außer mir vor Glück sein, wenn du deine Meinung für dich behältst», sagt Kate und wehrt sie mit einem Schulterzucken ab. «An meinem Vierzigsten musst du höflich zu Nick sein.»

«Ich bin immer reizend zu jedermann, das ist mein Beruf. Was ist noch einmal geplant?»

«Ich koche am Freitag für euch alle. Bailey bringt Adam mit, Pete wird mit seiner Kinderbraut kommen und Kavita mit ihrem Mann Dom. Cara, du kannst den bedauernswerten Muskelprotz mitbringen, über den du bis dahin stolperst.»

«Na, ich bringe rosa Champagner mit, da ja dein Neunzigster gefeiert wird. Okay – ich gehe eine paffen. Kommt ihr mit?»

«Ich habe mit Rauchen aufgehört.»

«Was? Du hattest doch gerade erst wieder damit angefangen.»

«Ich habe keine Lust mehr darauf, seit ich mich wieder normal fühle.»

«Schau mal, Kate, tut mir leid, wenn du denkst, dass ich hart urteile, aber du weißt, dass ich immer ehrlich bin. Es gibt irgendwo jemand Besseren für dich, einen Mann, der von Anfang an weiß, was er an dir hat, jemanden, der weniger kaputt ist. Oder aber – es gibt auch einfach dich selbst. Ist dir jemals der Gedanken gekommen, dass du *selbst* besser für dich bist? Denk einfach mal darüber nach. Nick ist kein Projekt. Du bekommst keine Brownie-Punkte dafür, dass du seine psychischen Probleme in Ordnung bringst.»

«Brownie-Punkte?»

«Zusatzpunkte.»

«Ich tue es nicht für Brownie-Punkte. Ich liebe Nick.»

«Oooh, können wir bitte ein paar Brownies besorgen oder irgendwas anderes, das lecker schmeckt?», fragt Bailey und zieht die Nase kraus. «Ich glaube, sie haben Reinigungsmittel in diese Spritze getan.»

«Es gibt Linsen-Brownies. Hinten in der Ecke für süße Sachen.»

«Ooh, juhu», ruft Kate und klatscht in die Hände. «Wie man es schafft, einen Brownie völlig ungenießbar zu machen.»

«Du hättest hier einen Stand bekommen können», sagt Cara. «Letzte Woche ist jemand ausgefallen. Ich hätte dir Bescheid geben sollen.»

«Ich? Was hätte ich denn machen sollen?»

«Diese tollen Brownies mit dem Frischkäse, die du zu meinem Geburtstag mitgebracht hast? Oder dieses wunderbar würzige Maisbrot?»

«Ja, und wichtige Zutaten sind Gluten, Milchprodukte und Butter.»

«Jetzt, wo du Zeit hast, solltest du einmal über einen Pop-up-Verkauf nachdenken.»

«Ich habe nicht *viel* Zeit, dort im Café habe ich ganz schön zu tun.»

«Ich bin total beeindruckt, dass du Fletchers verlassen hast», sagt Cara. «Ich hoffe, sie haben eine schöne Abschiedsfeier für dich geschmissen.»

«Soll das ein Scherz sein?», fragt Kate lachend. «Ein trockener Bobby-the-Butterfly-Kuchen, zwei Flaschen warmer Prosecco und ein verdrossener Devron, der sich weigerte, mir in die Augen zu schauen. Er war sehr unfreundlich. Es ist eigenartig – sobald man ein bisschen Abstand gewinnt, erkennt man, wie sehr man als Selbstverständlichkeit betrachtet wurde. Er wollte, dass ich für diesen Job dankbar bin, hat mir gesagt, *ich* sei der Glückspilz – wo doch Fletchers viel mehr von der Situation profitiert hat als ich.»

«Hmmm, dann gibt es ja keinerlei Parallelen zwischen deinem Arbeitsleben und deinem Privatleben», sagt Cara mit glucksendem Lachen.

«Was?», fragt Kate und schüttelt aufgebracht den Kopf. «Cara geh deine Zigarette rauchen – oder am besten gleich zwei. Ehrlich.» Sie wendet sich an Bailey. «Trage ich ein Schild auf Kopf, auf dem steht: ‹Böse Zicken: bitte angreifen›?»

«Wenn du gemein sein möchtest, sei es ein paar Minuten zu mir, Cara – lass Kate eine Verschnaufpause.»

«Kate kommt mit kurzen Pausen nicht gut zurecht, oder, mein Schatz?», fragt Cara und zwinkert ihr zu.

«Sag mir, warum sind wir nochmals befreundet?»

«Ich weiß, dass du meine Sprüche insgeheim genießt, sonst würdest du sie dir nicht gefallen lassen.»

45

Nach mehreren Tagen der Arbeitslosigkeit, an denen sie es genossen hatte, lange im Bett zu bleiben, merkte Kate, dass es wenig Spaß machte, nichts Sinnvolles vorzuhaben – besonders als es draußen kälter wurde. Nach fünf Tagen absoluter Freiheit empfand sie eine gewisse Langeweile, war niedergeschlagen und entwickelte eine Sucht nach den Shows von Jeremy Kyle. Daher verließ sie irgendwann die Wohnung und schlenderte auf einen Kaffee und ein Mandelcroissant zu Aposta.

Sie ließ sich in einem bequemen Ledersessel nieder und überlegte ihre nächsten Schritte – wie so oft. Jeder um sie herum hatte ein solches Theater um ihren Geburtstag gemacht. Vierzig fühlte sich wie ein Meilenstein an, aber genau genommen war es doch nur ein willkürliches Datum. Rita bot ihr immer wieder Botox an, und Kavita schickte ihr Links für offene Stellen, mit der Anmerkung, sie solle sich besser bewerben, solange ihr Lebenslauf sie noch als Frau in den Dreißigern ausweise. Doch Kate mochte nicht nur wegen eines Datums in ihrer Geburtsurkunde irgendeinen Job annehmen. Tickte die Uhr eigentlich auch weiter, wenn sie Kopfhörer aufsetzte?

An jenem Tag war im Café nicht viel los, und William, der grauhaarige Besitzer, plauderte ein wenig mit ihr. Kate erzählte, wie sehr sie sein Gebäck liebte, und sprach dann von ihrer Entlassung. Er bot ihr an, in der Vorweihnachtszeit bei ihm einzuspringen, da eine Frau aus dem Team sich das Handgelenk gebrochen habe und derzeit an der Kaffeemaschine kaum zu gebrauchen sei.

Kate hatte seit ihren ersten Tagen bei Fletchers nicht mehr in direktem Kundenkontakt gestanden – und ein gemeines kleines Stimmchen in ihrem Kopf sagte: «Eine vierzigjährige Kellnerin?» Doch dann erwiderte eine andere Stimme: «Vierzig und überhaupt keinen Job?», und die überzeugte sie mehr. Außerdem hätte sie auf diese Weise Kontakt mit Menschen, sie könnte das Geld gut gebrauchen, und sie bekäme die Zeit bis Neujahr herum, wenn sie zu Nick ziehen und beginnen würde, ihre Zukunft zu planen.

Sie arbeitet erst seit drei Wochen hier – befristet, aber der leckere Kaffee ist kostenlos und das Team freundlich –, keiner meint, ein Messer zweckentfremden zu müssen, um dem anderen von hinten einen Dolchstoß zu versetzen. Wenn bei Fletchers jemand an Kates Schreibtisch kam, gab es ständig ein Problem zu lösen. Wenn die Kunden im Aposta zu Kate kommen, sind sie in der Regel fröhlich gestimmt, und wenn sie ihnen ein butterzartes Plunderteilchen oder ein getoastetes Käsesandwich und einen starken Cappuccino serviert hat, sind sie noch besser gestimmt. Am Ende des Tages kann sie übrig gebliebenes Gebäck oder Brot mitnehmen statt einen Sack voller Ängste wie in ihrer letzten Zeit bei Fletchers.

Selbst wenn sie angebrannte Milch von der Schaumdüse kratzt oder mit einem besonders schweren Müllbeutel kämpft, bereut sie keinen Moment lang ihren Weggang von Fletchers – sie bedauert nur, dass sie so lange geblieben ist. Ihr Körper fühlt sich leichter an. Die tägliche Nervosität, die sie beim Passieren der Drehtür von Fletchers jedes Mal empfand, hat sich in eine kribbelnde Erregung verwandelt, mit der sie jeden Morgen die Glastür von Aposta aufzieht, ihr Haar zurückbindet und sich für den neuen Tag bereitmacht.

46

Das war toll», sagt Kate und blickt auf ihren leeren Teller hinunter, wo vom großartigen Bacon-Cheeseburger nur noch eine kleine Pfütze mit Ketchup übrig ist.

«Das Rindfleisch wird auf dem Grill besser», bemerkt Nick entschuldigend und schaut auf den heftigen Novemberregen hinaus. «Aber mit der Grillpfanne bekommt das Fleisch wenigstens Streifen wie vom Grillrost. Ich denke, es war zu fünfundachtzig Prozent genauso gut.»

«Nicht zu sechsundachtzig Prozent?», fragt Kate und zerzaust ihm das Haar, während er zufrieden lächelt.

«Wir sollten uns damit befassen, nächstes Jahr unsere eigenen Brioches zu backen – was meinst du?»

«Ich meine, dass ich diesen Burger so liebe, wie er ist.»

«Aber er ist nicht perfekt, das Brioche ist nicht ...»

«Ich denke, du solltest einmal über deinen Perfektionismus nachdenken», sagt Kate lachend.

«Ich habe seit dem Sommer keine Burger mehr zubereitet», erzählt er, als er die Teller abräumt. «Das scheint schon schrecklich lang her zu sein.»

«Ja, tja, wir hatten eine recht turbulente zweite Jahreshälfte.»

«Aber jetzt ist mit uns alles in Ordnung, oder?», fragt Nick und kuschelt sich lächelnd mit ihr zusammen aufs Sofa.

«Ist es», antwortet Kate, schenkt Wein nach und streichelt seine Hand, die auf ihrer Schulter liegt.

«Ich habe kürzlich ein Bier mit Rob getrunken», erzählt Nick und greift nach der Fernbedienung des Fernsehers.

«Wie geht es ihm?», fragt Kate, obwohl es ihr völlig gleichgültig ist.

«Er hat es derzeit nicht leicht. Seit er bei Tasha ausgezogen ist, schläft er bei einem Kumpel auf dem Sofa, und er hat Probleme mit dem Rücken.»

«Tja, darüber hätte er besser nachdenken sollen, bevor er mit der Petrischale des Pubs bumste. Na ja, lass uns nicht über ihn reden. Was machen wir am Wochenende?»

«Freitag arbeite ich nachts, aber ansonsten bin ich frei.»

«Samstagabend könnten wir dieses Fleischbällchenrezept von Nigella ausprobieren, am Sonntag in die Columbia Road gehen, und wenn wir zurückkommen, räumen wir in deinem Schrank Platz für meine Sachen frei. Was meinst du?»

«Willst du der alten Dame nicht noch einmal eine Chance geben und sie besuchen?»

«Ich habe sie im letzten Monat ein halbes Dutzend Mal angerufen – sie nimmt meine Anrufe nicht entgegen. Ganz ehrlich, warum soll ich ihr nachlaufen, wo doch sie sich bei mir entschuldigen müsste – übrigens, glaubst du, der Druck, den ich in Spitalfields gekauft habe, würde sich in deinem Flur gut machen?»

«An welcher Wand?»

«Ich zeige es dir.»

Sie stehen im Flur, als Kates Handy in der Küche zu läuten beginnt, doch als sie das Gerät erreicht, spricht der Anrufer bereits eine Nachricht auf.

«Oh, Shit», sagt Kate, als sie die Anruferkennung sieht. Sie hört sich die Nachricht an – sie ist lang.

«Alles in Ordnung?», fragt Nick, als sie auflegt.

«Mrs. Finn war im Krankenhaus. Sie hatte eine Brustfellentzündung. Aus Sorge, daraus könnte eine Lungenentzündung werden, hat man sie für ein paar Nächte ins Whittington gebracht. Das war ihr bestimmt zuwider.»

«Ist sie noch dort?»

«Es ist zwei Wochen her.» Kate beißt sich auf die Lippen. «Anscheinend ist sie zurück und wohlauf, und Sonntag hat sie Geburtstag. Normalerweise wird im Lauderdale House dann eine Tee-Party veranstaltet. Natürlich will Mrs. Finn so etwas nicht, aber sie hat Mrs. Gaffney gebeten, mir Bescheid zu geben.»

«Sie will dich also sehen.»

«Das Eis schmilzt … Okay, vergiss unsere Pläne für Sonntag, ich brauche deine Hilfe beim Geschenk.»

«Hmm. Meinst du, sie hätte gern ein maßgeschneidertes Computerprogramm?»

«Ich hatte an etwas Essbares gedacht.»

«Einen Burger?»

«Einen *fiskepudding.*»

«*Fiskepudding?* Süßer Name für ein Baby. Was ist das?»

«Das weiß ich immer noch nicht. Irgendeine Art von skandinavischem Fisch-Mousse? Wie dem auch sei, es ist eines ihrer Lieblingsgerichte. Ich bastle dazu eine kleine weiße Fahne und stecke sie obendrauf.»

«Dann also los.»

47

Ist das Geburtstagskind da?», fragt Kate und steckt den Kopf durch die Tür. Zusammengesunken sitzt Cecily in ihrem Sessel. Sie sieht gebrechlicher aus als vor einem Monat, ihre Wangenknochen zeichnen sich stärker ab, und die Haut an ihren Schläfen ist so dünn, dass Kate jede Ader sehen kann.

«Sie sind wer …?», fragt Cecily hoheitsvoll.

«Ich bin da, und der Tee kommt gleich – das ist das Einzige, was zählt. Ich habe Sie vermisst. Wie geht es Ihnen, Mrs. Finn?»

«Noch nicht tot», antwortet Cecily mit zusammengekniffenen Lippen, aber sie muss sich Mühe geben, um nicht zu lächeln.

«Tut mir leid, dass Sie ins Krankenhaus mussten.»

«Mit mir ist alles in Ordnung, nur ein kleiner Husten», sagt Cecily und schaut auf die Tupperdose in Kates Hand. «Was ist da drin?»

«Ein Geburtstagsgeschenk.»

«Ein bisschen verfrüht, oder? Mein Geburtstag ist im Mai.»

Kate stockt und lacht dann. «Ich Dumme. Na, dann spare ich mir die Karte. Ich wollte gerade sagen, dass Ihr Geburtstag zwei Wochen vor meinem liegt, aber anscheinend hat Mrs. Gaffney sich im Datum geirrt», erwidert sie, zeigt Cecily den Inhalt der Dose, nimmt eine Packung Cracker aus ihrer Handtasche und legt ein paar von ihnen großzügig aus.

Cecily schaut auf den *fiskepudding*, dann auf Kate und dann wieder auf den *fiskepudding*.

«Mit Hecht gemacht und mit viel Salz, Mrs. Finn – keine Makrele weit und breit.»

«Oh», sagt Cecily und schluckt kräftig. «Das ist … ja, ich vermute, das ist irgendwelchem ekligen Zeug vorzuziehen, das diese Frau geplant hat.»

«Und ich habe Ihnen einen Toffee-Sahne-Kuchen mitgebracht – ich weiß, dass Sie gern Toffees naschen. Ich arbeite inzwischen in einem Café, das köstliche Kuchen anbietet.»

«*Was* haben Sie gemacht?»

«Tja, in diesem Monat ist viel passiert.»

«Statt der Karotten oder zusätzlich zu den Karotten?»

«Nein – mit den Karotten ist Schluss. Ich muss zugeben, dass Sie mit diesem Job recht hatten.»

«In anderer Hinsicht hatte ich auch recht.»

«Mrs. Finn», sagt Kate, ohne auf den Kommentar einzugehen. «Ich möchte Sie um einen kleinen Gefallen bitten.»

«Mich?»

«Würden Sie mit der Geschichte fortfahren, wie Sie zur Schriftstellerin geworden sind? Bei unserer letzten Begegnung hatten Sie mir von Ihren europäischen Abenteuern mit Samuel erzählt.»

«War ich schon im Krankenhaus?»

«Wegen Ihres Hustens?»

«Nein, in den dreißiger Jahren.»

«Sie hatten keinen Krankenhausbesuch erwähnt, nein.»

«Lassen Sie uns ein Stück davon essen», sagt Cecily und deutet auf den Kuchen. Kate bedient sie, während Cecily sich in ihrem Sessel zurücklehnt und sanft die Fingerspitzen zusammenführt. «Nun – also, Samuel und ich waren in Franzensbad gewesen, da das dortige Wasser der Fruchtbarkeit zuträglich sein sollte. Wir waren schon seit beinahe drei Jahren verheiratet, aber nichts geschah. Schließlich suchten wir einen Arzt auf, der ein Myom von der Größe einer Mango entdeckte», erzählt sie und berührt sanft ihren Bauch. «Um ein Kind empfangen zu können, musste ich sofort operiert werden.»

«Hatten Sie sich denn Kinder gewünscht?», fragt Kate überrascht.

«Ich war ambivalent – aber damals waren Kinder die Norm. Und Samuel liebte sie über alles, er war viel geduldiger als ich», erzählt sie und greift nach ihrem Teller. «Wir sind für die Operation nach England zurückgekehrt, aber sie ging schief. Ich erinnere mich, wie ich nach dem Eingriff die Karteikarte am Fußende des Bettes gelesen habe. Darauf stand: *Schwangerschaftschance: null.* Mir wurde elend zumute. Der Chirurg kam und sagte: ‹Liebes Mädchen, Sie fangen besser etwas anderes mit Ihrem Leben an.›»

«Uff, die Manieren am Krankenbett …»

Cecily zuckt mit den Schultern und stößt ihre Gabel in den Kuchen. «Keine Wahl ist auch eine Wahl.»

«Wie meinen Sie das?»

«Das Leben hat einen Pfad vorgegeben, selbst wenn es nicht der ist, den man gewählt hätte.»

«Trotzdem. Es tut mir leid, dass es so gekommen ist.»

Cecily kaut nachdenklich. «Im Rückblick betrachtet, mir nicht. Meine Mitbewohnerinnen sind für andere eine emotionale und finanzielle Bürde, ihre Kinder sind inzwischen selbst in Rente und hoffen, dass ihre Mütter sich beeilen und sterben, bevor das ganze Erbe aufgebraucht ist.»

«Das ist eine ziemlich brutale Sicht.»

«Nachkommen zu erzeugen, garantiert einem keineswegs Glück – und oft erreicht man das Gegenteil.»

«*Nachkommen erzeugen?*», fragt Kate, bemüht, nicht zu lachen. «Sie können nicht die ganze Menschheit abschreiben, nur weil Ihnen das Alter nicht passt – wobei es Ihnen sehr gut zu Gesicht steht, Sie sind phantastisch in Form.»

«Ich habe einmal eine Rede vor den Vereinten Nationen gehalten, jetzt aber ist es schon ein Triumph, wenn ich es schaffe, meine Strickjacke anzuziehen», sagt Cecily angeekelt.

«Eine Rede vor den Vereinten Nationen?»

Cecily zuckt mit den Schultern. «In meinen Sechzigern habe ich mit dem Drehbuchschreiben aufgehört und mich furchtbar gelangweilt. Samuel hatte mir immer nahegelegt, mich für andere Menschen zu engagieren, und mir wurde bewusst, dass ich, vom Unterrichten abgesehen, in dieser Hinsicht wenig unternommen hatte. Daher ließ ich mich in den Vorstand einer Wohltätigkeitsorganisation für Bildung und Erziehung wählen, eines führte zum anderen, und ich wurde eingeladen, um vor den Vereinten Nationen eine Rede über unser Thema zu halten.»

«Hollywood *und* die Vereinten Nationen? Sie sind die reinste Superwoman.»

«Damals im Krankenhausbett habe ich mich absolut nicht wie eine Superwoman gefühlt. Am Versagen meines Körpers konnte ich nichts ändern, aber der arme Samuel brach mir das Herz – ich nahm ihm die Chance auf Vaterschaft. Er ergriff jedoch meine Hand, und seine Augen füllten sich mit Zärtlichkeit. Er sagte: ‹Es wird wundervoll werden. Du und ich und ein Leben voller Abenteuer zu zweit.› Ich wollte nicht, dass er meine Tränen der Dankbarkeit mit Trauer verwechselte, und so versuchte ich, ihn Zigaretten kaufen zu schicken, doch er klopfte sich beiläufig die Kleidertaschen ab und tat so, als hätte er seine Brieftasche vergessen. Samuel hat seine Brieftasche nie vergessen, kein einziges Mal in all den Jahren unserer Ehe. Er hat auch nie einen Geburtstag oder den Hochzeitstag vergessen – er hat mich niemals enttäuscht. Jedenfalls blieb er mit mir in diesem stickigen Krankenzimmer, meine Hand in seiner, bis die Besuchszeit längst vorbei war. Die Oberschwester drückte ein Auge zu, sie hatte einen Narren an ihm gefressen, das ging allen so. Später brachte ich das Thema Adoption zur Sprache, aber dann hatte das Leben andere Pläne ...» Sie hält inne und starrt mit einem plötzlich so leiderfüllten Blick auf ihren Teller, dass Kate befürchtet, eine viel zu persönliche Frage gestellt zu haben.

«Sie sind dann also wieder nach London gezogen?», fragt Kate eilig.

«Ja», antwortet Cecily und schüttelt den Kopf, als erwachte sie aus einem verstörenden Traum. «Wir haben eine Wohnung gemietet, ein sonniges, glückliches Zuhause. Es war eine wunderschöne Zeit. Wir hatten großartige Freunde und sprachen bescheidene Einladungen aus – es waren die Tage, in denen eine Fuller's Walnusstorte zu drei Schilling Sixpence der Gipfel des Luxus war. Aber allmählich verdüsterte sich unser Leben, da immer schlimmere Nachrichten aus Deutschland herüberdrangen. Ein Jahr nach unserer Rückkehr aus Schweden kam es zur Sudetenkrise.»

«Ich sollte mich aus der Oberstufe daran erinnern ... Das war 1938?»

«September 1938, und ja, Sie sollten sich erinnern. Samuel war der Arbeit wegen wieder in Stockholm. Die Leute in England gerieten in Panik, sie glaubten, London werde dem Erdboden gleichgemacht. Es gelang Samuel, mich anzurufen. Er sagte, er könne mir eine Fahrt auf dem letzten Schiff nach Esbjerg verschaffen, ich solle packen und sofort kommen.»

«Was war mit Ihrer Familie?»

«Meine Eltern lebten in Bournemouth. Leo und May wohnten in ihrer Nähe.»

«Waren Ihre Geschwister verheiratet?»

«Leo ist sein ganzes Leben Junggeselle geblieben. Heutzutage drückt man das anders aus. Vor zehn Jahren ist er an einem Schlaganfall gestorben. May hat zweimal geheiratet und ist mit ihrem zweiten Mann, der viel besser war als der erste, in New York gelandet. Sie ist jung gestorben, eine Woche vor ihrem Achtzigsten. Wir hatten gerade den Flug gebucht, um den Geburtstag zu feiern. Nun mussten wir zu ihrer Beerdigung fliegen. Samuel hat mir geholfen, den Mut nicht zu verlieren, aber es war eigenartig, die Letzte von uns zu sein, die noch lebt. Ich habe mich ziemlich alleingelassen gefühlt …», erzählt sie, und ihre Augen umwölken sich. «Aber Sie haben mich unterbrochen. Wo war ich gerade?»

«Sie wollten an Bord eines Bootes nach Esbjerg gehen, wo immer das liegt.»

«In Jütland.»

Kate zuckt zusammen. «Und wo liegt Jütland noch einmal?»

«Hat man Ihnen in der Schule denn *überhaupt nichts* beigebracht?» Cecily schnauft verächtlich. «Ich verließ unsere reizende Londoner Wohnung mit Trauer im Herzen und bestieg das Schiff, doch als wir mitten auf dem Meer waren, erhielten wir die Nachricht von Chamberlains Erklärung ‹Frieden für unsere Zeit› – oh, wie wir jubelten. Ich bereute bitter, dass ich England verlassen hatte. In Schweden angekommen, glaubte ich, Samuel werde sagen, wir könnten wieder heimfahren, aber tatsächlich war er außer sich vor Zorn. Ich hatte ihn noch nie wütend erlebt. Er konnte kaum sprechen – das sah Samuel gar nicht ähnlich. Er hielt Chamberlain für einen Dummkopf und rechnete mit einem baldigen Krieg, daher blieben wir, wo wir waren. Die Nachrichten wurden immer schlimmer. Die Nazis marschierten erst nach Österreich und dann in der Tschechoslowakei ein. Stockholm entwickelte sich zu einem erstklassigen Wartezimmer für jene Flüchtlinge, die durch Bestechung ein Transitvisum ergattern konnten. Wenn wir im Café saßen, sahen wir diese armen Menschen durch die Straßen gehen. Da sie elegant gekleidet waren, vermittelten sie zunächst nicht den Eindruck von Flüchtlingen, bis man die Angst in ihren Augen sah. Sie waren mit Pelzen und Juwelen von zu Hause geflohen – aber sie hatten nicht einmal Geld für eine anständige Mahlzeit in der Tasche.»

«Das ist so düster, und wenn man heute die Nachrichten sieht …»

«Genau deshalb tue ich das nicht», erklärt Cecily knapp. «Im September 1939, am letzten Tag unseres Sommerurlaubs in einer Pension in Saltsjöbaden – ach, schauen Sie es auf der Karte nach, Kate – fiel Hitler in Polen ein. Wir saßen mit ein paar jüdischen Flüchtlingen, ein paar Schweden und einer Gruppe Deutscher im Salon und hörten Radio. Chamberlain sagte: ‹Wir befinden uns jetzt im Krieg mit Deutschland.› Es folgte ein entsetzliches langes Schweigen. Ich hörte mein Herz in der Brust klopfen – und dann standen die Deutschen langsam auf und verließen den Raum.»

«Ich sehe es geradezu vor mir», sagt Kate und schaudert zusammen.

«In mir machte sich Angst breit. Die Gerüchte aus Polen waren alarmierend. Man hörte von allen möglichen Diskriminierungen, Juden wurden von Arbeitsplätzen und Universitäten ausgeschlossen, und ihre Gemeinschaft war zunehmender Gewalt ausgesetzt. Wir hatten keine Nachrichten von Samuels Familie, und sosehr er es auch versuchte, es gelang ihm nicht, irgendetwas in Erfahrung zu bringen. Ich ertappte ihn immer wieder dabei, wie er mit einem gehetzten Blick aus dem Fenster starrte, aber wenn wir uns unterhielten, versuchte er, *mich* zu beruhigen. Die Lebensbedingungen für uns schienen in England besser geworden zu sein, und so beschlossen wir im März, nach Hause zurückzukehren. Samuel kaufte mir ein Flugticket. Er wollte mir eine Woche später folgen, da er noch letzte Dinge zu erledigen hatte. Nach einigen Diskussionen beschlossen wir, mein Ticket umzutauschen, da ich mit ihm zusammen fliegen wollte. Er hielt mich für sentimental, aber ich hatte eine eigenartige Angst davor, wir könnten irgendwie voneinander getrennt werden. Ich ging ins türkische Bad, da wir zu Hause kein heißes Wasser hatten, aber als ich gerade in einer Dampfwolke saß und entspannte, erreichte mich eine Botschaft von Samuel: Die Fluglinie habe keine anderen Tickets, ich müsse noch an diesem Abend abreisen. Ich stürzte in unsere Wohnung zurück, packte eine kleine Tasche mit Kleidern und Büchern und eilte mit noch feuchtem Haar zum Flughafen.»

Kate führt die Hand zum Herzen.

«Ich nahm an, Samuel werde mir in einer Woche folgen,

doch meine Angst erwies sich als prophetisch – ich sah ihn erst drei Jahre später wieder.»

«Moment mal, wie bitte? Drei *Jahre*? Wieso denn das?»

Cecily lehnt sich in ihrem Sessel zurück. «Ich bin heute maßlos erschöpft.» Sie beginnt zu gähnen, und es wird eine ihrer katzenhaften Gähnorgien daraus, die ewig dauern.

«Bitte, Mrs. Finn, lassen Sie mich nicht mit einem Cliffhanger sitzen.»

«Wer den Krieg gewonnen hat, wissen Sie ja wohl?»

«Den Krieg meine ich nicht, sondern Sie und Samuel! Hier, essen Sie noch ein Stück Kuchen.» Kate schneidet eilig eines ab.

«Oh, okay, na gut.» Cecily wirft ihr einen nachsichtigen Blick zu. «Ich kehrte in ein verdunkeltes, deprimiertes England zurück. Das Leben mit Samuel war nie extravagant gewesen – Geld spielte keine Rolle, wir waren einfach nur glücklich, dass wir einander gefunden hatten. Doch mir war nicht klar gewesen, wie spartanisch das Leben in Bournemouth bei meinen Eltern sein würde. Papa duldete kein Telefon im Haus und weigerte sich, auch nur Vorhänge anzubringen. Er sagte, alle achtbaren Menschen gingen mit Einbruch der Dunkelheit zu Bett. Eine Woche nach meiner Ankunft erklärte er mir, es gebe schlechte Nachrichten. ‹Hitler ist in Norwegen und Dänemark einmarschiert, Schweden kommt als Nächstes dran – du siehst Samuel nie wieder.› Mir wurde schlecht. Samuel sollte am nächsten Tag eintreffen, doch ich hörte nichts von ihm. Ich konnte kaum atmen. In diesem Jahr war der Frühling wunderschön; warm und sonnig. Jeden Tag setzte ich mich mit Mama an den Strand, ließ den Sand durch meine Finger rieseln und versuchte, meine entsetzlichen Phantasien im

Griff zu behalten. Endlich traf ein Telegramm ein: Samuel war wohlauf, und man hatte ihm in der britischen Botschaft einen besonderen Posten angeboten.»

«Ah, als Spion?»

Cecily nickt und zieht eine Augenbraue hoch.

«Und was für eine Art von Spion war er? Die Sorte, die von einem Hochhausdach zum anderen springt, oder einer, der im Büro sitzt?»

«*Samuel?* Er hätte sich die Brille zerbrochen, wenn er nur von der Bordsteinkante gesprungen wäre», sagt Cecily und lacht. «Außerdem war er viel zu groß. Man bemerkte ihn sofort, wenn er einen Raum betrat. Nein, Samuel machte Geheimdienstarbeit. Mit seinen Sprachkenntnissen und seinem angenehmen Naturell war er der ideale Kandidat. Alle hielten ihn für einen *‹lieben Kerl›*, so sagt man auf Deutsch für einen netten Menschen, und so knüpfte er schnell Beziehungen. Er schloss Bekanntschaft mit allerlei Leuten, die durch Stockholm kamen – mit Matrosen, Ingenieuren oder Bankiers, und diese setzten ihn darüber in Kenntnis, was in Deutschland vor sich ging. Er seinerseits berichtete dann den Alliierten, welche neuen Gebäude geplant oder welche Rohstoffe knapp waren, und mit diesen Informationen planten sie ihre Angriffe.»

«Meine Güte, er war also ein echter Spion.»

«Richtig, das hatte ich Ihnen ja bereits gesagt – warum haben Sie daran gezweifelt?», fragt Cecily gereizt. «Er hat jeden Tag sein Leben riskiert. Jedenfalls war in England der Krieg fühlbar geworden. In Bournemouth wimmelte es von Soldaten. Die Luftschlacht um England tobte über uns, das Dröhnen der Flugzeugmotoren war überall zu hören. Wenn man aufblickte, war es, als schaute man auf Schwärme von Insekten mit silbrigen Flügeln, die in der Sonne blitzten. Manchmal explodierte so ein silbriges Ding plötzlich, wurde zu einer lodernden Blume, raste davon und ließ nur eine bösartige Spur schwarzen Qualms zurück», erzählt sie und beschreibt mit der Hand einen Bogen in der Luft.

«Hatten Sie nicht furchtbare Angst?»

«Doch, natürlich, aber der Gedanke an Samuel hielt mich aufrecht. Er schrieb wunderschöne Briefe, die ich mit mir herumtrug, bis ich ganze Seiten auswendig kannte – aber Worte auf Papier helfen nur begrenzt. Seine Abwesenheit fühlte sich wie ein Gewicht an, das ich ständig mit mir herumschleppte. Papa war überzeugt, dass Samuel sterben würde, und ich lebte in ständiger Angst, bis ich beschloss, mir eine Arbeit zu suchen – wenn man zu tun hat, bleibt einem keine Zeit, Trübsal zu blasen.» Cecily hält inne und misst Kate mit einem harten Blick.

Kate hebt die Hände zu einer Geste, die bedeutet, dass sie das Trübsalblasen hinter sich hat. Cecily reagiert mit einem ruckartigen Vorschieben ihres Kinns, eine Bewegung, die zwar winzig ist, aber trotzdem klar und deutlich sagt: *Sie wissen, was ich meine …*

«Wenn man etwas tut, was einem sinnvoll vorkommt, erhalten andere Teile des eigenen Lebens wieder die richtigen Proportionen», sagt Cecily spitz.

«Mhm, ja, verstanden, danke. Sie haben damals also Arbeit gefunden?»

«Im Metropole Hotel als Verantwortliche für das Küchenpersonal – von der Frühstücksschicht um 6.30 bis 22.00 Uhr am Abend. In der Großküche hatte ich das Gefühl, alles im

Griff zu haben. Außerdem war die Arbeit so anstrengend, dass ich mich nicht mehr wegen Samuel verrückt machen konnte – und gelegentlich ließ Arthur, der reizende ältere Geschäftsführer, zu, dass ich etwas Bacon mit nach Hause nahm. Das hielt Papa bei Laune, denn der Bacon war bereits rationiert worden, und er war seine Lieblingsspeise – seine Rebellion gegen die organisierte Religion.»

«Moment mal – im Buch gibt es ein Rezept für ein Bacon-Ei-Sandwich, das im Dunkeln zubereitet wird. Ist das …»

«‹Dinner in einer Nacht, in der die Lichter ausgehen›», bejaht Cecily und nickt. «*The Show Must Go On* … Noch heute könnte ich dieses Sandwich mit geschlossenen Augen belegen», sagt sie lächelnd, während sie mit den Händen anmutig eine schichtende Bewegung ausführt. «Arthur und ich haben dieses Sandwich einmal nachts nach einem Luftangriff zubereitet. Wir hatten das Personal und die Gäste in den Schutzkeller geführt, stundenlang waren wir dort unten und haben den Mut nicht verloren, während die Bomben fielen. Der Lärm war entsetzlich, wir glaubten, dass wir alle hinterher taub sein würden, falls wir überlebten. Man sollte meinen, dass die Angst einem den Appetit verschlägt, aber der Gedanke an den bevorstehenden Tod schien uns hungriger zu machen und brachte uns dazu, das Essen, den Geschmack mehr zu genießen.»

«Oh! Ich hatte angenommen, das Rezept gehe auf einen Stromausfall in den fünfziger Jahren zurück und nicht auf eine Verdunkelung im Krieg. Sie reden über all das mit so viel Gelassenheit, es ist so leichthin erzählt – wie dieses Dinner mit Samuels Familie in Warschau.»

«Wäre Ihnen die Wahrheit lieber gewesen? Die Luftwaffe

hat das Metropole zwei Jahr nach meinem Abschied bombardiert, und der arme Arthur wurde sofort getötet. Als ich über ein Jahrzehnt später die Menüs niederschrieb, hielt ich es für das Klügste, die Rosinen herauszupicken. Mein Buch sollte eine unterhaltsame Lektüre sein, keine Geschichtslektion oder Horror-Story.»

«Es geht allerdings nicht um Rosinenpickerei. Es ist, als verwandelten Sie diese doch recht düsteren Geschichten in etwas anderes.»

«Ich hatte im wahren Leben genug Bitteres erfahren. Daher zog ich es vor, den Inhalt des Buchs ein wenig süßer zu gestalten. Als Autorin hat man die Lizenz dazu – darum *geht* es ja gerade bei der Schriftstellerei.»

«Sie meinen, man schreibt, damit man sich etwas ausdenken kann.»

«Damit man sich eine bessere Version ausmalen kann», antwortet sie nachdrücklich. «Außerdem hatte ich tatsächlich Glück: Ich war in Sicherheit und hatte ein Dach über dem Kopf. Zu meiner Beschämung muss ich zugeben, dass es mir zuwider war, jeden Abend in das schäbige elterliche Haus ohne funktionierendes Badezimmer zurückzukehren. Aus einem unkonventionellen, quirligen Leben auf dem Kontinent, wo jeder Tag mit Samuel aus neuen Entdeckerfreuden bestanden hatte, war ich in Mamas und Papas nüchternen Alltag zurückgekehrt – dessen Höhepunkt eine gelegentliche Teatime im ABC war. Ich war frustriert und rastlos und kam mir wieder wie ein Kind vor. Das verstehen Sie bestimmt, da Sie mit vierzig bei Ihrer Mutter leben.»

«Nur noch ein paar Tage.» Kate lacht. «Und immerhin hat Mum ein funktionierendes Badezimmer.»

«Diese Verhältnisse sind nicht ideal für Ihre Unabhängigkeit.»

«Natürlich nicht – aber es war ja nicht meine Entscheidung.»

«Wirklich nicht? Wer hat denn entschieden?»

«Na ja, vermutlich schon ich selbst, als Reaktion auf das, was Nick getan hat. Aber ich hatte nicht das Gefühl, eine wirkliche Wahl zu haben.»

«Eigenartig. Sie betrachten das, was geschieht, nicht als Ihr selbstbestimmtes Leben, sondern als eine Folge von Dingen, die andere mit Ihnen anstellen.»

«Sie klingen schon wie Mum», erwidert Kate stöhnend. «Bitte, erzählen Sie mir mehr über den Krieg.»

Cecily schiebt die Lippen vor. «Nun schön. Als ich eines Abends von der Arbeit nach Hause kam, fand ich einen weiteren Brief von Samuel vor. Er war über unsere lange Trennung genauso unglücklich wie ich, aber er konnte nicht heimkommen, seine Arbeit war zu wichtig für die Alliierten. Wenn ich aber bereit sei, das Risiko einzugehen, könne die Botschaft mich mit einem Bombenflugzeug nach Stockholm bringen. Mein Herz tat einen Sprung. Ich musste diese Chance ergreifen, zu ihm zurückzukehren. Ich verabschiedete mich unter Tränen von meinen Eltern, nahm den Zug nach Aberdeen und wurde in einen kalten, verdunkelten Flughafen gebracht, dort wartete ich. Jeden Abend machte ich mir neue Hoffnungen, jede Nacht, wenn der Flug aufgrund feindlicher Luftangriffe gestrichen wurde, wurden sie zerstört. Es waren die längsten elf Tage meines Lebens, aber endlich kam die Nacht, in der der Flug sicher war. Der Bomber flog so hoch, dass ich während des ganzen Flugs eine Sauerstoffmaske trug – und nach Stunden, die mir wie Tage vorkamen, setzten wir zur Landung an.»

Kate schüttelt voller Staunen den Kopf. «Und dann waren Sie endlich wieder mit Samuel zusammen?», fragt sie hoffnungsvoll.

«Richtig. Aber ich muss mich jetzt wirklich ausruhen. Ich bin erschöpft. Versprechen Sie mir etwas, Kate?»

«Gern.»

«Sie ziehen bald um?»

«Alles paletti, in drei oder vier Wochen geht es los.»

Cecily nickt erfreut, doch dann führt sie die Hand zur Stirn. «Doch nicht etwa mit dem Esel?»

Kate will antworten, doch ihre Lippen erstarren in einem verlegenen Lächeln.

Cecily greift nach ihrer Brust, als empfände sie tatsächlich Schmerz.

«Was denn?», fragt Kate, die versucht, nicht genervt zu reagieren. «Können wir uns bitte darauf einigen, uns nicht über ihn zu streiten? Es gibt *so* viele andere interessante Themen.»

«*Darauf* können wir uns einigen. Jeder muss wohl aus seinen eigenen Fehlern lernen», antwortet Cecily müde. «Ich habe nie auf klügere Leute gehört, aber es macht mich zornig zuzusehen, wie Sie wertvolle Zeit verschwenden.»

«Aber Sie verschwenden doch *Ihre* Zeit. Ich weiß, dass Sie hier niemanden leiden können, aber Sie könnten sich trotzdem ein bisschen mehr einbringen.»

«In meinem Alter habe ich mir das Recht verdient, die Dinge so zu machen, wie ich will. Außerdem würden Sie frühesten mit zweiundneunzig verstehen, wie erschöpft man sich auf molekularer Ebene fühlt. Der einzige mögliche Sinn besteht jetzt für mich darin, etwas aus meinem Leben an einen anderen Menschen weiterzugeben, doch Sie sind wie ein eigensinniges Maultier und hören nicht zu.»

«Das stimmt nicht. Ihre Meinung zu meinem Job ist schließlich durchgesickert. Und ich suche Rat in Ihrem Buch. Ich blättere ständig darin.»

«Wirklich?»

«Aber ja! Es ist eine Schande, dass es vergriffen ist – Sie könnten es morgen neu auflegen, und es würde sich verkaufen.»

«Sie reden Unsinn.»

«Doch, wirklich. Alle, die darin gelesen haben, sind begeistert.»

«Es ist beinahe so alt wie ich.»

«Trotzdem ist es noch immer relevant – na ja, von dem Grapefruit-Rezept vielleicht abgesehen …»

«Die Leute essen keine Grapefruits mehr?»

«Sie servieren sie nicht mehr, um ihren Chef bei einer Dinnerparty zu beeindrucken. Mrs. Finn, Sie sagen mir immer, dass die menschliche Natur sich nicht ändert. ‹Dinner für Ihren Ex›, ‹Dinner für einen lauten Nachbarn› – jeder und jede hat einen Ex und einen lauten Nachbarn – in London sogar oft zwei.»

Cecily zuckt mit den Schultern. «Dieses Buch hat Jahrzehnte im Regal gestanden und ist gealtert, genau wie ich. Ich freue mich, dass nun wenigstens jemand etwas davon hat. So – ich muss jetzt schlafen. Fahren Sie nach Hause?»

«Zum Esel.»

Cecily seufzt, hält sich aber ausnahmsweise einmal mit weiteren Kommentaren zurück.

48

Wie ich sehe, hast du dich dem Anlass entsprechend in Schale geworfen», sagt Kate und küsst Nick, als sie zurück ist.

«Ich hab das Snookermatch eingeschaltet», sagt Nick und schaut verlegen auf seine Boxershorts und sein T-Shirt.

«Mein Nachmittag war sehr interessant», erzählt Kate und setzt sich neben ihn aufs Sofa, während er eine Decke über sie breitet, den Arm um sie legt und sich wieder dem Bildschirm zuwendet.

«Dass wir beide den *fiskepudding* gemacht haben, war die Mühe wert. Sie war begeistert.»

«Ah, gut», sagt er stolz.

«Und als sie den Toffee-Kuchen gesehen hat, haben ihre Augen geleuchtet wie die eines kleinen Mädchens.»

«Mhm.»

«Übrigens hatte sie gar nicht Geburtstag. Vermutlich hat sie Mrs. Gaffney angelogen, um mich wieder in ihr Spinnennetz zu locken.»

«Ah ja.»

«Sie hat mir vom Krieg erzählt.»

«Mhm», sagt er, tätschelt Kates Knie und stellt den Fernseher lauter.

«Ihr Mann war tatsächlich ein Spion! Ich dachte, das hätte sie vielleicht erfunden.»

«Mhm.»

«Und nach Hitlers Invasion auf Argos hat er sich in einen Delphin verwandelt und nur noch Songtexte von Nickleback von sich gegeben.»

«Ah ja.» Nick nickt und drückt ihre Hand.

«Nick – du hörst mir überhaupt nicht zu. Ich kann dir lauter Blödsinn erzählen», sagt sie und versetzt ihm einen kleinen Hieb in die Seite. «Du bist völlig von Ronnie O'Sullivan gefesselt.»

«Sorry, Babe, dieser Break ist unglaublich. O'Sullivan brennt geradezu.»

Ich könnte auch brennen, denkt Kate auf dem Weg zum Kühlschrank stirnrunzelnd. «Hättest du gern ein Glas Wein?»

«Hm?»

«Hättest du gern einen Drink?»

«Nein, wohl bekomm's.»

Wenn ich Cara wäre, würde ich mich jetzt vor diesen Fernseher stellen und entweder den Stecker herausziehen oder einen Striptease hinlegen, denkt Kate, schenkt sich ein großes Glas Wein ein und ermahnt sich dann, sich nicht wie eine Diva zu verhalten. Als sie wieder neben Nick auf dem Sofa sitzt, nimmt sie *Thought for Food* zur Hand und fährt liebevoll mit den Fingern übers Cover.

Welches dieser Rezepte hat Cecily während des Kriegs zubereitet? «Frühes Abendessen für die Eltern nach einer Nachmittagsvorstellung – *Ziel: sie spüren zu lassen, wie sehr Sie an ihnen bewundern, dass sie ihre Freude an kleinen Vergnügungen nicht verloren haben.*» – Das muss nach dem Tee im ABC gewesen sein … «Dinner am Abend nach dem Rohrbruch» – da war möglicherweise etwas viel Schlimmeres passiert … Heutzutage, nach der Jahrtausendwende, gäbe es dafür ein Äquivalent: «Dinner, nachdem das WLAN ganze fünf Minuten ausgefallen ist», denkt sie kichernd.

Sie schaut eine Weile Snooker; es ist wirklich spannend. Wenn Cecily sich nur den anderen Damen anschließen würde, mit ihnen fernsehen oder ein wenig Geselligkeit pflegen würde.

«Unvorstellbar, wie sehr sie sich langweilen muss», sagt Kate stirnrunzelnd. «Und wie einsam sie ist. Sie hat sich in ihre Erinnerungen zurückgezogen … Allerdings hat sie wenigstens sehr viele gute, wenn sie schon in ihnen leben muss. Sie war über sechzig Jahre mit Samuel verheiratet. Und sie hatte ein ungemein interessantes Leben. Nick, bitte gib mir nicht das Gefühl, der langweiligste Mensch der Welt zu sein. Ich würde gern zwei Minuten mit dir reden.»

«Ja klar», sagt er und friert den Bildschirm ein.

«Das läuft ja noch nicht einmal live.»

«Ich schaue zwanzig Minuten versetzt, aber es ist so gut wie live. Was hast du gesagt?»

«Es muss schrecklich sein, so alt zu sein und weder Familie noch Freunde zu haben.»

«Vermutlich schon.»

«Denk einmal darüber nach, die Einsamkeit und die Langeweile …»

«Darüber will ich nicht nachdenken.»

«Warum nicht?»

«Weil ich nicht gern unglückliche Gedanken wälze.»

«Ich schlage ja nicht vor, dass wir eine Tränenorgie für Empfindsame machen, ich meine doch nur, stell dir einmal vor, wie es ist, siebenundneunzig zu sein und darauf zu warten, dass man stirbt.»

«Das ist deprimierend. Lieber würde ich Snooker schauen.»

«Ja – offensichtlich. Übrigens, hast du den Leuten in deiner Firma gesagt, dass du an meinem Geburtstag keine Nachtschicht machen kannst?»

«Am Samstag?»

«Nein, am Freitag – das Dinner in Mums Wohnung. Es steht doch in deinem Kalender, oder?»

«Natürlich. Das ist die Woche, bevor wir das neue System starten. An den Tagen davor werde ich ein paarmal nachts arbeiten.»

«Ja, das weiß ich. Ich werde das Menü jedenfalls schon einmal üben. Ich probiere das Geburtstagsfestmahl aus Mrs. Finns Buch aus.»

«Ich dachte, am Freitagabend nach dem Dinner könnte es schön ein, in einem Hotel zu übernachten. So wachst du an deinem Vierzigsten an einem besonderen Ort auf.»

Kate sieht ihn neugierig an – es ist eine Idee, die so gar nicht typisch für Nick ist.

«Du weißt schon, ein schickes Hotel, Frühstück im Bett …»

«Du bist doch der König des Frühstücks im Bett, Nick. Dafür brauchst du nicht so tief in die Tasche zu greifen.»

«Es ist schließlich dein Geburtstag. Letztes Jahr sind Rob und Tasha zum Valentinstag ins Ritz gegangen. Er fand, dass es viel Spaß gemacht hat. Ich finde die Idee gut – allerdings nicht das Ritz. Mit Frühstück hat es ungefähr fünfhundert Pfund gekostet.»

«*Fünfhundert Pfund?* Dafür kann man sehr viel Bacon mit Ei essen.»

«In Covent Garden gibt es ein Boutique-Hotel, von dem Rob erzählt hat. Es ist nicht ganz so teuer, und dein Geburtstag würde sich dort wie etwas ganz Besonderes anfühlen.»

Extravaganz ist etwas, was Rita genießt, aber Kate nicht, zum Teil, weil Kate immer unterdurchschnittlich verdient hat, und zum Teil, weil so viel Luxus ihr allzu ausschweifend vorkommt. Doch wenn man schon mal vierzig wird, kann man sich auch verwöhnen lassen, und wenn Nick all diese Mühen auf sich nehmen will, sollte sie sich ihm nicht in den Weg stellen.

«Klingt toll», sagt sie und gibt ihm einen Kuss. «Ich freue mich schon darauf.»

49

Wieder eine brillante Woche, Mrs. Finn?»

Cecily stößt ein verächtliches Schnauben aus. *«Dieser Ort wäre unerträglich, wäre da nicht seine Einsamkeit …»*

Kate lacht trotz Cecilys ernster Miene. «Haben Sie sich das gerade ausgedacht?»

Cecily kaut von innen auf ihrer Wange herum, während sie zu überlegen scheint, ob sie die Worte als ihre eigenen ausgeben soll. «Nein – die Zeilen stammen von einem japanischen Dichter, den Namen habe ich vergessen. Sie müssen mir im Krankenhaus etwas gegeben haben, was mein Gedächtnis gelöscht hat.»

«Ausgeschlossen, Ihr Gedächtnis ist besser als meines. Apropos, können Sie bitte dort weitererzählen, wo Sie aufgehört haben?»

«Keine Ahnung, wo das war.»

«Sie waren gerade mit einem Bomber nach Schweden geflogen, um wieder mit Samuel zusammen zu sein.»

«Ah, richtig – Dezember 1943.»

«Das muss wundervoll gewesen sein, nach all diesen Jahren der Trennung.»

«Natürlich», antwortet Cecily, die munter wird. «Ich habe mich schrecklich auf ihn gefreut und war so nervös. Nach der Landung nahm ich ein Taxi zu ihm nach Hause – es war eine wunderschöne Wohnung mit dicken Teppichen und schicken Möbeln, verglichen mit Bournemouth das reinste Paradies.

Ich ruhte mich aus und machte mich frisch, es war aber erst Mittag, und Samuel sollte nicht vor fünf Uhr nachmittags heimkommen. Daher beschloss ich, ihm etwas Besonderes zu kochen.»

«Lassen Sie mich raten … ‹Dinner für einen Freund, der unerwartet vom Flughafen kommt›?»

«Oh nein, das war ein gänzlich unerwünschter Gast, der mich einige Jahre später im Morgenmantel überfiel. Nein, für Samuel kochte ich das ‹Dinner nach der Rückkehr von den Flitterwochen›. ‹*Ich frage mich bei meinem Treuschwur, was wir taten, bis wir uns liebten …*› dieselbe Mahlzeit hatte ich auch am Abend nach unserer Rückkehr aus Italien für ihn zubereitet.»

«Die wunderbare langsam gegarte Bolognese?»

«Erst eine Minestrone, dann Spaghetti bolognese, gefolgt von einer köstlichen Mandeltorte mit dicker Sahne. Ich war mir nicht sicher, ob ich alle Zutaten bekommen würde, aber ich machte mich auf einen Erkundungsgang. Stockholm war zauberhaft – strahlende Weihnachtsbeleuchtung, die Läden voller Waren, und überall duftete es nach Lebkuchen. Der Krieg schien sehr fern zu sein. Zu meinem Entzücken fand ich alles, was ich brauchte, und noch mehr und eilte in die Wohnung zurück. Um halb fünf war ich mit der Suppe und dem Nachtisch fertig, und die Bolognese stand zum Warmhalten im Ofen. Ich hatte mein bestes Kleid aus marineblauer Wolle angezogen, Samuels Lieblingskleid, klebte am Fenster und hielt sehnsüchtig nach ihm Ausschau. Ich wartete und wartete, doch er tauchte nicht auf. Um 18.30 Uhr rief ich in der Botschaft an, doch dort sagte man mir, er sei um 16 Uhr gegangen. Um 20 Uhr war ich so beunruhigt, dass ich mir ein großes Glas Glögg einschenkte, aber dann muss ich auf dem Sofa eingeschlafen sein, denn ich wachte um zehn Uhr abends auf, als die Tür ging und ein überraschter Samuel zu mir eilte und mich umarmte. Ich war völlig durcheinander, und Samuel – nun, er sah so verändert aus: älter, zermürbt, und sein schwarzes Haar war inzwischen fast vollständig ergraut. Doch als ich in seine Augen blickte, erkannte ich den Samuel, den ich zurückgelassen hatte. Er entschuldigte sich wieder und wieder. Er wusste nicht, dass ich den Flug genommen hatte, ein wichtiger Kontaktmann hatte ihn um ein Gespräch gebeten, da er an Informationen über eine Munitionsfabrik gelangt war. Samuel hatte sich mit ihm im Restaurant getroffen und vermutlich zu viele Frikadellen gegessen, denn seine Wangen waren gerötet. Doch als er herausfand, dass ich für ihn gekocht hatte, behauptete er, am Verhungern zu sein, und bestand darauf, einen kleinen Tisch auf den Balkon zu stellen, von wo aus man Sicht auf die Stadt hatte. Obgleich die Nudelsauce so verkocht war, dass sie schon knusprig war, aß er sie bis zum letzten Löffel auf.»

«Ach, wie reizend von ihm», sagt Kate und legte die Hände vor der Brust zusammen.

«Wir waren so lange getrennt, dass ich befürchtet hatte, wir könnten bei unserem Wiedersehen befangen sein, aber wir waren uns näher als je zuvor. Unglaublich, dass ich es so lange geschafft hatte, ohne Samuels ansteckendes Lachen auszukommen.» Cecily schüttelt den Kopf. «In der ersten Woche hatte ich einen schrecklichen Traum: Es war stockdunkel, und zwischen Samuel und mir waberte ein erstickender undurchdringlicher Nebel. Ich konnte sein Gesicht nicht sehen. Ich war verwirrt, wusste, dass er mir von einer schrecklichen Kraft entrissen wurde. Seine Hand lag in meiner, aber je fester ich zupackte, desto mehr entglitt sie mir. Ich rief ihm immer wieder zu, er solle sich festhalten, doch er hörte mich nicht. Ich schrie, bis ich heiser war, aber er entglitt mir immer mehr. Dann lösten sich auch seine Fingerspitzen von mir, und er war weg. Ich begann zu weinen, davon wachte Samuel auf und weckte mich. Er sagte mir wieder und wieder, alles sei in Ordnung, aber mir ging der Traum nicht aus dem Kopf. Ich schaffte es am nächsten Morgen nicht einmal aufzustehen, das sah mir so gar nicht ähnlich. Ich hatte eine entsetzliche Angst, Samuel zu verlieren», sagt sie leise. «Dieser Traum fühlte sich so real an.»

«Dahinter steckten bestimmt Ihre Kriegsangst und die Zeit Ihrer Trennung», sagt Kate. «Kein Wunder, dass Sie unruhig waren.»

«Samuel musste mir versprechen, dass er nie wieder eine Trennung zulassen würde, unter keinen Umständen, und er versprach es. ‹Was auch geschieht, ich werde immer an deiner Seite sein›, sagte er. Am folgenden Abend brachte er einen wunderschönen Globus und ein in Leder gebundenes Notizbuch mit nach Hause, und den nächsten Monat verbrachten wir damit, den Globus zu drehen und zu planen, welche Orte wir besuchen wollten. Jedes Mal, wenn wir wieder ein Land in unser Büchlein schrieben, fühlte ich mich ein wenig besser, so als wäre unsere Zukunft sicherer, weil wir den Plan festgehalten hatten. Als wir fertig waren, hatten wir eine Liste von beinahe dreißig Orten.»

«Es klingt so, als hätten Sie es zu den meisten von ihnen geschafft.»

«Nun, unsere Pläne änderten sich … Nach der Veröffentlichung meines Buches kehrten wir für eine ganze Weile nach

Italien zurück, und dann ging es zum Drehbuchschreiben nach England. Erst als die Inspiration in meinen Sechzigern versiegte, hatten wir die Zeit oder auch die Lust, die Liste wieder hervorzuholen.»

«Haben Sie dieses Notizbuch noch? Ich würde es gern sehen.»

Cecily stößt einen entnervten Seufzer aus. «Ich habe das verdammte Ding ein paar Jahre nach dem Krieg in einem Wutanfall weggeworfen, aber ich kannte seinen Inhalt auswendig. In der Wohnung in Stockholm habe ich so viele Stunden damit zugebracht, von unserer Zukunft nach dem Krieg zu träumen.»

«Haben Sie in Schweden nicht gearbeitet?»

«Doch, ich musste mich mit etwas beschäftigen, da Samuel bis spät in die Nacht unterwegs war. Ich begann, wieder zu unterrichten. Ich lernte Schwedisch und Deutsch und freundete mich mit ziemlich unkonventionellen Leuten an – Künstlern und Filmemachern, die wundervolle Partys gaben. Sie mündeten regelmäßig in irgendeinen romantischen Skandal», erzählt sie mit glucksendem Lachen.

«Es klingt nicht so, als wäre das Leben besonders hart gewesen?»

«Nun, Schweden war neutral. Das Schlimmste war, dass wir nicht wussten, wie es Samuels Familie ging. Er nutzte jeden Kontakt, den er hatte, aber es gelang uns nicht, irgendetwas herauszufinden. Die Sorge zermürbte ihn. Die Gerüchte waren grauenerregend. Juden verhungerten im Warschauer Ghetto, wurden auf der Straße erschossen oder in deutsche Arbeitslager verschleppt. Samuel vertiefte sich noch mehr in die Arbeit – er kämpfte ebenso sehr für seine Familie wie für die größere Sache. Weil er so viel zu tun hatte, beschlossen wir im folgenden Jahr, dass ich drei Monate außerhalb der Stadt verbringen würde, um nach den beiden Töchtern unserer Freunde zu schauen. Die schwedische Landschaft war nach dem langen Winter berauschend schön. Eine Überfülle von Blüten – überall violette, purpurrote, malvenfarbene und weiße Tupfer. Ich versprach Samuel, dass ich gleich nach Kriegsende mit ihm dorthin fahren würde, doch tatsächlich kamen wir erst an seinem achtzigsten Geburtstag dazu», berichtet sie mit plötzlich zerknirschter Miene. «Ich hätte es früher machen sollen, da habe ich ihn wohl enttäuscht.»

«Unsinn», widerspricht Kate. «Es klingt so, als wären Sie mit allen möglichen Abenteuern beschäftigt gewesen.»

«Nun ja, wohl schon …»

«Italien, Hawaii, Machu Picchu?»

«Ja, Peru, natürlich», sagt Cecily stirnrunzelnd. «Und auch mit meiner Arbeit hatte ich viel zu tun … Nun, jedenfalls kommt mir der Sommer im Rückblick wie ein Traum vor. Ich kochte für die kleinen Mädchen, unterrichtete sie in Englisch und erfand beim Schlafengehen alle möglichen Geschichten für sie.»

«Was für Geschichten denn?»

«Oh, was alle Kinder lieben», berichtet Cecily wegwerfend. «Das wahre Leben, dessen schreckliche Aspekte aufgebläht werden, am Ende aber wie durch Zauberhand verschwinden. Die Mädchen waren so begeistert davon, dass ich sie niederschrieb und nach meiner Rückkehr nach Stockholm Samuel zeigte. Er sagte, sie seien ausgezeichnet, aber ich nahm an, dass er das nur aus seiner üblichen Liebenswürdigkeit heraus sagte. Doch ohne mein Wissen zeigte er einige der Geschichten einem seiner Kontakte, der wiederum einen Freund in einem Verlag hatte. Die Texte gefielen dem Lektor, und er wollte mehr sehen. Die nächsten zwei Monate verbrachte ich jede freie Minute mit Schreiben und machte Samuel damit wahnsinnig, dass ich ihm abends im Bett Geschichten vorlas. Schließlich suchte ich den Lektor auf, und er wünschte, dass ich noch mehr Geschichten schrieb. Einen Monat später schickte ich sie ihm, und dann bemühte ich mich, nicht ständig in den Briefkasten zu schauen. Sechs Wochen darauf kam eine Antwort. Ich ertrug es nicht, den Brief zu öffnen, Samuel musste es für mich tun. Er las ihn und blickte dann mit Tränen in den Augen zu mir auf.»

«Eine Ablehnung?», fragt Kate enttäuscht.

«Es waren Tränen des Stolzes. Das Buch würde den Titel *Om Igen – Tell Me Again* bekommen und in Schweden und England veröffentlicht werden. Ich konnte es kaum erwarten, Mr. Moffat, meinem alten Englischlehrer, einen Band zu schicken.»

«Ach, wie wunderbar, Mrs. Finn. Also, da wären wir endlich. *So* sind Sie also damals zur Schriftstellerin geworden.»

«Nein, daraus ist nichts geworden», sagt Cecily, deren Blick sich verdüstert. «Einen Monat nach dem Eintreffen meines Vertrags erhielten wir die Nachricht, die wir so lange befürchtet hatten, eine Bestätigung unserer schlimmsten Ängste. Samuels Familie …» Sie schüttelt den Kopf, schließt die Augen, holt tief Luft und atmet schwer aus. «Seine Eltern, seine Brüder und Schwestern, seine Nichten und Neffen, diese süßen, unschuldigen Kinder, mit denen wir in Warschau das Festessen verspeist hatten – sie alle waren in Auschwitz getötet worden. Man hatte sie wie Vieh in die Gaskammern getrieben. Leon, Shindel, Lilli, Oskar, Izzy … Und wir wussten nichts davon. Samuels Familie war fast komplett ausgelöscht, und es gab keine Leichen zu bestatten, kein Grab, das er je hätte besuchen können.»

«Das ist unvorstellbar», sagt Kate, ihr stockt der Atem.

«Meinen Glauben an die grundsätzliche Güte der menschlichen Natur habe ich damals verloren. Bis zu diesem Moment war Samuel immer ein Optimist gewesen, doch das Ereignis veränderte uns. Ich hatte keine Lust mehr auf fiktive Geschichten. Und doch», sie hebt die Hand und lässt sie wieder fallen, «das Leben musste weitergehen. Das Kriegsglück wandte sich gegen die Deutschen. Wir erwarteten voll Hoffnung die zweite Front, und endlich kam der Tag des Sieges. Ganz Stockholm geriet aus dem Häuschen. Samuel und ich hielten uns fest bei der Hand, als wir in einem Schneesturm von Lochstreifen-Konfetti über die Birger Jarlsgatan gingen, aber unser Herz war schwer vom Leid so vieler Menschen. Zu vieles hatten wir ertragen müssen. Und dann erhielten wir ein schreckliches Telegramm von Gisele.»

«Von der Tochter Sophies, der Jazzsängerin?»

«Ja, Sophie war Samuels letzte verbliebene Schwester. Wir hatten geglaubt, in Frankreich wären die beiden sicherer gewesen. Sophie hatte ihre Smaragde auf dem Schwarzmarkt für einen Bruchteil ihres Wertes verhökert. Mit dem Geld hatten sie sich falsche Ausweise besorgt, und ein mitfühlender nichtjüdischer Freund hatte ihnen Zuflucht gewährt. Doch ein Nachbar fand es heraus und denunzierte sie bei den Deutschen. Der Freund wurde verhaftet, und Sophie … Sophie wurde erschossen. Gisele gelang die Flucht, aber die Gestapo war noch immer auf der Suche nach ihr – sie konnte noch nicht einmal auf die Beerdigung ihrer eigenen Mutter gehen. Es war eine furchtbare Zeit, ich hatte den armen Samuel noch nie so weinen sehen. Es hatte ihm das Herz gebrochen. Ich konnte ihm nur die Hand halten, aber es war so überaus grausam, einen geliebten Menschen so leiden zu sehen. Selbst jetzt wird mir elend zumute, wenn ich daran denke», sagt sie und reibt sich den Bauch. «Und dann erhielt ich ein Telegramm aus England, in dem stand, dass Papa gestorben war.»

«Oh Gott.»

«Im Schlaf, es war wenigstens ein friedlicher Tod.»

«Aber all diese Verluste und alle zur gleichen Zeit.»

Cecily nickt ernst.

«Wie alt war er bei seinem Tod?»

«Wie alt war wer?», fragt Cecily misstrauisch.

«Ihr Vater?»

«Oh, Papa? Siebenundsechzig. Mama wurde siebzig. Zu meiner Überraschung bin ich Jahrzehnte älter geworden als meine Eltern – glauben Sie, dass ich überhaupt *jemals* sterben werde?», fragt Cecily verzweifelt.

«Es erscheint mir wahrscheinlich», antwortet Kate unbeholfen. «Sie sind nicht gläubig, oder, Mrs. Finn?»

«Ich glaube nicht an den Himmel, falls Sie das meinten.»

«Fragen Sie sich nie, was als Nächstes kommt?»

«Ich nehme an, dass einfach alles dunkel wird.»

«Halten Sie es nicht für möglich, dass Sie die Menschen, die Sie geliebt haben, wiedersehen werden?»

«Absolut nicht, auch wenn ich Samuels Gesicht liebend gern wiedersehen würde, es ist schon so lange her», sagt sie liebevoll. «Es gibt so viel, was ich ihm nie erzählt habe. Seit seinem Tod vermisse ich ihn jeden Tag.»

«Natürlich.»

«Er war ein wundervoller Ehemann, ich hätte mir keinen besseren wünschen können. Wir sind nie an den Punkt gelangt, wo wir einander überdrüssig geworden wären. Ob es wohl irgendwann so weit gekommen wäre …», fragt sie mit einem leichten Achselzucken. «Ich habe keine Angst vor dem Tod, Kate. Ich bin schon seit Jahren darauf vorbreitet. Und ich habe gelernt, keine Angst vor dem Leben zu haben. Angst ist etwas Schreckliches, sie lähmt einen mehr als ein alter Körper.» Cecily sieht Kate nachdenklich an. «Emerson sagt es am besten: ‹Was, wenn du scheiterst und in den Schmutz geworfen wirst … Steh wieder auf, und du wirst dich bei einem Sturz niemals mehr so fürchten.›»

Auch dieser Ratschlag Cecilys erscheint Kate erst eine Weile später als bedeutsam.

50

Würzige Rigatoni mit Tomaten und Bacon? Oder duftendes Reis-Curry? Oder vielleicht eine Hähnchenpfanne mit Cashewnüssen? Entscheidungen über Entscheidungen.

Als Kate am Dienstagabend das Aposta verlässt und darüber nachdenkt, was sie mit Nick zu Abend kochen soll, klingelt ihr Handy.

«Wie war dein Tag?», fragt sie, während sie auf dem Weg zum Delikatessenladen den Mantel enger um sich zieht.

«Alles gut», antwortet Nick. «Ivan hat bestätigt, dass wir die Datenmigration nächsten Freitag machen, ich bin also definitiv für diese Schicht eingeteilt.»

«Am Freitag meines Geburtstagswochenendes?», fragt Kate beunruhigt.

«*Nächsten* Freitag, nicht *diesen* Freitag», antwortet er lachend. «Ich werde deinen Geburtstag nie wieder vergessen, nachdem ich mir letztes Jahr damit einen solchen Ärger eingehandelt habe.»

«Ich habe dich leicht davonkommen lassen», erwidert Kate ebenfalls lachend.

«Rohan hat den Import letztes Wochenende total vermasselt. Anjit musste sämtliche Querys neu schreiben.»

Kate hat keine Ahnung, was das bedeutet, gibt aber einen passenden Laut des Mitgefühls von sich. «Arbeitest du noch?»

«Ich habe wegen der gestrigen Nachtschicht früher Schluss gemacht.»

«Oh. Höre ich dich tippen?»

«Ich spiele *Civilisation V.*»

«Hast du schon einen Krieg erklärt?»

«Ich versuche es zuerst mit Diplomatie», sagt er.

Sie bleibt vor dem Delikatessenladen stehen und überlegt, ob sie eine Flasche Wein mitnehmen soll. Das Trinken sollte sie sich für die Festlichkeiten des Wochenendes aufsparen – aber eine Flasche Wein mit Nick ist niemals verkehrt. «He, soll ich nachher ein paar von meinen CDs vorbeibringen? Wie sinnvoll ist es, jedes Mal eine Tasche voll Sachen zu dir zu bringen?»

«Heute Abend?»

«Wir wollen zusammen essen und ins Kino gehen, oder? Übrigens, Roter oder Weißer? Ich bin im Deli.»

«Das ist heute Abend?»

«Ja. Aber was ist denn?»

«Ich bin völlig k.o.»

«Oh. Sollen wir das Kino auslassen?»

«Ich würde heute gern früh ins Bett gehen.»

«Sollen wir uns einfach ein Currygericht aus dem Restaurant mitnehmen?»

«Ich dachte, ich lasse mir etwas von Deliveroo kommen. Ich habe Lust auf Rippchen.»

«Oh», sagt Kate ein wenig verletzt. Rippchen für eine Person, nicht für zwei. «Na dann okay … Tja, wie ich höre, bist du mit deinem Computerspiel beschäftigt, dann lasse ich dich mal.»

«Cool, viel Spaß, Babe, wir sehen uns Freitag», sagt er abwesend. Seine Konzentration gilt schon wieder der virtuellen Welt.

Sie legt stirnrunzelnd auf. Wäre da nicht Frankreich gewesen, würde sie entspannter hinnehmen, dass er ihren gemeinsamen Abend unvermittelt eine Stunde vor dem Termin absagt. Sie kann nicht erwarten, dass er sie ständig sehen will, nur weil sie von einem paranoiden Rest an Unsicherheit geplagt wird. Sie muss die ärgerliche kleine Stimme in ihrem Kopf zum Schweigen bringen, die ständig sagt: *Das ist nicht gut genug*. Sie ist derzeit überempfindlich und hält nach Problemen Ausschau. Es ist alles in bester Ordnung, aber wenn sie ständig mit den Knien zuckt, wird sie diese Beziehung so lange treten, bis sie zerbricht.

Sie geht in die Tiefkühlabteilung, um sich eine Packung Ben & Jerry's mitzunehmen. Das sollte ihr helfen, das unangenehme Gefühl herunterzuschlucken, das dieses Telefongespräch bei ihr hinterlassen hat.

51

Dinner mit Freunden zur Feier eines wichtigen Geburtstags

Es ist gut für den, der zu feiern beabsichtigt, die volle Zahl an … Gerichten … festzulegen … sechzehn ist ein gutes Maß; als Erstes ein Gang Sülze mit Senf; zweitens ein gekochter Kapaun; drittens ein gekochtes Stück Rindfleisch; viertens gebratene Rinderlende; fünftens eine Rinderzunge … sechstens ein gebratenes Schwein; siebtens ein Hackbraten; achtens eine gebratene Gans; neuntens ein Schwan … zehntens ein Truthahn … als Elftes eine Wildbretkeule … als Zwölftes eine Wildpastete. Als Dreizehntes ein Zicklein mit Pudding im Bauch; als Vierzehntes ein Oliven-Pie; als Fünfzehntes zwei Kapaune; als Sechzehntes ein Vanillepudding oder ein süßes Gericht.

GERVASE MARKHAM,
The Well-Kept Kitchen

Alternativ ist für eine größere Schar Lasagne eine gute Wahl.

Obwohl es erst fünf Monate her ist, kann Kate kaum mehr glauben, wie dramatisch sie nach Frankreich den Appetit verloren hatte. Ihre Liebe zum Essen ist nun wieder voll entflammt, und sie kann sich für den letzten Tag vor ihrem Vierzigsten nichts Schöneres vorstellen, als nach einer Vormittagsschicht bei Aposta nach Hause zu kommen, um ein Festessen für ihre liebsten Freunde zuzubereiten.

Das Essen wird schlicht sein, aber reichhaltig, so wie Cecilys Menü es vorgibt – Mozzarella-Tomaten-Salat, Lasagne mit Ente und zum Nachtisch Schokoladenmousse. Kate hat jedoch ein paar Änderungen eingefügt. Der Salat hat sich zu einem selbstgemachten Ricotta mit geschmorten Tomaten und selbstgebackenem Brot entwickelt. Die Tomaten schmoren seit Stunden zusammen mit Thymian, Olivenöl und Knoblauch und sind zu einer süß duftenden, marmeladenartigen Masse geworden. Da Nick am Dienstag abgesagt hatte, hatte Kate den Abend damit verbracht, das Herstellen von Ricotta zu üben. Nachdem sie ein halbes Dutzend Musselintücher verbraucht und Berge einer gummiartigen beigefarbenen Quarkmasse fabriziert hatte, hatte sie die Technik endlich gemeistert – zum Beweis steht heute Abend eine Schale voll glattem, cremigem Frischkäse auf der Küchentheke.

Die Lasagne hat dagegen ein Jahrzehnt gebraucht, so kommt es ihr vor, dabei waren es in Wirklichkeit nur sechs Stunden. Drei für das Soffritto, zwei für das Schmoren der Entenkeulen in Rotwein und eine weitere Stunde, um mit dem Fleisch, das von den Knochen gefallen war, eine üppige, sämige Sauce herzustellen, die zwischen die Lasagneschichten gegeben wurde, die alle dick mit Parmesan und Mozarella belegt wurden.

Das Schokoladenmousse hat Kate mit Kakaostreuseln und frischen Himbeeren aufgewertet. Sie hat den Löffel ein paarmal zu oft abgeleckt, aber was auf der Welt ist köstlicher als geschmolzene Schokolade in Crème double? Sie lächelt beim Schlagen des Eischnees, da er sie an Cecilys strahlend weißen Haarschopf erinnert. Sie wird Nick bald einmal zu einem Treffen mit Cecily schleppen – dann wird Cecily verstehen, worum es bei dem ganzen Theater ging.

Sie nimmt Ritas edles Porzellangeschirr für besondere Anlässe aus dem Schrank und deckt den Tisch für zehn Personen. Als Kate noch jünger war, hat sie geglaubt, mit vierzig einen Mann, ein Haus, ein Auto, Kinder und ihr eigenes schickes Porzellangeschirr zu besitzen. Jetzt hat sie nichts von alldem, aber sie fürchtet sich nicht mehr vor dem kommenden Tag – sie hat alles, was sie glücklich macht: Freundschaft, Essen, Musik, Gelächter und Nick.

Sich mit anderen zu vergleichen, ist der schnellste Weg, um sich als Loser zu fühlen, aber tatsächlich haben sich auch die Lebenswege ihrer Freundinnen nicht nach Plan entwickelt. Kate hatte angenommen, dass Cara sich bis jetzt durch mindestens drei Ehen gearbeitet haben würde. Und sie hätte niemals erwartet, dass Baileys Exmann sie für die Büroschlampe sitzenlassen würde. Der Mensch plant, Gott lacht …

Selbst falls Kate Nick nächstes Jahr heiraten sollte, würden sie es kaum bis zum «Dinner zur Feier Ihrer Goldenen Hochzeit» schaffen, wie es Cecily und Samuel gelungen ist. In *Thought for Food* hat Cecily Samuel zu jedem bedeutenden Geburtstag oder Jubiläum sein Lieblingsessen zubereitet, allerdings immer mit kleinen Änderungen. Werden Kate und Nick immer noch Cheeseburger essen, wenn sie neunzig sind? Vielleicht Miniburger – mit Gebiss ist das einfacher …

Sie schilt sich. Immer denkt sie Monate oder sogar Jahre in die Zukunft voraus, Cecily dagegen denkt immer an die Vergangenheit – während jeder, der meditiert, sagt, dass weder die Zukunft noch die Vergangenheit überhaupt existieren.

Kate wird sich ein Glas Wein einschenken, sich hinsetzen und *diesen* Moment genießen. In einer Stunde wird sie mit ihren engsten Freunden zusammen sein, und kurz nach Mitternacht wird sie mit Nick in dem schicken Hotel eintreffen. Sie kann sich nichts auf der Welt vorstellen, was sie glücklicher machen würde.

«Dreimal Hoch auf das Geburtstagskind! Nochmals eine Runde für alle», sagt Bailey, hält die halb geleerte Flasche Jägermeister hoch und schenkt nach.

Kates Dinner, mit dem sie in ihren Geburtstag hineinfeiert, ist bisher ein voller Erfolg. Cara hat Eric mitgebracht, einen neuen Sugar-Daddy, den sie vor einer Woche in Claridge's Bar kennengelernt hat. Eric seinerseits hat eine Magnumflasche Dom Pérignon mitgebracht: Er ist ein Volltreffer. Bailey hat Adam mitgebracht, der wiederum Kate verschiedene liebevoll eingetopfte Kräuter mitgebracht hat, darunter auch ihr Lieblingskraut Zitronenverbene. Kavita und Dom hatten den Jägermeister dabei. Alle haben erklärt, in ihrem fortgeschrittenen Alter könnten sie den Likör unmöglich trinken, aber dann haben sie ihm eifrig zugesprochen. Nick kam spät von der Arbeit. Die Geburtstagskarte hatte er auf seinem Schreibtisch liegengelassen, aber er ist mit dem Abschluss seines Projekts beschäftigt und arbeitet zwölf Stunden am Tag – da macht sie sich wegen einer Karte wirklich keine Sorgen.

Pete und Mia wollten nicht getrennt sitzen, aber alle anderen haben sich immer wieder umgesetzt, ausgetauscht und gemeinsame Leidenschaften entdeckt. Kavita und Eric sind Fans von Larry David; Cara hat zurückhaltend mit Adam geflirtet, aber der hat nur Augen für Bailey; Nick und Dom, auch so ein Nerd, haben voll Wonne über ihr derzeitiges Lieblingsbuch gesprochen: *Aktives Machine Learning mit Scikit Learn und Tensorflow.*

«Unglaublich, dass Dom das ebenfalls liest», sagt Kate. «Ich verstehe buchstäblich kein Wort.»

«Es liegt weit über meinem Niveau», erwidert Kavita und zwinkert Nick zu, der vor Begeisterung wild gestikuliert.

«Convolutional Neural Networks!», ertönt Nicks aufgeregte Stimme. «Rekurrente neuronale Netze, Generative Adversarial Networks – das ist die vorderste Front der künstlichen Intelligenz!»

«Ich glaube es dir aufs Wort», sagt Kate und küsst ihn auf den Kopf. Dann geht sie weiter um den Tisch herum und plaudert mit ihren Gästen; es ist ein Vergnügen zu sehen, wie gut sich ihre Freunde amüsieren.

«Ruhe, bitte, Ruhe», sagt Bailey und stößt ihr Glas ein halbes Dutzend Mal laut auf den Tisch, bevor irgendjemand leiser wird. «Achtung, bitte! Heute feiern wir einen ganz besonderen Anlass.»

«O nein – keine Rede, bitte nicht», sagt Kate und schüttelt heftig den Kopf.

«Heute um Mitternacht wird meine älteste und liebste Freundin wieder einundzwanzig, und ich dachte, es wäre schön, wenn wir hier in der Tischrunde sie einer nach dem anderen daran erinnern würden, warum wir sie so gernhaben.»

«Nein! Das ist unaussprechlich peinlich, kommt nicht in Frage», sagt Kate, kehrt zu ihrem Platz zurück und vergräbt das Gesicht an Nicks Schulter.

«Unsinn, wir lieben dich, Kate. Manchmal ist dir wohl gar

nicht bewusst, wie sehr und warum. Also mache ich den Anfang, weil ich am betrunkensten bin: Kate, danke, dass du seit sechsunddreißig Jahren meine Freundin bist – ja, ich weiß, so jugendlich und strahlend, wie wir aussehen, ist diese Zahl kaum zu glauben», sagt Bailey und hebt ihr Glas. «Kate – du bist die witzigste, großzügigste und selbstkritischste Person, die ich kenne, aber vor allem bist du eine außergewöhnliche, loyale Freundin, die alles für die Menschen tun würde, die sie liebt.»

Um den Tisch herum wird laut geklatscht, und Pete stößt als Applaus einen langen Pfiff aus.

«Ich brauche einen Eimer», sagt Kate, während Nick ihr den Rücken reibt.

«Ich höre jetzt auf, bevor ich dich wirklich verlegen mache», sagt Bailey. «Pete?»

Pete hebt sein Glas und grinst. «Kate – ich kann dir nie genug dafür danken, dass du mich damals mit vierzehn gedeckt hast, als Mum das Zigarettenpäckchen in meinem Zimmer gefunden hat. Bailey hat es bereits gesagt: Du bist eine loyale, großzügige Freundin, und es tut mir leid, dass ich Mia kennengelernt habe – nein, es tut mir überhaupt nicht leid, dass ich Mia kennengelernt habe», nimmt er seine Worte zurück und beugt sich vor, um seine Frau zu küssen.

«Nehmt euch ein Zimmer», kreischt Cara.

Pete lacht. «Aber, Kate, es tut mir leid, dass aus unserem Plan, mit vierzig zu heiraten, falls wir dann noch Singles wären, nichts geworden ist.»

«Den hatte ich ganz vergessen», sagt Kate kopfschüttelnd. «Vierzig kam mir so alt vor, als wir jung waren.»

«Nick – du bist ein Glückspilz», sagt Pete und hebt sein Glas.

«Nicht wahr?», fragt Cara zu laut und hebt ihr Glas anklagend in Nicks Richtung.

«Und verdammt tolles Essen», beendet Pete seinen Trinkspruch. «*Tolle* Lasagne!»

Wieder ertönt Applaus, während Kate peinlich berührt den Kopf schüttelt. «Die Nächste! Bringen wir es hinter uns …»

«Okay, und jetzt haben wir eine Botschaft aus einem exotischen fernen Land», sagt Bailey und wackelt mit den Fingern in der Luft. «Von deiner Mum – es ist wie in *This is Your Life.* Sie wollte live auf FaceTime reden … aber ich dachte mir, dass sie vielleicht nicht sehen möchte, in welchem Zustand ihre Wohnung um diese Uhrzeit ist, daher habe ich sie gebeten, mir eine Mail zu schicken.»

Kate spürt, dass sie rot wird, als Bailey sich räuspert. *«Tut mir leid, dass ich nicht mitfeiern kann. Du bist eine wunderbare Tochter, Katey-Kate, selbst dann, wenn du grässlich bist. Unter meinem Bett steht eine Notfallflasche Sekt, falls deiner ausgeht, aber trinkt ihn nur, wenn es unbedingt sein muss …»*

«Wie typisch für Mum», sagt Kate lachend.

«Nick?», fragt Bailey mit freundlichem Lächeln. «Möchtest du gern etwas sagen?»

Nick rutscht verlegen auf seinem Stuhl herum und sieht Kate in die Augen. «Äh, danke, Kate, dass du mich so lange ausgehalten hast. Ich weiß, dass ich für dich nicht immer einfach war, aber danke, dass du mich so liebst, wie du es tust.»

«Ach ja, du hast deine Reize», sagt sie lachend und küsst ihn, doch dann sieht sie den Ausdruck in Caras Gesicht – sie hat die Augenbrauen zusammengezogen und die Lippen vorgeschoben. Kate wirft ihr einen warnenden Blick zu.

«Sag etwas über Kate und nicht über dich selbst», verlangt

Cara, lacht ihn gutmütig an und tut Kates Blick mit einem Schulterzucken ab.

«Das eben war doch über Kate», erwidert Nick und sieht Kate Bestätigung heischend an. «Oder etwa nicht?»

«Nein, Süßer, war es nicht», entgegnet Cara kopfschüttelnd. «Du hast darüber geredet, wie sehr sie *dich* liebt! Versuche es noch mal und gib dir diesmal mehr Mühe.»

«Herr im Himmel», sagt Kate. «Das kommt mir vor wie eine dieser fürchterlichen Übungen zur Stärkung des Gruppenzusammenhalts.»

«Nick», sagt Cara, stellt ihr Glas weg und schnippt mit den Fingern nach ihm, während Kate das Gesicht in den Händen vergräbt. «Sag etwas, was toll an *Kate* ist, ohne einen Bezug zu *dir* zu haben.»

Nick nickt gehorsam.

«Etwas …», fährt Cara fort, «wobei du selbst gar nicht erwähnt wirst. Zum Beispiel, dass du ihre Füße oder den Klang ihres Lachens magst.»

«Okay», sagt Nick und nickt erneut, jetzt hat er es im Griff. «Sie hat hübsche Füße. Und ich mag den Klang ihres Lachens.»

Cara lacht erneut. «Aber du sollst natürlich nicht einfach nur meine Worte wiederholen. Das war nur ein Beispiel.»

«Können wir bitte damit aufhören», sagt Kate.

«Nein, schon gut.» Nick reibt ihren Arm. «Ähm …» Er erstarrt mit offenem Mund, und Kate spürt, wie ihr eine noch heißere Röte ins Gesicht schießt. Es ist gemein, ihn so vorzuführen. «Ich finde … Kate hat eine überraschend gute Plattensammlung.» Er nickt zufrieden mit sich selbst und bemerkt die Missbilligung in Caras Gesicht nicht. «Wusstest du, dass sie ‹Get the Message› von Electronic als White-Label-Schallplatte besitzt?», sagt er zu Dom. «Eine tolle Platte, diese Gitarre mit dem Synthesizer, einfach großartig», ergänzt er strahlend.

Kate hat Nick einmal nach seiner Freundin gefragt, mit der er eine Zeitlang in seinen Twen-Jahren zusammen gewesen war. Er hat Kate verständnislos angesehen. «War sie still oder laut? Vielleicht so intelligent wie du?» Er dachte eine Weile über ihre Frage nach und antwortete dann: «Sie hat bei einem Tierarzt gearbeitet.» Kate, die ein wenig mehr erwartet hatte, nickte ermutigend, doch als sie auf eine Mauer des Schweigens stieß, hakte sie nach: «Wie war sie so – *als Mensch*, meine ich.» Daraufhin schaute er Kate an, als hätte sie ihn gerade gefragt, was seine liebste Reinigungslösung auf Essigbasis sei.

Kate blickt zu Pete und Mia hinüber, deren Gesichter nur Zentimeter voneinander entfernt sind, und denkt an Petes Hochzeitsrede zurück, in der er erzählte, wie Mias kleiner Finger auf der Autofahrt nach Sizilien vor Erregung gezuckt hatte – der kleinste der Finger, den er nur aus den Augenwinkeln wahrgenommen hatte. Nick wäre es nicht einmal aufgefallen, wenn Kate am ganzen Körper in Zuckungen verfallen wäre, es sei denn, sie hätte dabei über den Start einer SpaceX-Rakete gesprochen. Für Nick gilt eine unglückselige Tatsache: Wenn man nicht direkt in seinem Blickfeld steht, hört man für ihn auf zu existieren.

«Ich denke, es ist Zeit für eine Überraschung», sagt Kavita und verschwindet mit Dom in der Küche. Gleich darauf tragen sie eine Schokoglasur-Torte herein, auf der eine einzelne rosa Kerze brennt. Und alle beginnen, im Chor «Happy Birthday» zu singen.

«Schaut euch das einmal an!», sagt Kate strahlend, als Kavita die Torte vor sie stellt. *«Für Kate: Du bist der Schokoguss auf unserer Torte.* Danke, das ist so lieb von euch.»

«Klingelt da ein Handy?», ruft Bailey.

«Du hast Ohren wie eine Fledermaus», sagt Cara.

«Blas die Kerze aus», sagt Pete.

«Mist, es ist mein Handy», sagt Nick mit verlegener Miene. «Bin gleich wieder da.»

«Blas sie aus, komm schon, mit einem einzigen tiefen Atemzug.»

«Buttercremefüllung aus Erdnussbutter?», fragt Kate und schneidet mit einem entzückten Seufzer in den Biskuitboden. «Himmel, es muss wohl mein Geburtstag sein …»

Sie schneidet zehn großzügige Stücke ab und legt sie auf Kuchenteller. Nick kehrt ins Zimmer zurück und flüstert ihr zu: «Für mich leider nicht, ich muss wieder zurück.»

«Für mich ein kleineres Stück», sagt Bailey. «Das hier ist ja so groß wie mein Kopf.»

«Moment», sagt Kate abgelenkt und wendet sich verwirrt Nick zu. «Was meinst du damit? Wohin musst du zurück?»

«Das waren Kollegen. Sie haben in der letzten Stunde drei Mal bei mir angerufen.»

«Und?»

«Ivan kommt mit der Programmierung nicht klar.»

Kate führt Nick sanft in die Ecke, weg von ihren Gästen. «Ivan ist dein Chef. Wie kann es sein, dass er nicht weiß, wie die Sache geht?»

«Ich denke, es ist wie bei Devron und dir. Devron hätte deine Arbeit auch nicht tun können», sagt Nick mit gestresster Miene. «Schau mal, ich möchte hier nicht weg. Ich genieße den Abend sehr.»

«Dann geh nicht. Nimm dir Ivan zur Brust. Sag ihm, es ist der vierzigste Geburtstag deiner Freundin. Sag ihm, dass wir gerade den Kuchen angeschnitten haben. Sag ihm, dass wir ein Zimmer gebucht haben, das mehr als die Hälfte eines Wochenlohns kostet. Sag ihm, dass es nur eine verdammte Datenbank ist und keine Operation am offenen Herzen. Lehn ab.»

«Ich bin maximal zwei Stunden weg. Vielleicht drei.»

«Warum kann es nicht einer der anderen machen? Wo ist Anjit?»

«Er trainiert für den Marathonlauf und muss früh raus. Oh, verdammt, Ivan ruft schon wieder an.»

Kate schiebt ihn sanft in den Flur hinaus und hört zu, wie er Ivans Anruf annimmt.

«Nein, es ist in Ordnung, Ivan – ja, das verstehe ich, es ist überhaupt kein Problem … nein, nichts Besonderes … ich esse nur gerade einen Happen.»

Kate schüttelt heftig den Kopf, als er entschuldigend das Gesicht verzieht, um ihr klarzumachen, dass er in seiner Wortwahl nicht frei ist.

«Nichts Besonderes?», fragt Kate kopfschüttelnd, als Nick auflegt. «Also wirklich …»

«Babe, ich bekomme die Überstunden bezahlt. Mit dem Geld können wir etwas Schönes unternehmen, in die Cotswolds fahren oder so.»

«Es geht hier nicht um Geld, und ich hasse die verdammten Cotswolds.»

«Ich kann nicht ablehnen.»

«Doch. Das kannst du sehr wohl.»

«Ich bin erst seit ein paar Monaten wieder dort.»

«Du hast diese Woche bereits zweimal nachts gearbeitet. Es gibt andere Leute, die das Problem lösen könnten. Warum ist Anjits Marathontraining wichtiger als dein Leben – als unser Leben? Der Marathon ist erst im April.»

«Ich kann kein Theater machen, Kate. Schau mal, je eher ich hinfahre, desto eher bin ich fertig. Ehrlich, es klingt wie ein Problem, das schnell zu lösen ist. Ich komme dann zu dir ins Hotel.»

«Ich bleibe mit meinen Freunden hier, bis du fertig bist.»

«Sicher, aber es wäre Unsinn, das Zimmer nicht zu nutzen. Ich verspreche dir, wenn es später wird als 2.30 Uhr, gehe ich. Wirklich.»

«Versprochen?»

«Versprochen», antwortet er und küsst ihr Gesicht zum Abschied.

«Bist du dir sicher, dass ich meine Babysitterin nicht bitten soll, eine Stunde länger zu bleiben?», fragt Bailey, als sie an der Haustür stehen und sich verabschieden.

«Du musst morgen für den Eurostar grauenhaft früh aufstehen», antwortet Kate und umarmt sie. «Und es ist bereits Mitternacht.»

«Dann macht eine Stunde mehr den Braten auch nicht fett – mein Kater wird mich ohnehin umbringen», sagt Bailey und zieht Kate erneut in eine Umarmung. «Ich möchte nicht, dass du die erste Stunde deines neuen Lebensjahrzehnts allein mit dem Abwasch verbringst. Das ist kein gutes Omen.»

«Danach kann es nur noch besser werden, oder?», sagt Kate. «Nach Hause mit dir, Bailey. Du bist eine tolle Freundin.»

Kavita und Dom sind bereits aufgebrochen, um ihren eigenen Babysitter heimzuschicken. Pete und Mia können die Hände nicht voneinander lassen – und Kate hat keine Lust, sich das anzuschauen. Und sie ist überhaupt nicht scharf darauf, noch mehr Zeit mit Cara zu verbringen, deren auf Kates Beziehung gerichteter mikroskopischer Blick nur die Mängel vergrößert.

Also, ja, zu Beginn ihres vierzigsten Geburtstags ist sie allein und macht den Abwasch: Na und? Sie ist jetzt *vierzig*, sie sollte also wirklich erwachsen sein, und Selbstmitleid ist niemals attraktiv.

Sie sollte nicht so enttäuscht sein. Dass jemand eine Geburtstagskarte vergisst, ist wirklich keine große Sache. Sie hat *tatsächlich* einen guten Musikgeschmack – es war ein Kompliment. Nicks Arbeit ist wichtig. Niemand ist perfekt. Fehler machen uns menschlich. Rita war nie der Typ, der ihr viel Aufmerksamkeit geschenkt hätte. Kate ist daran gewöhnt, ohne große Beachtung auszukommen. Bald kommt ein Taxi, um sie in ein schickes Hotel in der Stadt zu bringen, wo es zweifellos fantastische Mini-Toilettenartikel und ein tolles luxuriöses Bett mit vielen Kissen und einer erstklassigen Matratze gibt, und in etwa zwei Stunden wird Nick dort eintreffen. Sie wird zu einem Sektfrühstück neben dem Mann erwachen, den sie liebt, und sich schämen, dass sie wegen dieser Sache hier grollen konnte.

Doch als sie die Überreste ihres Geburtstagskuchens abdeckt und zur Seite stellt, fällt ihr unwillkürlich Cecilys Bemerkung über miesen Kuchen und ein Leben für die süße Glasur ein.

Allerdings irrt Cecily sich.

Die Frage ist nicht, ob der Kuchen gut genug ist, um den Aufwand der Glasur zu rechtfertigen.

Bei Nick kommt es Kate manchmal so vor, als lebte sie von den Krümeln.

52

Ein anhaltendes Klopfen weckt Kate aus tiefem Schlaf. Sie wälzt sich in dem luxuriösen Kingsize-Bett auf den Rücken. Diese Matratze ist wirklich unglaublich, sie fühlt sich an wie ein riesiges Marshmallow.

Langsam öffnet sie die schmerzenden Augen und sieht, dass der Plasma-Bildschirm am Fußende des Bettes derzeit mitten in einer Episode von *30 Rock* eingefroren ist. Jack und Liz klatschen sich darauf in Jacks Büro ab. Kate muss beim Einnicken auf Pause gedrückt haben.

Sie schaut auf den leeren Platz im Bett neben ihr, wo eigentlich Nick liegen sollte: Offensichtlich steht er gerade vor der Tür. Sie schaut auf ihre Armbanduhr. Er hat versprochen, dass er um 2.30 Uhr hier sein würde. Jetzt ist es 8.30 Uhr. Er hat es versprochen.

Sie schließt erneut die Augen und atmet tief durch. Die Sache mit dem Hotel war seine dumme Idee, es war ein Geburtstagsgeschenk, aber jetzt bleiben ihnen nur noch zwei Stunden bis zum Auschecken.

Nein – das ficht sie nicht an. Nick ist jetzt da, nur das zählt. Benommen schwingt sie die Beine aus dem Bett und schlurft zur Tür.

«Wie viel Uhr nennst du das?», fragt sie, so fröhlich sie kann, als sie die Tür aufmacht. «Oh.» Sie schreckt enttäuscht zurück. «Entschuldigung … ich hatte jemand anderen erwartet.»

Der Kellner schaut auf das aufwendig hergerichtete Sektfrühstück auf seinem Wagen und blickt wieder zu Kate auf, die im Nachthemd vor ihm steht.

«Ja, das ist wohl für mich … stellen Sie es einfach irgendwohin, danke», sagt sie eilig.

Sie schaut auf ihr Handy: drei Textnachrichten und eine Voicemail von Nick. Er hat es versucht, tatsächlich – nur nicht genug.

Bailey nimmt beim zweiten Läuten ab. «*Bonjour, ma petite,* Geburtstagskind, genießt du ein tolles Frühstück im Bett?»

«Ja. Nur ich selbst und ich», antwortet Kate erschöpft.

«*Was?* Es war doch nicht wegen dieser peinlichen Situation mit Cara, oder? Es tut mir leid, dass ich ihr Gelegenheit gegeben habe, Nick so vorzuführen.»

«Nein, das hat nichts damit zu tun. Und ich habe wirklich eine ausgezeichnete Plattensammlung, das kannst du mir glauben», sagt Kate und schüttelt beschämt den Kopf. «Ich bin vor fünf Minuten aufgewacht und von Nicks Nachrichten empfangen worden. Er hat bei der Arbeit die Zeit aus den Augen verloren und ist erst um fünf fertig geworden», erzählt sie seufzend. «Dann hat er mir ein paar Nachrichten geschickt, und als er nichts von mir hörte, weil ich verdammt noch mal tief und fest geschlafen habe, ist er heimgefahren. Ich soll ihn anrufen, wenn ich aufwache.»

«Warum ist er nicht einfach zu dir ins Hotel gekommen?»

«Keine Ahnung – weil er ein Idiot ist? Oder weil er todmüde war? Oder weil er dachte, ich würde mich ärgern, nachdem er ja versprochen hatte, bis halb drei hier zu sein, und sein Versprechen gebrochen hat?»

«Ach, Liebes, das ist … enttäuschend.»

«Nein, es ist okay. Ich meine, es ist eine totale Verschwendung dieses Zimmers, für das er sich meinetwegen ohnehin das Geld hätte sparen können, aber … na ja, es ist schon ein ziemlicher Mist, oder? Sie haben hier allerdings dieses süße Bleistiftset mit Hotelaufdruck, das man mit nach Hause nehmen kann …», sagt sie, nimmt die Stifteschachtel vom Nachttisch und schiebt sie auf und zu.

Baileys langes Schweigen kommt Kate bedeutsam vor; ihre Freundin ist im Zweifel immer bereit, Nick mit Nachsicht zu betrachten.

«Bailey – ich habe gar kein gutes Gefühl», sagt Kate, lässt sich ins Bett zurücksinken und reibt sich den dumpf schmerzenden Bauch. Sie blickt zu dem wunderschönen Fleur-de-Lys-Wandfries unter der Decke auf. «Ich verstehe es nicht. Er hat gesagt, dass er hier sein würde. Du bist wieder verstummt.»

«Bitte lass mich dir eine Fahrkarte nach Paris kaufen! Nimm den nächsten Eurostar, er fährt stündlich. Du könntest ein Museum besuchen, während ich auf der Messe bin, hinterher treffen wir uns, essen Steak mit Fritten und trinken literweise Rotwein.»

«Das Dinner mit Nick canceln und in einen Zug steigen?» Es ist die beste Idee, die Kate je gehört hat.

«Morgen könnten wir Falafel im Le Marais essen. Denk darüber nach … ob du Lust hast … ob du deine Pläne ändern möchtest.»

Nachdem Kate aufgelegt hat, googelt sie nach dem Eurostar. Den Zug um 11.01 Uhr könnte sie schaffen, aber, oh, aua, die Fahrt kostet 150 Pfund, und jeder Zug, der morgen Abend von Paris zurückfährt, 199 Pfund.

Was denkt sie sich eigentlich? Schon *wieder* eine totale

Überreaktion. Letztes Mal versuchte sie, *aus* Frankreich zu flüchten, um von Nick wegzukommen, jetzt will sie *nach* Frankreich fliehen, um ihm zu entkommen.

Sie ist schlecht drauf, weil sie einen Kater hat, sie benimmt sich wie ein Baby, und dieses überteuerte Rührei auf dem Servierwagen wird kalt.

Sie schreibt Bailey eine Antwortnachricht:

> Wenn der Zug nicht genauso viel kosten würde wie eine Woche Urlaub in Spanien, würde ich ja sagen – danke für dein unglaublich großzügiges Angebot –, aber ich freue mich, wenn du mir ein Croissant mitbringst. x

Die vergessene Geburtstagskarte nimmt Kate nicht übel. Aber das hier schon.

53

Hätte man Kate vor einem Vierteljahr gefragt, mit wem sie ihren vierzigsten Geburtstag am liebsten verbringen würde, hätte *dieser herrische alte Drache aus dem Lauderdale House* es nicht auf die Shortlist geschafft, und auch auf keine längere Liste. Doch Kate verspürt eine so intensive Sehnsucht danach, Cecily zu besuchen, dass sie sich direkt zu ihr begibt, ohne vorher nach Hause zu fahren und ihre Reisetasche abzustellen.

Mit ihr ist alles in Ordnung, in allerbester Ordnung. Sie muss nur dieses Chaos in ihrem Kopf für ein paar Stunden bändigen. Dann wird sie sich gut zureden und wieder zur Ruhe kommen.

«Jedes Mal, wenn Sie an einem Samstag kommen, frage ich mich, ob ich noch ganz zurechnungsfähig bin», sagt Cecily und zieht bei Kates Anblick vergnügt die Augenbrauen hoch.

«Ich wollte diesen Sekt mit einer guten Freundin teilen. Sie trinken doch Sekt, oder?»

Cecily wiegt den Kopf. «Wenn Sie ein, zwei Rülpser ertragen, kann ich ein Glas Sekt vertragen. Sekt zum Frühstück?»

«Hat Mrs. Gaffney Ihnen von meinem Alkoholproblem erzählt?», fragt Kate lachend.

«Ich war mir nicht sicher, ob der große Tag heute oder morgen ist, sonst hätte ich Ihre Geburtstagskarte fertig.»

«Keine Sorge, ich bin eigentlich kein Fan von Geburtstagen.»

«Ich auch nicht. Sie feiern den Tag nicht mit Freunden?»

«Ich habe sie gestern Abend eingeladen.»

«Ach ja? Wie war das Dinner?»

«Phänomenal. Ich hätte Ihnen ein paar Reste mitgebracht, aber es gab keine.»

«Für diese Lasagne braucht man Zeit, aber es ist so tröstlich – sie zu kochen und sie zu essen. Ich habe das Rezept in Bologna kennengelernt, ein Jahr bevor ich anfing, das Buch zu schreiben. Eine großartige Stadt, Bologna. Waren Sie schon einmal dort?»

«Ich war in Florenz.»

«Oh, Italien ist ein wirklich wundervolles Land, überall Farben, Schönheit und aufregende Dinge. Ich hatte Ihnen doch erzählt, dass ich fast ein Jahrzehnt dort gelebt habe?», fragt Cecily verträumt. «Na ja, das war erst in den sechziger Jahren, aber jene Reise muss ich 1953 oder 54 gemacht haben. Ich hatte *Ein Herz und eine Krone* gesehen, und ein Freund schlug vor, ich solle doch Italien bereisen – Mailand, Bologna und Venedig. Ich war in ziemlich niedergeschlagener Stimmung, raffte mich aber auf. Es war das Beste, was ich tun konnte, und es hat meine Freude am Kochen und Essen wiedergeweckt. Diese kleinen, mit Rinderragout gefüllten Nudelteigtaschen, übergossen mit cremiger Tomatensauce.» Sie spitzt die Lippen zu einem Luftkuss. «*Delizioso!* Genau das, was ich brauchte. Ihre Freunde haben also Ihre Mühe zu schätzen gewusst?»

«Es war ein schöner Abend.»

«Er hat Ihnen selbst keinen Spaß gemacht?»

«Sie haben ihn genossen.» Kate lächelt, aber Cecilys Miene lässt erkennen, dass sie um das Aufgesetzte dieses Lächelns weiß.

«Und heute Abend essen Sie zu Abend mit …?»

«Ja, das ist der Plan.»

«Der Plan?», fragt Cecily, die etwas Bissigeres sagen will, sich aber zurückhält.

«Mrs. Finn, könnten Sie mir Ihre Geschichte weitererzählen? Ich würde sie wirklich gern hören. Ich muss zumindest für eine kleine Weile in eine andere Welt als in meine eigene abtauchen.»

Cecily betrachtet sie mit so intensivem Mitgefühl, dass Kate am liebsten weinen würde. «Der Krieg war vorbei», sagt Kate und räuspert sich. «Ihr Vater war gestorben.»

«Ach ja», seufzt Cecily. «Das war der Endpunkt jenes Kapitels meines Lebens. Was würden Sie gern als Nächstes hören? Etwas über die italienischen Jahre? Über mein Desaster in Hollywood? Oder wie ich auf Hawaii Hula tanzen lernte?»

«Machen Sie doch einfach da weiter, wo Sie aufgehört haben. Vielleicht erzählen Sie mir, wie es zu Ihrer ersten Veröffentlichung kam?»

Cecily hält inne, trinkt einen Schluck Sekt und klopft sich dann leicht aufs Schlüsselbein. «Das ist ein und dasselbe Kapitel, aber ein recht bittersüßes. Nicht direkt eine Lieblingsphase meines Lebens. Und ich glaube nicht, dass Sie gerade in einer guten Verfassung dafür sind.»

«Nein, erzählen Sie weiter», sagt Kate, trinkt noch einen Schluck und macht es sich in ihrem Sessel bequem.

«Nun, wenn Sie sich sicher sind. Der Krieg war vorbei, und für Samuel und mich war endlich die Zeit gekommen, nach England zurückzukehren. Wir bestiegen das Schiff, diesmal zusammen. Es fühlte sich so an, als fänden wir jetzt wirklich unser Zuhause beieinander. Schweden hatte mich verändert;

ich war selbstbewusster geworden, hatte schöne Kleider und eine neue, hochgebürstete Frisur, die mir besser stand. Ich hatte meinen Horizont erweitert und meinen Geschmack verfeinert – alles oberflächliche Dinge, aber gut für die Moral. Doch das Gesicht meines Bruders, als er uns am Hafen abholte, brachte mich rasch auf den Boden der Tatsachen zurück. Er hatte die letzten schrecklichen Jahre der Bombardierungen und Rationierung durchlebt und machte eine Bemerkung über meine Kleider. Ich hätte ihm gern erklärt, dass ich meinen wunderschönen Samtmantel als Bezahlung für Englischstunden erhalten hatte, aber es war sinnlos. Es erfüllte mich mit Schuldgefühlen, dass der Krieg für mich so angenehm verlaufen war, während sie so viel gelitten hatten.»

«Das war wohl kaum Ihre Schuld.»

Cecily zuckt mit den Schultern. «Als ich in das Haus in Bournemouth zurückkehrte, verließ mich der Mut. Mama sah so geschrumpft aus. Und in meinen sentimentalen Erinnerungen war mir das Haus größer und wärmer erschienen – jetzt erfüllte es mich nach all dem modernen Komfort Stockholms mit Schrecken. Papa hatte mir in seinem Testament 1500 Pfund vermacht, und wir beschlossen, nach London zu ziehen. Wir leisteten eine Anzahlung auf ein Haus in Finchley, und Mama zog bei uns ein. In den letzten zwei Jahren ihres Lebens war sie gut versorgt. Ich werde nie vergessen, wie nett Samuel zu ihr war. Jeden Morgen kochte er ihr Tee und plauderte stundenlang mit ihr, obwohl sie ständig über die kleinsten Dinge meckerte.»

Kate unterdrückt ein Kichern, da sie sich Cecilys Mutter als eine exakte Kopie Cecilys vorstellt.

«Samuel machte jeden Samstag eine Spazierfahrt mit ihr.

Er behandelte Mama wie seine eigene Mutter, obgleich er immer noch um Shindel trauerte. Mamas Gesundheit wurde schlechter, und als sie spürte, dass sie mehr Pflege brauchte, als wir ihr geben konnten, bestand sie darauf, in ein Pflegeheim zu gehen. Sechs Wochen später starb sie dort ohne viel Aufhebens. So sollte es auch sein. Es war ein großes Geschenk für mich, dass ich damals an ihrem Bett sitzen und ihre Hand halten konnte, sodass sie nicht allein war, als sie starb. Im Tod war sie genauso schön wie im Leben, unter dem runzligen Elfenbein ihrer Haut zeichneten sich ihre feinen Knochen ab. Ihr glänzendes Haar war auf dem Kopfkissen ausgebreitet, als ich es zum letzten Mal bürstete.»

«Sie waren eine sehr gute Tochter.»

«Einfach eine durchschnittliche. Ich trauerte natürlich um Mama, aber ich war erleichtert, dass sie in ihren letzten Jahren nicht zu einsam gewesen war – es gibt nichts Schlimmeres als Einsamkeit», sagt Cecily und legt bei dem Gedanken die Stirn in Falten. «Doch jedes Mal wenn ich mich niedergeschlagen fühlte, war Samuel für mich da, und ich wusste, dass ich mich erholen würde. Nach einigen Monaten kehrte das Leben zu seinem normalen Gang zurück. Meine Schwester May zog in jenem Frühjahr nach Amerika, mit ihrem Mann. Und Leo kaufte eine Wohnung in Brighton. Samuel und ich lebten in unserem Haus in Finchley. Wir machten es zu einem gemütlichen Zuhause und legten einen Garten an. Inzwischen ertrug Samuel seine Trauer leichter – endlich war er wieder optimistischer. Er fand eine Arbeit, die ihm gefiel, als Übersetzer für eine Schifffahrtsgesellschaft, er bekam ein gutes Gehalt. Ich erwog, mir eine Stelle im Restaurantbereich zu suchen, meine Arbeit im Hotel hatte mir gefallen. Und wir redeten erneut über eine Adoption. Nachdem Samuel seine eigene Familie verloren hatte, wollte er gern einem bedürftigen Kind ein glückliches Zuhause geben. Auf unsere geplanten Abenteuer freuten wir uns ebenfalls. Wir würden mit einer zweiwöchigen Reise nach Amerika beginnen, meine Schwester in New York besuchen, dann einen Wagen mieten und nach Florida fahren, wo Gisele inzwischen lebte.»

«Samuels Nichte?»

«Genau. Sie hatte sich in einen amerikanischen GI verliebt, und die beiden waren in die Staaten zurückgekehrt. Gisele hatte ihre eigene Schneiderwerkstatt eröffnet und kurz zuvor eine Tochter zur Welt gebracht, die sie nach Sophie benannt hatte. Samuel war so aufgeregt, er konnte es gar nicht erwarten, den Neuankömmling kennenzulernen. Er hatte dem Baby bereits bei Liberty's eine wunderschöne rosa Decke gekauft. Ich war am Vormittag wegen der Tickets in der Reiseagentur gewesen. Samuel wollte, dass wir stilvoll reisten. Ich machte mir Sorgen wegen der Ausgaben, aber ihm war es wichtig, dass ich die Reise genoss. Er wollte immer das Beste für mich, er war ein so lieber Mann. Ich verbrachte eine gute Stunde in der Reiseagentur, besprach unsere Optionen und schrieb die Einzelheiten auf, um später am Abend mit ihm darüber zu reden. Als ich die Reiseagentur verließ, begann es zu regnen – ein plötzlicher Aprilschauer, obgleich das Wetter an diesem Tag mild war, tatsächlich sogar recht schwül. Ich hatte meinen Regenschirm vergessen, und so ging ich spontan ins Kino, um *Gangster in Key Largo* zu sehen – vermutlich hatten mich unsere Gespräche über Florida auf die Idee gebracht. Nach dem Film beschloss ich, Samuel sein Lieblingsgericht zu kochen, und kaufte Lammkoteletts. Als ich nach Hause kam und gerade den Schlüssel aus der Handtasche nahm, hörte ich im Flur das Telefon klingeln. Normalerweise rief tagsüber nie jemand an. Ich setzte meine Einkäufe auf der Türschwelle ab, und ich erinnere mich, dass ich hastig mit dem Schlüssel hantierte und zum Telefon eilte. Ich dachte, es müsse die Reiseagentur sein. Aber ich irrte mich. Es war Samuels Sekretärin. Sie hatte seit Stunden versucht, mich anzurufen. Es war etwas Schlimmes passiert.»

«Wieso? Was denn?», fragt Kate überrumpelt.

«Etwas wirklich Schreckliches …», sagt Cecily und schüttelt den Kopf. «Samuel war an seinem Schreibtisch zusammengebrochen. Ich sollte sofort ins Krankenhaus kommen.» Sie blickt auf ihre zitternden Finger hinunter. «Ich eilte in Panik auf die Straße. Mein Nachbar sah mich und bot mir an, mich zu fahren. Ich sagte mir selbst, dass alles gut werden würde, redete mir gut zu, aber als ich auf der Station ankam, machte mir das Gesicht der Schwester klar, dass etwas absolut nicht in Ordnung war.» Sie streichelt langsam ihre Hand, den Blick gesenkt.

«Was war geschehen?», fragt Kate mit einem Gefühl plötzlichen Erschreckens.

Cecily schüttelt den Kopf, diesmal langsamer. «Ein Aneurysma», sagt sie und schluckt kräftig.

«Was?», fragt Kate und hält den Atem an. «Aber mit ihm war doch alles in Ordnung, oder nicht? Er war nicht – er hat nicht … es war alles okay mit ihm?»

«Nein», antwortet Cecily und begegnet endlich Kates Blick. «Es war nicht okay.»

«Aber … was?», fragt Kate mit ungläubigem Kopfschütteln.

«Samuel ist auf dem Weg zum Krankenhaus im Krankenwagen gestorben. ‹Er ist erloschen wie eine Kerze.›»

«Aber … aber … nein!», sagt Kate, der plötzlich übel wird.

Cecily schüttelt den Kopf, und ihre Augen füllen sich mit Tränen. «Als ich endlich zu ihm durfte, hatte er nichts mehr von meinem Samuel. Mamas Leiche hatte immer noch wie Mama ausgesehen, aber Samuel? Dort lag ein Fremder im Bett, die Augen geschlossen, die Haut aschfahl und eiskalt. Wie konnte das derselbe Samuel sein, der mich am Morgen mit einem Kuss verabschiedet hatte, ein Mann von solch unerschöpflicher Wärme und Lebendigkeit?», sagt sie mit hängendem Kopf.

«Ach, Mrs. Finn …»

«Ich erinnere mich, dass mir schwindlig wurde», erzählt Cecily und beißt sich auf die Lippen. «Und als Nächstes weiß ich nur, dass die Krankenschwester mir gesüßten Tee reichte und mir einen Blick zuwarf, den ich nie wieder in jemandes Gesicht sehen möchte. Dieser Blick machte mir klar, dass es wahr war. Nach einiger Zeit, es müssen Stunden gewesen sein, fuhr mein Nachbar mich nach Hause. Die Einkaufstasche stand noch im Flur. Ich muss wohl unter Schock gestanden haben, aber ich konnte nur daran denken, dass ich der Reiseagentur so bald wie möglich würde absagen müssen …» Sie holt tief Atem und sieht Kate erneut an, die nun selbst damit kämpft, die Tränen zurückzuhalten.

«Die schlimmsten Zeiten des Kriegs zu durchleben», sagt Cecily, «und jeden zu betrauern, den er liebte … Er war im Angesicht all dieses sinnlosen Schreckens so tapfer gewesen … und endlich hatte er wieder angefangen, das Leben zu genießen. Wie kann man diese Welt gerecht nennen? Es ergibt noch immer keinen Sinn», sagt sie, plötzlich von einer Traurigkeit ergriffen, die ihren ganzen Körper erbeben lässt.

Kate eilt zu Cecily, kniet sich neben sie und umfasst ihre geballte Faust.

«All die Jahre, die wir im Krieg getrennt verbracht haben – man denkt, man hat alle Zeit der Welt, aber so ist es nicht. Wissen Sie, ich hätte jetzt gern einen Whisky, meine Liebe», sagt sie, während sie mit zitternden Fingern Kates Hand festhält. «Unter dem Nachttisch.»

Kate schenkt Cecily den Whisky ein, bedeutet ihr dann mit einer Geste, dass sie auch gern einen Schluck hätte, und gießt ihn in ihr leeres Sektglas. Dann setzt sie sich wieder neben Cecily auf den Boden.

«Aber ich hatte keine Ahnung, Mrs. Finn – ich dachte, sie seien zusammen alt geworden. All diese gemeinsamen Mahlzeiten in Ihrem Buch und die Geburtstagsdinner, all die Menüs mit Samuels Lieblingsgerichten?»

Cecily schüttelt den Kopf. «Leider reine Fiktion», sagt sie unglücklich. «Der arme Samuel hat seine Zukunft nicht bekommen, und so habe ich eine für ihn geschrieben. Ich habe mir die Mahlzeiten vorgestellt, die wir zusammen genossen hätten. Wenn ich darüber schreiben konnte, wie wir uns gemeinsam an einen Tisch setzten und gemeinsam aßen, konnte ich einen Teil von ihm am Leben halten.»

«Aber, Mrs. Finn, Sie sagten, Sie seien *mit* ihm nach Hollywood gefahren und er sei mit Ihnen in Italien gewesen …»

«Aber das war er auch», erklärt Cecily mit solcher Überzeugung, dass es Kate mit Schmerz erfüllt. «Ich hatte ihn in meinem Herzen.»

«Und Schweden – Sie sagten, zu seinem achtzigsten Geburtstag seien Sie noch einmal mit ihm dorthin gereist? Um die wunderschönen Blumen zu sehen – das haben Sie *gesagt.*»

«Es ist meine Wahrheit. Ich bin an den Ort zurückgekehrt, den zu zeigen ich ihm versprochen hatte und an dem er gern gewesen wäre. Er war auf jedem Schritt des Weges bei mir.»

«Mrs. Finn, das ist einfach … ich weiß nicht, was ich sagen soll. Es tut mir furchtbar leid, wenn ich das gewusst hätte, hätte ich Sie niemals gebeten, von ihm zu erzählen.»

«Ach, Kate, ich habe über sechzig Jahre ohne ihn gelebt. Manchmal kam mir unsere Ehe wie ein Traum vor. Trotzdem hört man nicht auf, jemanden zu lieben, nur weil er nicht mehr mit einem im selben Zimmer ist.»

«Aber Sie haben nie wieder geheiratet? Sie waren noch jung.»

«Jung wohl kaum. Samuels Tod so bald nach dem meiner Eltern – das hat alles seinen Tribut gefordert. Es folgten mehrere düstere Jahre. Ich muss zugeben, hätte ich das geringste Vertrauen in Gott oder den Himmel gehabt, hätte ich versucht, mich dorthin zu befördern. Erst als ich ungefähr in Ihrem Alter war, habe ich mich allmählich wieder auf das Leben eingelassen.»

«Ach nein», sagt Kate und reibt sich die Herzgegend. «Es tut mir leid, dass ich Sie gebeten habe, davon zu erzählen.»

«Sie haben mich gefragt, wie ich zur Schriftstellerin geworden bin. Ich hatte das niemals vorgehabt. Samuel und ich hatten so viele Pläne gehabt, aber das Leben hatte andere. Eines hat sein Tod mich gelehrt: Wer das Leben nicht zu dessen eigenen Bedingungen umarmt, der wird entsprechend leiden.»

«Und was haben Sie getan?»

«Ich habe getrauert. Manchmal dachte ich, der Kummer würde mich besiegen. Aber die Welt dreht sich weiter, ob es einem nun gefällt oder nicht. Ich habe mich gezwungen, darüber nachzudenken, was Samuel sich gewünscht hätte – er hätte niemals gewollt, dass mein Herz gebrochen bleibt. Und so begann ich, mich aus dem Schmerz herauszuschreiben. Ich versuchte, das Kinderbuch zu überarbeiten, aber es erinnerte mich zu sehr an Schweden. Erst ein Jahrzehnt später habe ich mich wieder damit befasst. Das Einzige, was mich in meinem Leid tröstete, war das Kochen – dieser kreative Akt war heilsam. Und wenn ich die Erinnerungen und die Rezepte der Mahlzeiten niederschrieb, machte sie das zu etwas Greifbarem. *Thought for Food* hatte ganz kurze Kapitel, es waren kleine Ausschnitte des Lebens – jedes Mal, wenn ich dachte, *das ist doch albern, ich sollte aufgeben*, wusste ich, dass nur noch ein oder zwei Seiten fehlten. Es war nicht so, als schriebe ich einen Proust-Roman. Dieses Buch hat mich gerettet. Ich schuf etwas, das die Zeit überdauern würde. Wenn es einmal veröffentlicht wäre, könnte ich es auf meinem Regal anschauen, und dann würde ich wissen, dass Samuel und ich existiert hatten – und ich war ja immer noch da. Alles, was ich mir vom Leben erwartet hatte, blieb aus, aber was ich stattdessen bekam, war wundervoll. Es gab jedoch nur eine einzige Möglichkeit, in dieses neue Leben einzutreten, nämlich das loszulassen, was ich mir von meiner Zukunft erhofft hatte. Seien Sie tapfer, Kate. Ich weiß, loszulassen ist schwer, wenn man Angst hat.»

«Reden Sie nicht so, Mrs. Finn. Es klingt so, als würden Sie sterben.»

«Natürlich werde ich sterben, Kate, ich bin siebenundneunzig.»

«Nein, ich meine, als würden Sie heute sterben – und das würde meinen Geburtstag, ehrlich gesagt, weiter verdüstern.»

«Heute ist nicht dieser Tag», sagt Cecily, und ihr Kinn fällt auf die Brust, als sie den Kopf schüttelt und einen kleinen Rülpser ausstößt. «Nehmen Sie den restlichen Sekt mit nach Hause», sagt sie und drückt Kates Hand erneut. «Ich wünsche Ihnen einen schönen Tag. Lassen Sie ihn sich von *niemandem* verderben.»

Kate erwidert Cecilys Händedruck und küsst sie dann sanft zum Abschied. Sie geht in die Küche und bringt den Rest des Sekts zu Bernadette, die Kate mit einer ungeschickten Umarmung gratuliert, sie an sich drückt und darauf besteht, ein Glas mit ihr zu trinken.

Als Kate auf der Straße steht, atmet sie tief durch. Es ist einer dieser gnadenlos grauen Wintertage; es wird den ganzen Nachmittag unausgesetzt regnen. Paris dagegen ist selbst bei Regen schön.

Nick hat ihr erneut eine Nachricht geschickt und fragt, ob mit ihr alles in Ordnung ist. Sie antwortet:

Alles gut, wir sehen uns beim Dinner.

Normalerweise würde sie besorgt sein, das könnte kalt klingen, aber Cecilys Geschichte hat sie aus der Fassung gebracht, sodass sie sich ausnahmsweise keine Mühe gibt, Nick ein gutes Gefühl zu vermitteln. Vielmehr zieht sie ihren Schal enger um den Hals und macht sich auf den Heimweg. Sie wird den Nachmittag im Bett verbringen, lesen und Reste des Geburtstagskuchens essen. Wenn die Zeit für das Dinner gekommen ist, wird sie hoffentlich mehr Appetit darauf haben als jetzt.

54

Kate ist noch immer erschüttert, als das Taxi kommt und sie zum Restaurant fährt. Dieser gequälte Blick vorhin in Cecilys Augen … bei der Erinnerung daran würde Kate am liebsten weinen. Sie lässt die Seitenscheibe des Taxis herunter, atmet die kühle Nachtluft ein und versucht energisch, sich aufzumuntern. Sie kann morgen um Cecilys willen trauern, doch heute ist ihr eigener Abend.

Kates Fahrt in die Stadt wird von einer Stimme in ihrem Kopf gestört, die ihr eine Predigt hält. Es ist nicht die übliche Stimme, die ihr sagt, dass sie alt wird, ihre Oberschenkel zu dick sind und sie im Vergleich zu ihren Altersgenossen zu wenig verdient – diesmal ist es schlimmer. Diese Stimme sagt ihr, dass Cecily die ganze Zeit über recht gehabt hat und dass Kate ihr Leben an einen Mann verschwendet, der sie nicht genug liebt.

Sie streitet mit dieser Stimme und versucht, ihr zu erklären, dass Nick sie natürlich liebt, denn er sagt es ja, und man sagt, was man meint – außer bei den Gelegenheiten, wo man es nicht tut, weil man dann richtig schlecht aussähe. Doch die Stimme ist beharrlich und insistiert, es sei Zeit loszulassen.

Es ist schlimm genug, dass Kate ohnehin eine kritische Stimme im Kopf hat – die, die von Rita stammt, aber jetzt sind sie zu dritt, eine Gruppe. Der Grund, weshalb diese dritte Stimme ihr sagt, dass Cecily recht hat, ist der, dass es in Wirklichkeit Cecilys Stimme ist – die Stimme einer

Frau, deren Welt inzwischen auf ein kleines Zimmer beschränkt ist, die aber ein erfülltes Leben voll großer Freuden und tiefen Kummers geführt hat und die Wahrheit sagt.

Das Restaurant ist phantastisch. Es hat nur vierzig Plätze, und die Atmosphäre ist kein bisschen steif, obwohl es Michelin-Sterne hat und französische Küche bietet. Der Service ist perfekt – freundlich und aufmerksam, ohne übertrieben zu sein. Die Einrichtung ist modern und stilvoll, und das Samtpolster der Stühle so luxuriös, dass es sich fast mit der Matratze der gestrigen Nacht messen kann. Dennoch rutscht Kate auf ihrem Stuhl herum und findet keine bequeme Position.

Alles, was in der Speisekarte steht, klingt großartig. Als Vorspeise bestellt Kate den Lachs und dann Lammkoteletts mit Gnocchi. Nick entscheidet sich für Jakobsmuscheln, gefolgt von *viande de pigeon* mit Trüffelsauce, was Kate zu einem schiefen Lächeln veranlasst, weil *viande de pigeon* einfach nur ein noblerer Name für Taube ist.

Nick ist großzügig mit dem Wein und hat einen wunderbaren, frischen französischen Weißwein bestellt. Kate merkt, dass sie häufig nach ihrem Glas greift. Nicht weil der Wein wirklich köstlich ist. Sondern weil sie verzweifelt versucht, dieses schreckliche Gefühl herunterzuschlucken, das in ihr erneut aufsteigt, obwohl sie so hart daran gearbeitet hat, sich davon zu befreien.

Die Vorspeisen kommen, Kate und Nick kosten und halten dann verblüfft inne – es ist die Art von Gerichten, die so gut schmecken, dass man erst wieder reden kann, wenn man den letzten Bissen verschlungen hat. Als sie vor ihren leeren Tellern sitzen, beginnt Nick, Kate ausführlich von den Datenbankproblemen der letzten Nacht zu erzählen. Und ihr fällt auf, dass er sie noch nicht gefragt hat, wie es ihr geht, obwohl es doch *ihr* Tag ist.

Vielleicht hat er nicht gefragt, weil er wegen der Ereignisse in der Nacht noch ein schlechtes Gewissen hat. Oder vielleicht liegt es daran, dass er um sich selbst kreist und sie ohnehin nur selten fragt, wie ihr Tag war. Plötzlich weiß sie nicht mehr, warum sie das während all der Zeit ihrer Beziehung in Ordnung fand.

Sie sieht dem Kellner nach, der einen eindrucksvoll beladenen Käsewagen zu dem Tisch in der Ecke schiebt, und wendet sich dann wieder Nick zu. Sie lächelt ihn freundlich an und hofft, dass ihm der Gedanke kommen könnte, endlich die Frage zu stellen: *Wie war dein Tag?*

Das Schweigen macht ihr so zu schaffen, dass sie beschließt, es selbst zu brechen. «Mum hat mich aus Lanzarote angerufen …»

«Ach ja?», fragt Nick und schenkt ihr Wein nach. «Was macht sie noch einmal dort?»

«Irgendein lächerliches Atemseminar», antwortet Kate mit hochgezogenen Augenbrauen. «Ich glaube, dass sie nicht dreiundsechzig geworden wäre, wenn sie nichts vom Atmen verstehen würde. Aber sie macht es trotzdem … Mittwoch ist sie zurück, mir bleiben also noch maximal zwei Wochenenden in dieser Wohnung, und dann bin ich frei.» Sie lächelt. «Apropos, wenn dein Projekt nächste Woche fertig wird, soll ich dann meine Sachen zu dir bringen oder lieber am Wochenende darauf?»

Nick blickt mit erstarrtem Lächeln auf seinen Teller. Dann schaut er Kate an. «Ja klar. Also … wie klingt das Osterwochenende für dich? Ist das okay?»

«Was?» Kate bleibt das Lachen im Hals stecken. «Mitte Dezember war abgemacht.»

«Die Sache ist die … Rob hat mich gefragt, ob er mein Gästezimmer benutzen darf, nur bis das Durcheinander bei ihm geklärt ist», sagt Nick und kratzt einen unsichtbaren Fleck vom Tischtuch. «Seit Tasha ihn rausgeschmissen hat, pennt er auf dem Sofa eines Kumpels.»

Kate umfasst den Stiel ihres Weinglases fester, während sie spürt, wie ihr die Hitze ins Gesicht steigt.

«Rob hat es derzeit sehr schwer.»

Ihr liegt ein Kommentar über Robs Unfähigkeit auf der Zunge, seine Genitalien unter Kontrolle zu halten, aber dieser Kommentar überdeckt eine wesentlich wichtigere Bemerkung. «Also, warte mal, willst du damit sagen, Rob bekommt das Gästezimmer, aber du ziehst es vor, deine Wohnung nur zu zweit mit ihm zu nutzen?» Kate hat definitiv keine Lust, in einer Episode von *Men Behaving Badly* zu leben, aber das muss sie jetzt von Nick wissen.

Nick will etwas sagen, schweigt aber erst mal.

«Tja, nein, aber ich kann verstehen, dass du nicht zu dritt, also mit Rob, bei mir leben möchtest.»

«Oh. Du bist also davon ausgegangen, dass ich warten würde, bis Rob eine Wohnung findet, die ihm gefällt?»

«Na ja, das genaue Datum schien dir egal zu sein, als wir darüber gesprochen haben.»

«*Was?* Es war mir halbwegs egal, wann im *Dezember*. Der Monat stand fest, und wir besprechen seitdem die

Einzelheiten.» Sie greift erneut nach ihrem Weinglas und trinkt langsam einen tiefen Schluck. Diesmal will sie ruhig bleiben.

Das Gefühl von Mutlosigkeit, das sie überschwemmt, ist das gleiche wie damals in Frankreich, aber jetzt weiß sie Bescheid: Es ist keine Überreaktion, sondern ihr Körper gibt ihr ein eindeutiges Zeichen. Diesmal wird sie es nicht ignorieren.

«Ich hatte nicht erwartet, dass ein paar weitere Monate dir etwas ausmachen würden», sagt Nick und greift nach ihrer Hand.

«Das ist nicht das Problem, denke ich», erwidert Kate, zieht die Hand zurück und legt sie in ihren Schoß, während sie sich bemüht, ihren Zorn unter Kontrolle zu halten.

«Warum hast du nicht vorher mit mir darüber gesprochen? Es betrifft mich. Ein Gespräch darüber wäre gerechtfertigt gewesen, oder etwa nicht? Sicher, es ist dein Zuhause, aber es wird *unser* Zuhause werden.»

Nick öffnet den Mund mit verwirrter Miene. «Ich habe es wohl nicht richtig durchdacht, mir ist gar nicht der Gedanke gekommen ...»

«Wenn es dir nach allem, was passiert ist, ernst mit uns wäre, hätte dir der Gedanke kommen müssen. Wirst du Rob sagen, dass er nicht bei dir wohnen kann? Er hat andere Freunde, es ist nicht so, als wärest du sein bester Freund.»

Nick blickt gequält. «Ich kann ihm jetzt nicht mehr absagen.»

«Doch, das kannst du sehr wohl, du tust es nur nicht. Du willst das Datenbankteam nicht enttäuschen, es fällt dir im Traum nicht ein, diesen Idioten Rob zu enttäuschen, aber es macht dir nichts aus, mich zu enttäuschen.»

Bei diesen Worten schaut er bestürzt. «Aber ich weiß, dass du Rob nicht besonders magst, und deshalb dachte ich, du würdest lieber erst zu mir ziehen, wenn er wieder weg ist.»

Ihre alte vertraute Stimme der Vorsicht rät ihr, den Mund zu halten und den Abend nicht zu verderben, sondern diese Schlacht zu schlagen, wenn sie die Rechnung gezahlt und dieses schicke Restaurant verlassen haben – oder zumindest zu warten, bis sie ihre Lammkoteletts gegessen hat. Aber Cecilys Stimme ruft ihr laut zu, sie solle die Wahrheit sagen, und zwar jetzt sofort, denn die Geschichten, die Kate sich selbst erzählen muss, um mit Nick zusammenbleiben zu können, werden immer unverdaulicher für sie.

«Nick – wie sicher bist du dir mit uns als Paar? Wenn du dir sicher wärest, hättest du dir mehr Mühe gegeben, im Hotel aufzutauchen. Und dann wäre dir wohl Rob kaum wichtiger als ich.»

Er klappt den Mund auf, schließt ihn und öffnet ihn erneut. Ihr fällt auf, wie sehr er dabei einem Fisch ähnelt.

«Ich …» Er zuckt zusammen, als wäre der Schlag, den er gleich austeilen wird, für ihn schmerzhafter als für sie. «Ich bin mir mindestens zu siebzig Prozent sicher …»

Kate lacht, sie kann nicht anders. «Wow – ich habe nicht einmal drei Viertel verdient?»

«Ich … na ja … es ist nur …»

«Hast du ein Tabellenkalkulationsprogramm, das du mir zeigen könntest? Denn deine Daten könnten fehlerhaft sein. Gewiss stimmen die Algorithmen nicht immer, sonst würden Computer ja niemals falschliegen, oder?»

«Das muss theoretisch nicht die Schuld der Software sein, es kann auch an der Hardware liegen …»

«Ach, halt den Mund, Nick.»

«Kate – das ist immer noch schwer für mich …»

«Weißt du was? Für mich ist es schwerer. Ich habe es nicht so mit der Mathematik wie du, aber hier ist meine Berechnung: Ich bin mir hundert Prozent sicher, dass *das hier*» – bei diesen Worten sticht sie mit dem Finger nach dem Tisch und senkt die Stimme – «nicht gut genug ist. Dass *du* nicht gut genug bist. Einfach nicht gut genug», sagt sie, faltet ihre Serviette und legt sie auf den Tisch.

«Ich sage doch gar nicht, dass es vorbei ist», stottert er in Panik. «Das sage ich nicht, es ist nur so … ich bin mir noch nicht sicher.»

«Aber ich bin mir sicher. Mir reicht's. Du hast mir meine letzten beiden Geburtstage verdorben, aber ich lasse nicht zu, dass du mir auch noch weitere verdirbst. Ich habe etwas Besseres verdient.»

Er starrt sie mit aufgerissenen Augen an. Selbst jetzt hat er kein einziges Wort für sie, weder Trost noch Streit noch eine Entschuldigung – das spricht Bände.

«Nick, die Sache mit unserer Beziehung ist die …» Sie blickt auf. Der Kellner steht mit zwei Servierplatten köstlichen Essens am Tisch. Sie lässt erschöpft die Schultern sinken. Was bringt es überhaupt noch, zu sagen, was sie sagen wollte? Wenn man der Person, die man liebt, erklären muss, wie Liebe funktioniert, ist sie vermutlich keine Liebe wert.

«Weißt du was, Nick? Es ist okay», sagt sie und steht vom Tisch auf. «Deine Taube wird serviert. Und ich bekomme mein Lamm. *Bon appetit.*» Was in diesem Fall französisch für *hasta la vista* ist – und *fuck you.*

Loslassen tut wahnsinnig weh, aber es ist das Richtige.

Und richtig ist es auch, das Dinner mit nach Hause zu nehmen. Trotz allem – oder vielleicht deswegen – ist es das beste Essen, das Kate je gegessen hat.

55

Dinner for One in einer Nacht, die einem das Herz gebrochen hat

Nein, mir reicht's, du bekommst nichts mehr von mir.
MICHAEL DRAYTON

Ziel:
Sie wollen sich mit lebensbejahendem, mit viel Butter unter minimalem Aufwand zubereitetem Essen stärken und trösten, was Ihnen ein Maximum an Zeit verschafft, um sich mit einem guten Buch früh ins Bett zurückzuziehen (oder mit einer Schlaftablette und einem Whisky, je nach Schwere und Geschmack der Trennung).

Menü:
Linguine mit Butter und Parmesan
Ein Rest Schokoladeneiscreme* nach Eva Polons Geheimrezept (siehe Sommerparty zur Feier der Abreise Ihrer hochnäsigen Nachbarn und deren kläffendem kleinem Pekinesen)

*Sollten Sie keinen Eiscreme-Rest im Gefrierfach haben, ist es zu diesem Anlass vollkommen akzeptabel, jeden Kuchen in Reichweite zu verzehren.

Hier, nehmen Sie noch ein Papiertaschentuch», sagt Cecily, zieht ein Kleenex aus der Schachtel und reicht es Kate mit zitternden Fingern.

Kate schüttelt den Kopf, rasch und energisch. Sie wird nicht weinen, sie wird nicht wieder wegen dieses Idioten weinen. «Ich weiß, dass ich mich fangen werde. Es ist in Ordnung, dass er mich nicht liebt. Es ist nicht das Ende der Welt.»

«Stimmt – aber ich weiß, dass Sie viel für ihn empfunden haben.»

«Und ich weiß, dass Sie ihn nicht mochten», sagt Kate, putzt sich die Nase und wartet darauf, dass Cecily hinzufügt: *Ich habe es Ihnen ja gleich gesagt.*

«Es hat mir nur nicht gefallen, wie er Sie behandelt hat.»

«Ich denke, Sie können Ihr Buch zurückhaben», sagt Kate und nimmt Cecilys Exemplar von *Thought for Food* aus ihrer Handtasche. «Damit habe ich ihn auch nicht dazu gebracht, mich zu lieben.»

«Ein Buch kann keine Wunder tun», sagt Cecily, nimmt es entgegen und betrachtet das Cover neugierig. «Trotzdem glaube ich, dass es etwas Gutes für Sie bewirken wird.» Bei diesen Worten spielt ein leises Lächeln um ihre Lippen. «Schauen wir einmal, was als Nächstes geschieht. Ihre Geschichte ist noch nicht vorbei.»

«Ach, Mrs. Finn, ich habe keine Lust, noch einmal eine Beziehung mit einem Mann anzufangen. Das bringt ja doch nichts. Welchen Sinn hat es überhaupt, jemanden zu lieben, wenn man ihn nur wieder verliert?»

«Der Sinn ist die Liebe. Gestehen Sie sich Zeit zu. Die Trennung ist erst eine Woche her.»

«Ja, die Zeit heilt Wunden, ich weiß, ich weiß», sagt Kate seufzend.

«Es hängt davon ab, was man mit ihr anfängt», bemerkt Cecily nachdenklich. «Ach, übrigens, ich habe ein Geschenk für Sie. Es ist nicht viel, ich weiß nicht einmal, ob Sie es werden nutzen können. Nehmen Sie den», sagt sie und deutet auf einen Umschlag, der auf ihrem Nachttisch liegt.

Kate öffnet den Umschlag. Darin befindet sich eine Karte mit einem kurzen Text, der in Cecilys eleganter Handschrift verfasst ist.

Für Kate,
anlässlich Ihres vierzigsten Geburtstags.
Ich kenne Ihre Interessen noch immer nicht, glaube allerdings, dass Sie beim Essen einen guten und bei Männern einen schlechten Geschmack haben. Sie hatten erwähnt, dass Ihnen mein Versuch, ein Kochbuch zu schreiben, gefallen hat, daher dachte ich, Sie würden es vielleicht gern besitzen.
«Mein Werk dürfen Sie nehmen, mein Werk sollen Sie nutzen, Sie dürfen es entlehnen, wenn Sie's von Fehlern putzen.» – Frei zitiert nach Browning.
Mit von Herzen kommenden Grüßen
Mrs. Cecily Finn

«Ah, danke, Mrs. Finn – das ist reizend von Ihnen», sagt Kate und nimmt das Buch erneut zur Hand. «Meinten Sie, ich soll *dieses* Exemplar behalten?»

«Sie sagten mir doch, Sie hätten das Buch bereits mehrfach zu Hause stehen.»

«Das stimmt, ja …»

«Warum schauen Sie schon wieder so verwirrt?»

«Nein, schon gut, ich … es tut mir leid … mir ist nicht klar, welches Exemplar Sie mir schenken.»

«Ach, Kate, wirklich nicht?»

«Was denn?», fragt Kate mit einem verlegenen Lachen.

«Ich schenke Ihnen das Buch selbst, das Copyright.»

Kate stockt der Atem, während ihr schon wieder die Tränen in die Augen schießen.

«Ach bitte, werden Sie nicht wieder gefühlsduselig», sagt Cecily. «Sonst gehen mir noch die Papiertaschentücher aus.»

Es ist das Netteste, was jemals jemand für Kate getan hat, und eine große Dankbarkeit ergreift sie. Sie sitzt einen Moment benommen da. «Aber, Mrs. Finn, es ist *Ihr* Werk, und es war *Ihr* Leben.»

«Deshalb hat es ja ein gutes Zuhause verdient. Sonst kommt es doch nur mit mir ins Grab.»

«Sind Sie sich vollkommen sicher?»

«Stellen Sie jedermanns Entscheidungen in Frage oder nur die meinen? Ich sage immer, was ich meine – und umgekehrt.»

«Ja, das ist mir schon aufgefallen», sagt Kate, schluckt ihre Tränen herunter und lacht. «Sie schenken mir das Buch nicht nur, weil ich Ihnen leidtue, oder?»

«Guter Gott, Kate, ich habe Ihnen gegenüber schon alles Mögliche empfunden. Ich war schon genervt, gelegentlich wütend und ein- oder zweimal verwirrt, aber leid haben Sie mir niemals getan, und schon gar nicht jetzt. Jetzt bin ich hoffnungsvoll. Und das ist ein Gefühl, das ich schon eine ganze Weile nicht mehr hatte.»

Kate stößt einen tiefen Atemzug aus und nickt. «Mrs. Finn, haben Sie jemals Schlagball gespielt?»

Cecily schüttelt den Kopf. «Ich hatte nie viel für Sport übrig.»

«Ich hatte immer Angst vor diesem Spiel. Manchmal hatte ich Glück. Ich holte mit dem Schlagholz aus – ich konnte ziemlich kräftig schlagen –, traf den Ball, und er flog weit. Obwohl ich nur durchschnittlich schnell rannte, schaffte ich eine Runde oder gelangte zumindest zu einem der nächsten Laufmale. Doch immer wenn ein bestimmtes Mädchen, Laura John, den Ball warf, zischte er direkt an mir vorbei. Ich schwang das Schlagholz, verfehlte den Ball aber jedes Mal. Mein Gesicht wurde brennend rot, und alle starrten mich an. Immer hätte ich dann am liebsten um eine neue Chance gebeten, nächstes Mal würde ich es besser machen, ganz bestimmt, denn ich wusste, dass ich das konnte. Aber Schlagball ist nicht wie Baseball, man bekommt keine zweite Chance. Also blieb ich stattdessen einen Augenblick zu lang stehen, von mir selbst enttäuscht, und dann erst lief ich los, aber weil ich gezögert hatte, wurde ich erwischt und schaffte es nicht rechtzeitig zum Laufmal.»

«Kate, wieso erzählen Sie mir das?»

«Oh, es ist eine Metapher, Mrs. Finn. Na ja, eine Analogie. Es fühlt sich so an, als würde mein ganzes Leben so laufen wie damals mit vierzehn, wenn ich mit dem Schlagholz in der Hand dastand, vor aller Augen schrecklich versagte und zu spät reagierte, weil ich mich verzweifelt nach einer weiteren Chance sehnte.»

«Ach, Kate», sagt Cecily kopfschüttelnd. «Das Leben ist voller Enttäuschungen, großen und kleinen, selbst bei den gelungensten Leben ist das so. Was man mit diesen Enttäuschungen anfängt, das ist es, was zählt.»

«Ja, da haben sie vermutlich recht. Ach, *Scheiße.* Oh, Entschuldigung, tut mir leid, Mrs. Finn», sagt sie und legt errötend die Hand auf den Mund.

«Was ist denn jetzt los?»

«Nick hat noch immer all meine Kochbücher. Und ich bin letzte Woche ziemlich dramatisch aus dem Restaurant gestürmt – ich will wirklich keinen Kontakt mehr zu ihm. Daher sagt man wohl auch, eine saubere Trennung sei das Beste – sonst bleibt man nur mit all diesen schmerzhaften Splittern zurück.»

«Ich habe eine Idee», sagt Cecily und wirft einen Blick auf ihre Bücherregale. «Sollten Sie tatsächlich einmal bei Ihrer Mutter ausziehen, können Sie sich hier die Bücher aussuchen, die Ihnen gefallen.»

«Nein, Mrs. Finn, das kann ich unmöglich annehmen.»

«Ich kann sie nicht mitnehmen.»

«Das stimmt. Aber bei allem Respekt, Mrs. Madrigal ist gerade hundertundvier geworden, ich kann ruhig noch ein Jahrzehnt abwarten.»

«Darum sage ich ja, nehmen Sie sie jetzt.»

«Ich kann Ihre Sammlung nicht zerstören.»

«Doch, das können Sie sehr wohl, und danach könnte ich die Existenzialisten aus dem Badezimmer holen, bevor eine dieser Idiotinnen sie durchnässt, während sie meine Intimsphäre verletzt. Kate – dann würde ich mich noch einmal nützlich fühlen.»

«Mrs. Finn – warum sind Sie so gut zu mir?»

Cecily zuckt mit den Schultern. «Weil ich es sein kann.»

«Ich sage jetzt nur noch eine einzige Sache über Nick. Ich weiß, im Vergleich zu Ihren Verlusten klingt es trivial, aber Nick zu verlieren, fühlt sich so an, als hätte ich einen großen Teil meines Lebens verloren.»

Cecily sieht Kate mit zusammengezogenen Augenbrauen an. «Das ist eine dumme Bemerkung, selbst für Sie. Ich halte es für recht offensichtlich, wer mehr verloren hat.»

«Entschuldigung, Mrs. Finn, ich wollte meine Verluste wirklich nicht mit den Ihren vergleichen. Ich kann mir kaum vorstellen, was Sie durchgemacht haben müssen.»

«Nein», entgegnet Cecily und schüttelt ungeduldig den Kopf. «Darauf wollte ich nicht hinaus. Die Person, die in dieser Beziehung etwas Kostbares verloren hat, ist offensichtlich Nick. Aber Sie, Kate? Sie haben überhaupt nichts verloren. Sie haben Ihre Zukunft zurückgewonnen.»

Während der Heimfahrt starrt Kate aus dem Busfenster in den verregneten, grauen Tag hinaus. Tut es ihr nach allem, was vorgefallen ist, leid, dass sie Nick eine zweite Chance gegeben hat?

Hätte sie nicht so viel Hoffnung in ihre Beziehung gesetzt, hätte sie sich damals am Flughafen Stansted für immer verabschiedet. Sie hätte Nick keine weitere Zeit eingeräumt, um herauszufinden, was er wollte.

Hätte sie das getan, hätte sie angefangen, den Verlust zu akzeptieren – sie hätte sich zwar hundeelend gefühlt, aber sie hätte Klarheit gehabt. Sie hätte sich nicht bei dem Versuch verausgabt, Nicks Verhalten zu entschlüsseln, als wäre er das geheimnisvollste Kreuzworträtsel der Welt. Die Erkenntnis, dass es vielleicht gar keine Lösung *gab*, hat sie halb verrückt gemacht.

Hätte sie sich nicht am Rande eines Nervenzusammenbruchs befunden, hätte sie sich bestimmt nicht ehrenamtlich engagiert, und das heißt, sie hätte niemals den Weg ins Lauderdale House gefunden. Also, bereut sie nun diese letzten Monate des Schmerzes und der Enttäuschung?

Nein, keineswegs, denn ohne sie hätte sie Mrs. Finn nicht kennengelernt.

FÜNFTER TEIL

Eure Nahrung soll euer Heilmittel sein.

HIPPOKRATES

56

Cecily schläft seit zwei Stunden in ihrem Sessel. Auch wenn sie bei jedem Atemzug ein leises nasales Pfeifen ausstößt, stört das Kate nicht, die ihr gegenübersitzt und den Blick zu den weißen und rosafarbenen Kirschblüten an den Zweigen draußen wandern lässt.

April: endlich. In manchen Jahren zweifelt man daran, dass der Frühling jemals kommen wird. Dieser Winter war besonders rau und hat das Leben zweier Frauen gefordert: Das von Olive Paisner, die an den Komplikationen nach einem Sturz gestorben ist, und das der armen Bessie, die einen Schlaganfall erlitten hat. Auch von Cecily hat er seinen Tribut verlangt. Sie isst nur noch winzige Portionen und sieht von Mal zu Mal gebrechlicher aus. Ihre Nickerchen beginnen jetzt früher und dauern länger. Kate hofft, dass Cecily mit dem Einsetzen des Frühlings wieder munterer wird. Unterdessen ist sie zufrieden damit, hier in der Wärme und beinahe vollständigen Stille zu sitzen und zu lesen, während Cecily schläft.

Kate hat seit der Trennung viel gelesen – und diesmal haben sie sich wirklich getrennt, es ist nicht das *Herumeiern Nr. 2*. Kate musste schmerzhaft erkennen, dass diese Trennung (auch wenn sie im Rückblick betrachtet vorhersehbar war) kaum weniger geschmerzt hat als die vorhergehende, die sie mit Nick durchgemacht hat. Unter anderem deshalb war Kate ja so geduldig mit Nick gewesen, weil sie unbedingt die Schmerzen vermeiden wollte, die ein gebrochenes Herz mit sich bringt.

Über Weihnachten und Neujahr war es ihr an manchen Tagen so vorgekommen, als wäre sie unter einer Bettdecke aus Zement erwacht, so quälend starr fühlte sich ihr Körper an.

Sie kann inzwischen akzeptieren, dass dies der Preis für eine vorbehaltlose Liebe ist, dafür, dass man ein Risiko eingeht und verliert. Ihre Träume werden gelegentlich noch immer von einer boshaften glücklichen Erinnerung heimgesucht, aber das geschieht inzwischen immer seltener. Wenn im Radio ein trauriger Song gespielt wird, muss sie den Sender nicht mehr eiligst wechseln – es sei denn, es sind die Magnetic Fields, die «The Book of Love» singen. So schmerzhaft es auch ist, mit der Zeit, die vergeht, wird Nick zu einer zunehmend zusammenhanglosen Erinnerung.

Da Rita darauf bestand, hat Kate ihrer Mutter gestattet, ihr einen Gutschein für sechs Therapiesitzungen zu Weihnachten zu schenken, auch wenn ihr ein einfacher Flug nach Hawaii lieber gewesen wäre. Fairerweise muss sie zugeben, dass der Therapeut sich als hilfreich erwiesen hat. Er hat Kate daran gehindert, sich weiter die Schuld an Nicks Unzulänglichkeiten zu geben. Wann immer sie sich dafür schilt, dass sie so blöd war, den Kopf für weitere Schläge hinzuhalten, sagt sie sich jetzt, dass sie eine großzügige Person ist, die im Zweifel bereit ist, anderen recht zu geben – sie muss nur diese anderen besser auswählen.

Ihr Therapeut hat sie darauf aufmerksam gemacht, dass sie zwar Cecily wegen ihres erschlafften Lebens bemitleidet hat, aber nicht gemerkt hat, dass auch ihr eigenes Leben aus Mangel an Ehrgeiz klein geblieben ist. Kate hatte sich in ihre tröstende Beziehungsdecke gehüllt und die Teile ihres Lebens, die nicht Nick und sie selbst als Paar betrafen, als zweitrangig behandelt – kein Wunder, dass sie sich ohne Nick beraubt vorkam. Und während sie bei Rita wohnte, war sie sich auf äußerst unangenehme Weise wie ein Teenager vorgekommen. Seit letztem Monat ist Kate für eine geringe Miete in Baileys Gästezimmer gezogen, leistet dafür kostenlose Babysitterdienste und hilft ihr im Haushalt.

Kate wollte keine jahrelange teure Therapie machen, nur um dem Therapeuten etwas vorzujammern – sie hat Freunde und Freundinnen, die ihr kostenlos zuhören, und dabei können sie auch noch Wein trinken. Daher hat sie den Therapeuten gefragt, was er ihr als einzelne, besonders hilfreiche Aktion für ihre Zukunft empfehlen könne. Die Antwort war kurz und bündig: radikale Selbstfürsorge. Mit allem, was ihr nicht guttut, ist es jetzt vorbei: mit dem Rauchen, damit, im Bett zu liegen und über die Vergangenheit zu grübeln, mit ihrer gnadenlosen Selbstkritik und mit Cara. Wenn irgendjemand das Recht gehabt hätte, ein *ich habe es dir ja gleich gesagt* bei Kate loszuwerden, dann war das Cecily. Wenn aber Cecily es geschafft hat, sich auf die Zunge zu beißen, hätte das auch Cara gelingen sollen.

Umgekehrt lässt Kate nur Wohltuendes an sich heran. Gemeint sind natürlich auch die üblichen Verdächtigen, wie Gemüse, Wasser oder Sport, aber nicht nur. Wann immer sie sich langweilt oder sich einsam fühlt, soll sie sich etwas Gutes tun, und zwar mit dem, was sie am meisten liebt: mit Büchern und mit gutem Essen. In den letzten vier Monaten hat Kate Cecilys restlicher Lebensgeschichte gelauscht: Es ging um das Jahrzehnt in Italien, die Reisen, die sie in ihren Sechzigern und Siebzigern unternahm, das widerstrebende Kürzertreten in ihren Achtzigern, der erste Sturz, dann der zweite und schließlich der schmerzhafte Prozess, das Verblühen ihres Lebens zu akzeptieren und loszulassen. Wenn sie sich jetzt treffen, liest Kate Cecily vor, und wenn Cecily schläft, liest Kate für sich selbst.

Cecilys Kochbuchsammlung hat sie inspiriert – Kate hat unzählige neue Rezepte ausprobiert. Als sie im Dezember noch halb vor Schmerz erstarrt war, waren Suppen angesagt – einfach, tröstlich und nach einem Tag auf den Beinen genau das Richtige. Mit Beginn des neuen Jahres entwickelte sie mehr Ehrgeiz, machte Ribollitas und Laksas, und inzwischen kocht sie ganz selbstverständlich köstliche Mahlzeiten und steht sogar noch früher auf als Baileys Töchter, um Marinaden, Gremolatas und Picadas zuzubereiten.

An einem besonders düsteren Wochenende im Januar, an dem Schneeregen aus den grauen Wolken fiel, war sie knapp davor, Nick anzurufen, wahlweise, um ihm zu sagen, dass sie ihn vermisste oder dass sie ihn hasste, sie wusste es selbst nicht. Stattdessen schaltete sie den Computer ein und begann, im Stil von Cecilys Buch einige der Menüs zu notieren, die sie sich zum Trost gekocht hatte. Ihre schmerzlichen Empfindungen unterschieden sich deutlich voneinander – Trauer, Einsamkeit, Wut, Bedauern –, und jede musste mit einem anderen Menü bekämpft werden. Ihre Rezepte für alle, die sich elend fühlten, betrachtete sie einfach nur als eine Albernheit, mit der sie sich beschäftigte, um sich abzulenken – aber sie zeigte sie trotzdem Cecily, und diese wies sie darauf hin, dass es zwar schön und gut sei, über die verschiedenen Geschmacksnoten des Unglücklichseins zu schreiben, dass es aber letztlich darum gehe, Kate wieder glücklich zu machen. Sie solle sich mehr darauf konzentrieren.

Das Schreiben hat Kate jedoch Spaß gemacht, und als sie fertig war mit dem «Lunch, wenn Sie sich selbst gründlich satthaben» – langsam gebratenes Hähnchen mit Zitrone und Harissa und eine mit Butter übergossene Ofenkartoffel, gefolgt von warmem Schokokekspudding mit Sahne –, war ihr Drang, Nick zu kontaktieren, vergangen. Nun hielt sie ihn wieder für einen Idioten – und sah *sich selbst* nicht nur als die Glasur, sondern als den ganzen Kuchen.

Am Montag brachte sie, noch immer befriedigt vom Schreiben, die Essensreste mit zur Arbeit. Als William erwähnte, sein Mann Chris habe für die folgende Woche ein Treffen seines Buch-Clubs im Café organisiert, hatte Kate angeboten, für diesen Anlass das Hähnchengericht zuzubereiten, gefolgt von gesalzenen Karamell-Brownies. Chris hat ihr fünfzig Pfund für ihre Mühe gegeben. Mehr Spaß hatte sie beim Verdienen von fünfzig Pfund noch nie gehabt. Cecily hatte natürlich recht: Das Leben war voller Chancen, wenn man ihnen offen gegenüberstand.

Als sich dann der Valentinstag drohend näherte, entschied Kate, dass sie Nick am besten den Stachel ziehen könnte, indem sie zu einem Anti-Valentinstag-Dinner-Club für zwei Dutzend Stammgäste des Aposta einlud. William war damit einverstanden und verzichtete auf eine Miete, wollte aber im Gegenzug Karten für sich und Chris. Wie sich herausstellte, betrachten manche Paare den 14. Februar als einen ganz normalen Tag. Andere Paare haben keine Lust, sich in einem protzigen Restaurant ausnehmen zu lassen. Wieder andere wollen sich nicht *schon wieder* im Pizza Express gegenübersitzen und würden viel lieber mit einem Unbekannten flirten, der neben ihnen sitzt.

Die Nacht war ein solcher Erfolg, dass William Kate gebeten hat, regelmäßig einen solchen Abend zu veranstalten, und jetzt arbeitet sie an einem Nachfolger. Vielleicht verdient sie damit sogar ein paar hundert Pfund – das Beste daran ist aber, dass es sich nicht wie Arbeit anfühlt. Seit der Trennung war der Trost, den sie im Aposta gefunden hat, eine angenehme Überraschung. Als sie bei Fletchers ihre Texte verfassen musste, konnte es allzu leicht geschehen, dass sie in Gedanken auf Abwege geriet, innerlich ins Rutschen kam und in der Tiefe eines Abgrunds liegen blieb. Hier ist das ausgeschlossen – dafür fehlt ihr die Zeit, und ihr Kopf ist auch gar nicht frei dafür. Was für ein Segen das ist. Kate hat zu viel damit zu tun, mit Gästen zu plaudern, abzuwaschen oder ihre Latte-macchiato-Kunst zu perfektionieren – ihre Schaumherzen sind inzwischen perfekt.

Kate schaut auf ihre Armbanduhr. Allmählich wird es draußen dunkel. Kürzlich hat Rita gesagt, ihrer Meinung nach verstecke Kate sich im Lauderdale House – aber das ist typisch für Rita. Sie will nicht akzeptieren, dass ihre Tochter Dinge anders beurteilt und empfindet als sie selbst.

Vielmehr ist es so, dass Kate in den letzten Monaten einen sicheren Ort gebraucht hat, um sich zu erholen. Cecily geht inzwischen sanfter mit ihr um. Das mag daran liegen, dass die alte Dame weniger Energie hat; sie schwindet dahin. Aber vielleicht ist es auch dadurch begründet, dass ihre Beziehung zueinander sich zu einer echten Freundschaft entwickelt hat, einer Art von Freundschaft, die sie so, das erkennt sie schmerzlich, mit Nick nie hatte. Beide Frauen waren tapfer genug, sich ihrem verletzlichen, unvollkommenen Ich zu stellen. Was für ein Geschenk: eine andere Person zu kennen und von ihr gekannt zu werden. Cecily hat Kate erlebt, als sie ganz unten war, und ihr nicht den Rücken gekehrt. Gerechterweise muss man sagen, dass Cecily sich ohnehin kaum bewegen kann, aber Kate denkt, dass sie schon eine Möglichkeit gefunden hätte, wenn ihr danach gewesen wäre.

Kate blickt auf, als Cecily ein plötzliches Schnarchen von sich gibt. Es ist laut, aber nicht laut genug, als dass Cecily davon aufwacht, und es löst sich zu drei kleinen, nachhallenden Schnarchtönen auf. Kate wird Cecily schlafen lassen. Leise stellt sie das Buch, in dem sie gelesen hat, in Cecilys Regal zurück, breitet ihr eine Decke über den Schoß und geht zur Tür.

57

Das Menü für den nächsten Dinner-Club muss bald stehen. Kate hat sich bereits die ganze Woche den Kopf darüber zerbrochen. Und während Cecily ein Nickerchen machte, hat Kate heute ihr Exemplar von Marcella Hazans Kochbuch *Die klassische italienische Küche* durchgeblättert. Als die alte Dame aufwacht, bespricht Kate ihre Pläne mit ihr.

«Ich dachte, ich nehme eine Seite aus Ihrem Buch und gebe dafür ein neues Thema vor, so etwas wie: ‹Dinner für Pasta-Liebhaber, denen es nicht peinlich ist, Pasta als Vorspeise zu essen, gefolgt von Pasta als Haupt…›»

«Nur zwei Pasta-Gänge?», fragt Cecily mit gespielter Entrüstung.

«Finden Sie, dass es zu verfressen ist? Und wenn ich einen leichten Nachtisch mache?»

«Als ich in Italien lebte, habe ich andauernd eine doppelte Portion Pasta gegessen. Einmal habe ich in einer Trattoria in Rom drei Carbonaras hintereinander weg bestellt. So was tat man eigentlich nicht, aber wann hätte mich das je bekümmert? Der Koch kam an meinen Tisch, um diesen geheimnisvollen gierigen Esser in Augenschein zu nehmen – er muss mit einem fetten Amerikaner gerechnet haben. Wir sprachen miteinander, und am Ende brachte er mir bei, wie man die perfekte Carbonara zubereitet – unverfroren muss man für so etwas natürlich sein.»

«Oh, ich könnte Carbonara als Hauptgericht machen, vielleicht mit dem ersten frischen Spargel. Und als Vorspeise Taglierini, vielleicht mit Krabben und einem Hauch Chili?»

«Wo kann ich mich anmelden?», fragt Cecily entzückt.

«Meine Güte, würden Sie kommen?», fragt Kate. «Ich kann dafür sorgen, dass man Sie mit dem Auto bringt.»

«Gott im Himmel, nein – das war ein Scherz, es wäre viel zu aufregend für mich.»

«Mrs. Finn, versprechen Sie mir, dass Sie sich wenigstens mit mir in den Garten setzen, wenn es wärmer wird?»

Cecily schüttelt den Kopf.

Kate akzeptiert ihre Niederlage mit einem Seufzer. «Ach – ich muss dem Event einen Namen geben, wenn ich eine regelmäßige Veranstaltung daraus mache. Was halten Sie von ‹Nights and Weekends›? Sie erzählten mir, sie hätten Ihre Nächte und Wochenenden mit der verzweifelten Suche nach Vergnügen zugebracht, bevor Sie Samuel kennenlernten. Es sind genau diese Zeiten, in denen die Menschen sich oft am einsamsten fühlen. Und mir gefällt der Klang des Namens – ‹Nights and Weekends›.»

Cecily zieht ein Gesicht, das Kate seit deren letztem Kommentar zu Mauds exzessivem Gebrauch von Creme-Rouge nicht mehr gesehen hat.

«Oder ich könnte die Veranstaltung *Thought for Food* nennen?», fragt Kate und blickt auf. Cecily nickt, reibt sich aber unruhig die Brust.

«Das ist viel passender», sagt Cecily und stößt einen kleinen Rülpser aus. «Seien Sie so gut – holen Sie mir was gegen Sodbrennen, dieses angebliche Kedgeree-Gericht stößt mir auf.»

An der Pflegestation ist niemand anzutreffen. Nachdem sie

ein paar Minuten gewartet hat, geht Kate durch den Korridor Richtung Speisesaal, aus dem Stimmen und Stühlerücken dringt. Sie streckt den Kopf hinein und sieht Mrs. Gaffney und Bernadette vorn im Saal sitzen, neben ihnen der Mann mit dem sandfarbenen Haar und den blauen Augen. *Der hat doch diese junge Freundin*, denkt Kate. Ein Projektor wirft ein Dokument an die Wand: «Vierteljährliche Menüübersicht – Feedback». Im Publikum sitzen zwei Dutzend Bewohnerinnen, und der Raum ist von Murren und Gemecker erfüllt. Mrs. Gaffney fängt Kates Blick auf und bittet sie mit einem Wink zuzuhören.

«Wir sind uns also einig?», fragt Mrs. Gaffney. «Das Teriyaki-Hähnchen belassen wir im Speiseplan, aber das Thai-Curry setzen wir ab?» Die Damen geben zustimmende Rufe von sich. «Gut.» Mrs. Gaffney hakt etwas in ihren Unterlagen ab. «Als Nächstes steht das Omelett auf der Tagesordnung: ‹Das Omelett war früher viel besser. Es ist zu trocken … und muss lockerer sein.› Sehen das alle so, oder ist das nur eine Einzelmeinung?»

«Ihr solltet sie weich machen, so wie sie früher im Savoy waren», ruft Maud.

Bernadette bläht gereizt die Wangen auf. «Wir müssen jeden Morgen dreißig Omeletts backen. Tut mir leid, wir können keinen Butler-Service bieten.»

«Und eure Eier sind *nicht* frisch», fährt Maud fort. «Aus der Zeit, als wir die Farm in Afrika hatten, bin ich an orangefarbenes Eigelb gewöhnt.»

Der Mann mit den blauen Augen rückt sich auf dem Stuhl zurecht und macht ein unbehagliches Gesicht.

«Mit unseren Eiern ist *alles* in Ordnung», sagt Bernadette.

«Sie könnten kaum frischer sein, wenn wir unsere eigenen Hühner halten würden, und ich renne nicht einem Haufen Hühnern *und* auch noch Ihnen hinterher.»

Mrs. Gaffney drückt mit strenger Miene Bernadettes Arm. «Der nächste Punkt», sagt sie knapp. «Obstsalat: ‹Das Obst ist falsch geschnitten, es sind zu viele Trauben, die Melone ist steinhart …› Auch hier frage ich, ist das eine allgemein geteilte Ansicht oder nur Mrs. Rappapots Meinung?»

Warum ist Cecily denn nicht zu *dieser* Versammlung gekommen? Sie wäre in ihrem Element.

Als Kate endlich eine Pflegekraft und das Medikament aufgetrieben hat, schläft Cecily tief und fest. Kate macht es sich erneut im Sessel bequem und greift nach dem Kochbuch. Ja – zum Teufel mit der Etikette, sie wird definitiv zwei Pasta-Gänge machen. Sie wird das Menü im Voraus im Netz posten, damit alle, die schwache Nerven haben, sich fernhalten können – aber so wird sie die Spreu vom Weizen trennen oder, besser gesagt, die, die auch zweimal Weizen essen, von denen, die Gluten meiden …

Sie beginnt, die Kosten für den Einkauf zu berechnen, beschließt dann aber, dass sie ein größeres Blatt Papier braucht. Sie steht auf, öffnet die Tür und geht über den Korridor. Als sie sich dem Büro der Verwaltung nähert, begegnet sie dem Mann mit dem sandfarbenen Haar.

«Hallo!», sagt er fröhlich. Er hat wunderschöne tiefblaue Augen, und um seine Augenwinkel bilden sich Lachfältchen.

«Wird noch immer der arme Obstsalat zerpflückt?», fragt Kate.

«Wir sind zum nächsten Punkt übergegangen! Die Leber –

zu roh oder zu stark durchgebraten? Diese Damen vertreten ihre Meinungen zum Essen energisch.»

«Und das sollten sie auch! Essen ist eines der wenigen verlässlichen Vergnügen des Lebens. Es ist wichtig, wie alt man auch ist.»

«Hm. Da haben Sie wohl recht – es wäre eine Schande, wenn den alten Damen nichts mehr daran läge. Waren Sie im Saal, als der mexikanische Abend an der Reihe war?», fragt er und bemüht sich, ein Lachen zu unterdrücken.

«Nein, was war damit?», fragt Kate, die bereits kichert, obgleich sie noch gar nicht weiß, was er sagen wird.

«Edith Constable erklärte, die Guacamole sei Grund genug, Bernadette zu Qantas zu schicken. Ich glaube, sie meinte Dignitas, aber so oder so, Bernadette war nicht amüsiert.»

«Du meine Güte, Mrs. Constable ist unhöflicher als Maud Rappapot? Auch wenn ich zugeben muss, dass schlechte Guacamole eine verschwendete Chance ist, finden Sie nicht?»

«Äh, ich habe noch nicht viel darüber nachgedacht», sagt er leicht verblüfft. «Ich kaufe meine einfach bei Tesco's.»

«Was?», fragt Kate und tritt entsetzt einen Schritt zurück. «Guacamole darf man doch nicht *kaufen*. Sie muss frisch zubereitet werden. In dem Zeug aus dem Supermarkt ist viel zu viel Säure.»

«Säure? Wie Acid? Wie LSD?», fragt er lachend. «Dann darf ich sie meinen Kindern eigentlich gar nicht mehr geben …»

«Richtig», antwortet Kate mit einem Nicken und versucht, ihre Überraschung zu verbergen. Allerdings versteht sie gar nicht, warum es sie überrascht, dass ein Altersgenosse von ihr

Kinder hat – es ist die Norm. «Essigsäure oder Zitronensaft, meinte ich – wegen der Haltbarkeit. Der Geschmack ist damit hinüber. Es gibt im Netz ein tolles Rezept aus einem Restaurant in New York, Rosa Mexicana – Sie werden nie wieder etwas anderes wollen.»

«Ich heiße Ben», sagt er und reicht ihr die Hand.

«Kate.» Er hat einen Handschlag, wie sie ihn am liebsten mag – fest, trocken und stark –, und er begleitet ihn mit einem recht intensiven Augenkontakt. «Haben Sie beruflich mit dem Catering für das Lauderdale House zu tun?»

«Jackie hat mich gebeten, mich beim Feedback zu den Getränken dazuzusetzen.»

«Sie sind Fachmann für Ernährung?»

«Ich?» Er lacht. «Eher das Gegenteil. Ich liefere den Wein. Wir sind noch nicht so weit gekommen, aber ich bin mir sicher, dass die Ladys Rückmeldungen haben werden.»

«Zweifellos wird Maud etwas über den unzureichenden Beaujolais zu sagen haben», erklärt Kate lachend, verstummt aber, als der Ausdruck des Unbehagens in seinen Blick zurückkehrt. Ah. O weh. Fettnäpfchen. Deshalb kam er ihr so vertraut vor: Er hat dieselbe lange, schmale Nase wie seine Großmutter.

«Nun, hat mich gefreut, Sie kennenzulernen, Kate. Ich gehe jetzt besser wieder dort rein», sagt er fröhlich.

Kate überlegt, wie sie sich dafür entschuldigen kann, dass sie in den letzten zwei Minuten zweimal ein wenig über seine Großmutter hergezogen ist, aber ihr fällt nichts ein. «Äh, genießen Sie Ihre Leber … ich meine, genießen Sie das Gespräch über die Speise Leber – ich meinte nicht, genießen Sie Ihre eigene Leber … Sie wissen, was ich meine – äh, ich gehe jetzt», sagt sie, dreht sich um und kehrt mit brennenden Wangen durch den Korridor zurück.

Das zum Thema verschwendete Chancen … und sie hat vergessen, sich ein Blatt Papier zu nehmen, aber jetzt kehrt sie nicht noch einmal zurück.

Was denkt sie sich überhaupt? Seine Freundin ist viel zu jung. Und wieso Chance? Es gibt hier keine Chance. Außerdem ist sie nicht für ein Date zu haben. Sie sucht keine Beziehung mit jemand anderem als sich selbst.

58

Wo bist *du* denn gewesen, fremde Frau?»

Kate ist damit beschäftigt, im Aposta Tische abzuräumen, doch als sie seine Stimme hört, erstarrt sie. Sie dreht sich mit dem Tablett in der Hand um, und – tatsächlich – da steht Martin. Er ist braun gebrannt und wirkt freudig überrascht, sie zu sehen. Sie hat erwartet, ihm hier schon früher zu begegnen – schließlich hatte er behauptet, Stammgast im Aposta zu sein –, aber andererseits hatte er vor sechs Monaten auch zugesagt, sich mit ihr zum Picknick zu treffen, seitdem hat sie kein Wort von ihm gehört.

Er lächelt breit und entwaffnend. Kate nimmt ihr Tablett, dreht sich zu dem Tisch, den sie gerade abräumt, und wendet sich Martin mit einem schiefen Lächeln wieder zu. Er breitet die Arme aus, um sie an sich zu drücken, was sie zwingt, das Tablett abzustellen. Als er sie fest umschlingt, spürt sie die Kraft in seinem Oberkörper und atmet den Duft sauberer Wäsche ein. Dann befreit sie sich rasch.

«Du *arbeitest* hier?», fragt er und deutet verwirrt auf ihre Schürze.

«Es hat den Anschein. Aber die Frage lautet eher, wohin warst *du* verschwunden?»

«Ich? Ich komme gerade aus Los Angeles, wo ich seit Januar einen Pilotfilm gedreht habe. Meine Güte, du siehst gut aus. Wie läuft es mit deinen Schweinefleisch-Pies?»

«Mit *meinen* Schweinefleisch-Pies? Dasselbe könnte ich

dich fragen», sagt sie lachend. «Geburtstag im Dezember, wahrhaftig!»

Er lächelt, als hätte er ihren Kommentar nicht gehört. «He, das muss Schicksal sein. Hast du morgen Abend etwas vor?»

«Warum fragst du?»

«Mein Freund Archie macht bei einer Show im National Theatre mit, sie ist ausverkauft. Ich habe Plätze im Parkett, und hinterher könnten wir zum Essen ins Ivy gehen.»

Kate wendet sich zögernd ihrem Tablett zu und räumt die beiden verbliebenen Kaffeetassen darauf, bevor sie ihn wieder ansieht. «Martin?», fragt sie freundlich.

«Ja, mein Herz?»

«Wirst du dich auf irgendeine Weise dafür entschuldigen, dass du mich versetzt hast, oder tust du so, als wäre es nie geschehen?»

Er macht ein verwirrtes Gesicht und runzelt die Stirn. «Hatten wir Pläne? Oh Gott, wir hatten etwas vor?», fragt er und hält sich peinlich berührt ein Auge zu. «Wir hatten etwas ausgemacht, oder?»

«In der Tat.»

«Ach, Kate», sagt er, ergreift ihre Hände und drückt sie. «Es tut mir leid, Darling, ich hatte, ehrlich gesagt, eine ziemlich schlimme Zeit. Hatte ich erwähnt, dass ich mich mitten in der Scheidung befand?»

«Hattest du.»

«Meine Ex ist eine schwierige Frau, und, äh, sie muss etwas total Verrücktes getan haben – das muss es gewesen sein.»

«Sicher …»

«Ach, Kate, du hättest mich anrufen und mir die Ohren langziehen sollen.»

«Das habe ich versucht, aber du hast nicht abgenommen. Und außerdem hielt ich einen ziemlich schweren Picknickkorb in den Händen.»

Er legt entsetzt die Hände an die Wangen. «Herr im Himmel. Waren wir zu einem Picknick verabredet?»

«Du hattest dem Menü zugestimmt.»

«Verdammt. Kate, du musst mich für ein Arschloch halten. Es tut mir furchtbar leid, falls ich dich versetzt habe.»

Kate lächelt, weil er «falls» sagt und nicht «dass».

«Du musst es mich wiedergutmachen lassen», sagt er, lässt den Kopf geknickt sinken und sieht dann mit einem verlegenen Lächeln zu ihr hoch.

Sie schaut an ihm vorbei auf das Regalbrett mit Kaffeebohnen an der hinteren Wand. Der kolumbianische Kaffee geht bald aus, sie muss nachher welchen aus dem Lagerraum holen.

«Martin», sagt sie lächelnd und sieht ihn wieder an. «Danke für die Einladung, sie klingt sehr nett, aber – na ja, die Sache ist die, ich interessiere mich nicht mehr für unzuverlässige Männer. Ich muss ablehnen.»

Er tritt einen Schritt zurück und macht ein verletztes Gesicht. «Kate, Darling, ich habe das total vermasselt, aber es war nicht meine Schuld. Jeder hat eine zweite Chance verdient, oder nicht?»

Kate denkt kurz darüber nach und kratzt sich dabei die Augenbraue. «Weißt du was? Ich bin nicht überzeugt, dass das stimmt.»

«Du glaubst mir nicht, nicht wahr? Das mit meiner Ex? Ich schwöre es dir – ich zeige dir einige ihrer Nachrichten, dann siehst du, dass sie verrückt ist», sagt er und greift nach seinem Handy.

Kate streckt die Hand aus, um ihn aufzuhalten. «Es ist okay, Martin, wirklich. Es ist mir egal.»

«Du musst zulassen, dass ich es wiedergutmache, ehrlich. Es geht nicht, dass ich der sexy Kellnerin in meinem Lieblingscafé ein verhasster Anblick bin.»

Kate lacht. «Wirklich, das ist nicht nötig.»

«Nein, bitte, lass mich etwas tun. Ich fühle mich furchtbar», sagt er und legt flehend die Hände zusammen.

«Meine Güte, du bist ganz schön dramatisch.», sagt sie lachend. «Aber … wenn du Wiedergutmachung leisten willst, gibt es da etwas …»

«Was du willst.»

«Kauf eine Eintrittskarte für meinen Dinner-Club. Du wirst die Hälfte des Menüs nicht essen können, aber komm trotzdem. Zwanzig Dollar ist ein geringer Preis für drei Gänge und Vergebung, findest du nicht?»

59

Mach, dass das nicht die Türklingel ist, bitte mach, dass das nicht die Türklingel ist.

Kate ist diesen Abend in Ritas Wohnung, um eine Lieferung von Tesco anzunehmen, während Rita aus ist. Den ruhigen Abend nutzt Kate für einen Akt radikaler Selbstfürsorge: eine selbstgemachte Haarpackung aus Avocados. Gerade hat sie sich die Kopfhaut mit grüner Pampe eingerieben und hält noch einen Rest in der Hand. Der Bote von Tesco ist erst in einer Stunde angekündigt. Aber das ist eindeutig erneut die Türglocke.

Vielleicht ein Nachbar, wahrscheinlich John Pring, der sich über Nager beschwert, oder Lizzette, die sich über John Pring beschwert. Als Kate sich mit lautem Rufen erkundigt, wer da sei, hört sie zu ihrer Überraschung, dass es Gerrys Sohn Jeremy ist.

«Mum ist ausgegangen – mit deiner Mum und mit Patrick. Ins Odeon. In den neuen Tom-Hanks-Film. Sie kommt gegen 23 Uhr zurück», ruft sie und hofft, dass er wieder geht.

«Ja, das weiß ich. Ich habe etwas für dich.»

Bestimmt Bücher für Rita. «Okay, legst du es bitte vor die Tür?»

«Ich fürchte, es wird sich nicht gut halten.»

Kates Finger krümmen sich zu grün verschmierten Klauen, während sie sich bemüht, die Tür mit dem Ellbogen zu öffnen. Dort steht tatsächlich Jeremy in einem Tweed-Jackett und senfgelben Cordhosen, das graue Haar ordentlich zur Seite gekämmt. Zu Kates Überraschung hat er eine Flasche Wein und eine Tüte mit Essen dabei.

«Hallo», sagt Jeremy. «Rita erwähnte, du seist allein zu Hause und würdest vielleicht gern einen Happen essen.»

«Das hat sie gesagt?» Kate tritt zurück, um ihn hereinzulassen, während ihr Magen ein leises Knurren von sich gibt. «Leider bin ich nicht zum Abendessen gekleidet, aber immerhin habe ich Salat im Haar ...»

Er wirft einen Blick auf ihren Haaransatz, ist aber zu höflich, um eine Bemerkung zu machen. «Soll ich es aufwärmen?»

Kate hebt resigniert die Hände. Sie betrachtet die Speisen, die er auspackt, zunächst mit Appetit, dann aber rasch mit eiskaltem Entsetzen: Hähnchenschnitzel mit Kartoffelbrei, gefolgt von einem Blaubeer-Pie mit Riemchendeckel. Nein! Aber natürlich *ja.* Komm und warte auf Tesco? Eher hätte Rita sagen sollen, komm und lass dich mit einem Nachbarn verkuppeln. Seite fünfunddreißig, «Dinner zwecks Partnersuche – es ist besser zu heiraten, als zu brennen». Paulus ...

«Was genau hat Mum dir gesagt?», fragt Kate misstrauisch.

«Oh, nicht viel.»

«Nicht viel ... nämlich was genau?»

«Sie erwähnte, du würdest heute Abend ihre Wohnung hüten und dich vielleicht über Gesellschaft freuen.»

«Äh, warum?»

«Na ja, da du deinen Freund und deinen Arbeitsplatz verloren hast.»

«Hm. Ich würde nicht direkt sagen, dass ich Nick verloren habe – und meinen *Job* habe ich mit Sicherheit nicht verloren, sondern ich hatte endlich den Mut zu gehen, aber wie dem auch sei. Alles ist in bester Ordnung, ich liebe meinen neuen Job. Ich kann es nicht fassen, dass sie das gesagt hat.» Sie kann es nicht fassen, dass Rita sie wie eine totale Loserin aussehen lässt.

«Und was machst du jetzt?»

«Ich arbeite als Kellnerin im Aposta, in diesem Café an der Hauptstraße. Und ich bin dabei, einen Dinner-Club zu gründen – inspiriert durch das Buch, das deine Mum sich von mir geliehen hat.» Kate hätte schon vor Monaten darauf bestehen sollen, dass sie es zurückgibt.

«Ooh, ich war noch nie bei einem Dinner-Club.»

«Dann komm doch zum nächsten Abend. Es gibt noch ein paar Eintrittskarten für Samstag in zwei Wochen. Dinner für ernsthafte Pasta-Fans. Natürlich nicht ernsthaft im Sinne von ernst», fährt sie fort und senkt den Blick.

«Das klingt toll», sagt er begeistert. Er ist kaum älter als Nick, aber er sieht aus wie ein Mann in den mittleren Jahren – seine Wangen sind gerötet, und mit seinem Outfit wäre er im Rotary-Club genau richtig.

«Hör mal, ich wollte mit meiner Frage eigentlich bis nach dem Nachtisch warten …», sagt er mit nervösem Lächeln. «Aber da du das Buch bereits erwähnt hast – es ist der Hauptgrund, weshalb ich hier bin.»

«Oh … okay … meine Güte! Superpeinlich», sagt Kate und beißt sich auf die Lippen. «Schau mal, Jeremy …»

«Nenn mich Jerry.»

«Deine Mutter heißt doch schon Gerry.»

«Das wird anders geschrieben.»

«Ach so, ja. Klingt allerdings gleich. Aber okay – also, Jerry, ich bin sehr geschmeichelt, aber ich bin nicht auf dem Markt …»

«Für was?»

«Du weißt schon …»

«Ich glaube eher nicht.»

«Bitte, denk nicht, dass es an deinem Alter liegt. Oder daran, dass du bei deiner Mutter lebst», sagt sie mit verlegenem Lachen. «Ich bin ja selbst bis vor kurzem bei meiner Mutter untergeschlüpft.»

«Tut mir leid, Kate, ich habe keine Ahnung, wovon du sprichst.»

«Du sagtest, der Grund, aus dem du hier bist, ist das Buch», sagt Kate, die sich windet, weil sie es so quälend findet, lang und breit über das Ganze reden zu müssen.

«Das stimmt.» Er nickt, doch sein Gesicht ist noch immer verständnislos. Für einen Mann, der einen wichtigen Job in einem Verlag hat, sitzt er ziemlich auf der Leitung.

«Du bist offensichtlich vorbeigekommen, weil Mum dir gesagt hat, dass ich hier bin.»

«Ja, andernfalls hätte ich dich allerdings angerufen.»

«Und du hast mir Schnitzel mitgebracht? Ausgerechnet Schnitzel?»

«Ich verstehe nicht recht, wie du von paniertem Hähnchen zu einer romantischen Verwicklung gelangst», sagt er mit verwirrter Miene.

«Das ist das *Eheanbahnungsdinner*», sagt Kate und spürt, wie sie noch tiefer errötet.

«Oh *Gott*, nein!», sagt er ein wenig zu heftig für Kates Ego. «Ich habe das Menü gewählt, weil ich Schnitzel mag, und nicht, weil ich eine Beziehung mit dir möchte», sagt er lachend. «Du hast es wörtlich genommen? Ahhh, das ist sehr schmeichelhaft.» Er stößt erneut ein Lachen aus, diesmal ein schallendes Gelächter. «Tut mir leid, Kate, aber ich bin derzeit vergeben.»

Kate schüttelt den rot angelaufenen Kopf.

«Schau, lassen wir das Schnitzel noch zehn Minuten stehen», sagt er. «Ich mache den Wein auf. Und dann erkläre ich dir, was ich tatsächlich will.»

Zwanzig Minuten später hat Kate das Gefühl, sie würde diesen Mann sehr gern umarmen – zwar nur platonisch, aber doch innig.

«Ich habe immer gedacht, eine moderne Version mit neuen Rezepten wäre eine tolle Idee», sagt Kate aufgeregt.

«Und du hast eine großartige PR-Geschichte, du könntest eventuell im Anschluss Mrs. Finns Original veröffentlichen.»

«Du glaubst wirklich, dass eine zeitgenössische Version sich verkaufen würde?»

«Kate, wir haben im vergangenen Jahr ein Dutzend Titel zu Clean Eating herausgegeben. Vertraulich kann ich dir sagen, dass die Rezepte ein mit Quinoa angerichteter Einheitsbrei sind. Ich mag an Mrs. Finns Buch unter anderem, dass sie eine klare Stimme hat – ich würde also jeden Schreiber, den wir beauftragen, dazu anhalten, den Geist des Originals einzufangen.»

«Mrs. Finn wird überglücklich sein, dass ihr Buch noch einmal zu neuem Leben erweckt wird», sagt Kate, als Jerry ihr Wein nachschenkt. «Sie redet immer wieder darüber, dass ihr so lange schon alles sinnlos erscheint. Sie hat keine Kinder, daher hat sie kein ‹Vermächtnis› – dieses Buch war gewissermaßen ihr Baby, falls das nachvollziehbar klingt?»

«Und jetzt hast du das Copyright. Für die moderne Version solltest du um die tausend Pfund bekommen, und falls wir das Original neu auflegen, erhältst du hundert Prozent der Tantiemen – vielleicht fünftausend? Leider nicht genug, um sich zur Ruhe zu setzen, aber auch nicht zu verachten.»

«Ich weiß nicht, was Mrs. Finn mit dem Geld anfangen wird, aber sie wird entzückt sein.»

«Du bist also im Prinzip einverstanden, dass wir nächste Woche einer Food-Autorin den Auftrag geben?»

«Oh, unbedingt.»

«Du möchtest nicht noch das Wochenende darüber nachdenken?»

«Es gibt nichts nachzudenken. Und jetzt hol das Schnitzel.»

Zwei Stunden später, der Tesco-Bote war inzwischen da, und Jerry ist gegangen, ist Kate überglücklich. Sie wäscht sich das Haar aus und denkt über die Logistik ihres Dinner-Club-Abends mit zwei Pasta-Gängen nach, als ihr ein Gedanke kommt und sie warm durchflutet wie ein Schluck Jägermeister, aber ohne das bedauerliche saure Nachbrennen. Eilig spült sie den letzten Rest Avocado aus ihrem Haar, verzichtet auf Schuhe, schnappt sich ihren Schlüssel und rennt nach unten und durch den Korridor bis zu Jerrys Wohnungstür.

«Habe ich etwas vergessen?», begrüßt Jerry sie herzlich.

«Tut mir leid», sagt Kate, die kaum innehält, um Atem zu schöpfen. «Aber ich hätte nicht so rasch ja sagen sollen. Ich habe noch einmal darüber nachgedacht.»

«Das ging schnell», sagt er und verzieht enttäuscht das Gesicht.

«Nein, nicht, was du denkst, ich möchte unbedingt, dass das Buch veröffentlicht wird. Aber ich möchte nicht, dass du nächste Woche jemanden mit dem Schreiben beauftragst», sagt sie und schaudert bei dem Gedanken zusammen.

Er schaut sie verwundert an. «Falsches Timing?»

«Nein», antwortet Kate, die sich mit ihren Worten beeilt, bevor sie den Mut verliert. «Die Autorin. Die Sache ist die, Jerry, ich *kenne* dieses Buch, es ist wie ein Teil meiner selbst. Ich habe es ständig mit mir herumgetragen – ganz buchstäblich –, seit Cecily es mir damals geliehen hat. Ich interessiere mich leidenschaftlich fürs Kochen – und ich habe lange als Texterin gearbeitet … Es ist einfach so – falls irgendjemand eine moderne Version dieses Buches verfasst, sollte ich das sein.» Nachdem sie nun ihr Anliegen losgeworden ist, kann sie nicht mehr aufhören zu reden. «Ich bin mir sicher, eine andere Autorin könnte gute Arbeit leisten, aber ich würde so viel mehr hineingeben – mehr Gedanken, mehr Liebe, mehr Aufmerksamkeit. Ich würde dem Text alles geben.»

Er lacht leise und verlegen. «Aber du hast nie zuvor ein Buch geschrieben.»

«Genau wie sonst auch niemand, der oder die einen Erstling verfasst. Ich kann dieses Buch schreiben, da bin ich mir sicher. Ich kann Menüs entwerfen und sie ausprobieren, und ich weiß, wie man köstliches Essen zubereitet. Und ich denke viel darüber nach, sogar viel zu viel, was im Kopf anderer Leute vor sich geht.»

Er verschränkt die Arme vor der Brust und macht ein unbehagliches Gesicht. Kate hat noch nicht darüber nachgedacht, was sie tun wird, sollte er ablehnen. Dieses Buch hat Cecily das Leben gerettet, und Kate möchte es nur zu gern benutzen, um sich selbst ein anderes Leben zu verschaffen. Könnte sie sich mit der Idee abfinden, dass jemand anderes es schreibt? Wahrscheinlich schon. Wird sie für die Chance kämpfen, es selbst zu tun? Unbedingt.

«Ich habe im Januar eine Miniversion einer modernen Fortsetzung verfasst», fährt sie fort. «Und mein Dinner-Club ist im Grunde eine Event-Version des Buchs. Außerdem kann ich mir nichts vorstellen, was Mrs. Finn glücklicher machen würde, als wenn ich das Buch selbst schreibe.»

Er seufzt. «Nun, ich fürchte, dieser letzte Punkt hat kommerziell gesehen wenig Gewicht, aber wir können ja einen Versuch machen. Zeig mir doch ein paar Probekapitel. Unterdessen informiere ich schon einmal eine andere Autorin. Ich müsste selbst ziemlich begeistert sein, um mein Team von deinem Vorschlag zu überzeugen. Denkst du, du könntest in, sagen wir, vier Wochen, ein Exposé und eine Zusammenfassung von insgesamt etwa dreißig Seiten fertig haben?»

«Du bekommst sie in zwei Wochen.»

Als Rita und Patrick an diesem Abend vom Kino nach Hause kommen, umarmt Kate Rita begeistert. Diesmal ist es ihre Mutter, die sich mühsam befreit.

Rita legt ihren Mantel übers Sofa und zieht sich die Schuhe aus. «Deine Mutter ist schließlich doch zu etwas gut. Siehst du, Patty Cakes? Endlich gibt meine Tochter zu, dass ich eine tolle Mutter bin.»

«Danke, Mum, dass du die Art von Mutter bist, die meine Post aufmacht, meine Bücher klaut und sie an die Nachbarin verleiht», sagt Kate, während Rita wider Willen lachen muss. «Es tut mir leid, dass ich dir deswegen so böse war.»

«Solange du das Buch mir widmest, sind wir quitt.»

Es ist ziemlich klar, wem Kate das Buch widmen würde, aber das ist kein Problem. Sie kann Rita im Dank unterbringen.

60

Kate hatte eigentlich abwarten wollen, bis sie Jerry überzeugt hätte, bevor sie Cecily von dem Buch erzählte, aber am folgenden Sonntag konnte sie sich nicht zurückhalten. «Sie wollen es nächsten Sommer herausbringen. Und sie werden Nigella Lawson bitten, das Vorwort zu schreiben. Sie glauben, dass sie begeistert sein wird.»

Cecily verschlägt es die Sprache – das kommt selten vor, und sie lauscht mit freudig hochgezogenen Augenbrauen, während Kate atemlos ihre Nachricht verkündet.

«Aber Jerry informiert bereits eine andere Autorin, und jetzt mache ich mir Sorgen, dass er sich für diese andere Frau entscheiden wird.»

Bei diesen Worten rutscht Cecily stirnrunzelnd in ihrem Sessel vor. «Wie könnte irgendjemand es besser machen als Sie?»

«Ich mache mir schon die ganze Woche Notizen.» Kate berichtet Cecily von der geplanten Struktur des Buchs und ihren Menü-Ideen. Während sie spricht, blickt Cecily konzentriert in die Ferne. Gelegentlich nickt sie leicht. Und hin und wieder huscht ein Lächeln über ihre Lippen, oder sie runzelt verwirrt die Stirn.

«Was meinen Sie?», fragt Kate mit einer Andeutung von Verzweiflung in der Stimme.

Cecily stößt einen lauten Seufzer aus. «Habe ich Ihnen je von damals erzählt, als Papa mich in der Schule demütigte?»

«Sie haben mir erzählt, dass er gedroht hat, Sie zu blamieren, sollten Sie nicht Lehrerin werden.»

«Nein, Jahre früher, als ich noch auf die private Grundschule ging. Englisch war mein Lieblingsfach. Wir mussten jede Woche einen Aufsatz schreiben und ihn der Klasse vorlesen. Ich war recht gut darin, mir Dinge auszudenken.»

«Was Sie nicht sagen ...»

«Und mir war aufgefallen, dass ich umso bessere Noten bekam, je öfter ich das Wort Gott verwendete, daher streute ich es freizügig ein. In dieser bestimmten Woche bestand die Hausaufgabe darin, einen Beileidsbrief an die Mutter eines Freundes zu schreiben, die ihren Mann verloren hatte. Was für eine Herausforderung!», fährt Cecily fort, und ihre Augen weiten sich. «In einem schwachen Moment bat ich Papa um Rat. Er sah mich ungeduldig über seine Brille hinweg an und sagte: ‹Schreib: *Gott sei Dank ist sie gut versorgt zurückgeblieben*›.»

Kate schüttelt peinlich berührt den Kopf.

«Ich begriff nicht, was das bedeutete – ich war erst sechs –, und so schrieb ich es Wort für Wort nieder, fest überzeugt, dass ich eine gute Note bekommen würde. Als man mir in der Schule dafür Nachsitzen aufbrummte, fragte ich Papa, wieso er mich so hereingelegt hatte, und er antwortete: ‹Um dir beizubringen, deinen eigenen Kopf zu benutzen.›»

Kate errötet. Cecily ist bissig wie eh und je. «Würden Sie mir wenigstens sagen, was Sie von den Kapitelüberschriften halten? ‹Zum zweiten Mal nehmen›? ‹Das Herz der Küche›? ‹Rezepte zum Heilen von Einsamkeit und Sehnsucht›...?»

Cecily öffnet den Mund zu einem gespielten Gähnen, das

in ein echtes übergeht. «Ich muss mich hinlegen, meine Liebe – es ist Zeit, dass Sie gehen.»

«Ach, das ist schon in Ordnung. Ich bleibe eine Weile hier sitzen und lese.»

«Nein, meine Liebe», sagt Cecily und tätschelt Kates Knie sanft, aber entschieden. «Jetzt ist nicht die Zeit zum Lesen, sondern zum Schreiben.»

Auch wenn Cecily natürlich recht hat, sie so gebrechlich in ihrem Sessel sitzen zu sehen, besorgt Kate, und sie möchte nicht gehen. Sie hat das unbestimmte Gefühl, dass ihre gemeinsame Zeit bald vorbei sein wird.

Kate sammelt ihre Sachen ein, doch dann hält sie inne und wendet sich Cecily zu, die sie fragend anblickt. Kate hält ihren Blick fest, bis Cecily errötet.

«Mrs. Finn – danke.»

«Wofür?»

«Dass Sie mich gerettet haben.»

«Wovor?»

«Vor mir selbst. Danke, dass Sie mich dazu gebracht haben, mir das Buch von Ihnen auszuleihen. Und dass Sie mir das Copyright geschenkt haben.»

Cecily tut die Bemerkung mit einem Wink ab, als scheuchte sie einen unfähigen Kellner weg.

«Nein, hören Sie mir zu, Mrs. Finn, bitte. Ihr Buch hat mich zum Lachen gebracht, als ich niedergeschlagen war, und mich hungrig gemacht, als ich meinen Appetit verloren hatte. Es hat mein Leben zum Besseren gewendet, denn was auch immer als Nächstes geschieht, es hat mir etwas zurückgegeben, was ich vollkommen verloren zu haben meinte: die Hoffnung.»

Cecilys Lächeln erhellt ihr ganzes Gesicht, und einen Moment lang sieht sie so viel jünger aus, als hätte sie noch ein ganzes Leben vor sich.

«Gern geschehen», sagt sie, streckt die Hand aus und berührt Kate am Arm. «Es ist schön zu wissen, dass ich etwas bewirkt habe. Ach, und, Kate, ich glaube, es wird Zeit, dass du mich Cecily nennst.»

Kate hat ihren Wecker auf fünf Uhr morgens gestellt und beginnt zu schreiben. Einen Wimpernschlag später ist es 7.30 Uhr, und sie hilft Bailey, die Mädels für die Schule fertig zu machen. Danach geht sie selbst zur Arbeit. Abends schreibt sie bis Mitternacht und muss sich zwingen, ins Bett zu gehen, um überhaupt noch Schlaf zu bekommen. Es ist ein bisschen, wie wenn man sich verliebt hat; das Buch nimmt sie ganz in Beschlag. Nur hat sie sich oft verloren, wenn sie verliebt war, weil sie versuchte, einen anderen Menschen glücklich zu machen, ohne genug auf ihr eigenes Glück zu achten. Doch wenn sie das Buch schreibt, spürt sie, dass sie sich endlich gefunden hat.

Dinner im Haus Ihrer Mutter nach einem überraschenden Beziehungsende im Urlaub

Ziel:
das Zusammensein mit Ihrer Mutter so kurz wie möglich zu halten, damit Sie ihr nicht die Schuld für die Nutzlosigkeit Ihres Liebsten in die Schuhe schieben

Großes Frühstück vor einer Hochzeit, bei der Sie als einziger Gast ohne Partner auftauchen werden

Ziel:
Ihrem Magen eine ausreichende Grundlage zu geben, damit Sie sich nicht zum Gespött machen – und damit der Alkohol Ihren Verstand nicht so weit vernebelt, dass Sie Ihren Ex anrufen, denn das wird nur zu Monaten weiterer unnötiger Schmerzen führen. Menü: Eier, Toast, mehr Toast, Kaffee, Toast

Nahrhaftes Abendessen für eine Frau, der das Herz gebrochen wurde

Ziel:
die perfekte Balance aus Ben-&-Jerry's-Eiscreme und Netflix einerseits und dunklem Blattgemüse sowie Beeren andererseits, um Sie dabei zu unterstützen, sich zu trösten und nicht zu bemitleiden

Frühes Abendessen für zwei übermäßig aufgeregte Osterhäschen unter zehn

Späteres Abendessen für Ihre beste Freundin und deren wunderbaren Freund, um beider schon fünf Monate währende Beziehung zu feiern, während Sie sich selbst rarmachen ...

Wenn Kate fertig ist, wird sie so viele Menüs haben, dass sie zwei Bücher damit füllen kann. Vielleicht könnte sie Jerry überreden, sie einen Folgeband verfassen zu lassen, der seine Inspiration aus Reisen bezieht. Allein mit einem Buch nur über Pasta könnte sie ein ganzes Jahr in Italien verbringen …

Ihr kreativer Schub hat nur einen einzigen Nachteil: das Timing. Der nächste Dinner-Club ist für den Tag nach der Abgabe ihres Exposés geplant. Sie könnte ihn veranstalten, ja, aber sie möchte gut vorbereitet sein, das Essen soll perfekt sein. Eine Verschiebung ist nicht ideal, aber sie kennt die Kontaktdaten aller Gäste. Und so telefoniert sie sie ab. Nur vier von ihnen können am darauffolgenden Samstag nicht, und Kate bietet ihnen eine Rückerstattung an und ein kostenloses Ticket für das nächste Event. Die anderen Gäste bekommen Prosecco aufs Haus als Entschädigung für die Unannehmlichkeit. Kate wird diesmal nichts verdienen, aber wenn die Gäste einen schönen Abend genießen, werden sie wiederkommen.

Am Abend bevor sie Jerry ihre Arbeit schicken muss, sitzt Kate mit Bailey bei Pizza und Wein in der Küche und verfolgt, wie ihre Freundin die Seiten studiert. Cecily hat Kate ermahnt, nicht den Rat anderer Leute zu suchen, aber Kate hat so viel Hoffnung in das Projekt investiert, und nun fürchtet sie, etwas Grauenhaftes verfasst zu haben. Die Hand vor den Mund gelegt, beobachtet sie, wie Bailey die Seiten bis zum letzten Wort liest und das Dokument endlich auf den Tisch legt.

«Und …?», fragt Kate gespannt.

«Ich bin deine Freundin, und du wirst glauben, dass ich es so oder so sagen würde – aber ehrlich, der Text ist perfekt.»

Jetzt muss Kate nur noch warten. Sie hasst es zu warten, aber inzwischen beherrscht sie es recht gut.

61

Im Trubel der letzten Wochen, in denen sich Kate auf das Buch und das Essen für den Dinner-Club konzentrierte, hat sie völlig vergessen, den Prosecco zu bestellen. Es fällt ihr wieder ein, als sie am Sonntag beim Verlassen des Lauderdale House Ben und Mrs. Gaffney im Gespräch erblickt.

Sie kennt Ben nicht gut genug, um ihn um einen Gefallen zu bitten, aber er muss sie ohnehin schon für unhöflich halten, weil sie seine Großmutter beleidigt hat. Außerdem hat ihr Cecily viel beigebracht, unter anderem auch Folgendes: Wenn man nicht um etwas bittet, bekommt man es auch nicht.

Doch Kate wird auf keinen Fall vor Mrs. Gaffney nach einem Restposten billigen Gesöffs fragen. Stattdessen geht sie in den warmen Frühlingsabend hinaus und lungert verlegen auf dem Parkplatz herum. Sie tut so, als ginge sie Nachrichten auf ihrem Handy durch, während sie heimlich überlegt, welcher Wagen wohl Ben gehört. Er kleidet sich schick – heute in klassischen Levi's und einem marineblauen T-Shirt, aber er wirkt nicht protzig. Der BMW ist es also nicht, und auch nicht der Mercedes …

Als Ben auftaucht, geht er tatsächlich auf einen VW Golf zu, aber als er Kate entdeckt, leuchtet sein Gesicht auf, und er kommt näher.

«Wenn man vom Teufel spricht. Ich hatte eigentlich vor, Mrs. Gaffney nach Ihrer Nummer zu fragen, aber dann dachte ich, Sie finden es bestimmt merkwürdig, wenn Sie eine SMS über Avocados bekommen …»

«Avocados?», fragt Kate vollkommen verwirrt.

«Ich habe den Namen dieses Restaurants vergessen. Meine Tochter ernährt sich derzeit vegan, und Guacamole ist eine ihrer Lieblingsspeisen.»

«Ach so, richtig – es ist das Rosa Mexicana.»

«Veganismus scheint derzeit en vogue zu sein. Mir würde mein Bacon viel zu sehr fehlen.»

«Und Butter», ergänzt Kate. «Wie können die Leute nur ohne Butter leben?»

«Ah, eine Frau nach meinem Geschmack», bemerkt er lachend.

«Wie alt sind Ihre Kinder?», fragt sie und fahndet in ihrem Gedächtnis danach, ob Maud irgendetwas darüber erwähnt hat. Sie hat nur noch in Erinnerung, dass Ben früher Mochi-Kuchen aus Japan mitbrachte und dass seine Exfrau schwierig sein soll.

«Martha ist siebzehn und wird bald dreißig, und Josh ist elf.»

«Siebzehn? Besucht sie ihre Großmutter oft?»

«Sie meinen ihre Urgroßmutter? Ich schleife sie einmal im Monat hierher, aber sie würde alles andere lieber tun. Apropos, ich fahre jetzt besser heim und vergewissere mich, dass sie nicht meinen edlen Château Margaux geöffnet hat.»

«Oh, also … es gab da etwas, was ich *Sie* fragen wollte. Nächsten Samstag veranstalte ich einen Dinner-Club für dreißig Gäste …»

«Sind Sie Köchin?», fragt er mit beeindruckter Miene.

«Einfach nur eine begeisterte Esserin. Ich muss zwanzig Flaschen halbwegs passablen Prosecco beschaffen, ohne mein Konto allzu sehr zu plündern. Ich dachte, dass Sie vielleicht wissen, welcher Supermarkt die beste Eigenmarke führt, denn eins weiß ich, Fletchers ist es nicht.»

«Wie sieht das Menü aus?»

«Also, wir fangen mit Taglierini in Krebssauce an, gefolgt von Pappardelle mit Sahne, Pancetta und frischem Spargel …»

«Ein Pasta-Gang nach einem Pasta-Gang? Klingt wie mein Traum-Dinner.»

Kate errötet vor Freude. «Dazu gibt es einen einfachen Tomaten-Basilikum-Salat, und ich habe warme Ciabatta-Brötchen aus dem Brick House, dieser tollen Bäckerei, bei der wir alles holen. Als Nachtisch gibt es ein sehr dunkles Schokoladenmousse mit Kirschen.»

«Wo findet denn dieser Dinner-Club statt, und gibt es noch Karten?»

«Wollen Sie kommen?», fragt sie überrascht.

«Unbedingt.»

«Würden Sie gern noch einen Freund oder eine Freundin mitbringen?»

«Leider komme ich allein. Schön, Sie brauchen also einen recht trockenen, preisgünstigen Prosecco. Geben Sie mir Ihre Nummer und überlassen Sie die Sache mir. Und reservieren Sie mir eine Karte.»

Kate ist froh, dass sie Ben beim Verlassen des Lauderdale House über den Weg gelaufen ist und nicht schon bei ihrem Eintreffen, sonst müsste sie Cecily jetzt das dämliche Grinsen in ihrem Gesicht erklären. Cecily wird das alles sicher missbilligen, aber zu einer Blutfehde dürfte es wohl nicht kommen.

Später am Abend erhält Kate eine Nachricht von Ben:

Ich kaufe nie wieder Guacamole in einem Laden – das Rezept ist genial. Und ich kann einen ordentlichen Prosecco für 3,74 Pfund die Flasche besorgen, im Einzelhandel wären es 11,99 Pfund – ist das okay? Falls ja, soll ich dann Samstag früher kommen und Ihnen bei den Vorbereitungen helfen?

62

Es gibt Momente im Leben, in denen tatsächlich alles richtig läuft; man geht ein Risiko ein, und das Ergebnis ist sogar noch besser, als man zu hoffen gewagt hat.

Als der Dinner-Club schon eine Weile tafelt, stellt Kate sich in die Tür zwischen Küche und Speisesaal und schaut still auf das, was sich vor ihren Augen abspielt. Im Raum geht es lebhaft zu, alle Gäste sind nach dem Prosecco und den wunderbar zubereiteten Kohlenhydraten bester Laune. An den beiden langen Holztischen sitzen dreißig Gäste, essen köstliche italienische Speisen, trinken tollen Wein und genießen den Abend. Die Tische sind mit hübschen kleinen Vasen voll gelber und weißer Freesien schön geschmückt, und Teelichter stehen in antiken Haltern aus geschliffenem Glas, die das Kerzenlicht im Raum tanzen und funkeln lassen. Die Gäste sind gerade mit dem Pasta-Hauptgang beschäftigt, und wenn man danach geht, wie die Vorspeise ankam, wird auch bei diesem Gang kein Fitzelchen Essen übrig bleiben. Warmes Brot wurde aufgetürmt und verschlungen, üppige Servierplatten voll glänzendem Tomatensalat und duftendem Basilikum wurden herumgereicht, ein Gewirr von Taglierini wurde auf Teller gehäuft und mit den Fingern in den letzten Tropfen der Pasta-Sauce gewälzt.

Natürlich gibt es einige vertraute Gesichter – Bailey, die glücklich und entspannt aussieht, sitzt zwischen Adam und Ben. Die drei lachen aus voller Kehle über etwas, das Martin gerade gesagt hat. Jerry ist mit seiner Freundin gekommen, und die beiden unterhalten sich angeregt mit dem Paar, das neben ihnen sitzt. Und dann sind noch vierundzwanzig weitere Leute da, die sich dafür entschieden haben, ihren Samstagabend hier zu verbringen und die hausgemachte Mahlzeit und vor allem die Geselligkeit zu genießen.

Als Kate an diesem Nachmittag die Ware des Lebensmittellieferanten auspackte, traf sie fast der Schlag, als sie merkte, dass sie Himbeeren statt Kirschen bestellt hatte und nicht genug Spargel gekommen war. Sie hatte keine Zeit für weitere Einkäufe einkalkuliert. Doch dann kam ihr Cecilys Ratschlag aus «Dinner in einem Einzimmerapartment» in den Sinn: *«Was sich nicht kaschieren lässt, muss genutzt werden. Nicht entschuldigen – improvisieren.»* Kate hatte die Himbeeren zu einem scharfen, fruchtigen Püree für Bellinis verarbeitet, das Schokoladenmousse schlicht gehalten und Martin gebeten, zusätzliches Gemüse zu kaufen – wenn nicht Spargel, dann gefrorene Erbsen oder Dicke Bohnen. Die Pasta war dadurch sogar noch besser geworden, denn die Erbsen fügten dem rauchigen Geschmack der würzigen, sahnigen Sauce eine frische Note hinzu.

Kate wirft einen letzten Blick auf das Dinner, bevor sie in die Küche zurückkehrt, um das Dessert vorzubereiten. Sie lächelt in sich hinein, und in diesem Moment blickt Jerry hoch und fängt ihren Blick auf. Sie fragt sich, ob er ihre Seiten bereits gelesen hat – seinem Gesichtsausdruck kann sie nichts anderes entnehmen als die Tatsache, dass er einen schönen Abend verbringt.

Und vielleicht ist das zumindest für heute genug – zu wissen, dass sie als Gastgeberin ihre Sache so gut wie möglich gemacht hat. Cecily wäre stolz auf sie, und, wichtiger noch, Kate ist stolz auf sich selbst.

Obgleich sie frühestens in einer Woche erwartet, von Jerry etwas über das Buch zu hören, schaut Kate nach Feierabend als Allererstes in ihre E-Mails. Sie hört zwar nichts von Jerry, erhält aber zwei Mails, mit denen sie nicht gerechnet hat.

Die erste ist von Cara:

> Hi, Schatz, lange nichts von dir gehört. Hab deinen Dinner-Club auf Instagram gesehen – sieht #*SUPER* aus. Krieg ich zwei Freikarten für das nächste Mal, dann mache ich kostenlose Werbung für dich. Xxx

Im Rückblick wird Kate bewusst, dass Cara zwar sehr hart gegen Nick war, aber nicht unrecht hatte. Kate hat Nicks Intelligenz mit Tiefgang verwechselt, aber diese beiden Qualitäten haben nichts miteinander gemein. Wenn Nick sagte: «Keine hat mich je so geliebt wie du», war das kein romantisches Kompliment, sondern Narzissmus. Kate hat ihm immer hoch angerechnet, dass er andere Menschen wie Rob unkritischer betrachten konnte als sie selbst – für sie war klar, dass Nick netter war als sie. Tatsächlich bedeutete es aber nur, dass er bei der Auswahl seiner Freunde einen schlechten Geschmack bewies. Apropos, möchte sie wieder mit Cara befreundet sein? Vielleicht oder vielleicht auch nicht. Sie antwortet:

> Komm ins Café und lass uns darüber reden.

Die zweite E-Mail lässt sie innehalten:

> Hi, Kate. Ich hoffe, alles ist in Ordnung. Ich habe deine Pasta-Fotos im Netz gesehen – ich wünschte, ich hätte dabei

sein können. Jedenfalls räume ich gerade in meiner Wohnung auf und frage mich, was ich mit deinen Kochbüchern tun soll. Soll ich sie vorbeibringen/Sollen wir uns auf einen Kaffee treffen? Ich denke oft an dich. N xx

Seit ihrem vierzigsten Geburtstag hat sie keinen Kontakt mehr zu Nick gehabt, und dieser Geburtstag kommt ihr vor, als läge er schon ein halbes Leben zurück und nicht erst ein halbes Jahr. Trotzdem durchfährt sie beim Anblick seines Namens in ihrem Postfach ein Ruck. In einem Flashback sieht sie vor sich, wie sie ihm an jenem heißen Augusttag im Flughafen Stansted gegenüberstand, zutiefst erschüttert und gänzlich verloren.

Vor einem halben Jahr hätte sie sich von einer E-Mail Nicks mehr erhofft – eine Entschuldigung, die Einsicht, dass er sich mies verhalten hatte –, etwas, das machte, dass sie sich besser fühlte. Aber sie hat gelernt, dass ein befriedigender Abschluss etwas ist, was es nur in einer Episode von *Friends* gibt. Im echten Leben arrangiert man sich mit Unordnung, losen Enden und nie abgeschickten Mail-Entwürfen. Man erleidet Schmerzen, aber eines Tages tut es nicht mehr ganz so weh wie am Vortag, und eines noch viel späteren Tages tut es fast gar nicht mehr weh. Eine von Ritas gefürchteten Psychoweisheiten lautet: «Was man am anderen erkennt, gilt für einen selbst.» Und so kritisch sie Ritas weisen Sprüchen auch gegenübersteht, dieser Gedanke hat dazu geführt, dass Kate ihre eigene Rolle in der Beziehung genauer unter die Lupe genommen hat. Im Geist hat sie Nick oft wegen seiner Feigheit und seines Mangels an Ehrlichkeit ihr gegenüber gescholten. Aber Kate ist nicht besonders mutig – sie ist eine

Ewigkeit in einem ungeliebten Job geblieben, weil sie Angst hatte zu gehen. Und was Nick betraf, war sie wohl kaum ehrlich mit sich selbst – sie hat sich eingeredet, die Krümel, die er ihr anbieten konnte, seien genug, obwohl sie allzu oft hungrig geblieben war.

Ein paar Tage später antwortet sie:

Ich hoffe, dir geht es auch gut. Behalte die Bücher, viel Spaß mit ihnen.

Irgendwann wird eine andere Frau Nick lieben, vielleicht ist es sogar schon so weit. Sie wird neben seinem reizenden Lächeln erwachen und sich für hundert köstliche Mahlzeiten zu ihm setzen. Aber auch sie wird ihre eigentliche Stärkung anderswo finden müssen. Nick hat nur Grundnahrungsmittel zu bieten. Die braucht Kate aber nicht mehr – sie hat gelernt, sich selbst zu ernähren.

Kate wirft einen letzten Blick auf seinen Namen in ihrem Postfach. Er hat nicht mehr die Macht, ein Gefühl von Unwohlsein in ihr auszulösen. Sie drückt auf *Löschen.*

Dieses Kapitel ist erledigt. Sie schreibt sich in eine bessere Geschichte hinein.

63

R*uf mich an. Bitte ruf mich an. Bitte ruf mich jetzt einfach an.* Seit den ersten furchtbaren Tagen nach Frankreich hat Kate nicht mehr derart verunsichert an ihrem Handy geklebt. Jerry hat gesagt, er würde sich Anfang der Woche melden, aber erst am Donnerstagmorgen, als sie auf dem Weg zur Arbeit im Bus sitzt, taucht sein Name endlich auf dem Display auf, als das Handy klingelt. Sie nimmt eilig ab.

«Kate! Hoffentlich ist es nicht noch zu früh für meinen Anruf?»

«Überhaupt nicht», antwortet sie möglichst leise, da ihre Sitznachbarin ihr einen säuerlichen Blick zuwirft.

«Prima. Zunächst danke für das Dinner letzte Woche, wir waren begeistert. Du bist eine talentierte Köchin.»

«Das höre ich gerne», sagt Kate, deren Magen sich nervös zusammenzieht, während sie hofft, dass er endlich zur Sache kommt.

«Also, wir hatten gestern unsere Besprechung zur Auftragsvergabe. Wir haben uns über dein Exposé unterhalten. Nach deiner harten Arbeit dachte ich mir, du hast einen Anruf verdient und nicht nur eine E-Mail.»

«M-hm», sagt Kate, die spürt, wie ihre Kehle trocken wird.

«Ich weiß nicht, ob ich das schon erwähnt hatte, aber wir haben auch Celina Summer von dem möglichen Auftrag informiert – ihre Agentin sucht ein neues Projekt, um Celina ansprechbarer zu machen.»

«Oh. Ich wusste nicht, dass ich in Konkurrenz zu *ihr* stehe», sagt Kate geschockt. Cara hat mehrere Food-Events mit Celina veranstaltet und erzählt, sie sei eine unglaubliche Zicke, die viel mehr auf Kokain abfahre als auf Essen.

«Nun – Celina hat viele Fans in den sozialen Medien und schreibt gerade ihr sechstes Buch …»

«M-hm …», sagt Kate nur, denn Celinas Bücher sind so dünn und lahm wie Celina selbst, und der Gedanke, dass Celina *dieses* ganz besondere Buch mehr schlecht als recht hinsudeln wird, ist ziemlich verstörend.

«Bei den Altersgruppen, auf die es ankommt, ist sie eine gut eingeführte Marke», sagt Jerry. «Mütter mit Kindern, Millenials …»

«Ich verstehe», sagt Kate, die Enttäuschung in sich aufsteigen fühlt.

«Und die Sache ist die, für unser Verkaufsteam wäre es viel einfacher, Celina auf den Markt zu bringen als eine Unbekannte. So läuft dieses Geschäft nun mal.»

Kate nickt, denn sie befürchtet, dass nur ein erstickter Laut der Enttäuschung herauskommt, sollte sie den Mund aufmachen.

«Aber ich lege keinen Wert darauf, meinem Verkaufsteam die Arbeit einfacher zu machen», sagt Jerry. «Ich will großartige Bücher verkaufen, darum geht es mir – Bücher mit Herz und Integrität.»

«Ich verstehe», sagt Kate. Wie soll sie Cecily die schlechte Nachricht eröffnen?

«Was hältst du also davon, morgen in den Verlag zu kommen, um das Team kennenzulernen? Unterdessen können wir einen Vertrag aufsetzen. Ich würde dir raten, dir einen

Agenten zu suchen. Wir können dir ein paar Leute empfehlen.»

«Entschuldigung, einen Agenten wofür?»

«Was du geschrieben hast, hat mir sehr gefallen, Kate. Deine Stimme ist unverwechselbar und liebenswert. Deine Menüs sind köstlich, kein einziges Quinoa-Körnchen in Sicht. Und du bist eindeutig sehr engagiert.»

«Du meinst, ihr habt euch für *mich* entschieden?», fragt Kate, und ihre Stimme wird lauter, während sie strahlend lächelt. Soll sich ihre Sitznachbarin doch aufregen!

«Ich bin mir ziemlich sicher, dass ‹komm und schau dir deinen Vertrag an› genau das bedeutet», antwortet er lachend. «Ja! Wir haben uns für dich entschieden.»

Am folgenden Vormittag verlässt Kate Jerrys Büro mit einem Vorvertrag in den Händen und von brennender Erregung erfüllt. Es ist ein wunderschöner, sonniger Tag, und William erwartet sie nicht vor eins. Sie hat also Zeit, in Soho einen Kurzwarenladen mit besonders schicker Ware aufzusuchen. Dort kauft sie das schönste Band aus rotem Satin, das sie finden kann, und bittet die Verkäuferin, die sieben Seiten mit einer perfekten Schleife zusammenzubinden. Dann springt sie in ein Taxi zum Lauderdale House und eilt am Empfang vorbei in Cecilys Zimmer.

Sie klopft an, erhält aber keine Antwort. Es ist elf Uhr vormittags. Da Cecily inzwischen sehr viel schläft, macht sie wahrscheinlich gerade ein Nickerchen. Kate klopft erneut an und öffnet vorsichtig die Tür.

Das Bett ist leer, ebenso Cecilys Sessel. Kate schaut im Badezimmer nach: Auch dort ist sie nicht. Letzten Sonntag war

Cecily Kate ganz besonders gebrechlich vorgekommen, und plötzlich ist sie davon überzeugt, dass das böse und ironische Universum nach allem, was vorgefallen ist, ausgerechnet diesen Tag ausgewählt hat, um Cecily zu sich zu rufen. Sie eilt zum Empfang zurück und klopft an Mrs. Gaffneys Tür.

Mrs. Gaffney nimmt Kate sanft beim Arm. «Kommen Sie mit», sagt sie verschwörerisch und führt sie durch den Korridor nach hinten und von dort in den Garten. Dort deutet sie auf den Rosengarten, wo eine einsame Gestalt in einem marineblauen Kostüm auf einer Bank sitzt.

Kate sieht Mrs. Gaffney verblüfft an, doch die zuckt nur mit den Schultern. «Sie sagte, sie wolle zur Abwechslung einmal frische Luft schnappen.»

Kate eilt über den Rasen, und als sie sich Cecily nähert, sieht sie, dass diese die Augen geschlossen hat. Kate kann nicht sagen, ob sie schläft, doch als sie zu ihr tritt, schlägt die alte Dame langsam die Augen auf und lächelt schwach. Kate setzt sich neben sie und reicht ihr wortlos den mit dem Satinband geschmückten Vertrag. Hoffnungsvoll fragend zieht Cecily die Augenbrauen hoch, und Kate nickt, unfähig, ein strahlendes Lächeln zu unterdrücken.

Cecily nimmt das Dokument, legt es sich auf den Schoß und streicht mit einem Seufzer tiefer Zufriedenheit darüber. Sie ergreift Kates Hand und drückt sie. Ihre Finger sind kalt und knochig, aber ihr Griff ist kräftig. Sie hält Kates Hand und lässt sie nicht los.

In frohem Schweigen sitzen die beiden Frauen eine Weile da, das Gesicht der wärmenden Sonne zugewandt.

64

Der Frühling geht in den Sommer über, und Kates Leben steht in voller Blüte. Jeder Tag macht ihr so viel Spaß, dass sie manchmal innehalten und sich in Erinnerung rufen muss, dass das, was sie am glücklichsten macht, die Arbeit ist. Ihre Zeit ist ausgefüllt mit dem Testen von Menüs, dem Schreiben, ihrem Job als Kellnerin und den Dinner-Clubs. Sie hat drei Viertel des Buchs geschafft und ist ihrem Zeitplan bis zur Deadline im September weit voraus. Jerry hat ihr den Entwurf des Covers geschickt, ein gerahmter Ausdruck davon hängt an der Innenseite von Cecilys Badezimmertür.

Kate hat Ben ein paarmal zum Essen getroffen und ist einige Male mit ihm durch die Heide spaziert, aber da sie im Moment stärker auf alles andere konzentriert ist als auf eine neue Beziehung, agiert sie hier auf Sparflamme. Eines Nachmittags im Juni hatte sie mit Cecily im Garten gesessen, als Ben zum Plaudern vorbeikam. Cecily hatte tief und fest geschlafen, aber sobald Kate flüsternd ein Gespräch mit Ben begann, riss sie die Augen weit auf und bestand darauf, dass er Tee mit ihnen trank. Cecily war in letzter Zeit häufiger verwirrt gewesen und hatte sich in ihren Erinnerungen vertan. Aber da war sie wieder hellwach. Als sie Ben fragte, woher er ihre Enkelin kenne, wollte Kate sie schon korrigieren, da fiel ihr das Funkeln in den Augen der alten Dame auf, und sie begriff, dass der Fehler gar keiner gewesen war.

Seitdem hat sich Cecilys Verfassung allerdings verschlechtert, und sie ist zunehmend desorientiert und gebrechlich. Inzwischen verschläft sie den größten Teil des Tages und hat heftige Gelenkschmerzen. Vor einigen Wochen waren die Beschwerden so stark, dass die Krankenschwester zum letzten Mittel griff und ihr Morphium gab. Als Kate sie am nächsten Nachmittag besuchte, war Cecily kaum ansprechbar, und ihr sonst so glänzendes, kraftvolles Haar hing ihr schlaff in die fiebrige Stirn. Kate beobachtete die Schlafende. Cecily atmete so langsam ein und aus, dass Kate auch selbst den Atem anhielt und immer wieder inständig hoffte, die alte Dame würde noch einen weiteren Atemzug tun, nur noch einen weiteren und dann nur noch den nächsten.

Seitdem bekommt Cecily starke Schmerzmittel, und in den letzten zwei Wochen fiel es ihr schon schwer, überhaupt etwas zu essen oder zu trinken. Als Kate letzten Sonntag zu Besuch kam, hatte Cecily kaum mehr als ein paar Worte herausbekommen. Kate hatte sich neben sie aufs Bett gesetzt, besorgt, dass ihr Gewicht auf der Matratze Cecily stören könnte, doch diese hatte einen Finger ausgestreckt und Kates Hand still und zärtlich gestreichelt. Die Geste machte Kate weh ums Herz.

Am folgenden Donnerstag ist Kate gerade in der Mittagspause, als sie den Anruf erhält. Obgleich es ein drückend heißer Tag ist, wird ihr eiskalt, als sie den Namen Lauderdale auf ihrem Handy sieht.

Es ist Mrs. Gaffney. «Kate, ich weiß nicht, wie ich es sagen soll: Cecily ist heute Nacht friedlich eingeschlafen.»

Am Morgen nach der Beerdigung sitzt Kate auf Cecilys Bett, den Blick auf den leeren Sessel ihr gegenüber gerichtet. Das Zimmer riecht noch immer nach seiner ehemaligen Bewohnerin, und Kate erwartet fast, Cecily mit einem Stirnrunzeln und einer spitzen Bemerkung aus dem Badezimmer kommen zu sehen.

Vorhin hat Mrs. Gaffney ihr einen Umschlag mit einer Nachricht überreicht, einer Nachricht, die Cecily ihr hinterlassen hat. Kate öffnet vorsichtig das Siegel und zieht das Blatt heraus. Beim Anblick der vertrauten schnörkelreichen Handschrift steigt ihr ein Kloß in die Kehle.

Liebe Kate,
ich bin kein Freund großer Abschiede, aber ich wollte dir ein paar Zeilen schreiben, solange ich noch halbwegs dazu imstande bin.
Ich hinterlasse dir meine ganze Bibliothek – nicht nur, um dir die Feinheiten der Geschichte des 20. Jahrhunderts nahezubringen oder die Tatsache zu beleuchten, dass ein Romancier namens George tatsächlich als eine Mary Anne geboren worden sein könnte. Das Geschenk soll dich vielmehr im weitesten Sinne des Wortes nähren.
Als ich jünger war, haben diese Bücher mir Gesellschaft geleistet und mir damit viel Einsamkeit erspart. In den letzten Monaten hast du diese Aufgabe auf bewunderungswürdige Weise übernommen. Ich glaube nicht, dass ich je dazu gekommen bin, mich bei dir zu bedanken – und so will ich es jetzt tun: danke, Kate – danke.
Bei der Zubereitung eines Desserts wirst du feststellen, dass eine Prise Salz die Süße des Gerichts weit besser herausbringt als zusätzlicher Zucker. Es

klingt kontraintuitiv, ist aber eine Tatsache, und ich habe oft darüber nachgedacht. Was in der Küche gilt, gilt oft auch in einem allgemeineren Sinn fürs Leben. Mit meinem geliebten Samuel hatte ich das Glück, eine Liebe zu erleben, die mein Leben auf eine unbezahlbare Weise bereichert hat. Als er mir so unerwartet entrissen wurde, habe ich es als ein zutiefst bitteres Unglück empfunden, aber in gewisser Weise war es auch ein Geschenk. Es hat mich auf Wege gezwungen, die ich niemals freiwillig gewählt hätte, doch auf dieser Reise entdeckte ich, dass es in einem guten Leben um viel mehr geht als nur um romantische Liebe. In einem guten Leben geht es um die Bücher, die wir lesen, um die Dinge, die uns am Herzen liegen, um die Freunde, die wir lieben, und um das, was wir für sie tun. Und in einem guten Leben geht es auch darum, wie wir uns entscheiden, mit uns selbst umzugehen. Darum war ich immer streng zu dir, Kate. Wenn du nicht selbst auf deiner Seite stehst, wer dann? Ich wünschte, du könntest dich so sehen, wie ich dich sehe. Ich weiß, dass du alles schaffen kannst und alles schaffen wirst. Du bist ein freundlicher, hart arbeitender Mensch; dein Herz ist gut – deine Käse-Sandwichtoasts sind es weniger. Gestern war ich ein junges Mädchen, doch wenn ich jetzt in den Spiegel schaue, sehe ich ein runzeliges altes Weib. Unter den äußeren Anzeichen des Verfalls lebt jedoch noch derselbe Geist wie früher und blickt mit Entsetzen auf die Zerstörung, die die Jahre angerichtet haben. In meinem Inneren *gibt es noch immer den Drang, unter den Sternen zu tanzen, leichtfüßig über die Wiesen zu laufen oder unter einer heißen Sonne am Strand zu liegen. Alles, was mir jetzt bleibt, sind meine Erinnerungen: ein Erdbeereis mit Mama nach der Schule an einer schattigen Stelle des Gartens, Samuels Lächeln an unserem Hochzeitstag und seine Hand für immer in der meinen. Die heutigen Entscheidungen werden in kürzester Zeit zu den Erinnerungen von morgen – sorge dafür, dass sie zählen.*

Ich hatte immer einen unersättlichen Appetit – auf Worte, auf Essen, auf mehr von allem. Jetzt aber habe ich alles gelesen und gegessen, was ich nur jemals wollte, und bin für den Tod bereit. In jüngster Zeit bin ich allerdings zu dem Schluss gelangt, dass ich dieses Leben vermissen werde. Es war wunderbar und prachtvoll.

Ich kann es nicht fassen, dass es so schnell vorübergegangen ist.

Cecily

Welche Dankbarkeit Kate dieser Frau schuldet. Cecily hat ihr den Mut gegeben, all das loszulassen, was ihr nicht guttat, und gleichermaßen verdankt sie ihr die Inspiration, nach Stift und Papier zu greifen, um sich selbst etwas Gutes zu tun. Alles, was Kate als Gegenleistung anbieten kann, ist, dieses Buch so gut zu schreiben, wie sie es nur vermag.

Kate steckt den Brief in den Umschlag zurück und legt ihn auf ihren Schoß. Dann betrachtet sie die Bücherregale – so viele Bücher, so viele Geschichten. Ben hat angeboten, ihr beim Zusammenpacken zu helfen und sie in seiner Garage zu lagern, bis Kate in eine eigene Wohnung zieht. Sie wird sich eine suchen, sobald sie das Manuskript abgegeben hat, und nach dem Umzug wird eine ihrer ersten Handlungen darin bestehen, zum örtlichen Tierheim zu fahren und sich ein Kätzchen auszusuchen, das ein Zuhause braucht.

Ob nun Kater oder Katze, das Tier wird Cecily heißen, denn alle Katzen sind wie Cecily – widerspenstig, hoheitsvoll reserviert und heikel mit dem Essen –, und manchmal geben sie vor, einen nicht zu lieben oder zu brauchen, obwohl sie es tun.

Epilog

Es wird niemals Rosen regnen;
wenn wir mehr Rosen haben wollen,
müssen wir mehr Rosen pflanzen.

GEORGE ELIOT

Dinner für eine abwesende Freundin

Ziel:
die Feier einer wundervollen Freundschaft in absentia

Menü:
Skandinavische Fisch-Pâté auf leicht geröstetem Challah-Brot, serviert mit einem kalten weißen Montrachet
Langsam gebratene Lammschulter mit Kumin und Rosmarin, denn Rosmarin ist zum Gedenken – serviert mit einem Rioja Reserva
Toffee-Torte mit Milchschokoladen-Ganache – serviert mit einem Passito di Pantelleria Dessertwein

Der Tisch ist mit Kates neuem alten Porzellan gedeckt. Der Fotostylist, der an dem Buchcover beteiligt war, hatte wunderbares Geschirr aus den 1950er Jahren aufgetrieben, und obwohl er behauptete, die Teller hätten ein kleines Vermögen gekostet, hatte er sie Kate letztlich für einen bezahlbaren Preis überlassen. Sie sind nicht perfekt – sie haben ein paar kleinere Macken, zudem sind nur fünf Teller kobaltblau, die drei anderen blaugrün –, aber Kate ist immer wieder entzückt, wenn sie ihre Schönheit sieht. Sieben Plätze sind gedeckt, obgleich nur sechs Personen sich zum Essen setzen werden: Kate, Bailey und Adam, Rita und Patrick sowie Ben.

Cecily hat Kate einmal vom Ritual des jüdischen Passah-Mahls erzählt, an dem ein zusätzliches Gedeck aufgelegt und ein Weinglas gefüllt wird, falls der Prophet Elias zum Fest hereinschaut. Kate fragte, ob dies das jüdische Äquivalent für die Mince Pies sei, die man für die Rentiere des Weihnachtsmanns auslegt, und zur Antwort einen vernichtenden Blick erhalten.

Kate ist nicht sicher, ob Cecily einverstanden wäre, aber sie hat trotzdem einen Platz für sie gedeckt und ihr Glas zur Hälfte mit Vintage-Champagner gefüllt. (Das ist einer der vielen Vorzüge, mit denen Ben ihr Leben bereichert – ausgezeichneter Wein zu jeder Gelegenheit.) Mit dem Dinner feiert Kate die Veröffentlichung des Buches – wie könnte sie versäumen, ein Glas für Cecily einzuschenken?

Der Tod der alten Dame liegt inzwischen neun Monate zurück, aber es vergeht kein Tag, an dem Kate nicht an sie denkt. Sie kann sich nicht vorstellen, wie ihr derzeitiges Leben wäre, hätte sie Cecily nicht kennengelernt – oder, besser gesagt, sie will es sich nicht vorstellen. Sie würde noch immer bei Fletchers arbeiten; und wahrscheinlich würde sie Nick gerade seine fünfte Chance einräumen, ihn noch immer entschuldigen und ihm noch immer gestatten, sie zu enttäuschen.

Kate setzt sich, trinkt einen Schluck Champagner und stößt dann leicht mit Cecilys Glas an. Ihr Magen gibt ein leises Knurren von sich. Das Lamm brät seit Stunden bei niedriger Temperatur im Ofen und hat die Wohnung mit einem tröstlichen Duft von Gewürzen erfüllt, in dem sie sich ganz zu Hause fühlt.

Sie fährt zusammen, als sie spürt, wie der kleine Kater Cecily sich an ihre Fußknöchel kuschelt. Sie greift nach ihm und setzt ihn sich auf den Schoß. Das Kätzchen ist inzwischen fünf Monate alt. Als Kate es gerettet hat, war es ein winziger, blauäugiger Fellball; inzwischen ist es ein wenig größerer, ein liebenswerter, verfressener Gefährte, der nichts dagegen einzuwenden hat, einen weiblichen Namen zu tragen, und der weit freundlicher ist als seine Namensvetterin. Sie kitzelt das Kätzchen am Ohr und trägt es zu seinem Spielbereich im Schlafzimmer.

Es ist beinahe acht, und ihre Gäste müssen jeden Moment eintreffen. Sie geht in die Küche, holt das Brot aus seiner Tüte und schneidet sechs großzügige Scheiben ab. Dann nimmt sie eine Zitrone aus der Obstschale. Der Verkäufer am Stand ihres Marktes vor Ort hat behauptet, diese Amalfi-Zitronen seien die besten der Welt. Wahrscheinlich hat er sie selbst im Supermarkt gekauft, aber er war so charmant, dass Kate trotzdem ein halbes Dutzend genommen hat. Sie reibt ein wenig Zitronenschale ab. Ein Hauch von Frische, den sie über das Lamm streuen wird. Im Kühlschrank wird die Schokoladen-Ganache über der Toffee-Creme steif. Kate muss sich zusammenreißen, um nicht mit dem Finger hineinzutauchen, weil das Dessert so lecker aussieht.

Sie setzt sich an den Tisch und trinkt noch einen Schluck Champagner. Ihr Leben hat sich nicht nach Plan entwickelt, aber andererseits, bei wem ist das schon so? Sie ist einundvierzig und hat eine winzige Wohnung gemietet. Kates Teller passen nicht zusammen, aber es ist ihr egal. Sie hat gute Freunde, die unter allen Umständen zu ihr halten, und ihr Leben hat einen Sinn. Sie hat alles, was sie für heute braucht.

Sie überprüft die Gedecke ein letztes Mal und rückt Cecilys Glas zurecht. Vor der Tür vernimmt sie Bewegung, und gleich darauf läutet die Türglocke. Kate geht zum Eingang, um ihre Gäste willkommen zu heißen.

Es gibt eine Zeit für Trauer und eine Zeit für Dankbarkeit – jetzt aber ist es Zeit zu essen.

Nachbemerkung der Autorin

Die Figur der Cecily Finn wurde durch eine reale Frau namens Cecily Finn inspiriert, die in den 1950er Jahren zusammen mit ihrer Freundin Joan O'Connor das Kochbuch *Thought for Food* geschrieben hat. Manche Auszüge daraus erscheinen in der ursprünglichen Fassung, andere sind bearbeitet, wieder andere habe ich frei erfunden.

Genau wie Cecily habe ich mir beim Erzählen meiner Geschichte beträchtliche künstlerische Freiheiten herausgenommen und Wahrheit und Fiktion großzügig vermischt. Folgende Punkte entsprechen allerdings den Tatsachen:

Cecily Finn wurde 1904 im Londoner East End geboren, als Kind von Joseph und Eva Finn, die in Forest Gate eine Eisdiele mit Süßigkeitenladen betrieben. Cecily war das jüngste von drei Kindern und ungewöhnlich intelligent – sie erhielt ein Stipendium für den Besuch der Schule Westham High und für das Saffron Walden College zur Lehrerausbildung. Mit zwanzig machte Cecilys Vater ihr das Leben schwer, weil er behauptete, dass sie eine «alte Jungfer» sei. Er stellte sie einem polnischen Emigranten vor, Solomon, der ihr Mann wurde (nur sechs Wochen nachdem sie sich kennenlernten, fand die Verlobung statt).

Solomon, den seine Freunde Zimmy nannten, war das siebte Kind seiner Eltern Leon und Shindel, die im polnischen Galizien lebten. Nach ihrer Hochzeit verbrachten Cecily und Zimmy den größten Teil der dreißiger Jahre auf

Reisen in Europa. Während des Zweiten Weltkriegs waren sie drei Jahre getrennt. In dieser Zeit lebte Cecily bei ihren Eltern in Bournemouth, und Zimmy, der in Stockholm stationiert war, arbeitete für den Nachrichtendienst der Alliierten. Schließlich gelangte Cecily zu ihm nach Schweden, was nur möglich war, weil ein Bombenflugzeug sie mitnahm. Der größte Teil von Zimmys Familie weigerte sich Ende der dreißiger Jahre, Polen zu verlassen, obwohl er sie davon zu überzeugen versuchte, dass sie in ihrem Heimatland nicht mehr sicher waren. Während des Krieges wurden seine Eltern, drei seiner Geschwister und deren Kinder von den Nazis nach Auschwitz abtransportiert, wo sie ermordet wurden.

Cecilys Vater starb während des Krieges, und kurz nach Cecilys und Zimmys Rückkehr nach England starb auch ihre Mutter. Neben *Thought for Food* verfasste Cecily damals auch ein Kinderbuch – *Tell Me Again* (ebenfalls in Schweden erschienen) –, verschiedene Hörspiele fürs Radio und zwei Drehbücher für Filme: *The Man Who Liked Funerals* und *The Crowning Touch.* Außerdem arbeitete sie als Reise-, Mode- und Food-Journalistin und engagierte sich in späteren Jahren intensiv in der Wohltätigkeitsarbeit. Einmal trank sie sogar Tee mit Ingrid Bergman.

Doch nun trennen sich Fakten und Fiktion, denn Cecily und Zimmy hatten ein Kind, einen Sohn namens Jeremy, der mein Vater wurde. Cecily und Zimmy waren über dreiundfünfzig Jahre ein glücklich verheiratetes Paar. Mein Grandpa starb 1987; Grandma überlebte ihn um beinahe zwei Jahrzehnte. Im Alter von hundert Jahren starb sie zu Hause friedlich im Schlaf, kurz nachdem sie ihre erste Urgroßenkelin auf der Welt willkommen geheißen (und eine Geburtstagskarte von der Queen erhalten) hatte.

Im Gegensatz zu der fiktiven Figur war die reale Cecily ein gutmütiger Mensch, allerdings klagte sie ebenfalls oft über Langeweile. Sie liebte Kunst, Essen und Bücher und ermutigte mich immer zum Schreiben. Dies ist nicht ihr erster Auftritt in einem fiktiven Werk. Vor *Kann Spuren von Glück enthalten* habe ich vier Romane unter dem Pseudonym Stella Newman veröffentlicht. Im ersten davon, dem Bestseller *Pear Shaped*, ist die Großmutter der Heldin Cecily nachempfunden. Ich glaube, Grandma hätte sich darüber gefreut, und noch glücklicher wäre sie darüber gewesen, dass sie im hier vorliegenden Roman im Rampenlicht steht.

Es war ein Privileg, sie als Großmutter zu haben.

Dank

Ohne die Unterstützung zahlreicher Menschen würde es dieses Buch nicht geben.

Zunächst möchte ich Felicia Richardson, Joan O'Connors Tochter, dafür danken, dass ich Joans und Cecilys Worte so freizügig verwenden durfte. Es hat riesigen Spaß gemacht, mit dem Text der beiden zu arbeiten; ich wünschte, sie wären hier, um das Ergebnis zu lesen.

Damals, als ich unter dem Pseudonym Stelle Newman Bücher schrieb, hat meine Schwester mir vorgeworfen, ich gäbe vor zu recherchieren. Dabei würde ich in Wirklichkeit nur essen. (In allen vier Büchern spielt Essen eine prominente Rolle.) Tatsächlich recherchiere ich aber doch – ein bisschen –, und so danke ich Elizabeth Watkins, Anita Morgan sowie dem tollen Personal und den Bewohnerinnen der Mary Feilding Guild – es war ein Privileg mit Ihnen und euch Zeit zu verbringen. Mein Dank gilt auch Phil McCreery und Keoni Kailimai für alles, was ich über Hawaii erfahren habe.

Ein großer Dank geht an meine wunderbare Agentin Victoria Hobbs für ihre unendliche Geduld und harte Arbeit und an Jo Thompson für ihr kenntnisreiches Feedback.

Das fabelhafte Team bei Bonnier war unverzichtbar für das Erscheinen dieses Buches. Ely Dryden, Sarah Bauer, Margaret Stead, Katie Lumsden, Ruth Logan, Alexandra Allden, Clare Kelly, Ellen Turner, Sahina Bibi, Stephen Dumughn, Felice McKeown, Nico Poilblanc, James Horobin, Vincent

Kelleher, Victoria Hart, Angie Willocks, Carrie-Ann Pitt, Jamie Turner, Isabella Hannah und Kate Parkin – ich bin Ihnen außerordentlich dankbar für Ihre harte Arbeit, Ihr Talent und Ihre Begeisterung.

Für ihr konstruktives Feedback und den ebenso konstruktiven Wein stehe ich in der Schuld des Write Club, einer großartigen Gruppe von Autorinnen, die teils schon veröffentlicht haben, teils bald veröffentlichen werden: Irena Brignull, Kathryn Arbour, Courtney Clelland, Tash Bell, Jess Kimmel und Camilla Hill.

Mum und Dad, H, Giles und Cookie: Euch sage ich danke, sorry, ich liebe euch. Für Tabby und Frannie sei gesagt: Ihr seid großartige junge Frauen. Ihr füllt mein Herz mit Freude.

Dieses Buch handelt mehr als alles andere von der Macht der Freundschaft. Ich kann mich unglaublich glücklich schätzen, so viele außergewöhnliche Menschen zu haben, die mir in den letzten paar suboptimalen Jahren die Hand gehalten haben. Ganz besonders bedanke ich mich bei den folgenden Personen, eure Liebe ist ein Geschenk:

Alexia Da Silva – deine Anmut und deine Beherztheit sind beispielhaft.

Ali Bailey – wenn ich einmal erwachsen bin, möchte ich so sein wie sie.

Andrew Hart – dreißig Jahre loyaler Freundschaft, da steht dir sicher bald ein Sabbatical zu.

Ann Farragher – mein Sonnenschein.

Anna Potts – für die Katzentherapie.

Dalia Bloom – für die Vergebung.

Debbi Adler – für deine Currygerichte, für dein Verständnis und für dein Talent, was Currygerichte angeht.

Ed McDonnell – lieber, wunderschöner Mann.

Felicity Spector – für viele phantastische Ausgehnächte.

Graeme Dunn – für maxillofaziale Notfallrettung und diesen außerordentlichen Spaziergang im Park.

Hannah Gladstone-Bacon – für den besten spätnächtlichen Top-Comedy-Moment bei Sainsbury's, für deine magische, glamouröse Freundschaft und für die tägliche, manchmal stündliche Inspiration durch dich.

Heather Ingram – meine Nudel-Komplizin, für beispiellose Großzügigkeit und Aufmerksamkeit.

Isabelle Broom – für so viel, nicht zuletzt das Erfinden toller Spitznamen für weniger tolle Leute.

Jenny Knight – mit deinem unglaublichen Schreibtalent bist du die Beste.

Jill Halfpenny – deine innere Kraft und deine Sanftheit versetzen mich in Erstaunen.

Kathryn Finlay – die beste Schwiegermutter, die ich niemals hatte.

Madeleine Muir – meine Lebensretterin, für all deine Unterstützung.

Michelle Gross – außergewöhnliche Eiscreme-Partnerin, ich bin so stolz auf dich.

Philip Thompson – weil du getanzt hast, als schaute dir keiner zu, obwohl alle zuschauten.

Rachael Lloyd – weil du mich ständig zum Lachen bringst, vor allem dann, wenn es vollkommen unpassend ist.

Samantha Matern – Guru – weil du mir hilfst, bessere Geschichten auszuwählen.

Sarah Birkett – mein unglaublich witziges Seelentier, weil du mich immer wieder daran erinnerst, mich nicht unter Wert zu verkaufen – sorry, es hat eine Weile gedauert, bis es gefruchtet hat.

Steve Beale – Qualitätsfreund.

Toby Finlay – weil du mir in Cali Gesellschaft geleistet hast und für deine rührenden Versuche, eine bessere Schriftstellerin aus mir zu machen.

Dieses Buch beginnt mit einer Widmung für Matt Janes, und es wird auch mit einer enden. Matt war mir über zwei Jahrzehnte ein lieber Freund. Er war kreativ, weise, großzügig, mutig und die unterhaltsamste Gesellschaft, die man bei einer Party haben konnte. Er hat mich ermutigt, mutiger und gütiger zu sein und mein Leben besser zu leben. Er hat mich mit so vielen Freuden dieser Welt bekanntgemacht. Ich stehe tief in seiner Schuld.

Matt ist im Alter von dreiundvierzig Jahren ganz plötzlich beim Fitnesstraining gestorben. Hätten sie in dem Fitnessstudio einen Defibrillator gehabt, hätte er vielleicht überlebt. Sollten Sie in einem Studio ohne Defibrillator trainieren, erkundigen Sie sich bitte, ob man nicht einen anschaffen kann.

Ich vermisse Matt jeden Tag aufs Neue. Er hat eine gigantische Lücke im Leben vieler Menschen hinterlassen. Was für ein Glück ich hatte, eine so lange, bereichernde und bedeutsame Freundschaft mit ihm erlebt zu haben.

Die Erinnerung an ihn ist ein Segen.

Hier folgen einige Fotos,
die die Autorin von der großartigen Frau aufgenommen hat,
die diesen Roman inspiriert hat.

Cecily Finn als kleines Mädchen in East London, ca. 1908

Cecily und Zimmy am Tag ihrer Trauung

Cecily in der Blüte ihres Lebens

Cecily mit ihrem Mann, ihrem Sohn, ihrer Schwiegertochter, ihren Enkeln und der anderen geliebten Großmutter der Autorin, Esther Shavin. 1978. Die Kleine rechts von Cecily ist die Autorin.

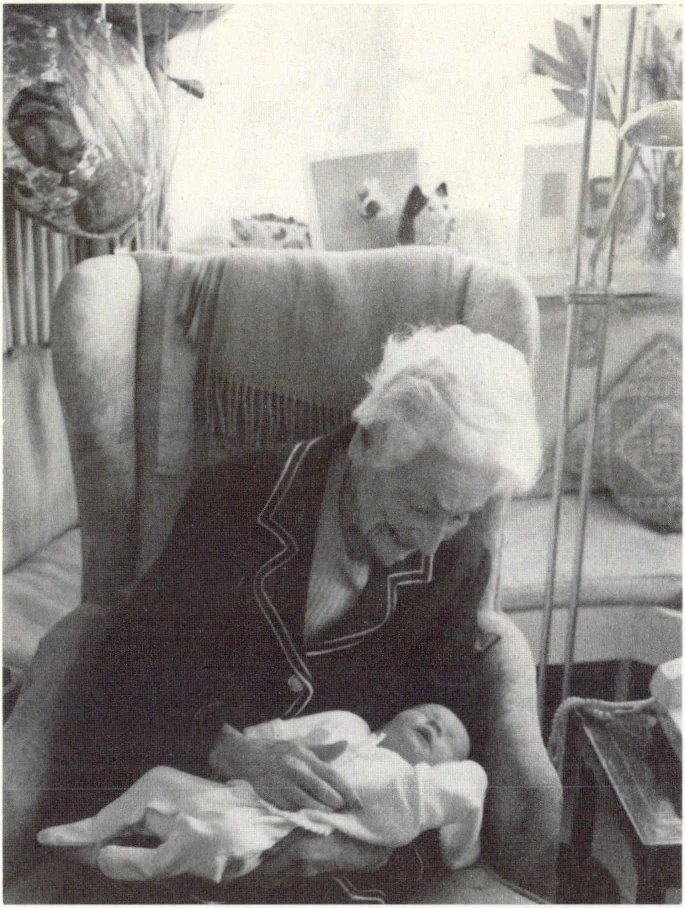

Cecily an ihrem hundertsten Geburtstag. Im Arm hält sie ihre erste Urenkelin Tabby, die damals zwei Wochen alt war. Einige Wochen später starb Cecily friedlich im Bett.